Von Desmond Bagley sind
als Heyne-Taschenbücher erschienen

Atemlos · Band 01/6081
Bahama-Krise · Band 01/6253
Der Feind · Band 01/6296
Die Gnadenlosen · Band 01/6394
Der goldene Kiel · Band 01/6456
Die Erbschaft · Band 01/6529

DESMOND BAGLEY

DIE TÄUSCHUNG

Roman

Deutsch von
Ingeborg F. Meier

WILHELM HEYNE VERLAG
MÜNCHEN

HEYNE ALLGEMEINE REIHE
Nr. 01/6799

Für Stan Hurst –
spät, aber herzlich

Titel der englischen Originalausgabe
NIGHT OF ERROR
Erschienen bei William Collins Sons & Co. Ltd., London 1984
Verlag und Autor danken William Robinson für die freundliche Genehmigung, aus seinem Buch »The Great Southern Sea« zu zitieren.

Printed in Germany 1987
Umschlagfoto: Bildagentur Mauritius/Thonig, Mittenwald
Umschlaggestaltung: Atelier Ingrid Schütz, München
Gesamtherstellung: Presse-Druck Augsburg

ISBN 3-453-02411-7

Vorwort

Im Band II des vom Hydrographischen Institut der britischen Navy herausgegebenen *Pacific Islands Pilot* steht fast ganz am Ende eines langen ausführlichen Berichts folgendes über die Insel Fonua Fo'ou:

1963 meldete HMNZFA *Tui*, ein Versorgungsschiff der britischen Marine, an der Stelle der Untiefe etwa sechs Fuß unter der Oberfläche einen harten grauen Felsen, an dem sich das Wasser brach und der sich in einer Tiefe von durchschnittlich 36 Fuß über zwei Meilen in nördlicher und 1½ Meilen in westlicher Richtung erstreckte. Der Ostrand fiel steil ab. In der Nähe des Felsens war das Wasser durch aufsteigende Schwefelgase verfärbt. Von oberhalb der Untiefe war der Boden deutlich zu sehen; er bestand aus feiner schwarzer Lava, wie Vulkanschlacke, dazwischen Stellen weißen Sandes und Felsgestein. In der Nähe wurden zahlreiche Pottwale gesichtet.

Aber diese Ausgabe des *Pilot* erschien erst 1969.

Unsere Geschichte beginnt 1962.

Siehst du bekümmert deinen Bruder fehlen,
in nächt'ger Täuschung falsche Pfade wählen,
lenk seinen Schritt, doch ohne ihn zu quälen,
zeig ihm den Weg, so sanft du es vermagst,
hab Mitleid, auch wenn du umsonst dich plagst,
und laß des Himmels Richtspruch seinen Wahn:
er ist und bleibt dein Bruder – denk daran!

Jonathan Swift

Erstes Kapitel

1

An einem feuchten, düsteren Nachmittag in London erfuhr ich, wie mein Bruder gestorben war. Der Himmel war bedeckt und trübe, und es wurde früh dunkel. Ich konnte die Zahlen, die ich prüfte, nicht mehr lesen, knipste deshalb die Schreibtischlampe an und stand auf, um die Vorhänge zuzuziehen.

Ich sah einen Moment zu, wie der Regen von den Platanen am Embankment tropfte, und blickte dann über die nebelverhangene Themse. Mich fröstelte ein wenig, und ich wünschte mir, diese graue Stadt verlassen zu können und wieder unter tropischem Himmel auf See zu sein. Dann zog ich entschlossen die Vorhänge zu und sperrte die Düsternis aus.

Das Telefon läutete.

Es war Helen, die Witwe meines Bruders; ihre Stimme klang fast hysterisch. »Mike, bei mir ist ein Mann – ein Mr. Kane; er war bei Mark, als er starb. Ich glaube, du solltest dich mit ihm treffen.« Ihre Stimme überschlug sich. »Ich halte das nicht aus.«

»In Ordnung, Helen. Schick ihn rüber. Ich bin bis halb sechs hier – schafft er es bis dahin?«

Nach einer kurzen Pause und unverständlichem Gemurmel sagte Helen: »Ja, er ist bis dann im Institut. Danke, Mike. – Ach, da war ein Zettel gekommen, von British Airways – für eine Sendung aus Tahiti. Vermutlich Marks Sachen. Ich habe ihn heute morgen an dich abgeschickt – würdest du dich darum kümmern? Ich glaube, ich schaffe das nicht.«

»Mach' ich«, sagte ich. »Ich kümmere mich darum.«

Sie hängte auf. Ich legte langsam den Hörer auf die Gabel und lehnte mich in meinem Sessel zurück. Helen hatte völlig aufgelöst gewirkt, und ich fragte mich, was dieser Kane ihr über Mark erzählt haben mochte. Ich wußte nur, daß Mark auf einer Insel in der Nähe von Tahiti gestorben war; der britische Konsul dort hatte alles abgewickelt, und das Foreign Office hatte sich mit Helen in Verbindung gesetzt, weil sie die nächste Verwandte war. Sie hat nie darüber gesprochen, aber die Nachricht muß sie erleichtert haben – ihre Ehe war eine ziemliche Quälerei gewesen.

Sie hätte ihn einfach nie heiraten dürfen. Ich hatte versucht, sie zu warnen, aber es ist ein bißchen schwierig, einer künftigen Schwägerin klarzumachen, was für ein mieser Kerl der eigene Bruder ist; jedenfalls war es mir nicht gelungen. Nach ihrem Verhalten zu urteilen, muß sie ihn trotz allem geliebt haben; aber Mark war schon immer gut bei Frauen angekommen.

Eines stand fest – Marks Tod berührte mich nicht im geringsten. Ich hatte ihn längst durchschaut und mich von ihm und seinen Machenschaften ferngehalten, all diesen verschlagenen und durchtriebenen kaltblütigen Plänen, die nur einem Ziel dienten – der Verherrlichung von Mark Trevelyan.

Ich verdrängte ihn aus meinen Gedanken, zog die Schreibtischlampe näher heran und beschäftigte mich wieder mit meinen Zahlen. Da meinen die Leute, daß Wissenschaftler – vor allem Ozeanographen – ständig auf Forschungsreisen sind und geheimnisvolle Entdeckungen machen. Sie denken nie an die Schreibtischarbeit, die jeder Reise folgt – und solange ich mit diesen Routinearbeiten nicht fertig war, konnte ich nicht wieder auf See. Aber wenn ich mich anstrengte, würde ich in einigen Tagen fertig sein, und dann hätte ich einen Monat Urlaub. Allerdings mußte ich in dieser Zeit einen Artikel für eine Fachzeitschrift schreiben; doch dafür würde ich nicht den ganzen Monat brauchen.

Um Viertel vor sechs packte ich meine Sachen zusammen. Kane war immer noch nicht aufgekreuzt. Ich zog gerade den Mantel an, da klopfte es an der Tür, und als ich öffnete, fragte ein Mann: »Mr. Trevelyan?«

Kane war ein großer, hagerer Mann um die vierzig. Er trug derbe Seemannskluft und eine verschlissene Schirmmütze. Er wirkte ein wenig gehemmt in dieser Umgebung. Als ich ihm die Hand drückte, spürte ich die Schwielen und dachte, daß er vielleicht ein Segler war – auf Motorschiffen gab es nicht viel Arbeit dieser Art.

Ich sagte: »Es tut mir leid, daß ich Sie an einem solchen Tag durch ganz London gescheucht habe, Mr. Kane.«

»Macht gar nichts«, meinte er mit starkem australischem Akzent. »So bin ich wenigstens in die Stadt gekommen.«

Ich maß ihn mit den Augen. »Ich wollte gerade gehen. Wie wäre es mit einem Drink?«

Er lächelte. »Wär' mir recht. Ich mag das englische Bier.«

Wir gingen in ein Pub in der Nähe, und ich bestellte zwei Bier. Er kippte die Hälfte des einen hinunter und seufzte genießerisch. »Das ist gut, das Bier«, meinte er. »Nicht so gut wie Swan, aber gut. Kennen Sie Swan-Bier?«

»Ich habe davon gehört, es aber nie getrunken. Es ist ein australisches Bier, nicht wahr?«

»*Yair*, das beste Bier der Welt.«

Für einen Australier ist alles, was australisch ist, das Beste der Welt. »Habe ich recht mit der Annahme«, fragte ich, »daß Sie auf einem Segelschiff gefahren sind?«

Er lachte. »Stimmt genau. Woher wissen Sie das?«

»Ich bin selber Segler; vermutlich ist einem das anzusehen.«

»Dann brauche ich wohl nicht so sehr ins einzelne zu gehen, wenn ich ihnen von Ihrem Bruder erzähle. Sie wollen sicher die ganze Geschichte hören, nehme ich an? Ich habe Mrs. Trevelyan nicht alles gesagt, wissen Sie – einiges ist ziemlich schrecklich.«

»Ich würde gerne alles erfahren.«

Kane trank sein Bier aus und zwinkerte mir zu. »Noch eins?«

»Für mich noch nicht. Aber machen Sie nur zu.«

Er bestellte noch ein Bier und begann zu erzählen. »Nun, wir segelten bei den Gesellschaftsinseln – mein Partner und ich. Wir haben einen Schoner und treiben ein bißchen Handel, Kopra und manchmal auch Perlen. Wir waren bei den Tuamotu-Inseln, die Einheimischen nennen sie die Paumotu-Inseln, aber auf den Karten heißen sie Tuamotu-Inseln. Sie liegen östlich von...«

»Ich weiß, wo sie liegen«, unterbrach ich.

»Okay. Also, wir dachten, wir könnten ein paar Perlen einsacken, deshalb kreuzten wir da herum und liefen die bewohnten Inseln an. Die meisten sind unbewohnt und namenlos – oder sie haben Namen, die kein Mensch aussprechen kann. Eine von diesen passierten wir gerade, als ein Kanu herauskam und uns jemand was zurief. In dem Kanu war ein Junge – ein polynesischer Junge, wissen Sie –, und Jim sprach mit ihm. Jim Hadley ist mein Partner; er spricht ihr Kauderwelsch – ich selbst verstehe es nicht allzu gut. Der Junge erzählte uns, daß ein Weißer auf der Insel wäre; er wäre sehr krank. Und so gingen wir an Land, um ihn uns mal anzusehen.«

»Und das war mein Bruder?«

»Ganz richtig, und er war krank, Sie können's mir glauben.«

»Was fehlte ihm denn?«

Kane zuckte mit den Achseln. »Zuerst wußten wir nicht, was es war. Später stellte sich heraus, daß er eine Blinddarmentzündung hatte. Das erfuhren wir, als wir den Arzt zu ihm brachten.«

»Dann gab es da einen Arzt?«

»Wenn Sie so was als Arzt bezeichnen wollen. Ein alter Säufer, der schon seit Jahren auf den Inseln lebt. Aber er sagte, er wäre Arzt. Er war jedoch nicht auf dieser Insel; Jim mußte fünfzig Meilen segeln, um ihn zu holen. Ich bin solange bei Ihrem Bruder geblieben.«

Kane nahm einen Schluck von seinem Bier. »Bis auf diesen dunkelhäutigen Jungen war ihr Bruder allein auf der Insel. Es gab auch kein Schiff da. Er sagte, er wäre Wissenschaftler – irgendwas, das mit dem Meer zu tun hat.«

»Ozeanograph.«

»Genau. Er sagte, man hätte ihn da abgesetzt, für irgendwelche Forschungsarbeiten, und man könnte ihn jeden Moment wieder abholen.«

»Warum haben Sie ihn nicht zu dem Arzt geschafft, anstatt den Arzt zu ihm zu holen?« fragte ich

»Wir glaubten, er würde es nicht überstehen«, sagte Kane rundheraus. »Ein kleines Schiff wie unseres wird ganz schön herumgeworfen, und es ging ihm ziemlich schlecht.«

»Ich verstehe.« Seine Schilderung war drastisch genug.

»Ich tat für ihn, was ich konnte«, sagte Kane. »Aber viel konnte ich nicht tun. Wir haben miteinander geredet, über dies und jenes – und da hat er mich gebeten, es seiner Frau zu sagen.«

»Aber er hat doch sicher nicht von Ihnen erwartet, daß Sie deswegen nach England reisen?« fragte ich und dachte bei mir, daß das Mark ähnlich gesehen hätte, auch im Angesicht des Todes.

»O nein, keineswegs«, antwortete Kane. »Wissen Sie, ich wollte sowieso nach England. Ich hatte etwas Geld beim Kartenspielen gewonnen und wollte immer schon mal in die alte Heimat. Jim, mein Partner, meinte, er könnte schon eine Weile ohne mich auskommen. Er setzte mich in Panama ab. Da habe ich denn auf einem Schiff nach England angeheuert.« Er lächelte wehmütig. »Ich kann nicht so lange hierbleiben, wie ich dachte – ich hab' auf der Überfahrt beim Poker einen Haufen Geld verloren. Ich bleibe, bis mir das Geld ausgeht, dann geht's zurück zu Jim und dem Schoner.«

»Was passierte, als der Doktor kam?« fragte ich.

»Oh, natürlich, Sie wollen von Ihrem Bruder hören; tut mir leid, daß ich davon abgekommen bin. Nun, Jim brachte diesen alten Taugenichts mit, und der operierte ihn. Er sagte, er müßte das tun, es wäre die einzige Chance für Ihren Bruder. War ziemlich hart; seine Instrumente taugten nicht besonders viel. Ich half ihm – Jim wäre wahrscheinlich dabei schlecht geworden.« Er verstummte, während er daran zurückdachte.

Ich bestellte noch zwei Bier, aber Kane sagte: »Ich hätte gerne etwas Stärkeres, wenn es Ihnen nichts ausmacht.« Deshalb änderte ich meine Bestellung in Whisky.

Ich stellte mir vor, wie ein alter Trunkenbold auf einer primitiven tropischen Insel mit stumpfen Messern an meinem Bruder herumschnitt. Es war keine angenehme Vorstellung, und ich glaube, auch für Kane war es schrecklich, so wie er seinen Whisky runterstürzte. Für ihn war es sogar noch schlimmer – er war ja dabei gewesen.

»So ist er gestorben«, sagte ich.

»Nicht sofort. Nach der Operation schien es ihm gut zu

gehen, doch dann verschlechterte sich sein Zustand. Der Doc sagte, es wäre eine Per... Peri...«

»Peritonitis?«

»Genau. ich weiß noch, es klang so ähnlich wie Peri-Peri-Sauce – als hätte man irgendwas Scharfes im Leib. Er bekam Fieber und begann irre zu reden, dann verlor er das Bewußtsein. Zwei Tage nach der Operation starb er.«

Er blickte in sein Glas. »Wir haben ihn auf See beigesetzt. Es war gräßlich heiß, und wir konnten den Leichnam nicht mitnehmen – wir hatten kein Eis. Wir nähten ihn in Segeltuch ein und ließen ihn über Bord. Der Doc sagte, er würde sich um alles übrige kümmern – ich meine, es hatte keinen Sinn, daß Jim und ich deswegen bis nach Papeete segelten. Der Doc wußte genausoviel wie wir.«

»Haben Sie dem Arzt von Marks Frau erzählt – ihm ihre Adresse gegeben?«

Kane nickte. »Mrs. Trevelyan sagte, sie hätte gerade eine Mitteilung bekommen – über eine Sendung von der Insel. Wissen Sie, er hat uns nichts für sie mitgegeben, keine persönlichen Dinge, meine ich. Das hat uns gewundert. Aber sie sagte, daß Sachen von ihm angekommen wären – stimmt das?«

»Könnte sein«, sagte ich. »Da ist etwas in Heathrow eingetroffen. Ich hole es wahrscheinlich morgen ab. Wann ist Mark übrigens gestorben?«

Er dachte nach. »Muß ungefähr vor vier Monaten gewesen sein. Wenn man zwischen den Inseln kreuzt, spielen Daten und Zeit keine große Rolle, wenn man nicht navigiert und dauernd auf den Kalender sieht – und dafür ist Jim zuständig. Ich schätze, es war Anfang Mai. Jim hat mich im Juli in Panama abgesetzt, und ich mußte ein paar Tage warten, bis ich ein Schiff nach hier bekam.«

»Wissen Sie den Namen des Arztes? Oder woher er kam?«

Kane runzelte die Stirn. »Ich weiß, daß er Holländer war; er hieß Schut... oder so ähnlich. Vielleicht Schuter, wenn ich mich recht erinnere. Er leitet auf einer der Inseln ein Krankenhaus – welche das nun war, weiß ich nicht mehr, mein Wort darauf.«

»Das macht nichts; wenn nötig, kann ich das aufgrund der

Sterbeurkunde herausbekommen.« Ich trank meinen Whisky aus. »Das letzte Mal, als ich von Mark hörte, arbeitete er mit einem Schweden namens Norgaard zusammen. Dem sind Sie nicht zufällig begegnet?«

Kane schüttelte den Kopf. »Ihr Bruder war ganz allein da. Wir sind dann nicht länger dageblieben, wissen Sie. Der alte Schuter sagte ja, er würde sich um alles kümmern. Meinen Sie, dieser Norgaard sollte Ihren Bruder abholen, wenn er mit seiner Arbeit fertig war?«

»Könnte sein«, sagte ich. »Es war sehr freundlich von Ihnen, uns von Marks Tod zu berichten.«

Er winkte ab. »Das hätte jeder andere auch getan. – Übrigens habe ich Mrs. Trevelyan nicht allzuviel erzählt, wissen Sie.«

»Ich werde ihr alles schonend beibringen«, sagte ich. »Jedenfalls vielen Dank, daß Sie sich um ihn gekümmert haben. Der Gedanke, daß er allein gewesen sein könnte, als er starb, hätte mir nicht gefallen.«

»Ja, das kann ich mir denken«, meinte Kane verlegen. »Wir können jetzt wohl nichts weiter tun, oder?«

Ich gab ihm meine Karte. »Ich hätte gern, daß Sie mit mir in Verbindung bleiben. Wenn Sie zurückwollen, kann ich Ihnen vielleicht zu einer Überfahrt verhelfen. Ich habe viele Kontakte zu Leuten, die mit der Seefahrt zu tun haben.«

»In Ordnung«, sagte er. »Ich melde mich wieder bei Ihnen, Mr. Trevelyan.«

Ich verabschiedete mich von ihm und verdrückte mich aus dem Schankraum des Pubs schnell in die Club-Bar. Ich dachte, Kane käme sicherlich nicht dorthin nach, und ich wollte bei einem weiteren Drink ein wenig in Ruhe nachdenken.

Ich fand, daß Mark auf dieser einsamen Insel im Pazifik auf ziemlich schreckliche Weise gestorben war. Mark und ich hatten uns, weiß Gott, nicht gerade gut verstanden, aber ein solches Ende hätte ich meinem ärgsten Feind nicht gewünscht. Und dennoch, irgend etwas war an der ganzen Geschichte merkwürdig. Daß er auf den Tuamotu-Inseln gewesen war, überraschte mich nicht – es gehörte bei ihm wie bei mir zum Beruf, daß er sich in allen möglichen Gegenden auf den sieben Meeren herumtrieb. Und doch war ein falscher Klang darin.

Was war zum Beispiel aus Norgaard geworden? Es war mit Sicherheit nicht üblich, daß man jemanden mit seiner Aufgabe ganz allein ließ. Ich fragte mich, was Mark und Norgaard auf den Tuamotu-Inseln zu tun hatten; sie hatten keinen Bericht veröffentlicht, also waren die Untersuchungen wahrscheinlich noch nicht abgeschlossen. Ich nahm mir vor, den alten Jarvis deswegen anzusprechen; mein Chef kannte immer die neuesten Gerüchte und wußte über alles Bescheid, was sich in unserem Metier tat.

Aber das war es nicht, was mich beunruhigte; da war noch etwas anderes, etwas, das in meinem Hinterkopf bohrte, ohne daß ich dahinter kam, was es war. Ich versuchte es eine ganze Weile, aber ohne Erfolg. Schließlich trank ich aus und fuhr nach Hause, wo ich noch bis spät in die Nacht über meinen Zahlen saß.

2

Am nächsten Morgen war ich schon sehr früh im Büro und schaffte es auf diese Weise, bis kurz vor Mittag mit meiner Arbeit fertig zu werden. Ich wollte mich gerade auf die liegengebliebene Korrespondenz stürzen, als eines der Mädchen einen Besucher zu mir hereinführte, der mir höchst willkommen war. Geordie Wilkins war im Krieg im Regiment meines Vaters Unteroffizier gewesen und hatte sich, nachdem mein Vater gefallen war, um die Söhne des Mannes gekümmert, den er so sehr verehrt hatte. Mark hatte ihn typischerweise immer ein wenig verachtet, aber ich mochte Geordie, und wir verstanden uns prächtig.

Geordie hatte es nach dem Krieg gut getroffen. Er sah den Yacht-Boom voraus und kaufte sich einen 25-Tonnen-Kutter, den er dann vercharterte und auf dem er Segelunterricht gab. Später gab er die Segelschule auf und vercharterte eine 200-Tonnen-Brigantine, zu der er es inzwischen gebracht hatte –

meist an reiche Amerikaner, die er zu exorbitanten Preisen überallhin brachte, wohin sie wollten. So oft er in England war, besuchte er mich, aber es war nun schon eine ganze Weile her, seit ich ihn zuletzt gesehen hatte.

Er brachte einen Hauch von Seeluft ins Büro mit. »Mein Gott, Mike, du siehst aber blaß aus«, sagte er. »Ich muß dich mal wieder auf See mitnehmen.«

»Geordie! Wo kommst du diesmal her?«

»Aus der Karibik. Ich habe das alte Mädchen hergebracht, um es überholen zu lassen. Ich habe, Gott sei Dank, gerade eine Charterpause.«

»Wo wohnst du denn?«

»Bei dir – wenn es dir recht ist. Sonst auf der *Esmerelda.*«

»Sei nicht albern«, sagte ich glücklich. »Du weißt, daß du bei mir willkommen bist. Übrigens kommst du gerade zur rechten Zeit; ich muß zwar etwas schreiben, aber das dauert nur eine Woche, und dann habe ich drei Wochen frei.«

Er rieb sich das Kinn. »Ich sitze auch für eine Woche fest, aber danach habe ich frei. Wir könnten irgendwohin segeln.«

»Das ist eine großartige Idee«, sagte ich. »Ich sehne mich schon lange danach, rauszukommen. Laß mich nur noch eben diese Post durchsehen, ja?«

Der Brief, den ich gerade geöffnet hatte, war der von Helen; er enthielt einen kurzen Gruß und eine Mitteilung von British Airways, daß etwas in Heathrow abzuholen war, das durch den Zoll mußte. Ich blickte zu Geordie auf. »Wußtest du, daß Mark tot ist?«

Er starrte mich entsetzt an. »Tot? Seit wann?«

Ich erzählte ihm alles, und er meinte dazu: »Ein verdammt schlimmes Ende – selbst für Mark.« Er entschuldigte sich sofort. »Tut mir leid – das hätte ich nicht sagen sollen.«

»Schon gut, Geordie«, sagte ich. »Du weißt, wie ich zu Mark stand. Mir brauchst du nichts vorzumachen.«

»*Aye.* Er war ein ziemlicher Mistkerl, nicht wahr? Wie hat seine Frau es aufgenommen?«

»Es geht – wenn man die Umstände bedenkt. Zuerst war sie völlig aufgelöst, aber dann kam es mir so vor, als wäre auch ein Unterton von Erleichterung zu bemerken.«

»Am besten wäre es, sie würde gleich wieder heiraten und

ihn vergessen«, meinte Geordie unumwunden. Er schüttelte bedächtig den Kopf. »Ich kann nicht verstehen, was die Frauen an Mark fanden. Er behandelte sie wie Dreck, und sie konnten nicht genug davon bekommen.«

»Manche haben das gewisse Etwas, andere haben es nicht«, sagte ich.

»Wenn das heißt, daß man sich wie Mark benehmen muß, will ich es lieber nicht haben. Ein Jammer, daß man nicht ein gutes Wort für den Kerl finden kann.« Er nahm mir den Zettel aus der Hand. »Hast du ein Auto, das ich benutzen kann? Ich habe schon seit Monaten in keinem mehr gesessen, und es würde mir Spaß machen, ein wenig rumzukutschieren. Ich könnte meine Sachen von der *Esmerelda* holen und dann nach Heathrow fahren und das Zeug für dich abholen.«

Ich warf ihm meine Autoschlüssel zu. »Danke. Es ist immer noch dieselbe alte Karre. Sie steht unten auf dem Parkplatz.«

Nachdem er gegangen war, erledigte ich den restlichen Papierkram und ging dann, um mich beim Professor zu verabschieden. Der alte Jarvis war sehr herzlich. »Sie haben gute Arbeit geleistet, Mike«, sagte er. »Ich habe mir Ihre Ausarbeitungen kurz angesehen, und wenn die von Ihnen vermuteten Wechselwirkungen stimmen, sind wir einer tollen Sache auf der Spur.«

»Danke.«

Er lehnte sich zurück und begann seine Pfeife zu stopfen. »Sie werden natürlich einen Artikel schreiben.«

»Das mache ich im Urlaub«, sagte ich. »Keine lange Abhandlung, nur ein kurzer Zwischenbericht. Es ist noch einiges an Forschungsarbeit auf See zu tun.«

»Sie freuen sich wohl darauf, wenn es endlich wieder soweit ist, stimmt's?«

»Ich freue mich darauf, wieder rauszukommen.«

Er war plötzlich brummig. »Für jeden Tag, den Sie auf See zubringen, müssen Sie drei im Büro sitzen und die Daten auswerten. Und halten Sie sich von einem Posten wie dem meinen fern; er besteht *nur* aus Büroarbeit. Sehen Sie zu, daß Sie nichts mit der Verwaltung zu tun haben; und halten Sie sich Ehrenämter vom Leibe.«

»Bestimmt«, versprach ich und wechselte dann das Thema. »Können Sie mir etwas sagen über einen Kollegen namens Norgaard? Ich glaube, er ist Schwede und mit der Erforschung von Meeresströmungen beschäftigt.«

Jarvis blickte mich unter buschigen Augenbrauen hervor an. »War das nicht der Mann, mit dem Ihr Bruder zusammenarbeitete, als er starb?«

»Richtig.«

Er dachte nach, dann schüttelte er den Kopf. »Ich habe in letzter Zeit nichts von ihm gehört; er hat mit Sicherheit nichts veröffentlicht. Aber ich werde der Sache nachgehen.«

Und damit waren wir am Ende angelangt. Ich wußte immer noch nicht, warum ich den Professor überhaupt nach Norgaard gefragt hatte, außer daß ich so ein unbehagliches Kribbeln im Hinterkopf hatte, das Gefühl, daß irgend etwas nicht stimmte. Wahrscheinlich hatte das gar nichts zu sagen, und ich verdrängte es und kehrte in mein Büro zurück.

Es wurde spät, und ich wollte gerade aufbrechen, als Geordie zurückkam und einen ramponierten alten Koffer auf meinen Schreibtisch hievte. »Da hast du ihn«, sagte er. »Sie haben verlangt, daß ich ihn öffne – was ein bißchen schwierig war ohne Schlüssel.«

»Und was hast du gemacht?:

»Das Schloß aufgebrochen«, antwortete er fröhlich.

Ich betrachtete den Koffer. »Was ist denn drin?«

»Nicht viel. Kleidungsstücke, ein paar Bücher und einige Steine. Und ein Brief an Marks Frau.« Er knotete die Schnur auf, die den Koffer zusammenhielt, schob mir den Brief über den Schreibtisch und begann die Sachen auszupacken – zwei nicht gerade saubere Tropenanzüge, zwei Hemden, drei Paar Socken, drei erst vor kurzem erschienene Bücher über Meeresforschung, zwei Notizbücher mit Marks Handschrift, Schreibzeug, Waschzeug und einige Kleinigkeiten.

Ich sah mir den Brief an, der in sauberer Handschrift an Helen adressiert war. »Ich mache ihn wohl besser auf«, sagte ich. »Wer weiß, was darin steht. Ich möchte nicht, daß er Helen zu sehr zusetzt.«

Geordie nickte, und ich schlitzte den Umschlag auf. Der Brief war kurz und ziemlich schroff:

Sehr geehrte Mrs. Trevelyan,
zu meinem Bedauern muß ich Ihnen mitteilen, daß Ihr Mann Mark gestorben ist, aber das wissen Sie wahrscheinlich schon, wenn Sie diese Zeilen erhalten. Ich war mit Mark gut befreundet, und er hat mir einige Sachen zum Aufbewahren gegeben. Ich schicke ihnen alles zu, da ich sicher bin, daß Sie es gern haben würden.
Mit freundlichen Grüßen
P. Nelson

»Ich hatte angenommen, daß es sich um eine offizielle Mitteilung handelt«, sagte ich, »aber das ist es nicht.«

Geordie warf einen kurzen Blick auf den Brief. »Kennst du diesen Nelson?«

»Nie von ihm gehört.«

Geordie legte den Brief auf den Schreibtisch und kippte den Koffer um. »Und dann ist das noch drin.« Etwa ein Dutzend kartoffelähnliche Gebilde polterten auf den Schreibtisch. Einige rollten über den Rand hinaus und fielen auf den Teppich; Geordie bückte sich, um sie aufzuheben. »Du kannst wahrscheinlich mehr damit anfangen als ich.«

Ich drehte eines der Gebilde zwischen den Fingern hin und her. »Manganknollen«, sagte ich. »Kommen sehr häufig vor im Pazifik.«

»Sind sie wertvoll?«

Ich lachte. »Wenn man leicht an sie herankäme, wären sie es vielleicht – aber da man das nicht kann, sind sie es nicht. Sie liegen in vier- bis fünftausend Metern Tiefe auf dem Meeresgrund.«

Er schaute sich eine Knolle näher an. »Und wie ist er dann an sie rangekommen? Zum Tauchen ist das ein bißchen tief.«

»Wahrscheinlich sind das Andenken ans IGY – an das ›International Geophysical Year‹. Mark war Chemiker auf einem der Schiffe im Pazifik.« Ich nahm eines der Notizbücher und blätterte darin herum. Das meiste schienen mathematische Berechnungen zu sein, eng zusammengedrängte Gleichungen in Marks pedantischer Handschrift.

Ich warf sie in den offenen Koffer. »Packen wir das Zeug wieder ein und fahren wir nach Hause.«

Wir taten alles, wie es gerade kam, wieder in den Koffer und schleppten ihn dann zum Auto hinunter. Unterwegs fragte Geordie: »Was hältst du von einer Show heute abend?« Bei seinen seltenen Besuchen in der Stadt hatte er schon immer eine Schwäche für prächtig ausgestattete Musicalaufführungen gezeigt.

»Wenn du Karten besorgen kannst«, sagte ich. »Ich habe keine Lust, Schlange zu stehen.«

»Ich werd' schon welche kriegen«, sagte er zuversichtlich. »Ich kenne da jemanden, der mir noch einen Gefallen schuldig ist. Setz mich gleich hier ab. In einer halben Stunde oder vielleicht ein wenig später bin ich bei dir in der Wohnung.«

Ich ließ ihn aussteigen, und als ich bei mir zu Hause ankam, trug ich zuerst Marks Koffer herein und ging dann noch einmal zum Wagen zurück, um Geordies Sachen zu holen. Ich trödelte etwas herum und dachte darüber nach, was ich wohl brauchen würde, wenn ich mit ihm auf Reisen ging. Das meiste davon hatte ich, und die Liste der Dinge, die ich noch besorgen mußte, war sehr kurz und würde mich sicher nicht lange beschäftigen.

Nach einer Weile ertappte ich mich dabei, daß ich Marks Koffer anstarrte. Ich legte ihn aufs Bett, öffnete ihn und sah mir die wenigen Dinge an, die Mark zurückgelassen hatte. Ich hoffte, daß ich, wenn ich abtrat, mehr zurücklassen würde als ein paar Bücher, etwas Kleidung und einen zweifelhaften Ruf. Seine Kleidung interessierte mich nicht besonders, aber als ich ein Jackett hochnahm, fiel ein kleines, in Leder gebundenes Notizbuch aus der Brusttasche.

Ich hob es auf und sah es mir näher an. Er hatte es offenbar als Tagebuch benutzt, aber die meisten Eintragungen waren in Kurzschrift, der von Pitman's im Grunde, aber in einer so persönlich abgewandelten Form, daß sie nur von dem zu entziffern waren, der sie geschrieben hatte – Mark.

Hin und wieder gab es chemische und mathematische Eintragungen und ab und zu eine hingekritzelte Zeichnung. Mir fiel wieder ein, daß Mark schon in der Schule ein Kritzler war und öfter einen Tadel bekommen hatte, weil seine Schulhefte so unordentlich aussahen. Ich wußte mit alledem nicht viel anzufangen.

Ich legte das Tagebuch auf meinen Nachttisch und nahm mir die größeren Notizbücher vor. Sie waren viel interessanter, wenn auch kaum verständlicher. Mark arbeitete offenbar an einer Theorie über die Entstehung von Manganknollen, die, gelinde ausgedrückt, ziemlich gewagt schien – zumindest vom Standpunkt der orthodoxen physikalischen Chemie. Die Zeitskala, die er benutzte, war absurd, und selbst bei flüchtigem Hinsehen schien seine qualitative Analyse nicht zu stimmen.

Ich hörte Geordie hereinkommen. Er steckte seinen Kopf durch die Schlafzimmertür und sagte triumphierend: »Ich habe die Karten. Wir werden zuerst piekfein essen gehen und dann ins Theater.«

»Guter Gedanke«, sagte ich, warf die Notizbücher und die Kleidung in den Koffer zurück und band ihn wieder zu.

Geordie nickte mit dem Kopf zu ihm hinüber. »Was Interessantes gefunden?«

Ich grinste. »Nein. Ich hab' nur festgestellt, daß Mark anfing zu spinnen. Er hatte so eine verrückte Idee über Manganknollen und war dabei, sich in sie zu verrennen.«

Ich schob den Koffer unters Bett und begann mich umzuziehen.

3

Das Essen war gut und die Aufführung noch besser, und als wir nach Hause fuhren, waren wir noch ganz erfüllt davon. Geordie war bester Laune und sang mit seiner rauhen und unmusikalischen Stimme einige Lieder aus dem Musical.

Ich parkte den Wagen vor dem Wohnblock und stieg aus. Es nieselte immer noch leicht, aber bis zum Morgen würde es aufklaren. Das war gut; ich wünschte mir schönes Wetter für meinen Urlaub. Doch als ich zum Himmel hinaufblickte, erstarrte ich.

»Geordie, da ist jemand in meiner Wohnung.«

Er spähte zum dritten Stock hinauf und sah, was auch ich

gesehen hatte – ein Licht, das sich hinter einem Fenster bewegte.

»Das ist eine Taschenlampe.« Seine Zähne blitzten auf, als er in der Dunkelheit grinste. »Daß ich eine tüchtige Schlägerei hatte, ist lange her.«

»Los«, sagte ich und rannte in den Eingang.

Als ich auf den Aufzugsknopf drückte, faßte mich Geordie am Arm. »Warte, wir müssen das richtig anfangen. Warte eine Minute, und fahr dann mit dem Lift hinauf. Ich nehme die Treppe – wir sollten beide gleichzeitig oben ankommen. Dann sind beide Fluchtwege abgedeckt.«

Ich grinste und salutierte. »*Yes, Sergeant.*« Das Soldatische steckte nun mal in ihm drin, ununterdrückbar; Geordie machte eine militärische Aktion daraus, einen kleinen Dieb zu fangen – aber ich befolgte seine Anweisungen.

Ich fuhr mit dem Lift hinauf und trat in den beleuchteten Flur. Geordie hatte die Treppe spielend bewältigt und atmete so leicht, als hätte er zu ebener Erde einen Spaziergang gemacht. Er gab mir ein Zeichen, die Lifttür offenzuhalten und den Knopf für das oberste Stockwerk zu drücken. Ich schloß die Tür, und der Fahrstuhl fuhr nach oben.

Er grinste. »Jeder, der jetzt schnell fort will, muß die Treppe nehmen. Hast du den Schlüssel?«

Ich gab ihn ihm, und wir gingen leise zu meiner Wohnungstür. Durch das Küchenfenster, dessen Vorhang offen war, sah ich eine Taschenlampe aufblitzen. Geordie steckte vorsichtig den Schlüssel ins Schloß. »Wir dringen überraschend ein«, flüsterte er, drehte den Schlüssel um, stieß die Tür auf und stürzte wie ein wilder Stier hinein.

Als ich ihm auf den Fersen folgte, schrie jemand – »*Ojo!*« –, und das nächste, das ich wahrnahm, war ein blendender Blitz vor meinen Augen; dann kämpfte ich mit jemandem auf dem Küchenboden. Ich bekam von ihm seitlich einen Schlag auf den Kopf – wahrscheinlich mit der Taschenlampe, denn das Licht ging aus. Ich fühlte mich einen Moment benommen, ließ aber nicht locker, warf mich vor und riß mein Knie plötzlich hoch.

Ich hörte jemanden vor Schmerz keuchen; gleichzeitig hörte ich Geordie aufbrüllen – wahrscheinlich im Schlafzimmer.

Ich ließ los und schlug mit der Faust zu – und schrie vor Schmerzen, weil meine Knöchel den Küchenfußboden trafen. Mein Gegner wand sich frei und verschwand durch die offene Wohnungstür. Mir ging das alles zu schnell. Ich hörte Geordie laut fluchen und das Krachen von Möbeln. Eine helle Tenorstimme rief: *»Huid! Huid! No disparéis! Emplead cuchillos!«* Dann rannte in der Dunkelheit ein anderer Mann gegen mich, und ich holte wieder zum Schlag aus.

Ich wußte, daß dieser Angreifer ein Messer hatte und vielleicht auch ein Schießeisen, und ich glaube, ich wurde richtig wild – es ist schon toll, was so ein Adrenalinstoß bewirkt, wenn man in der Klemme ist. In dem Licht, das vom Flur kam, sah ich ein hochgerissenes Messer, und ich schlug mit voller Wucht gegen das Handgelenk. Der Mann heulte vor Schmerz auf, und das Messer fiel klirrend auf den Boden. Ich zielte mit der Faust auf eine Stelle, wo ich einen Magen vermutete – und schlug daneben.

Dann traf mich wieder etwas seitlich am Kopf, und als ich zu Boden ging, sprang eine schwarze Gestalt über mich hinweg. Hätte der Mann sich nicht noch einmal umgedreht, um mir einen Tritt zu verpassen, so wäre er uns entwischt; aber ich warf mich herum, um seinem Fuß auszuweichen, bekam ihn am Bein zu fassen, und er fiel im Flur der Länge nach hin. Ich stürzte hinter ihm her und geriet zwischen ihn und die Treppe, und er blickte mich in geduckter Haltung an und suchte nach einem Ausweg. Dann sah ich, was er mir in der Wohnung gegen den Kopf geschleudert haben mußte – es war Marks Koffer.

Plötzlich machte er kehrt und rannte los, auf das andere Ende des Flures zu. »Jetzt habe ich ihn«, dachte ich siegessicher und spurtete hinter ihm her. Aber er hatte an etwas gedacht, das ich vergessen hatte – die Feuerleiter.

Hätte ich ihn nicht auf Rugby-Art gepackt, so daß er direkt vor der Feuerleiter hinstürzte, wäre er mir wahrscheinlich entkommen. Der Sturz raubte mir den Atem, und er nutzte diesen Moment, um mir ins Gesicht zu treten. Und während ich noch benommen den Kopf schüttelte, warf er Marks Koffer in die Dunkelheit hinaus.

Als ich mich schließlich wieder aufgerappelt hatte, stand

ich zwischen ihm und der metallenen Feuerleiter, und er fixierte mich, während seine Hand blitzschnell in die Tasche fuhr. Ich sah, wie er die Waffe ziehen wollte, und spürte, was echte Angst bedeutet. Ich sprang auf ihn zu, aber er wich zur Seite und versuchte verzweifelt, die Waffe aus der Tasche herauszubekommen, aber das Korn schien sich im Futter verhakt zu haben.

Da verpaßte ich ihm einen kräftigen Kinnhaken, und er schwankte auf die Plattform der Feuerleiter hinaus. Ich schlug erneut zu, schmetterte ihn gegen das Geländer, und zu meinem Schrecken kippte er hinüber. Er gab keinen Ton von sich, während er die drei Stockwerke hinunter auf die Straße fiel, und es kam mir sehr lange vor, bis ich den dumpfen Aufprall hörte, mit dem er drunten aufschlug.

Ich blickte in die Dunkelheit hinaus, konnte aber nichts erkennen. Ich merkte, wie meine Hände zitterten, als ich mich am Eisengeländer festhielt. Als ich mich umdrehte, sah ich, wie Geordie gerade die Treppe hinuntersprinten wollte. »Laß sie laufen«, rief ich hinter ihm her. »Sie sind bewaffnet.«

Aber er machte nicht halt, und dann hörte ich nur noch das Poltern seiner Füße, als er die Treppe hinabrannte.

Der große dünne Mann, der neben mir wohnte, kam in einem Bademantel heraus. »Was soll das hier?« fragte er quengelnd. »Wie soll ein Mensch Radio hören bei all diesem Lärm?«

»Rufen Sie die Polizei«, sagte ich. »Jemand hat versucht, mich umzubringen.«

Er wurde blaß und starrte auf meinen Arm. Ich blickte hinunter und sah, wie durch einen Schlitz im Ärmel meines Jacketts Blut sickerte. Ich konnte mich nicht daran erinnern, mit dem Messer erwischt worden zu sein, und spürte auch nichts.

Ich blickte ihn wieder an. »Nun machen Sie schon«, sagte ich gereizt.

Ein Schuß hallte durchs Treppenhaus, und wir fuhren beide zusammen.

»Jesus!« sagte ich. »Jetzt haben sie Geordie erschossen!«

Ich stürmte, so schnell ich konnte, die Treppe hinunter

und traf im Foyer auf Geordie. Er saß auf dem Fußboden und starrte fassungslos auf seine Hand – sie war blutüberströmt.

»Der Bastard hat mich getroffen«, sagte er verwundert.

»Wo denn, um Gottes willen?«

»An der Hand, glaube ich. Sonst spüre ich nichts, und er hat nur einmal geschossen.«

Ich sah mir seine Hand an. Aus der Spitze seines kleinen Fingers quoll Blut. Ich begann zu lachen, ein hysterisches Lachen, das einem Weinen nicht unähnlich klang, und fuhr damit fort, bis Geordie mir mit seiner unverletzten Hand eine Ohrfeige gab.

»Reiß dich zusammen, Mike«, sagte er nachdrücklich. Ich hörte nun oben Türen schlagen und Stimmen, aber bisher hatte sich noch niemand ins Foyer hinabgetraut. Plötzlich kam ich wieder zu mir.

»Ich glaube, ich habe einen von ihnen umgebracht«, sagte ich.

»Sei nicht albern. Wie willst du jemanden mit leeren Händen umbringen?«

»Ich habe ihn die Feuerleiter hinuntergestoßen. Er ist aus dem dritten Stock gefallen.«

Geordie sah mich eindringlich an. »Da sollten wir doch lieber mal nachschauen.«

»Bist du in Ordnung?« Wir bluteten nun beide stark.

Er wickelte ein Taschentuch um seinen Finger, das sich im Nu rot verfärbte. »Mir geht es gut. Man kann das hier nicht gerade als tödliche Verletzung bezeichnen«, meinte er trokken. Wir traten auf die Straße hinaus und gingen schnell um die Ecke zur Feuerleiter. Als wir um die Ecke kamen, leuchteten plötzlich Scheinwerfer und ein Motor heulte auf, während gleichzeitig eine Autotür zuknallte.

»Paß auf!« schrie Geordie und warf sich zur Seite.

Ich sah die beiden großen Scheinwerfer aus der Dunkelheit auf mich zurasen und preßte mich flach gegen die Hauswand. Der Wagen brauste dröhnend vorbei, ich spürte, wie der Fahrtwind ein Hosenbein streifte, und gleich darauf verschwand das Auto mit quietschenden Reifen um die Ecke.

Als der Motorenlärm verstummt war, löste ich mich von der Wand und holte erleichtert Luft. Im Lichtschein der Straßenlampe an der Ecke sah ich, wie Geordie sich wieder aufrappelte. »Jesus!« sagte ich. »Man weiß nicht, was sie im nächsten Augenblick tun.«

»Das sind keine gewöhnlichen Einbrecher«, meinte Geordie, während er sich abklopfte. »Dazu sind sie viel zu verbissen. Wo ist denn diese verdammte Feuerleiter?«

»Ein Stück weiter hinten«, sagte ich.

Wir gingen langsam weiter, bis Geordie über den Mann stolperte, den ich über das Geländer gestoßen hatte. Wir beugten uns hinunter, um ihn uns näher anzusehen, und betrachteten in dem schwachen Lichtschimmer seinen Kopf. Er war in einem unmöglichen Winkel abgeknickt, und in seinem Schädel war eine tiefe blutige Wunde.

»Den brauchen wir uns nicht näher anzusehen«, meinte Geordie. »Der ist tot.«

4

»Und Sie sagen, sie sprachen Spanisch«, fragte der Inspektor.

Ich nickte müde. »Als wir in die Wohnung kamen, rief jemand auf Spanisch ›Paß auf!‹, und gleich darauf war ich in eine Schlägerei verwickelt. Etwas später rief ein anderer Mann: ›Raus hier! Nicht schießen – nehmt die Messer.‹ Ich glaube, das war der Mann, den ich die Feuerleiter hinuntergestoßen habe.«

Der Inspektor blickte mich nachdenklich an. »Aber Sie sagten doch, er wollte auf Sie schießen.«

»Er hatte sein Messer verloren, und ich wollte auf ihn losgehen.«

»Wie gut ist Ihr Spanisch, Mr. Trevelyan?«

»Ziemlich gut«, antwortete ich. »Ich hatte vor vier Jahren viel im Südwesten Europas zu tun und wohnte damals in Spanien. Ich mag die Spanier und habe mich sehr bemüht, ihre Sprache zu lernen.«

Der Arzt machte einen sauberen Knoten in die Bandage

um meinen Arm und sagte: »Das wird reichen, aber versuchen Sie, Ihren Arm eine Zeitlang nicht zu benutzen.« Er packte seine Tasche und ging.

Ich richtete mich auf und sah mich in der Wohnung um. Es sah aus wie auf einem Verbandsplatz nach einem Bombenangriff. Ich war bis zur Taille nackt und hatte einen Arm bandagiert. Geordie stellte einen schmucken Verband an seinem kleinen Finger zur Schau. Er trank Tee und spreizte dabei wie eine Putzfrau auf einer Gartenparty den Finger ab.

Die Wohnung war verwüstet. Was die Einbrecher nicht demoliert hatten, war bei der Schlägerei zu Bruch gegangen. In einer Ecke lag ein Stuhl ohne Beine, der Teppich war übersät mit Glassplittern von der Bücherschranktür. In den Ecken standen zwei uniformierte Polizisten mit teilnahmslosen Mienen, und ein Kriminalbeamter in Zivil bestäubte die ganze Wohnung mit einem Gebläse.

»Also noch mal«, sagte der Inspektor, »wie viele waren es?«

Geordie sagte: »Ich hatte einmal zwei gleichzeitig am Wickel.«

»Ich hatte es auch mit zweien zu tun«, antwortete ich. »Aber ich glaube, den einen hatte Geordie schon in die Mangel genommen. Schwer zu sagen – es geschah alles so schnell.«

»Dieser Mann, den Sie gehört haben – sagte er wirklich ›Nehmt die Messer‹?«

Ich dachte darüber nach. »Ja.«

»Dann waren es mehr als zwei«, meinte der Inspektor.

»Es waren vier«, sagte Geordie überraschend bestimmt.

Der Inspektor blickte ihn fragend an.

»Ich habe drei Männer in dem Auto gesehen, das an uns vorbeifuhr. Einen am Steuer und zwei, die schnell reingesprungen sind. Und dann noch der Tote auf der Straße – das macht zusammen vier.«

»O ja«, sagte der Inspektor. »Sie haben natürlich einen Mann im Auto gelassen. Sagen Sie mal, wie kommen Sie an diese Schußwunde?«

Ein Lächeln huschte über Geordies Lippen. »Wie kommt man schon an eine Schußwunde? Indem einer auf einen schießt.« Der Ton seiner Stimme ließ erkennen, daß er die

Frage ziemlich blöd fand. Der Inspektor erkannte, daß er noch ein wenig erregt war. »Ich meine, unter welchen Umständen?«

»Nun, ich stürmte hinter diesem kleinen Mistkerl die Treppe runter und hätte ihn beinahe unten in der Halle erwischt. Er sah, daß ich ihn schnappen würde, und schoß auf mich. Ich hatte ihn noch nicht zu fassen bekommen. Ich war so überrascht, daß ich mich hinsetzte – dann sah ich all das Blut.«

»Sie sagen, er war klein?«

»Stimmt. Ein kleiner Wichtigtuer, nicht größer als einen Meter dreiundsechzig ungefähr.«

»Also sind zwei Männer die Treppe runter, einer war im Auto – und einer ist über die Feuerleiter hinunter«, faßte der Inspektor zusammen. Er hatte ein grobes, kantiges Gesicht mit aufmerksamen grauen Augen, die er plötzlich bohrend auf mich richtete. »Sie sagen, dieser Mann warf einen Koffer auf die Straße.«

»Richtig.«

»Wir haben diesen Koffer nicht gefunden, Mr. Trevelyan.«

»Dann müssen sie ihn aufgehoben und mitgenommen haben«, sagte ich. »Wobei sie uns beinahe überfahren hätten.«

»Woher sollten sie wissen, daß er dort war?« fragte er leise.

»Das weiß ich auch nicht. Vielleicht haben sie ihn runterfallen sehen. Ich schätze, der Wagen stand auf der Straße bereit, weil die anderen da runterkommen sollten.«

Er nickte. »Was war in dem Koffer – wissen Sie das?«

Ich blickte zu Geordie hinüber, der meinen Blick ausdruckslos erwiderte. Ich sagte: »Ein paar Sachen, die meinem Bruder gehört hatten.«

»Was für – äh – Sachen?«

»Kleidung, Bücher ... geologische Gesteinsproben.«

Der Inspektor stöhnte. »Irgend etwas Wichtiges oder Wertvolles?«

Ich schüttelte den Kopf. »Ich glaube nicht.«

»Was ist mit den Gesteinsproben?«

»Ich habe sie nur kurz gesehen. Es schienen mir Manganknollen zu sein, wie man sie oft auf dem Meeresboden findet. Es gibt sie in rauhen Mengen, wissen Sie.«

»Und sind sie wertvoll?« forschte er hartnäckig weiter.

»Ich glaube, wer über sie Bescheid weiß, wird sie nicht als wertvoll ansehen«, antwortete ich. »Sie könnten es sein, wenn man leicht an sie herankäme, aber bei einigen tausend Metern Tiefe ist es zu schwierig, sie rauszuholen.«

Der Inspektor schien am Ende seines Lateins. »Was meinen Sie, wie wird Ihr Bruder den Verlust der Gesteinsproben und seiner anderen Sachen aufnehmen?«

»Er ist tot«, sagte ich.

Der Inspektor horchte auf. »Oh? Wann ist er gestorben?«

»Ungefähr vor sechs Monaten. Im Pazifik.«

Er blickte mich gebannt an, und ich fuhr fort: »Mein Bruder Mark war Meeresforscher. Genau wie ich. Er starb vor ein paar Monaten an einer Blinddarmentzündung, und ich habe erst heute seine Habseligkeiten erhalten. Was diese Proben angeht, denke ich, daß es sich dabei um Souvenirs an die IGY-Forschungsreise handelt, an der er teilgenommen hat. Als Wissenschaftler werden sie ihn natürlich interessiert haben.«

»Aha«, meinte der Inspektor. »Fehlt sonst noch etwas, Mr. Trevelyan?«

»Nicht, daß ich wüßte.«

Geordie klapperte mit seiner Tasse. »Ich glaube, wir haben sie zu früh überrascht. Sie glaubten vielleicht, sie wären einer großen Sache auf der Spur, aber wir haben ihnen nicht genug Zeit gelassen. Deswegen packte sich einer von ihnen das erstbeste, was er sah, und versuchte damit zu türmen.«

Ich hütete mich zu erwähnen, daß der Koffer unter meinem Bett versteckt gewesen war.

Der Inspektor blickte Geordie abschätzig an. »Das ist kein gewöhnlicher Einbruch«, sagte er. »Ihre Darstellung erklärt nämlich nicht, daß sie eine Menge Ärger auf sich genommen haben, um den Koffer in Sicherheit zu bringen, und auch nicht, daß sie so viel Gebrauch von ihren Waffen gemacht haben.« Er wandte sich wieder zu mir. »Haben Sie irgendwelche Feinde in Spanien?«

Ich zuckte mit den Schultern. »Ich glaube nicht.«

Er schürzte die Lippen. »In Ordnung, Mr. Trevelyan, fangen wir noch einmal von vorne an. Da, als Sie zum ersten Mal das Licht in Ihrer Wohnung bemerkt haben...«

Es war schon nach drei Uhr morgens, als wir die Polizei endlich loswurden, und am nächsten Morgen kam sie schon wieder, um sich noch einmal an Ort und Stelle umzusehen und sich die ganze Geschichte ein weiteres Mal anzuhören. Der Inspektor war nicht zufrieden, aber weder er noch einer seiner Kollegen fand heraus, was an der Sache unstimmig war. Doch was das anbelangte – ich wußte es auch nicht. Das war ein Urlaubsanfang erster Güte! Seine letzten Worte an diesem Morgen waren: »Es hat hier einen Toten gegeben, Mr. Trevelyan, und das ist eine sehr ernste Angelegenheit. Ich erwarte, daß Sie beide sich für weitere Untersuchungen bereithalten. Sie sind nicht festgenommen«, fügte er so hinzu, daß ich das Gefühl hatte, ich wäre es. Und damit schritt er – mit seiner Gefolgschaft im Schlepp – aus der Wohnung.

»Mit anderen Worten – wir dürfen die Stadt nicht verlassen«, sagte ich. »Abgang eines unglücklichen Polizisten.«

Geordie meinte: »Er wird die Drähte heißlaufen lassen auf der Suche nach einem Experten für Manganknollen. Er glaubt, daß hier etwas faul ist.«

»Bei Gott, das glaube ich auch. Aber er wird nicht viel herausfinden. Er wird natürlich im Institut anrufen und mit Jarvis oder einem anderen hohen Tier sprechen, aber nur dasselbe zu hören bekommen, was ich ihm auch erzählt habe.«

Ich stand auf, ging in die Küche, nahm zwei Flaschen Bier aus dem Kühlschrank und kehrte damit ins Wohnzimmer zurück. Geordie betrachtete sie und meinte: »Manchmal hast du gute Ideen. Sag mal, diese Knollen – sind sie wirklich wertlos?«

»Ich habe den Polypen die reine Wahrheit gesagt. Mark schien irgendwelche verrückten Vorstellungen über die Entstehung dieser Knollen zu haben... Aber seine Notizbücher sind weg, und ohne sie kann ich seine Theorien nicht nachprüfen.«

Dann fiel mir plötzlich etwas ein. »Wart mal einen Moment«, sagte ich und ging ins Schlafzimmer. Tatsächlich, da war es – das kleine ledergebundene Tagebuch; immer noch auf meinem Nachttisch. Die Polizei hatte gewiß keinen

Grund zu der Annahme gesehen, daß es nicht meines war, und hatte es nicht angerührt.

Ich ging zurück und warf es Geordie zu. »Das haben sie nicht mitgenommen. Ich wollte dir schon davon erzählen – ich habe es in einer Tasche von Marks Anzug gefunden. Was hältst du davon?«

Er schlug das Buch neugierig auf, aber ich konnte sehen, wie ihn die Begeisterung schon bei flüchtigem Durchsehen wieder verließ. »Was, zum Teufel...?«

»Das ist eine von Mark abgewandelte Form der Pitman-Kurzschrift. Ich fürchte, selbst der alte Isaac hätte das nicht entziffern können.«

»Und was sind das für Zeichnungen?«

»Mark hat immerzu etwas gekritzelt«, sagte ich. »Man müßte wohl die Psychologie bemühen, um etwas damit anfangen zu können.«

Ich grübelte über die Ereignisse des Vortages nach, versuchte mir einen Reim darauf zu machen.

»Geordie, hör mal zu«, sagte ich. »Mark stirbt, und sein Kollege Norgaard verschwindet. Jarvis ist immer bestens über alles informiert und kennt jeden Branchenklatsch. Und wenn er sagt, er hat nichts von Norgaard gehört, dann hat wahrscheinlich auch sonst niemand etwas von ihm gehört.« Ich hielt einen Finger hoch. »Das ist das eine.«

»Weißt du etwas über Norgaard?«

»Nur, daß er auch Meeresforscher ist. Er ist Schwede, aber während des IGY war er auf einem amerikanischen Forschungsschiff. Danach habe ich ihn aus den Augen verloren; als das Unternehmen zu Ende war, lösten sich auch viele kollegiale Beziehungen wieder auf.«

»Was ist sein Spezialgebiet?«

»Meeresströmungen. Er ist eines von diesen Genies, die nur etwas Wasser herauszuholen brauchen und einem dann sagen können, in welcher Richtung das Wasser am letzten Mittwoch vor einer Million Jahren geflossen ist. Ich glaube, es gibt noch keinen Namen für sein Forschungsgebiet, deswegen werde ich es – dir zuliebe – Paläoaqualogie nennen.«

Geordie runzelte die Stirn. »Gibt es wirklich Leute, die so etwas ernsthaft betreiben?«

Ich grinste. »Das möchten sie einem gerne einreden, und ich habe keinen Grund, daran zu zweifeln. Aber für mein Empfinden gibt es da verdammt viele Theorien, die beängstigend wacklig sind und auf viel zu wenigen Fakten fußen. Mein Gebiet ist da anders – ich analysiere, was ich bekomme, und wenn jemand verrückte Theorien entwickelt und sich dabei auf meine Angaben stützt, so ist das seine Sache.«

»Und Mark war dasselbe wie du – ein analytischer Chemiker. Warum sollte er sich dann mit Norgaard zusammentun? Sie haben, so scheint es mir, nichts miteinander gemeinsam.«

»Ich weiß nicht. Ich weiß wirklich nicht«, sagte ich bedächtig. Ich dachte an die höchst unwahrscheinliche Theorie in Marks verschwundenen Notizbüchern.

»Also gut«, sagte Geordie. »Norgaard ist verschwunden – glaubst du. Was hast du noch?«

»Das nächste ist Kane. Das ist ein zu merkwürdiges Zusammentreffen. Kane taucht auf, und gleich darauf wird bei mir eingebrochen. Er wußte, daß die Sachen kommen würden – ich habe es ihm gesagt.«

Geordie lachte leise. »Und wie bringst du die vier spanischen Einbrecher mit Kane in Verbindung? Als Nicht-Theoretiker, meine ich?«

»Verdammt, wenn ich das nur wüßte! Auch daran ist etwas merkwürdig. Ich konnte ihren Akzent nicht einordnen; es war einer, den ich noch nie zuvor gehört habe.«

»Du kennst nicht alle«, sagte Geordie. »Um das zu können, müßtest du als Spanier geboren sein.«

»Das ist wahr.« Es trat ein langes Schweigen ein, und ich versuchte, meine Gedanken zu ordnen. »Und was Kane betrifft – ich wünschte, ich wüßte, wo ich ihn finde.«

»Du glaubst, daß auch mit ihm etwas nicht stimmt?«

»Ja. Aber ich weiß nicht, was es ist. Ich versuche schon dahinterzukommen, seit ich ihn gesehen habe.«

»Mike, ich glaube, das ist alles Unsinn«, meine Geordie nachdrücklich. »Ich glaube, deine Phantasie geht mit dir durch. Du hast einen Schock erlitten durch Marks Tod und durch den Einbruch. Ich übrigens auch. Aber ich glaube nicht, daß Norgaard auf geheimnisvolle Weise verschwunden ist; wahrscheinlich sitzt er irgendwo und schreibt an einer Arbeit über prähistorische Gewässer. Was Kane angeht, hast du nur einen blinden Verdacht. Aber ich sage dir, was ich tun werde. Wenn Kane ein Seemann ist, wird er sich wahrscheinlich in der Hafengegend herumtreiben, und wenn du ihn so dringend haben willst, werde ich meine Jungs ein wenig herumschnüffeln lassen. Das ist ein ziemlich hoffnungsloses Unterfangen, aber es ist alles, was ich für dich tun kann.«

»Danke, Geordie«, sagte ich. »Ich werde unterdessen Helen anrufen und ihr erzählen, daß bei mir eingebrochen worden ist. Sie wird nicht gerne hören, daß man Marks Sachen gestohlen hat, aber das läßt sich nicht ändern. Ich kann es nur runterspielen, ihr sagen, daß das alles sowieso wertloses Zeug war.«

»Wirst du ihr das Notizbuch geben?«

Ich schüttelte nachdenklich den Kopf. »Welches Notizbuch? Soweit es Helen betrifft, ist alles gestohlen worden. Mit diesen Eintragungen könnte sie nie etwas anfangen – aber vielleicht kann ich es.«

5

In dieser Nacht hatte ich einen Alptraum.

Ich träumte von einer lieblichen Insel im Pazifik mit weißen Stränden und wehenden Palmwedeln, auf der ich glücklich umherstreifte, bis ich bemerkte, daß der Himmel sich bezogen hatte und ein kalter, eisiger Wind aufgekommen war. Ich begann zu laufen, aber der weiche Sand gab unter meinen Füßen nach, und ich kam nicht von der Stelle. Und ich wußte, vor wem ich wegrannte.

Schließlich holte er mich ein, während ich mit dem Rücken zu einer Palme vor ihm stand, und er kam näher und näher und schwenkte ein rostiges Küchenmesser. Ich wußte, daß es der holländische Arzt war, obwohl er auf spanisch schrie: *»Emplead cuchillo – cuchillo – cuchillo!«*

Er war betrunken und schweißnaß im Gesicht, und als er näher kam, war ich unfähig, mich fortzubewegen, und ich wußte, daß er mich erstechen würde. Schließlich war er mir so nahe, daß ich die Schweißtropfen auf seiner glänzenden Stirn und seinem hageren dunklen Gesicht erkennen konnte. Es war Kanes Gesicht. Er riß seinen Arm zurück und rammte mir das Messer in den Bauch. Ich wachte schreiend auf.

Ich atmete schwer, schnappte nach Luft und merkte, daß ich in Schweiß gebadet war. Der Messerkratzer an meinem Arm schmerzte. Und endlich fiel mir ein, was an Kanes Story nicht stimmte.

Die Schlafzimmertür ging auf, und Geordie fragte leise: »Was zum Teufel ist hier los?«

Ich sagte: »Komm herein, Geordie, es ist alles in Ordnung – es war nur ein Alptraum.«

Ich knipste die Nachttischlampe an, und Geordie sagte: »Du hast mich ganz schön erschreckt, Mike.«

»Mich selbst auch, Geordie.« Ich zündete mir eine Zigarette an. »Aber ich habe etwas herausbekommen. Anders gesagt: mir ist etwas eingefallen.«

»Und was?«

Ich klopfte Geordie, wie um meine Aussage zu unterstreichen, mit dem Zeigefinger auf die Brust. »Mark hatte schon seit Jahren keinen Blinddarm mehr.«

Geordie wirkte entgeistert. »Aber der Totenschein ...«

»Ich weiß nicht, was darauf steht. Ich habe ihn noch nicht gesehen und weiß daher nicht, ob er die Unwahrheit sagt. Aber eines weiß ich: daß Kane lügt.«

»Bist du dir da ganz sicher?«

»Ich weiß sogar noch, welcher Arzt ihn operiert hat. Ich werde ihn anrufen und das noch einmal nachprüfen – aber ich bin ganz sicher.«

»Vielleicht hat dieser holländische Arzt sich geirrt«, meinte Geordie.

»Das müßte ein verdammt guter Arzt sein, der einen Blinddarm herausnehmen kann, der gar nicht da ist«, sagte ich bissig. »So massiv kann ein Arzt sich nicht irren.«

»Es sei denn, er versuchte etwas zu vertuschen. Viele Ärzte vertuschen es, wenn sie etwas falsch gemacht haben.«

»Du meinst, er war unfähig?« Ich dachte darüber nach, dann schüttelte ich entschieden den Kopf. »Nein, Geordie, das ist unwahrscheinlich. Er hätte die alte Operationsnarbe sofort entdeckt, als er ihn untersuchte, und hätte gleich gewußt, daß der Blinddarm schon entfernt worden war. Er würde nicht Kopf und Kragen riskieren, indem er eine Urkunde unterschriebe, deren Unstimmigkeit so leicht nachzuweisen ist – so unfähig kann niemand sein.«

»*Aye.* Wenn er etwas vertuschen wollte, hätte er als Todesursache Fieber oder so angeben können – etwas, das weder so noch so schnell nachzuprüfen ist. Aber wir wissen ja nicht, was er auf dem Totenschein angegeben hat.«

»Das werden wir schnell in Erfahrung bringen. Sie haben ihn Helen zugesandt. Und ich bin mehr denn je darauf erpicht, Kane ausfindig zu machen – ich will diesen Bastard auf seiner Lüge festnageln.«

»Wir werden unser Bestes tun«, versprach Geordie. Es klang nicht allzu zuversichtlich.

Zweites Kapitel

1

In dieser Nacht hatte ich keine Träume mehr, ich schlief tief und fest und lange. Ich wurde davon wach, daß Geordie mich an der Schulter rüttelte, ohne an meinen schmerzenden Arm zu denken. Ich drehte mich stöhnend auf die Seite, aber er gab keine Ruhe, bis ich die Augen aufmachte. »Du wirst am Telefon verlangt«, sagte er. »Es ist das Institut.«

Ich zog meinen Bademantel an und nahm noch ganz verschlafen den Hörer hoch. Es war der junge Simms. »Dr. Trevelyan, ich habe für die Dauer Ihrer Abwesenheit Ihr Büro übernommen, und Sie haben hier etwas zurückgelassen. Ich weiß nicht, ob es wertvoll ist und ob Sie es haben wollen ... ?«

»Was ist es denn?« fragte ich.

»Eine Manganknolle.«

Ich war schlagartig hellwach. »Wo haben Sie sie gefunden?«

»Habe ich gar nicht. Eine Putzfrau hat sie unter Ihrem Schreibtisch gefunden und mir gegeben. Was soll ich damit machen?«

»Sie gut aufheben. Ich hole sie noch am Vormittag ab. Sie hat – etwas mit der Arbeit zu tun, an der ich gerade sitze. Vielen Dank für Ihren Anruf.«

»Es ist noch nicht alles verloren«, sagte ich, zu Geordie gewandt. »Wir haben noch eine Knolle. Du hast im Büro ein paar auf den Boden fallen lassen, weißt du noch? Eine ist unterm Schreibtisch liegengeblieben.«

»Ich verstehe nicht, was die ganze Aufregung soll. Die ganze Zeit hast du mir erklärt, daß die Dinger wertlos sind. Warum bist du wegen dieser nun so völlig aus dem Häuschen?«

»Die aus dem Koffer müssen etwas Besonderes an sich haben. Und deshalb will ich mir diese mal näher ansehen.«

Nach dem Frühstück, das aus einer Zigarette und einer Tasse starkem Kaffee bestand, rief ich Helen an und bat sie, mir Marks Sterbeurkunde vorzulesen. Sie war natürlich auf französisch ausgestellt, und Helen hatte einige Mühe, die handgeschriebenen Eintragungen zu entziffern, aber wir bekamen alles heraus. Ich legte den Hörer auf und sagte zu Geordie: »Jetzt würde ich mir außer Kane gern auch noch diesen Arzt vorknöpfen.« Ich war zornig und empört.

»Woran ist er denn gestorben?«

»An einer Peritonitis nach einer Blinddarmoperation. Und das kann nicht stimmen. Der Arzt heißt Hans Schouten. Die Urkunde wurde in Tanakabu auf den Tuamotu-Inseln ausgestellt.«

»Das ist verdammt weit von hier.«

»Aber Kane ist nicht weit entfernt. Tu, was du kannst, um ihn zu finden, Geordie.«

Geordie seufzte. »Ich tue, was ich kann. Aber dies ist eine verdammt große Stadt, und außer dir und Helen kann niemand ihn zuverlässig identifizieren.«

Ich zog mich an und fuhr ins Institut, holte mir die Knolle bei Simms ab und ging hinunter ins Labor, um den Gesteinsbrocken bis auf die letzten Spurenelemente zu untersuchen. Zuerst machte ich von verschiedenen Seiten Farbaufnahmen und einen Latexabdruck – so wurde die äußere Beschaffenheit festgehalten. Dann schnitt ich ihn mit einer Diamantsäge in zwei Hälften. In der Mitte steckte, was mich nicht überraschte, das weiße Zahnbein eines Haifischzahns – auch dieses sauber in zwei Hälften geteilt.

Ich tat die eine Hälfte in die Gesteinsmühle, und während sie zu feinem Mehl zerrieben wurde, schmirgelte ich die Sägefläche der anderen ab und schliff sie matt. Dann begann die eigentliche Arbeit. Bis zum frühen Nachmittag lief alles vorzüglich, und zum Glück hatte ich das Labor fast die ganze Zeit für mich allein, aber dann kam Jarvis herein. Er war überrascht, mich zu sehen.

»Ich denke, Sie sind in Urlaub, Mike. Was ist das hier?«

Er betrachtete die Versuchsanordnung auf dem Tisch. Ich machte mir deswegen keine Sorgen – was ich da untersuchte, hätte alles mögliche sein können, und die halbe Gesteinsprobe, die zu erkennen gewesen wäre, war nicht zu sehen. Ich antwortete leichthin: »Oh, nur ein paar Hausaufgaben; ich hatte versprochen, das zu machen, sobald ich Gelegenheit dazu hätte.«

Er sah mich prüfend von der Seite an. »Was war los, junger Mann? Ich hab' gestern was über Sie in der Zeitung gelesen. Und dann war ein Kerl da von Scotland Yard und hat mich nach ihnen ausgefragt – und nach Manganknollen. Und er hat mir gesagt, Sie hätten jemanden *umgebracht*?«

»Bei mir ist vorgestern nacht eingebrochen worden, und ich habe einen Kerl über die Feuerleiter runtergestoßen«, sagte ich. Ich hatte das selber nicht in der Zeitung gesehen, und es war mir auch nicht in den Sinn gekommen, daß der Vorfall an die Öffentlichkeit gezerrt würde. Da Simms jedoch keine Reaktion gezeigt hatte, schien die Meldung nicht gerade auf der ersten Seite gestanden zu haben.

»Ja«, machte Jarvis. »Wie gräßlich. Das ist hier bald wie in Chicago. Äußerst unangenehm für Sie. Aber was hat das mit den Knollen zu tun?«

»Mir sind ein paar gestohlen worden, zusammen mit anderen Sachen. Ich habe dem Inspektor gesagt, daß sie völlig wertlos sind.«

»Ich habe das unmißverständlich unterstrichen«, brummte Jarvis. »Und ich glaube, er ist jetzt überzeugt, daß die Einbrecher, als sie gestört wurden, das erstbeste geschnappt haben, das gerade greifbar war. Ich habe Sie übrigens als besonnenen Menschen geschildert.«

Ich hatte so meine Zweifel, ob Scotland Yard sich mit dieser vordergründigen Erklärung zufriedengeben würde. Der Inspektor hatte auf mich den Eindruck gemacht, daß er zutiefst mißtrauisch war.

»Also, mein Junge, ich lasse Sie damit allein. Irgend etwas Interessantes?« Er blickte fragend zum Arbeitstisch hinüber.

Ich lächelte. »Ich weiß noch nicht.«

Er nickte. »Ja, so ist das nun mal«, sagte er etwas vage und wanderte wieder hinaus. Ich blickte auf den Tisch und fragte mich, ob ich nur meine Zeit verschwendete. Mein Wissen, von einem Experten wie Jarvis unterstützt, sagte mir, daß dies nur eine gewöhnliche Pazifik-Knolle und nichts Besonderes war. Aber da ich nun schon einmal so weit mit allem gediehen war, konnte ich ebensogut weitermachen. Ich ließ die Gläser eine Zeitlang alleine vor sich hin brodeln und machte Mikrofotografien von der angerauhten Oberfläche der Knollenhälfte.

Ich hatte noch einige Stunden zu tun, und daß ich dabei meinen verletzten Arm benutzen mußte, trug nicht zu meiner Erheiterung bei. Normalerweise hätte ich die Dienste eines Laborgehilfen in Anspruch genommen, aber in diesem einen Fall wollte ich die Arbeit lieber selbst machen. Und es war auch gut so, denn was ich schließlich herausfand, überraschte mich sehr. Ich blickte ungläubig auf die Zahlenergebnisse, die herauskamen. Ich keuchte vor Aufregung, und die widersprüchlichsten Vermutungen schossen mir durch den Kopf.

Dann wurde ich noch geschäftiger, baute die Glasgefäße ab und wusch jedes einzelne sorgfältig aus. Ich wollte keine Spuren meiner Tätigkeit zurücklassen. Als ich damit fertig war, rief ich bei mir zu Hause an.

Geordie war am Telefon. »Wo zum Teufel hast du gesteckt?« fragte er. »Wir hatten die Bullen hier, die Presse, die Leute von der Versicherung – die ganze Meute.«

»Das sind die letzten Leute, mit denen ich mich gerade jetzt herumärgern möchte. Ist die Luft jetzt rein?«

»Ja.«

»Gut. Kane hast du, vermute ich, nicht gefunden?«

»Da vermutest du richtig. Wenn du ihn im Verdacht hast, warum gehst du dann nicht mit dem, was du hast, zur Polizei? Sie könnten ihn besser aufspüren als ich.«

»Das möchte ich im Augenblick nicht. Ich komme jetzt nach Hause, Geordie. Ich habe dir was zu erzählen.«

»Hast du schon gegessen?«

Mir wurde plötzlich klar, daß ich den ganzen Tag lang noch keinen Bissen zu mir genommen hatte. Ich hatte großen Hunger. »Ich bin noch nicht dazu gekommen«, sagte ich hoffnungsvoll.

»Das habe ich mir schon gedacht. Ich mache dir einen Vorschlag: ich werde uns etwas in deiner Küche kochen – einen Gemüseeintopf. Dann brauchen wir nicht auszugehen und uns am Ende von einem von der Presse nachspionieren lassen.«

»Danke. Das wäre großartig.«

Auf dem Heimweg kaufte ich mehrere Zeitungen und stellte fest, daß das Ganze mit keiner Silbe mehr erwähnt war. In einem Geschäft in der Nähe meiner neuen Wohnung suchte man für mich noch eine Zeitung vom Vortag heraus. Darin stand, versteckt im Innenteil des Blattes, eine kurze Meldung, in der weder auf die näheren Umstände des Einbruchs eingegangen noch erwähnt war, was gestohlen worden war. Das kam mir sehr gelegen. Ich hatte etwas dagegen, daß man mir Fragen nach Manganknollen stellte. Ich bin von Natur aus kein guter Lügner.

Als ich in die Wohnung kam, fand ich Geordie in der Küche, umgeben von einem Duft, der einem das Wasser im Munde zusammenlaufen ließ. Und mir fiel auf, wie sauber und aufgeräumt das Wohnzimmer war. Ich nahm mir innerlich vor, mir nie wieder verglaste Bücherschränke zu kaufen – ich hatte sie sowieso noch nie richtig leiden mögen. Geordie rief: »Es dauert noch ungefähr eine Stunde. Du kannst dir also vor dem Essen von der Seele reden, was du an Neuigkeiten hast. In zwei Sekunden bin ich bei dir.«

Ich ging an den Barschrank und holte die Whiskyflasche und zwei Gläser; dann nahm ich meinen alten Schulatlas aus dem Bücherschrank. Er war voller Tintenkleckse und politisch völlig überholt, aber für meine Zwecke würde er ausreichen. Ich legte ihn auf den Tisch und schlug die Karte des Pazifischen Ozeans auf.

Als Geordie aus der Küche kam, sagte ich: »Setz dich zu mir. Ich muß dir etwas Wichtiges erzählen.«

Er bemerkte, wie meine Augen vor Aufregung glänzten, lächelte und setzte sich gehorsam hin. Ich goß uns einen Whisky ein und sagte: »Ich muß dir eine kleine Einführung in die Meereskunde geben. Ich hoffe, es wird dich nicht langweilen.«

»Schieß los, Mike.«

»Auf dem Meeresboden – besonders im Pazifik – liegt ein Vermögen an metallischen Erzen in Form kleiner Klumpen.« Ich holte die Knollenhälfte aus meiner Tasche und legte sie auf den Tisch. »Wie dieser hier. Das ist kein Geheimnis. Jeder Ozeanograph weiß davon.«

Geordie nahm die Knolle und betrachtete sie prüfend. »Was ist das Weiße in der Mitte?«

»Ein Haifischzahn.«

»Wie zum Teufel kommt der mitten in einen Stein?«

»Das erzähle ich dir später«, sagte ich ungeduldig. »In der zweiten Lektion. Diese Klumpen bestehen hauptsächlich aus Mangandioxid, Eisenoxid und Spuren von Nickel, Kobalt und Kupfer, aber der Einfachheit halber werden sie meist als Manganknollen bezeichnet. Wie sie auf den Meeresboden kommen, erkläre ich dir ebenfalls später. Aber die Mengen, in denen sie vorkommen, sind einfach unvorstellbar.«

Ich wandte mich dem Atlas zu und ließ den Zeigefinger von der Küste des amerikanischen Doppelkontinents von Süden nach Norden wandern, von Chile bis hinauf nach Alaska. »Die hier nachgewiesenen Ablagerungen – im Schnitt etwa zehn Pfund pro Quadratmeter – bedecken ein Gebiet von zwei Millionen Quadratmeilen und ergeben sechsundzwanzig Milliarden Tonnen Knollen.«

Ich fuhr mit dem Finger nach Hawaii hinüber. »Das ist der Mittelpazifische Rücken. Vier Millionen Quadratmeilen – siebenundfünfzig Milliarden Tonnen Knollen.«

»Heiliges Kanonenrohr«, sagte Geordie, »das sind wirklich unvorstellbare Mengen.«

Ich ignorierte das und wanderte mit meinem Finger wieder südwärts, nach Tahiti. »Vierzehn Millionen Quadratmeilen im mittleren und südöstlichen Pazifik. Zweihundert Milliarden Tonnen Knollen. Wie Sand in der Wüste.«

»Wieso habe ich bisher noch nie davon gehört? Das klingt nach Schlagzeilen auf der ersten Seite.«

»Ich weiß nicht, warum du nicht davon gehört haben solltest, aber so etwas findest du nicht in den Zeitungen. Es ist nicht interessant genug. Du hättest die richtigen Branchenblätter lesen müssen. Man hat nie ein Geheimnis darum gemacht; sie wurden erstmalig um 1870 entdeckt, während der *Challenger*-Expedition.«

»Dann hat die Sache einen Haken. Sonst hätte schon längst jemand etwas deswegen unternommen.«

Ich lächelte. »O ja, es gibt Haken – wie immer. Einer davon ist die Wassertiefe – dies Zeug liegt meist in einer Tiefe von mehr als viertausend Metern. Man muß durch eine Menge Wasser, bevor man Knollen hochbaggern kann, und der Druck unten auf dem Meeresboden ist gewaltig. Aber es wäre machbar. Ein amerikanischer Ingenieur namens John Mero hat eine Diplomarbeit darüber geschrieben. Er schlug vor, so etwas wie einen riesigen Staubsauger hinabzulassen und die Knollen an die Oberfläche zu saugen. Ein solches Vorhaben zu finanzieren, würde in die Millionen gehen, und der Gewinn wäre minimal, etwa neun Pfund pro Quadratmeter. Wir würden so etwas als ziemlich mageres Erz bezeichnen, wenn wir es an Land fänden.«

»Aber du hast noch einen Trumpf im Ärmel«, meinte Geordie.

»Sagen wir es einmal so. Die Informationen, die ich dir gegeben habe, beruhen auf den Untersuchungen des IGY, und die Verdienstspanne pro Quadratmeter ist nur ein grober Richtwert.«

Ich deutete mit dem Finger auf den östlichen Pazifik. »Zenkewitsch vom sowjetischen Institut für Meereskunde hat hier 37 Pfund pro Quadratmeter gefunden. Die Dichte, in der das Zeug vorkommt, ist unterschiedlich, weißt du. Hier haben sie fünfzig Pfund pro Quadratmeter gefunden, hier achtzig und hier siebzig.«

Geordie hatte sehr aufmerksam zugehört. »Das hört sich an, als wäre die Sache doch wirtschaftlich interessant.«

Ich schüttelte müde den Kopf. »Nein, das ist sie nicht. Mangan ist keine Mangelware, und auch Eisen ist nicht knapp. Wenn man nun anfinge, große Mengen Knollen zu bergen, so hätte das nur zur Folge, daß der Markt überschwemmt würde. Der Preis würde entsprechend fallen, und man wäre wieder ganz am Anfang – bei einem minimalen Gewinn. Tatsächlich sähe alles noch schlimmer aus. Die großen Metallfirmen und Bergwerke – die einzigen, die das Geld hätten, in dieser Sache etwas zu unternehmen – haben kein Interesse. Sie haben schon an Land Manganminen, und wenn sie hier aktiv würden, wäre das nur zum Schaden ihrer eigenen landgebundenen Investitionen.«

»Es kommt mir so vor, als bewegtest du dich im Kreise«, sagte Geordie säuerlich. »Worauf willst du mit all dem hinaus?«

»Geduld. Ich komme schon zum Wesentlichen. Ich habe schon gesagt, daß auch noch andere Metalle in diesen Knollen sind – Kupfer, Nickel und Kobalt. Das Kupfer kannst du vergessen. Aber hier, im südöstlichen Teil des Pazifiks, enthalten die Knollen ungefähr 1,6 Prozent Nickel und rund 0,3 Prozent Kobalt. Und im Mittelpazifik, am Hawaiirücken, liegt der Kobaltgehalt schon bei zwei Prozent. Merk dir das, weil ich jetzt erst auf etwas anderes zu sprechen kommen muß.«

»Um Himmels willen, Mike, walz die Geschichte nicht zu sehr aus.«

Ja, das tat ich, ich spannte ihn bewußt auf die Folter, und es machte mir Spaß. »Ich komme schon zur Sache«, sagte ich. »Alle Zahlen, die ich dir genannt habe, beruhen auf den IGY-Untersuchungen.« Ich beugte mich vor. »Rate mal, an wie vielen Stellen sie ihre Untersuchungen durchgeführt haben.«

»Wie soll ich das raten? Das ist unmöglich.«

Ich nahm einen Schluck Whisky. »An sechzig Stellen haben sie den Meeresboden fotografiert und Proben genommen. An ganzen sechzig lausigen Stellen – bei vierundsechzig Millionen Quadratmeilen Pazifik.«

Geordie starrte mich an. »Das war alles? Auf solche Beweiszahlen gäbe ich keinen Pfifferling.«

»Der orthodoxe Meeresforscher sagt: ›Der Meeresboden ist ziemlich einheitlich – es gibt keine großen Unterschiede zwischen einer Stelle und der nächsten; was man an der Stelle X gefunden hat, die man untersucht hat, wird man also mit ziemlicher Sicherheit auch an der Stelle Y finden, die man nicht untersucht hat.‹« Ich klopfte auf den Atlas. »Ich hatte immer meine Bedenken, was diese Art zu argumentieren angeht. Zugegeben, der Meeresboden ist ziemlich einheitlich, aber wir sollten uns nicht blindlings darauf verlassen. Und das hat Mark auch nicht getan.«

»Hat Mark mit dir zusammen an dieser Sache gearbeitet?«

»Wir haben nie zusammengearbeitet«, sagte ich kurz angebunden. »Aber weiter. 1955 fischte die Scripps-Expedition etwa hier eine Manganknolle auf.« Ich zeigte auf die Stelle. »Sie war ungefähr 60 Zentimeter lang, einen halben Meter dick und wog hundertfünfundzwanzig Pfund. Im selben Jahr versuchte ein britisches Kabelschiff im Philippinengraben ein gebrochenes Kabel festzukriegen. Sie bekamen das Kabel auch wirklich hoch, aus etwa 5700 Meter Tiefe, und in einer Schlinge des Kabels fanden sie eine Knolle von einem Meter zwanzig Länge und neunzig Zentimetern Durchmesser. Sie wog über fünfzehnhundert Pfund.«

»Ich fange an zu ahnen, worauf du hinaus willst.«

»Ich versuche es dir begreiflich zu machen. Die orthodoxen Meereskundler haben auf einem Gebiet von vierundsechzig Millionen Quadratmeilen an sechzig Stellen Proben genommen und haben die Nerven zu glauben, sie wüßten jetzt alles. Ich bin überzeugt, daß es Stellen gibt, wo fünfhundert Pfund Knollen auf einem Quadratmeter liegen – und Mark kannte solche Stellen, wenn ich seine Notizen richtig verstehe.«

»Ich glaube, du wolltest noch etwas Wichtiges über Kobalt sagen, Mike. Nun komm schon damit heraus.«

Ich konnte meine Aufregung nicht länger zügeln. »Das ist das wichtigste. Der höchste Kobaltgehalt, der bisher in einer Knolle festgestellt wurde, lag bei etwas über 2 Prozent.« Ich stieß die Knollenhälfte auf dem Tisch mit einem Finger an. »Ich habe heute diese untersucht. Sie enthielt *zehn* Prozent Kobalt. – Und Kobalt, Geordie, ist mehr wert als alles übrige zusammen; die Raketenbauer können nicht genug davon bekommen!«

2

Wir aßen Geordies Eintopf, der ausgezeichnet war, und redeten bis gegen Mitternacht über dieses Thema. Einmal kam ich auf einen wunden Punkt in dieser Angelegenheit zurück. »Ich wünschte, ich hätte diese Notizbücher noch. Es waren nur flüchtige Arbeitsnotizen, und Mark scheint vielen falschen Fährten nachgegangen zu sein – einige seiner Mutmaßungen kamen mir völlig albern und unsinnig vor –, aber ich wünschte, sie wären uns nicht gestohlen worden.«

Geordie zog an seiner Pfeife, und sie machte ein gurgelndes Geräusch. »Mir würde es schon reichen, wenn ich wüßte, warum sie gestohlen wurden – und von wem.«

»Dann glaubst du also auch, daß es etwas mit Marks Tod zu tun hat?«

»Das muß es, mein Junge. Er hatte da etwas Wertvolles...«

»Und wurde deswegen ermordet«, schloß ich. »Aber wer hat ihn umgebracht? Kane? Das ist unwahrscheinlich – ein merkwürdiger Mörder, der um die halbe Welt reist, um die Familie zu informieren.«

Das ließ uns für eine Weile verstummen. Nach längerem Schweigen sagte ich zögernd: »Wenn wir uns nur Schouten vorknöpfen könnten.«

»Der lebt auf der anderen Seite der Erde.«

Ich sagte leise: »Ich glaube, daß Mark auf riesige Ablagerungen kobalthaltiger Knollen gestoßen ist. Er war kein schlechter Wissenschaftler, aber wie Mark nun einmal veranlagt war, war er wahrscheinlich ganz persönlich an seiner wertvollen Entdeckung interessiert. Seine Theorien allerdings konnten einen schon ein wenig stutzig machen. Sie reizen mich.«

»Und?«

»Ich hätte Lust, etwas deswegen zu unternehmen.«

»Du meinst – eine Expedition zu organisieren?«

»Genau.« Damit, daß ich dies laut aussprach, begannen all die Ideen feste Gestalt anzunehmen, die mich seit der chemischen Untersuchung beschäftigten.

Geordie klopfte den Tabakrest aus seiner Pfeife. »Sag mal, Mike – ist dein Interesse daran wissenschaftlicher oder persönlicher Natur? Deine Beziehung zu Mark war ja nicht besonders herzlich. Treibt dich der Gedanke, daß ein Trevelyan seiner Arbeit nachgehen können müßte, ohne ermordet zu werden, oder ist es etwas anderes?«

»Ja, das ist es und noch eine Menge anderes. Erstens treibt hier jemand ein übles Spiel mit mir, und das gefällt mir nicht.

Ich mag es nicht, daß man bei mir einbricht, mit dem Messer auf mich losgeht und auf meine Freunde schießt. Und ich mag auch nicht, daß man meinen Bruder umbringt, sofern er tatsächlich ermordet sein sollte; was ich menschlich von ihm hielt, spielt da keine Rolle. Doch dann habe ich natürlich auch ein wissenschaftliches Interesse – die Sache reizt mich. Eine solche Entdeckung wäre für die Meeresforschung ebenso sensationell wie die Evolutionstheorie für die Biologie. Und dann ist da noch eine Menge Geld.«

»Ja«, sagte Geordie. »Das habe ich mir schon gedacht, daß damit Geld zu machen ist.«

»Da hast du ganz richtig gedacht. Und wenn du in Millionen denkst, vergiß es – deine Maßstäbe wären zu klein. Es könnten Milliarden sein.«

Er ließ sich nicht so schnell begeistern. »Du meinst, soviel wäre in der Sache drin?«

»Ja, soviel ist drin«, sagte ich entschieden.

»Was würde eine solche Expedition kosten?«

Auch darüber hatte ich mir schon Gedanken gemacht. »Ein Schiff – plus fünfzigtausend Pfund für Sonderausrüstung – plus Vorräte und laufende Betriebsunkosten.«

»Laufende Betriebsunkosten für wie lange?«

Ich lächelte schief. »Das ist eine der großen Unbekannten – wie soll man das bei einer solchen Sache wissen?«

»Das ist viel Geld. Und der Pazifik ist über sechzig Millionen Quadratmeilen groß, wie du sagtest.«

»Ich verstehe etwas von meiner Arbeit«, sagte ich. »Ich würde nicht völlig blindlings losziehen. Ich kenne eine Menge Stellen, wo keine kobaltreichen Knollen vorkommen. Und dann ist mir etwas von Marks Theorien im Gedächtnis geblieben – vielleicht sind seine Theorien am Ende gar nicht so phantastisch. Außerdem habe ich auch das noch – und ich bin sicher, daß es uns weiterbringt.« Ich hielt Marks kleines Tagebuch hoch, das ich ständig bei mir trug.

Plötzlich klatschte Geordie in die Hände. »In Ordnung, mein Junge. Wenn du das Kapital und das Geld für die laufenden Kosten auftreibst – weiß der Himmel, wie du an so viel Geld kommen willst –, dann stelle ich das Schiff. Würde die alte *Esmerelda* reichen?«

»Mein Gott, sie wäre geradezu ideal, um mit kleinem Kostenaufwand auszukommen.« Ich bemühte mich, meine Aufregung zu zügeln, und blickte ihn gespannt an. »Aber warum solltest du dich auf so etwas einlassen? Das ist eine riskante Geschichte, weißt du.«

Er lachte. »Na ja, du hast vorhin etwas von ein paar Milliarden gesagt. Außerdem hat mir so ein kleiner Flegel die Fingerkuppe meines kleinen Fingers weggeschossen. An ihm selbst bin ich nicht sonderlich interessiert, aber ich würde gern den Mann zwischen die Finger kriegen, der ihn bezahlt hat. Und Charter-Touristen sind auf die Dauer auch nicht eben sehr vergnüglich. Hast du schon eine Idee, was die Finanzierung angeht? Ich meine, ohne einen Bankier, der brav mitzieht, wird aus der Sache nichts.«

Ich hatte in den letzten ein, zwei Stunden in den Diskussionspausen darüber nachgedacht. Bisher schien sich alles bestens anzulassen.

»Ich habe neulich Clare Campbell gesehen«, sagte ich nachdenklich. »Sie ist mit ihrem Vater in London, sie nehmen an irgendeiner Konferenz teil. Den habe ich im Auge.«

»Wer ist Campbell?«

»Jonathan Campbell. Ein schottisch-kanadischer Bergbauunternehmer. Mark hat nach dem IGY eine Weile für ihn gearbeitet – im Zusammenhang mit einem Minenprojekt in Südamerika...« Ich brach ab, und Geordie hielt fragend den Kopf schief. Etwas an meiner Bemerkung bereitete mir Unbehagen, aber ich wußte nicht was, und ich schüttelte es mit einer Kopfbewegung ab.

»Er hat also Geld.«

»Jede Menge«, sagte ich, wieder beim Thema. »Er steht in dem Ruf, ein ziemlich waghalsiger Spekulant zu sein, und diese Sache könnte ihn reizen. Bei dieser südamerikanischen Unternehmung vor gar nicht langer Zeit hat er einen Haufen Geld verloren – das hatte damit zu tun, daß seine Minen verstaatlicht wurden –, aber ich glaube, er hat genug übrigbehalten, um ein neues Spielchen zu wagen.«

»Woher weißt du das alles, Mike? Ich wußte gar nicht, daß du die Wirtschaftsseiten liest.«

»Nach dem IGY habe ich daran gedacht, aus der reinen

Forschungsarbeit auszusteigen. Die Bezahlung ist im Verhältnis zu der in der Industrie gering. Ich hatte deshalb vor, mich nach einem Job umzusehen, der sich besser mit meinem teuren Geschmack verträgt.« Ich deutete mit einer Handbewegung auf meine bescheidene Wohnung. »Eine ganze Reihe anderer haben es auch so gemacht – darunter auch Mark –, also hörte ich mich ein wenig um, und dann trat Campbell plötzlich an mich heran.«

»Aber du hast den Job nicht angenommen.«

Ich schüttelte den Kopf. »Er hatte Mark schon engagiert, weißt du, und ich hatte keine Lust, Mark als Kollegen zu haben. Außerdem bekam ich um die gleiche Zeit das Angebot, ins Institut zu gehen – für weniger Geld zwar, aber dafür war die Arbeit interessanter. Mark war schon ziemlich früh aus der reinen Forschung ausgestiegen. Ich habe Campbell tatsächlich nie getroffen, wohl aber seine Tochter – in Vancouver. Mark hatte sie im Schlepp. Sie schienen sehr intim miteinander zu sein – kein Wunder, da sie doch die Tochter des Chefs war.«

»Arme dumme Kuh.« Geordies Stimme klang ebenso kühl wie meine.

Ich fand, daß die Bezeichnung nicht auf sie zutraf, und fragte mich, wie lange sie wohl gebraucht hatte, um Marks Charakter zu durchschauen. Es war mir damals nicht so vorgekommen, als könnte man sie lange hinters Licht führen. Aber ich hoffte, daß zwischen ihnen nicht viel gewesen war, da es sonst Campbells Haltung mir gegenüber beeinflussen konnte, wenn ich an ihn herantrat.

»Wie lange hat Mark für Campbell gearbeitet?«

»Nicht sehr lange – anderthalb Jahre etwa. Dann ging er in den Südpazifik und tat sich mit Norgaard zusammen; das war das letzte, was ich von ihm gehört habe. Ich weiß nicht genau, was sie da gemacht haben – soweit ich weiß, hatten sie weder ein vernünftiges Schiff noch die nötige Ausrüstung für richtige Forschungsarbeit.«

»Aber wenn Campbell ein Minenexperte ist – was veranlaßt dich dann zu der Annahme, daß er ein Tiefseeabenteuer finanzieren könnte?«

»Ich glaube, er wird es tun«, sagte ich. »Metalle sind sein

Geschäft. Nicht Gold oder Silber, aber auch nicht die unedlen Metalle vom anderen Ende der Skala. Er befaßt sich mit Zinn und Kupfer, und einmal hat er es auch mit Platin versucht. Jetzt scheint er sich auf Legierungsbestandteile zu konzentrieren – Titan, Kobalt, Vanadium und dergleichen. Jetzt, da Raketen das große Geschäft sind, gibt es einen Boom in diesen Metallen.«

»Wie geht er dabei vor – bei seinen Investitionen, meine ich?« fragte Geordie neugierig.

»Er zieht Nutzen aus uns Wissenschaftlern. Er engagiert einige gute Leute – Männer wie Mark zum Beispiel. Wie viele es sind, ist von Mal zu Mal verschieden. Meistens sind es natürlich Geologen. Er organisiert Forschungsexpeditionen in entlegene Gegenden, macht eine Erzader ausfindig, steckt Millionen in Untersuchung und Entwicklung, und dann steigt er aus und verkauft mit Gewinn an die richtig Großen im Geschäft. Ich habe gehört, daß er bei einem seiner letzten Unternehmen zwei Millionen investiert und ein Jahr darauf verwendet hat, und dann hat er mit eineinviertel Millionen Reingewinn verkauft. Nicht schlecht für ein Jahr Arbeit, was, Geordie?«

»Nein, wahrhaftig. Aber ich würde sagen, dazu braucht man Erfahrung und verdammt viel Kaltblütigkeit.«

»Oh, er ist ein abgebrühter Schotte, das stimmt. Ich hoffe, er ist noch in der Stadt – ich werde das morgen herausfinden.«

»Und was ist mit Kane? Sollen wir nicht die Polizei auf ihn hetzen?«

Ich schüttelte heftig den Kopf. »Nicht jetzt. Sie würden nur eine Anfrage nach Tahiti schicken, und ich habe kein großes Vertrauen zur französischen Kolonialpolizei, vor allem wenn ein rechtsgültiger Totenschein vorliegt. Zumindest würde es schlimme Verzögerungen geben. Nein, ich kümmere mich selbst darum – wenn ich Campbells Interesse wecken kann. Diesen Dr. Schouten möchte ich wahrhaftig gern sprechen.«

Geordie kratzte sich nachdenklich am Kinn. »Ich glaube, ich werde in der Mannschaft ein paar Leute austauschen, wenn wir auf diese Tour gehen. Ich hätte gern zwei Kerle aus den alten Tagen dabei. Würde mich interessieren, was Ian

Lewis jetzt macht. Als ich ihn vor einigen Monaten traf, sagte er, er fände das Leben ziemlich langweilig.«

Ich erinnerte mich dunkel an einen großen, spindeldürren Hochländer. »Was tat er da gerade?«

»Ach, er hat ein Anwesen in der schottischen Heide und sagte, er wolle gern mal da weg. Weißt du, ich schätze, ich könnte für dich ein halbes Dutzend prächtige Burschen besorgen, alle kampferprobt und einige davon seeerfahren. Ein paar habe ich ohnehin schon, die ich auch für diese Reise gern behalten würde.«

Mir dämmerte allmählich, was Geordie im Sinn hatte. »Moment mal – was soll das werden?«

Er sagte: »Ich möchte mal die Gaunerbande sehen, die es mit dem alten Haufen deines Vaters aufnehmen kann. Sie werden vielleicht älter, aber so alt sind sie auch noch nicht, und sie sind sämtlich erprobte Kämpfer. Sie haben sich nicht alle zur Ruhe gesetzt und geheiratet, weißt du.«

»Was hast du eigentlich vor? Willst du eine Privatarmee aufstellen?«

»Wäre vielleicht gar keine schlechte Idee«, sagte er. »Wenn die vorletzte Nacht eine Kostprobe dessen war, was wir zu erwarten haben, könnten wir eine Armee verdammt gut brauchen.«

Ich seufzte. »Also gut, Sergeant Wilkins. Aber keinen, der Familie hat oder sonstwie gebunden ist. Und warte bitte damit, bis wir Campbell sicher haben. Ohne Geld können wir nichts machen.«

»Ach ja, das Geld«, sagte Geordie und blickte sehr traurig drein.

3

Ziemlich früh am nächsten Morgen suchte mich der Inspektor in Begleitung eines Mitarbeiters auf. Geordie war schon fort, und ich konnte es kaum erwarten, mit der Suche nach Kane zu beginnen, bemühte mich jedoch, meine Ungeduld nicht zu zeigen. Der Inspektor war reserviert und mißtrauisch, aber sehr unbestimmt. Sein Problem war, glaube ich, daß er keinen Ansatzpunkt für sein Mißtrauen hatte.

Er fragte: »Haben Sie Bekannte in Südamerika?«

»Auf Anhieb fällt mir niemand ein. Nein, habe ich nicht«, antwortete ich.

»Hm. Der Mann, den Sie getötet haben, war vielleicht aus Südamerika. Seine Kleider hatten Etiketten aus Lima, Rio und Montevideo. Bis auf Brasilien hätte er fast überallher stammen können.«

»Ich glaube, damit ist eine Sache geklärt. Ich konnte seinen Akzent nicht einordnen. Wie hieß er denn?«

Der Inspektor schüttelte den Kopf. »Das wissen wir nicht, Mr. Trevelyan. Auch sonst wissen wir noch nichts über ihn. Sind Sie sicher, daß Sie niemanden aus Südamerika kennen?«

»Ganz sicher.«

Er gab dem Gespräch eine neue Wendung. »Wundervolle Sache, diese Wissenschaft; ich habe alles in Erfahrung gebracht, was man über Manganknollen wissen muß.«

Ich bemerkte trocken: »Dann wissen Sie mehr als ich – sie schlagen eigentlich nicht in mein Fach. Fanden Sie es interessant?«

Er lächelte säuerlich. »Nicht sehr – sie haben ungefähr den gleichen Wert wie Pflastersteine. Sind Sie sicher, daß sich sonst nichts Wertvolles im Koffer befand?«

»Inspektor, es war nur wertloses Zeug. Sachen, die jeder so im Koffer hat – bis auf die Knollen.«

»Sieht so aus, als hätte Mr. Wilkins doch recht. Sie haben die Einbrecher überrascht, bevor sie sich etwas anderes aneignen konnten.«

Darauf fiel ich nicht herein – der Inspektor glaubte nicht einen Moment, daß dies ein gewöhnlicher Einbruch war. »Damit mögen Sie recht haben«, sagte ich gleichmütig.

»Die gerichtliche Untersuchung ist am nächsten Mittwoch. Sie werden noch offiziell benachrichtigt. Sie beide.«

»Ich werde da sein.«

Dann gingen sie, und ich dachte über Südamerika nach. Das lag zwar näher am Pazifik als Spanien; dennoch ergab es keinen besonderen Sinn. Doch dann fiel mir Marks Verbindung zu Jonathan Campbell ein und Campbells angebliche Beteiligung an einem südamerikanischen Bergwerksunternehmen; das gab neuen Stoff zum Nachdenken. Aber es brachte mich auch nicht weiter, und so gab ich erst mal auf.

Ein reicher Kanadier war im Londoner Millionengetümmel erheblich leichter aufzuspüren als ein armer Australier. Die Reichen sind auf Reisen festgelegt. Das Institut gab mir die Adresse des Tagungszentrums, dort gab man mir die Nummer des Hotels, in dem Campbell abgestiegen war, und beim dritten Anruf hatte ich ihn am Apparat. Campbell war so barsch und kurz angebunden, daß es schon an Unhöflichkeit grenzte. Ja, er hätte an diesem Vormittag um elf eine halbe Stunde Zeit für mich – dabei war es schon halb zehn. Sein Ton gab zu erkennen, daß er mich binnen zweier Minuten rausschmeißen würde, wenn er das Gefühl hätte, ich verschwendete seine Zeit. Das Telefongespräch dauerte auch nicht länger.

Um elf war ich im Dorchester und wurde zu Campbells Suite hinaufbegleitet. Er öffnete mir selbst die Tür. »Trevelyan?«

»Ja, Sir.«

»Kommen Sie herein.«

Er führte mich in einen Raum, der früher ein luxuriöses Wohnzimmer gewesen, nun aber vorübergehend als Büro eingerichtet war, mit allem, was dazu gehört, Schreibtisch, Regalen und Sekretärin; er schickte sie hinaus, nahm selbst hinter dem Schreibtisch Platz und winkte mir, mich ihm gegenüber hinzusetzen. Er war ein kräftig gebauter, untersetzter Mann um die sechzig mit einem kantigen, sonnengebräunten, von Erfahrungen gezeichneten Gesicht. Irgend jemand hat mal gesagt, daß man nach vierzig selbst für sein Gesicht verantwortlich ist; wenn das so ist, dann hatte Campbell in seinem Leben viel zu verantworten gehabt. Seine Augen waren von einem frostigen Blau und seine Haare graumeliert. Er war teuer gekleidet, und nur ein ganz leichter Akzent verriet seine transatlantische Herkunft.

Ich kam zu dem Schluß, daß es am klügsten war, gleich einen Vorstoß zu machen. Ich holte die Knollenhälfte hervor und legte sie auf seine Schreibunterlage. »Die chemische Analyse ergab zehn Prozent Kobalt«, sagte ich ohne Umschweife.

Er nahm sie in die Hand und betrachtete sie genau, ohne jedoch Neugier zu erkennen zu geben. »Wo kommt das her?«

»Vom Boden des Pazifiks.«

Er blickte auf und starrte mich an, dann fragte er: »Sind Sie mit Mark Trevelyan verwandt, der vor einiger Zeit für mich gearbeitet hat?«

»Das war mein Bruder.«

»War?«

»Er ist tot.«

Campbell runzelte die Stirn. »Wann ist er gestorben?«

»Vor vier Monaten – im Pazifik.«

»Das tut mir leid«, sagte er mechanisch. »Ein guter Wissenschaftler.«

Ich bemerkte das vorsichtig Tastende in seiner Stimme; vermutlich hatte ich hier jemanden vor mir, der Mark ebenfalls durchschaut oder selber an einem Beispiel erlebt hatte, wie Mark auf seinen eigenen Vorteil bedacht war. Hatte es geschäftliche Probleme gegeben? Oder hatte es etwas mit Marks Beziehung zu seiner Tochter zu tun? Ich wußte nicht, ob das die Sache für mich erschwerte oder erleichterte.

Statt auf die Gesteinsprobe zu blicken, sah er weiter mich an. »Trevelyan – den Namen habe ich doch erst kürzlich gehört. Ach ja!« Er drehte sich um, nahm ein Sensationsblatt aus einem Regal und faltete es auseinander. »Sind Sie der Trevelyan, der hier erwähnt ist? Der einen Mann getötet hat, als er seine Wohnung verteidigte? Nach dem englischen Motto ›My house is my castle‹ – oder wie das heißt?«

Ich erhaschte einen Blick auf die Schlagzeile: WISSENSCHAFTLER TÖTET EINBRECHER. Ziemlich gemäßigt für dieses Blatt. Ich nickte. »Ja, ganz recht.«

Er spitzte den Mund, legte die Zeitung beiseite und kam dann wieder zur Sache. »Das ist eine Manganknolle. Davon liegen unzählige auf dem Boden des Pazifiks. Im Atlantik gibt es auch welche.«

»Nicht so viele«, sagte ich. »Und sie taugen nicht viel. Zuviel Sedimente.«

»Stimmt.« Er warf den Stein in die Höhe und fing ihn wieder auf. »Der höchste bisher ermittelte Kobaltgehalt liegt bei etwas über zwei Prozent. Bei einer Probe aus dem Mittelpazifik. Wo kommt diese her?«

Ich blickte ihn ausdruckslos an und schüttelte den Kopf. Er lächelte plötzlich, und sein Gesicht war dadurch wie verändert. Er hatte ein charmantes Lächeln. »Okay, ich habe es nur versucht«, sagte er. »Es würde Sie überraschen, wie oft es klappt. Wissen Sie, wie es kommt, daß ich so gut über Manganknollen Bescheid weiß?«

»Darüber habe ich mir gerade Gedanken gemacht.«

»Das habe ich Ihrem Bruder zu verdanken. Er wollte vor einigen Jahren, daß ich eine Expedition ausrüste. Ich muß sagen, ich war versucht, es zu tun.«

»Warum haben Sie es nicht getan?«

Er zögerte. Dann sagte er: »Ich hatte einen Haufen Geld in Südamerika verloren. Das warf mich um, und bis ich mich davon erholt hatte, hatte ich kein Kapital flüssig. Um die Zeit schied Ihr Bruder bei mir aus, und was er mir zurückließ, reichte nicht, um selber weiterzumachen.«

»Ich hoffe, Sie sind jetzt besser bei Kasse«, sagte ich trokken. »Denn deshalb bin ich zu Ihnen gekommen – diesmal wollte ich Sie bitten, eine Expedition zu finanzieren.«

»Das habe ich schon vermutet«, sagte er ebenso nüchtern. Er berührte die Knolle. »Ich muß sagen, Sie haben mehr vorzuweisen als Ihr Bruder. Er hat mir tolle Sachen erzählt, aber nie einen konkreten Beweis erbracht. Sie sagen, die chemische Analyse hat zehn Prozent Kobalt ergeben?«

»Ich habe die Untersuchung selber gestern nachmittag vorgenommen – an der anderen Hälfte natürlich.«

»Haben Sie etwas dagegen, wenn ich selber – unabhängig davon – eine Analyse vornehmen lasse?«

»Nicht im geringsten«, sagte ich gleichmütig.

Er lachte, und wieder zeigte sich sein Charme. »Okay, Trevelyan, das ist wohl nicht nötig. Ich bin davon überzeugt.«

»Mir wäre es lieber, wenn Sie es täten«, sagte ich. »Ich könnte eine Bestätigung gebrauchen. Aber ich muß Sie darauf hinweisen, daß das, was Sie da in Händen halten, *alles* ist, was ich an Beweisen habe.«

Seine Hand umklammerte die Knolle. »Jetzt fangen Sie an, mich zu interessieren. Ich glaube, Sie haben eine Geschichte zu erzählen. Warum erzählen Sie sie nicht und hören auf, wie die Katze um den heißen Brei herumzuschleichen?«

Ich war schon selber zu dem Schluß gekommen, daß ich nichts zurückhalten dürfte, wenn wir zusammenarbeiten wollten. Das Risiko war gering. Also erzählte ich ihm alles, und als ich damit fertig war, war die mir ursprünglich gewährte halbe Stunde längst überschritten. Er hörte mir schweigend zu, bis ich geendet hatte. Dann sagte er: »Nun lassen Sie uns mal sehen, ob ich alles richtig verstanden habe. Erstens, Ihr Bruder ist im Pazifik gestorben. Zweitens, ein Mann namens Nelson, von dem Sie noch nie gehört haben, schickt Ihnen einen Koffer mit den Notizbüchern und Knollenproben. Drittens, Kane taucht auf und verzapft eine Geschichte, die Ihnen unglaubwürdig vorkommt. Viertens, der Koffer wird – vermutlich von Südamerikanern – gestohlen, und dabei kommt es zu Gewalttätigkeiten. Fünftens, Sie sind im Besitz einer Knolle geblieben, Sie analysieren sie und stellen einen phantastischen Kobaltgehalt fest. Und sechstens, Sie sind im Besitz eines Tagebuchs von Ihrem Bruder, das Sie jedoch nicht zu entziffern vermögen.«

Er sah mich lange an und sagte dann freundlich: »Und Sie erwarten, daß ich unter diesen Voraussetzungen vielleicht eine Million Dollar investiere.«

Ich stand auf.

»Tut mir leid, Ihre Zeit vergeudet zu haben, Mr. Campbell.«

»Setzen Sie sich wieder hin, Sie verdammter Narr. Geben Sie doch nicht kampflos auf! Ich habe nicht gesagt, daß ich nicht investieren werde, oder?« Er gewahrte meinen Gesichtsausdruck und fügte hinzu: »Ich habe aber auch noch nicht gesagt, daß ich investieren werde. Haben Sie dieses Tagebuch bei sich?«

Ich zog es wortlos aus der Brusttasche und reichte es ihm über den Tisch. Er schlug es hastig auf und blätterte es schnell durch. »Wer hat Ihrem Bruder Kurzschrift beigebracht?« fragte er verärgert. »Sankt Vitus?«

»Im Grunde ist es Pitman's Schrift. Mark hat sie abgewandelt.« Ich hätte noch hinzusetzen können, daß Mark schon immer ein Geheimniskrämer war und nie wollte, daß jemand erfuhr, was er tat. Aber ich hielt den Mund.

Campbell warf das Tagebuch beiseite. »Möglicherweise kriegen wir hier doch noch etwas heraus. Vielleicht kann ein Dechiffrierexperte das entschlüsseln.« Er drehte sich mit seinem Drehstuhl um und blickte aus dem Fenster zum Hyde Park hinüber. Es trat eine lange Stille ein, bis er wieder sprach.

»Wissen Sie, was an dieser unmöglichen Geschichte, die Sie mir aufgetischt haben, wirklich mein Interesse geweckt hat?«

»Nein.«

»Diese Südamerikaner«, antwortete er zu meiner Überraschung. »Südamerika hat mir kein Glück gebracht, wissen Sie. Ich habe da unten fast zehn Millionen verloren. Deswegen fiel Marks Expedition ins Wasser, zusammen mit einigen anderen Dingen. Und jetzt ist Mark – gewissermaßen – wieder zurückgekehrt, und wiederum sind Südamerikaner in die Sache verwickelt. Was schließen Sie daraus?«

»Gar nichts«, sagte ich.

»Ich glaube nicht an Zufälle. Nicht wenn sich die Dinge so ereignen. Was ich in Betracht ziehen muß, entzieht sich vielleicht Ihrer Kenntnis – die komplizierten Bestimmungen des internationalen Rechts, was den Bergbau anbelangt, vor allem vor der Küste, unter Wasser. Internationale Beziehungen – ich muß mehr über die Gegenden wissen, in denen Sie suchen wollen. Über Finanzierung, Absatzkosten, Märkte.«

Ich war ein wenig verstört. Vielleicht war ich doch zu sehr Forscher und Wissenschaftler – die harten Fakten professioneller Vermarktung waren mir kaum in den Sinn gekommen. Aber bei genauerem Hinhören waren aus Campbells Stimme weder Unschlüssigkeit noch Bedenken herauszuhören; er wirkte eher wie ein Mann, der über die Weiterungen nachdachte, die sich aus dem ihm angebotenen Handel ergaben – und der Spaß daran fand. Ihm war eindeutig anzumerken, daß er sich herausgefordert fühlte, und das machte mir Mut. Vielleicht, dachte ich, geht es ihm ebenso wie Geordies altem Freund Ian Lewis – dergestalt, daß er das Leben gerade etwas langweilig fand und ihn das Ausgefallene an meinem Vorhaben reizte.

Er klopfte mit dem Finger an die Knolle. »Es gibt zwei Dinge, die die moderne Industriegesellschaft braucht – billige Energie und billigen Stahl. Wie hoch ist der Eisenoxidgehalt?«

»Zweiunddreißig Prozent des Gewichts.«

»Das gibt den Ausschlag. Das Kobalt macht die Sache ökonomisch durchführbar, und nebenher bekommen wir hochprozentiges Eisenerz, eine beträchtliche Menge Mangan, außerdem etwas Kupfer, Vanadium und sonst noch einiges. Billige Metalle, die Milliarden Dollar wert sind – und dennoch billiger, als andere sie produzieren können. Man könnte das Ganze zu einem hübschen Paket bündeln – aber man muß vorsichtig zu Werke gehen. Und vor allem verschwiegen.«

»Ich weiß. Ich habe schon einen Polizeiinspektor auflaufen lassen, der meinte, hinter dem Einbruch müsse mehr stekken, als es zunächst den Anschein hat.«

Campbell wirkte zufrieden. »Gut. Sie wissen, worauf es ankommt.«

»Dann sind Sie also bereit, die Expedition zu finanzieren?« fragte ich. Das war fast zu leicht gegangen, dachte ich und hatte recht.

»Ich weiß es noch nicht. Ich muß erst selbst einige Nachforschungen anstellen, Erkundigungen einziehen, an die ich herankommen kann und Sie nicht. Und vielleicht kann ich Kane für Sie ausfindig machen. Außerdem sind Ihnen vielleicht für einige Zeit die Hände gebunden – schließlich haben Sie einen Mann umgebracht, nicht wahr?« Diesmal war sein Lächeln eher grimmig als charmant. »Nicht daß ich Ihnen daraus einen Vorwurf mache – ich habe selbst schon Menschen getötet –, aber lassen Sie uns die gerichtliche Untersuchung abwarten, bevor wir eine Entscheidung treffen.«

4

Es dauerte noch sechs Tage bis zur Untersuchung, und das waren die längsten Tage meines Lebens. Um die Zeit totzuschlagen, setzte ich mich an den Artikel, den ich verfassen mußte. Er wurde nicht sonderlich gut, was wohl nicht weiter verwunderlich war: ich hatte zuviel anderes im Kopf.

Ende der Woche hatte Geordie Kane noch immer nicht gefunden, obwohl er alles mögliche unternommen hatte. »Es ist aussichtslos«, sagte er zu mir. »Es wäre leichter, eine Stecknadel in einem Heuhaufen zu finden.«

»Vielleicht ist er gar nicht in London.«

Ein billiger Trost, der auch nicht half. Aber am Morgen der gerichtlichen Untersuchung wurde Kane gefunden – genauer gesagt: er fand mich.

Er kam zu mir, als ich gerade zum Gericht aufbrechen wollte – Geordie war, wie gewöhnlich, schon unterwegs und wollte sich dort mit mir treffen. Kane wirkte ziemlich mitgenommen, er hatte blutunterlaufene Augen und einen grauen Stoppelbart. Er keuchte heiser. »Entschuldigen Sie, wenn ich Sie störe, Mr. Trevelyan, aber Sie haben selbst gesagt, ich sollte mit Ihnen in Verbindung bleiben.«

Ich sah ihn überrascht an und schluckte die Fragen hinunter, die mir auf der Zunge lagen. Ich forderte ihn auf, hereinzukommen, und dachte fieberhaft nach, während ich ihm einen Kaffee einschenkte. Für Geordie und Campbell stand hier ebensoviel auf dem Spiel wie für mich; außerdem wollte ich Zeugen haben, wenn ich Kane ins Verhör nahm. Ich beschloß, mit Gefühl vorzugehen, obwohl es mir kaum möglich war, mit ihm zu sprechen, ohne die Kontrolle zu verlieren.

Ich zwang mich, ihn freundlich anzulächeln. »Haben Sie genug von England, Mr. Kane?«

»'s wär' ja ein schönes Land, wenn Ihr verdammtes Wetter nicht wäre. Wir könnten von diesem Regen in Queensland gut etwas brauchen, mein Wort drauf.«

»Aber der Aufenthalt hier hat Ihnen gefallen?«

»Ich hatte eine Mordszeit«, sagte er. »Aber ich kann nicht länger bleiben, Mr. Trevelyan. Ich bin wieder ans Spielen geraten. Man wird doch nie schlau.«

»Tut mir leid für Sie«, sagte ich.

Er blickte mich hoffnungsvoll an. »Mr. Trevelyan, Sie sagten, Sie könnten mir vielleicht zu einer Überfahrt verhelfen. Ich wollte Sie fragen ...«

»Müssen Sie sofort in den Pazifik zurück?«

Die Frage paßte ihm aus irgendwelchen Gründen nicht. »Nicht unbedingt, nein. Aber die Kohlen sind alle. Wenn ich noch etwas Geld hätte oder Arbeit, würde ich gern noch ein bißchen bleiben. Ich dachte, vielleicht könnten Sie ...«

»Ich habe einen Freund, der gerade eine Yacht ausrüstet. Wir planen einen längeren Segeltörn, und ich glaube, er braucht noch jemanden für seine Mannschaft. Wäre das was für Sie?«

Er biß sofort an. »Das wär' großartig, Mr. Trevelyan.«

Ich legte ihm einen aufgeschlagenen Schreibblock hin und bemühte mich, meine Ungeduld zu verbergen. »Schreiben Sie mir auf, wo Sie wohnen, damit der Skipper mit Ihnen Kontakt aufnehmen kann«, sagte ich. »Er wird mit Ihnen reden wollen. Aber ich sorge dafür, daß das in Ordnung geht. Und ich werde veranlassen, daß Sie eine Vorauszahlung bekommen, damit Sie Ihr Logis bezahlen können. Recht so?«

Er schrieb eine Adresse auf. »Ja, gemacht. Vielen Dank, Mr. Trevelyan.«

»Schon gut«, sagte ich großmütig. »Sie haben es sich verdient.«

Ich gab ihm einen Vorsprung und brach dann zum Verhör auf. Die Begegnung hatte mir gutgetan; sie brachte mich auf andere Gedanken und war ein wichtiges Bindeglied in meiner Geschichte für Campbell. Ich hatte zwar keine Zeit mehr, Geordie davon zu erzählen, aber ich freute mich schon darauf, das später nachzuholen.

Das Verhör war einfach und unkompliziert. Ein Arzt bezeugte den Tod, dann betrat ich den Zeugenstand, und gleich nach mir kam Geordie an die Reihe. Wir hielten uns an die Tatsachen, ohne ausführlich zu werden, aber mir fiel auf, daß Geordie dem Untersuchungsrichter auffällig seinen bandagierten Finger entgegenstreckte. Als nächstes sagte mein Nachbar aus, und dann kam die Polizei an die Reihe.

Als Geordie seine Aussage machte, blickte ich mich im Gerichtssal um und erblickte weiter hinten Campbell. Er nickte mir zu; dann wandte er seine Aufmerksamkeit wieder der Verhandlung zu.

Der Inspektor trat auf und bestätigte, daß er eine Waffe gefunden hatte, eine Beretta Automatik, die dem Toten aus der rechten Manteltasche gehangen hatte. Das Korn hatte sich in dem zerrissenen Futter verfangen. Danach ging es mir erheblich besser, weil sich das mit meiner Aussage deckte. Ich sah dem Untersuchungsrichter direkt in die Augen, und er wich meinem Blick nicht aus – ein gutes Zeichen. Es kam auch kurz zur Sprache, daß sich die Identität des Toten nicht ermitteln ließ.

Ein Überraschungszeuge trat auf – wenigstens für mich kam es unerwartet: der alte Jarvis sagte als Sachverständiger aus. Er erklärte dem Richter, was Manganknollen sind, und holte sogar eine hervor, um zu zeigen, wie sie aussehen. Der Richter bedrängte ihn mit Fragen nach ihrem Wert, und Jarvis antwortete ihm in seiner offenen, unverblümten Art. Aber das war nur fürs Protokoll.

Dann war es plötzlich überstanden. Der Untersuchungsrichter brauchte nicht lange, um zu dem Schluß zu gelangen, daß es sich um Totschlag in Notwehr gehandelt hatte. Zu guter Letzt hielt er noch eine Moralpredigt etwa des Inhalts, ein Engländer möge seine Wohnung zwar als seine Burg betrachten, aber niemand habe das Recht, selbst Gerechtigkeit zu üben, und wenn man ein wenig vorsichtiger gewesen wäre, hätte seiner Ansicht nach niemand zu Tode kommen müssen. Aber was geschehen sei, sei nun einmal geschehen, und Mr. Trevelyan könne das Gericht als unbescholtener Mann verlassen.

Wir erhoben uns, als er hinauseilte, und alles drängte zu den Türen. Ein Gerichtsdiener bahnte sich mit den Ellbogen einen Weg zu mir und überreichte mir eine Notiz. Sie war kurz und bündig. *»Kommen Sie zu mir ins Dorchester. Campbell.«*

Ich reichte sie Geordie, der gerade zu mir kam und mir einen kräftigen Schlag auf den Rücken versetzte. »Ich hoffe, das bedeutet das, was ich glaube«, sagte ich. »Ich habe dir viel zu erzählen.«

Wir wurden mit der Menge hinausgeschwemmt und landeten schließlich draußen auf dem Bürgersteig. Eine Reihe von Leuten, die ich nicht kannte, gratulierten mir dazu, daß ich einen Mann getötet hatte und damit durchgekommen war; Reporter stellten mir viele Fragen, und schließlich erblickte ich den Mann, nach dem ich Ausschau hielt. Ich rannte, gefolgt von Geordie, hinter ihm her. Es war Professor Jarvis.

Er sah mich kommen, schwenkte seinen Stock und wartete, bis ich bei ihm war.

»Na, das ist ja noch mal gut gegangen, mein Junge«, sagte er.

»Sie haben das Ihre dazu getan – danke.«

»Diese Hohlköpfe«, brummte er. »Das weiß doch *jeder*, daß diese Knollen im Grunde wertlos sind – ganz und gar unrentabel.«

»Ich wollte Sie fragen, ob Sie einen Moment Zeit für mich hätten – und lieber gleich hier als im Institut.« Das schien möglich zu sein, und so nahmen wir auf der niedrigen Steinmauer vor dem Gericht Platz und genossen den spärlichen, blassen Sonnenschein.

»Ich habe nichts für Sie herausbekommen, junger Mann«, sagte der Professor. »Ich habe einige Erkundigungen eingezogen wegen dieses Norgaard, aber da ist nichts zu machen. Der Mann ist wie vom Erdboden verschwunden.«

»Wann haben Sie das letzte Mal von ihm gehört?«

»Ungefähr vor sechs, sieben Monaten – als er mit Ihrem Bruder zusammen war. Sie waren in der Gegend um Tahiti.«

»Wann hat Mark sich mit Norgaard zusammengetan?« fragte ich.

»Lassen Sie mich mal nachdenken. Das muß ungefähr vor zwei Jahren gewesen sein, nachdem Mark diese kanadische Firma verlassen hatte, für die er tätig gewesen war. Ja, so war es – nachdem er beim IGY ausscheiden mußte, ging er nach Kanada und war etwa zwei Jahre für diesen Campbell tätig. Dann schied er aus und tat sich mit Norgaard zusammen. Was sie gemacht haben, weiß ich nicht; sie haben nichts publiziert.«

Ich fand sein Wissen höchst bemerkenswert und kam dann

auf etwas zurück, was er gesagt hatte: »Was meinen Sie damit – daß er beim IGY ausscheiden *mußte*?«

Jarvis schien ein wenig verlegen zu sein. »Oh, das hätte ich nicht sagen sollen«, murmelte er.

»Ich möchte es wissen. Es kann Mark ja jetzt nicht mehr schaden.«

»Das ist schlechter Stil. *De mortuis*... – und so weiter, Sie wissen schon.«

»Heraus damit«, sagte ich. »Es bleibt schließlich in der Familie.«

Jarvis betrachtete die Spitzen seiner auf Hochglanz polierten Schuhe. »Nun, ich bin der Sache nie ganz auf den Grund gekommen – es wurde vertuscht, wissen Sie –, aber offenbar hat Mark seine Ergebnisse gefälscht.«

»Seine Zahlen frisiert?«

»Richtig. Es war purer Zufall, daß es herauskam. Natürlich mußte er gehen. Aber wir – das IGY beschloß, es dabei zu belassen. Und so konnte er einen Job in Kanada bekommen, nachdem er bei uns ausgeschieden war.«

»Deshalb also ist er vorzeitig gegangen. Ich hatte mir darüber schon Gedanken gemacht. Woran hat er denn damals gerade gearbeitet?«

Jarvis zuckte die Achseln. »Das weiß ich nicht mehr. Aber es hatte mit Sicherheit mit Unterwasserforschung zu tun. Mit Manganknollen – vielleicht?« Eine Vermutung, zu der nicht allzu viel Scharfsinn vonnöten war; trotzdem mißfiel sie mir. Er fuhr fort: »Ich habe Ihren Bruder nie gemocht, habe nie Vertrauen zu ihm gehabt. Daß er seine Bücher fälschte, hat mich nicht im geringsten überrascht.«

»Schon gut«, sagte ich. »Es gab viele Leute, die Mark nicht mochten. Ich hatte selbst nicht allzu gern mit ihm zu tun. Und es war auch nicht das erste Mal, daß er mit unlauteren Mitteln zu seinen Resultaten kam. Das war schon in der Schule so. Und auf der Universität. Gar nicht zu reden von seinem Privatleben.«

Jarvis nickte. »Das überrascht mich nicht. Aber ich mißtraue nicht allen Trevelyans, mein Junge. Sie sind zehnmal soviel wert wie Ihr Bruder, Mike.«

»Danke, Professor«, sagte ich.

»Vergessen Sie das Ganze und genießen Sie jetzt Ihren Urlaub. Wenn Sie zurück sind, erwartet Sie der Südatlantik.«

Er ging, munter seinen Stock schwenkend, fort. Ich blickte ihm voller Zuneigung nach; gewiß würde es ihm leid tun, mich zu verlieren, wenn der Handel mit Campbell zustande kam und ich statt in den Südatlantik in den Südpazifik ginge. Er würde wieder einmal wutentbrannt die wirtschaftlichen Umstände beklagen, die Forscher in die Industrie abzogen, und er würde den Zeitungen ein paar giftige Briefe schreiben.

Ich wandte mich zu Geordie um. »Was folgerst du daraus?«

»Norgaard ist etwa zur gleichen Zeit verschwunden, als Mark ins Gras gebissen hat. Ich frage mich...«

»Ich weiß, was du denkst, Geordie. Ob Norgaard noch am Leben ist? Ich hoffe bei Gott, daß Campbell zu einem Entschluß kommt – ich würde auf den Inseln gern ein paar Nachforschungen anstellen.«

»Du wolltest mir doch noch etwas erzählen«, erinnerte er mich. Aber ich beschloß, es für später aufzuheben.

»Ich werde es dir und Campbell gemeinsam erzählen. Komm mit.«

5

Campbell war weniger barsch als bei unserer ersten Begegnung. »Nun«, sagte er bei unserem Eintreten, »ich sehe, Sie sind also doch kein völlig gefühlloser Verbrecher, Trevelyan.«

»Ich bin ein unbescholtener Mann. Das hat der Untersuchungsrichter gesagt.« Ich stellte ihm Geordie vor, und die beiden Männer taxierten einander neugierig. »Mr. Wilkins ist bereit, sein Schiff zur Verfügung zu stellen – und auch den Skipper zu machen.«

»Wie ich sehe, gibt es Leute, die an Ihre verrückte Geschichte glauben. Ich nehme an, daß Ihre Verletzungen sie noch in ihrer Überzeugung bestärkt haben.«

»Wie steht es mit Ihnen?« fragte ich.

Er überhörte das und fragte, was wir trinken wollten. »Wir müssen feiern, daß Sie straffrei davongekommen sind«, sagte er beinahe jovial. Er gab eine Bestellung auf, und wir kamen zum Geschäftlichen. Ich beschloß, die Kane-Episode erst im geeigneten Moment hervorzuholen und erst einmal abzuwarten, was Campbell zu sagen hatte.

»Ich wußte, daß sich mein Verdacht hinsichtlich der Südamerikaner als richtig erweisen würde«, begann er. »Ich habe ein ziemlich gutes Informationsnetz – das muß man haben in meinem Metier –, und ich habe erfahren, daß Suarez-Navarro gerade dabei ist, in Darwin ein Forschungsschiff auszurüsten. Das ist für sie ein neues Arbeitsgebiet und überhaupt Neuland, darum vermute ich, daß sie es Ihnen gleichtun wollen.«

Ich blickte ihn verständnislos an. Ich wußte mit alledem nichts anzufangen.

Ich glaube, er genoß das, denn er ließ mich erst eine Weile schmoren, bevor er mich aufklärte. »Suarez-Navarro ist ein südamerikanisches Bergwerksunternehmen, das in mehreren Ländern aktiv ist und mit dem ich schon einige Streitigkeiten hatte – ein Haufen skrupelloser Halunken. Also, warum sollte ein Bergwerksunternehmen ein Forschungsschiff ausrüsten?«

»Knollen«, sagte Geordie kurz und bündig.

»Wie skrupellos sind diese Leute?« fragte ich. »Würden sie auch vor einem Einbruch nicht zurückschrecken?« Ich vermied das Wort Mord.

Campbell faltete die Hände. »Ich werde Ihnen die ganze Geschichte erzählen, dann können Sie selbst urteilen. Ich hatte einmal eine ziemlich gute Anlage in Südamerika – wo spielt keine Rolle. Die Minen brachten gute Erträge, und ich steckte eine Menge vom Gewinn wieder ins Geschäft, um die Arbeitsbedingungen zu verbessern. Ich hatte mehrere Schulen, ein Krankenhaus und alle zivilisatorischen Einrichtungen. Die indianischen Bergleute hatten es noch nie so gut gehabt und verhielten sich dementsprechend.

Suarez-Navarro warf ein Auge auf das Unternehmen und fand Gefallen daran. Sie gingen die Sache jedoch auf ihre eigene hinterhältige Weise an. Sie hatten für derlei Aufgaben einen Spezialisten, einen Burschen namens Ernesto Ramirez; den setzten sie darauf an. Er wurde mächtig aktiv, bestach die Regierung, schmierte einige wichtige Leute, unterstützte die Armee, und plötzlich war eine neue Regierung da, die prompt – im Interesse der Volkswirtschaft, wie es hieß – die Minen enteignete. Ich habe jedenfalls nie einen Penny dafür gekriegt. Sie nahmen mir einfach alles weg, und Ramirez verschwand wieder in dem Loch, aus dem sie ihn hervorgeholt hatten.

Das nächste war, daß die Regierung jemanden suchte, der die Minen leitete, und Suarez-Navarro erbot sich aus reiner Gefälligkeit – und für eine kräftige Gewinnbeteiligung –, diese Aufgabe zu übernehmen. Ich hatte 38 Prozent Steuern zahlen müssen. Suarez-Navarro kamen steuerfrei davon, indem sie behaupteten, das Ganze sei sowieso Regierungseigentum. Eine schöne Schiebung.

Sie schlossen die Schulen und das Krankenhaus – alles, was keinen Gewinn brachte. Es dauerte nicht lange, da hatten sie einen Streik am Hals. Ein Mensch, der unter menschenwürdigen Umständen gelebt hat, mag es nicht, wenn er auf einmal wieder wie ein Schwein behandelt wird – also kam es zum Streik. Das brachte Ramirez aus seinem Schlupfwinkel hervor. Er rief die Armee zu Hilfe, es kam zu Schießereien, und plötzlich gab es keinen Streik mehr – nur fünfzig tote Indios und etliche Witwen.«

Er lächelte grimmig. »Beantwortet das Ihre Frage nach den Skrupeln von Suarez-Navarro?«

Ich nickte. Es war eine gräßliche Geschichte.

Campbell schien vom Thema abzuschweifen. »Ich nehme hier in London gerade an einer Konferenz teil, einer Konferenz über Mineralvorkommen.«

»So habe ich Sie ausfindig gemacht«, murmelte ich, aber er achtete nicht darauf.

»Das ist eigentlich eine Commonwealth-Veranstaltung, aber es sind auch an andere Interessenten Einladungen ergangen, Beobachter zu schicken. Suarez-Navarro entsandte zwei – man kann sie aus nichts heraushalten. Aber letzte Woche kam noch einer: Ernesto Ramirez.« Campbells Stimme klang hart. »Ramirez ist kein Konferenzmensch, kein Unterhändler. Er ist Suarez-Navarros Muskelmann. Ist Ihnen klar, was das heißt?«

Wir nickten beide gespannt.

»Und jetzt die große Überraschung: ich habe Kane für Sie ausfindig gemacht.«

»Oh, verdammt!« entfuhr es mir.

»Sie haben es auf die harte Tour versucht. Ich habe jemanden auf Ramirez angesetzt und erfahren, daß gestern ein Mann namens Kane eine zweistündige Unterredung mit ihm hatte. Wir haben Kane bis zu seiner Absteige beschatten lassen, und ich habe die Adresse.«

Ich schnurrte sie herunter.

Das verfehlte nicht seine Wirkung. »Wie?« sagte Campbell verblüfft. Und Geordie starrte mich offenen Mundes an. Ich genoß diesen Augenblick.

»Kane hat mich heute morgen aufgesucht«, sagte ich und erzählte, was passiert war. »Ich schlage vor, daß du ihn zum Hafen runterholst und mal ernsthaft mit ihm redest«, sagte ich zu Geordie.

Campbell runzelte die Stirn, und dann brach sein großartiges Lächeln hervor. »Nein, das tun Sie nicht«, sagte er. »Stellen Sie ihm keinerlei Fragen. Sehen Sie denn nicht, was da vor sich geht?«

Geordie und ich zuckten ratlos mit den Achseln. Wir konnten Campbell nicht ganz folgen.

»Haben Sie schon mal was von Industriespionage gehört? Natürlich haben Sie. Jedes größere Unternehmen unterhält ein Spionagesystem. Ich selbst tue es auch – wenn auch ungern, aber ich muß mich gegen die hartgesottenen Gauner in diesem Geschäft behaupten.« Eigentlich sah er so aus, als machte ihm die Sache viel Spaß. »Lassen Sie uns mal rekonstruieren, was bisher geschehen ist. Sie kommen in den Besitz von Dingen, die Sie nach Ansicht von Suarez-Navarro nicht haben sollten. Ramirez kommt nach England – er trifft hier einen Tag vor Kanes Besuch bei Ihnen ein, das heißt, sie sind todsicher zusammengekommen. Kane sucht Sie auf, um herauszufinden, ob Marks Sachen schon angekommen sind, und erfährt, daß dem so ist, weil Sie es ihm selbst gesagt haben. Um Sie über seine Absichten hinwegzutäuschen, bindet er Ihnen eine erfundene Geschichte auf – welcher Art spielt hier keine Rolle. Dann erteilt Ramirez seinen Leuten den Befehl, das Zeug zu stehlen, aber Sie überraschen sie dabei.« Er zog die Augenbrauen hoch. »Leuchtet Ihnen das ein?«

»Mir leuchtet es ein«, sagte Geordie.

Ich äußerte mich nicht dazu. Ich hatte da noch einige Zweifel, aber wenn uns Campbells Interesse erhalten blieb, war es mir recht.

Er fuhr fort. »Aber etwas geht schief – sie lassen das Tagebuch zurück und eine Knolle. Ramirez weiß nichts davon, aber er weiß, daß Sie mit mir Kontakt aufgenommen haben und daß alle möglichen Untersuchungen laufen – bis zu der Befragung über Manganknollen vor Gericht. O ja, ich wette, daß er da war – oder ein Beauftragter von ihm. Es muß ihm einen Schock versetzt haben, daß Sie mich aufsuchten. Wahrscheinlich hat er Sie einfach routinemäßig beschatten lassen, nur um zu sehen, ob Sie irgend etwas Außergewöhnliches tun. Und das haben Sie getan. Also, was tut Ramirez als nächstes?«

»Ich weiß nicht«, sagte ich. »Was denn?«

»Er schickt Ihnen wieder Kane auf den Hals«, sagte Campbell. »Sie haben ihm das sehr leicht gemacht – Sie haben Kane ja praktisch aufgefordert, wiederzukommen. Kanes Aufgabe ist es, herauszufinden, ob Sie etwas vorhaben und was. Aber was Ramirez nicht weiß ist, daß Sie Kane von Anfang an mißtraut haben, und das ist für *uns* die große Chance. Wir lassen Kane nach unserer Pfeife tanzen. Wir stellen ihn ein, füttern ihn mit Informationen, die er, sofern es uns beliebt, haben soll, und enthalten ihm alles vor, was er nicht wissen soll. Außerdem behalten wir ihn unter Kontrolle und verlieren ihn nicht wieder aus den Augen. Deshalb dürfen Sie ihm keine unangenehmen Fragen stellen – jedenfalls nicht gleich.«

Ich dachte darüber nach. »Heißt das, daß Sie mitmachen? Daß Sie die Finanzierung übernehmen?«

»Ganz richtig, genau das heißt es«, sagte Campbell barsch. »Wenn es Suarez-Navarro soviel Mühe wert ist, dann muß es eine große Sache sein. Außerdem würde ich ihnen liebend gern einen Strich durch die Rechnung machen; zur Erinnerung an alte Zeiten. Ich werde eine halbe Million Dollar –

oder was immer dazu nötig ist – aufbringen, und ich verlange nur eines. Daß wir vor ihnen hinkommen und alles durchziehen, bevor sie es können.«

Geordie meinte leise: »Meine Idee war also doch gut, oder nicht?«

»Wie bitte?« fragte Campbell.

»Geordie stellt gerade eine Privatarmee zusammen«, erklärte ich. »Je älter er wird, desto blutrünstiger wird er.«

Zum zweiten Mal wechselten die beiden einen Blick, der mir das Gefühl gab, ein Außenseiter zu sein. Sie verstanden sich, ohne daß ein Wort zwischen ihnen fiel, und einen Augenblick lang kam ich mir wirklich sehr unerfahren vor.

»Noch etwas«, sagte Campbell. »Mein Arzt, dieser verdammte Quacksalber, ist sehr besorgt um meine Gesundheit. Er setzt mir dauernd zu, ich solle eine Seereise unternehmen, und ich habe plötzlich Lust, auf seinen Rat zu hören. Ich werde mitkommen auf diese Reise.«

»Sie sind der Boss«, sagte ich. Es hatte mich nicht überrascht.

Er wandte sich Geordie zu. »Also was für ein Schiff haben Sie, Captain?«

»Eine Brigantine«, antwortete Geordie. »Um die zweihundert Tonnen.«

Campbell fiel der Unterkiefer herunter. »Aber das ist doch nur ein kleines Segelschiff! Es geht hier schließlich um ein ernsthaftes Forschungsunternehmen.«

»Nimm's leicht«, sagte ich und grinste Geordie an, der immer gleich zornig wurde, wenn man seine *Esmerelda* beleidigte. »Viele Forschungsschiffe sind Segelschiffe; dafür gibt es eine ganze Reihe guter Gründe.«

»Nun gut. Lassen Sie hören.«

»Einige Gründe sind rein technischer Art«, erklärte ich. »Es ist zum Beispiel einfacher, ein Segelschiff antimagnetisch zu machen als ein Motorschiff. Der Magnetismus verfälscht alle möglichen wichtigen Messungen. Aber die Gründe, die Ihnen am ehesten einleuchten werden, sind wirtschaftlicher Natur.«

»Wenn Sie über wirtschaftliche Gründe reden, sprechen Sie meine Sprache«, knurrte Campbell.

»Bei einem Forschungsschiff weiß man nie genau, wohin die Reise geht. Es könnte sein, daß wir tausend Meilen von der nächsten Küste entfernt mit Dredschen Proben nehmen. Zum Positionhalten und zum Dredschen braucht man Energie, Treibstoff, und ein Motorschiff würde schon verdammt viel Treibstoff bei Hin- und Rückfahrt verbrauchen.

Mit einem Segelschiff dagegen kann man, wenn man vorsichtig wirtschaftet, mit fast vollen Tanks im Zielgebiet ankommen. Und man kann länger dort bleiben und braucht sich keine Gedanken darüber zu machen, ob der Treibstoff auch noch für die Rückreise reicht. Man *könnte* das Ganze mit einem Motorschiff machen, aber es würde Sie – oh, etwa eine Viertelmillion Pfund mehr kosten. Geordies Schiff ist genau richtig.«

»Dieser Tag hat sich für mich gelohnt«, meinte Campbell. »Ich habe etwas Neues hinzugelernt. Ich glaube, Sie verstehen was von Ihrem Job, Mr. Trevelyan. Was brauchen Sie an Ausrüstung?«

Also kamen wir zur Sache. Der größte Posten war die Winde, die mittschiffs installiert werden mußte, mit einem Stauraum darunter für rund 9000 Meter Kabel. Auch ein Labor für Analysen an Ort und Stelle mußte her, und alles, was dazu erforderlich war, würde eine Menge Geld verschlingen und einiges an Umrüstung verlangen.

»Wir werden einen verdammt großen Dieselgenerator brauchen«, sagte Geordie. »Es sieht so aus, als brauchten wir einen Generator, der größer ist als die Maschine selbst. Nur gut, daß Chartertouristen mit ihren Luxusansprüchen soviel Platz benötigen, nicht wahr?«

Campbell schlug vor, etwas essen zu gehen; wir gingen in den Speisesaal hinunter und planten über gegrillten Steaks weiter. Wir vereinbarten, daß ich mich um die Beschaffung der Ausrüstung kümmern sollte, während Geordie die Instandsetzung der *Esmerelda* betrieb und seine Mannschaft vervollständigte. Vom Reiseziel war kaum die Rede, ebensowenig von den Erfolgsaussichten oder dem merkwürdigen Schatz, dem wir nachjagten, und mir wurde klar, daß in dieser Hinsicht nur von meiner Seite mit nützlichen Vorschlägen zu rechnen war. Abgesehen von allem anderen hatte ich noch umfangreiche Studien vor mir.

»Wenn Sie Kane anheuern, heißt das, daß wir ihn im Auge behalten«, kam Campbell auf sein Lieblingsthema zurück. »Auch wenn das nicht viel ändern wird. Ramirez wird mit Sicherheit noch mehr Schnüffler auf uns ansetzen. Ich werde ihn auch beobachten lassen.«

Ich hatte über Kane nachgedacht.

»Ihr Situationsbericht war auf seine Weise sehr schlüssig, aber in einem Punkt war er falsch.«

»Und der wäre?« fragte Campbell.

»Sie haben gesagt, daß Kane mir, um mich irrezuführen, irgendeine erfundene Geschichte erzählt hat und daß es keine Rolle spielt, was für eine. Ganz so ist es jedoch nicht, wissen Sie – seine Geschichte ist von amtlicher Seite bestätigt worden. In der Sterbeurkunde ist als Todesursache Blinddarmentzündung angegeben. Kane und Schouten haben dieselbe Unwahrheit gesagt, und ich möchte wissen, wie das möglich ist.«

»Bei Gott, da haben Sie recht«, sagte Campbell. »Wir werden das aus Kane herausbekommen, sobald er seinen Zweck erfüllt hat.«

Geordie brummte: »Wir reisen ja in den Pazifik. Vielleicht kriegen wir das aus Schouten heraus. Auf jeden Fall werden wir der Sache auf den Grund gehen.«

Drittes Kapitel

1

Es dauerte fast noch drei Monate, bis wir fortkamen. Eine Forschungsreise ist schließlich etwas anderes als ein Picknick. Es gab tausend Dinge zu erledigen, und wir waren an sieben Tagen der Woche sechzehn Stunden lang unermüdlich tätig. Zuallererst reichte ich beim Institut meine Kündigung ein. Der alte Jarvis war nicht sehr erbaut darüber, aber er konnte es nicht ändern, und so fand er sich zögernd damit ab. Ich hätte ihm gerne erzählt, was ich vorhatte, aber das war unmöglich.

Geordie bemühte sich emsig, seine Mannschaft zusammenzubekommen, und hatte es bald geschafft. Er hatte vier Leute aus seiner alten Crew behalten und anstelle eines Mannes, den er gehen ließ, Kane angeheuert. Die anderen sechs, die er hinzunahm, waren sämtlich Leute, die ich nicht mehr gesehen hatte, seit ich als Junge im Krieg die Männer meines Vaters kennengelernt hatte.

Ian Lewis war auf Anhieb bereit, sein kleines Anwesen zu verlassen, und Geordie machte ihn zu seinem Ersten Offizier; Ian war viele Jahre lang gesegelt und fast so gut wie ein Berufssegler. Auch Ex-Korporal Taffy Morgan schloß sich uns an; er hatte im Krieg einmal in einer Nacht sechs Gegner lautlos mit dem Messer erledigt und war dafür mit der Military Medal ausgezeichnet worden. Diese Auszeichnung hatte auch Danny Williams bekommen; allerdings habe ich nie herausgefunden wofür – er schwieg sich darüber aus. Dann war da der vierschrötige Nick Dugan aus Irland. Bill Hunter hatte sich als Experte für Unterwassersprengungen einen Namen gemacht und war in diesem Team der dritte erfahrene Berufssegler. Und schließlich war da noch Jim Taylor, ebenfalls ein Sprengstoffexperte – er war dabeigewesen, als mein Vater im Krieg fiel.

Sie waren nun alle Männer in den Vierzigern, genau wie Geordie, wirkten aber so draufgängerisch wie eh und je. Nicht einer von ihnen hatte seine körperliche Fitness eingebüßt, nicht einer einen Bauch angesetzt. Geordie sagte, er hätte fünfundzwanzig solcher alten Haudegen anheuern können, er habe nur die besten herausgepickt, und ich war geneigt, ihm zu glauben; kein Zweifel, wir würden mit Ärger fertig werden, wenn wir welchen bekommen sollten.

Geordie traute sich zu, sie zu einer guten Segelmannschaft zusammenzuschweißen. Was dem einen oder anderen an Wissen und Erfahrung fehlte, würden sie schnell lernen, und sie brachten wahrhaftig die nötige Begeisterung mit – obwohl sie fürs erste nicht wußten, in welchen Schwierigkeiten wir steckten. Für sie alle, einschließlich Kane, handelte es sich um eine reine Forschungsreise, und falls Geordie seinem Veteranen-Team gegenüber irgendwelche Andeutungen gemacht hatte, behielten sie das streng für sich. Wie Campbell vorausgesagt hatte, hielt Kane wie eine Klette an uns fest; Geordie hatte ihm lediglich gesagt, wenn er mit uns den Atlantik überqueren wolle, hätten wir noch eine Koje frei, und Kane hatte diese Gelegenheit sofort ergriffen.

Campbell war nach Kanada zurückgekehrt. Vor seiner Abreise hatte er noch ein längeres Gespräch mit mir. »Ich habe ein gutes Informationssystem«, sagte er. »Aber das hat Suarez-Navarro auch. Man wird Sie beobachten, und die Leute werden, unabhängig von Kane, immer darüber auf dem laufenden sein, was Sie gerade tun. Das kann man nicht ändern. Wir befinden uns an einem toten Punkt und wissen das, und sie wissen es auch. Es ist so ein Fall, daß wir wissen, daß sie wissen, daß wir wissen und so weiter. Eine scheußliche Situation.«

»Es ist wie ein Spiel, das perfekte Kenntnisse verlangt – Schach zum Beispiel. Der Mann mit den geschicktesten Schachzügen gewinnt.«

»Nicht ganz. Beide Seiten sind unvollständig informiert«, korrigierte er mich geduldig. »Wir wissen nicht, wieviel sie wissen. Vielleicht wissen sie – was wir erst noch herausfinden müssen –, wo diese Knollen vorkommen, und müssen nur noch eine Dredsche hinablassen, um den Beweis dafür zu haben; aber vielleicht sind sie auch mit ihren Vorbereitungen noch nicht so weit wie wir und werden deswegen versuchen, uns zu behindern. Andererseits wissen sie wiederum nicht, wieviel *wir* wissen. Was ziemlich wenig ist, doch vielleicht genauso viel wie sie. Kompliziert, nicht wahr?«

»Um das zu klären, brauchte man einen Logiker. Apropos Wissen – sind Sie mit dem Tagebuch vorangekommen?«

Campbell schnaubte wütend. »Ich habe es einem erstklassigen Dechiffrierexperten gegeben, und der tut sich schwer damit. Er sagt, es liege weniger an dieser merkwürdigen Kurzschrift als daran, daß sie so schlampig hingeschmiert ist. Aber er sagt, wenn man ihm Zeit ließe, würde er den Code knacken. Übrigens wüßte ich gern, wie Suarez-Navarro überhaupt von all dem erfahren hat?«

Ich selber glaubte, daß Mark sich durch Campbells finanzielle Schwierigkeiten betrogen gefühlt hatte – er hatte Campbells Verluste vermutlich nur aus dem Blickwinkel seiner eigenen Enttäuschung betrachtet – und daß er selber an Suarez-Navarro herangetreten war. Aber ich wußte immer noch nicht, in welchem Licht Campbell Mark sah – und direkt fragen konnte ich ihn nicht. Ein heikles Thema, das wir beide vorsichtig vermieden.

Und so reiste er nach Kanada, um seine eigenen Geschäfte voranzutreiben; wir selbst beschleunigten unsere Vorbereitungen, soweit es ging, und eines Tages erklärte mir Geordie zu meiner großen Erleichterung, daß wir endlich aufbrechen könnten. Jetzt müsse er nur noch wissen, wohin die Reise gehe.

»Kennst du das Blakeplateau?« fragte ich.

»Nie davon gehört.«

»Es liegt vor der Küste von Carolina. Wir werden dort die Winde und die übrige Ausrüstung testen, und die Reise dahin ist lang genug, daß sich deine Männer aufeinander einspielen können. Ich möchte nicht in den Pazifik reisen und dann feststellen, daß aus diesem oder jenem Grunde etwas nicht funktioniert. Wenn etwas nicht in Ordnung ist, können wir es in Panama richten lassen – sie haben da gute Maschinenbaubetriebe.«

»Okay. Aber warum das Blakeplateau?«

»Da gibt es auch Knollen. Und ich wollte mir schon immer mal die Knollen aus dem Atlantik näher ansehen.«

»Gibt es auch Stellen, wo es keine gibt?« fragte er.

Ich nickte. »Sie bilden sich nicht an Orten, wo es eine starke Sedimentbildung gibt, somit also in weitesten Teilen des Atlantiks – aber das Blakeplateau wird vom Golfstrom gereinigt, und dort bilden sich Knollen. Aber sie sind qualitativ minderwertig, nicht so wie die im Pazifik.«

»Wie tief?«

»Nicht mehr als tausend Meter tief – doch tief genug, um die Winde zu testen.«

»In Ordnung. Baggern wir also ein paar minderwertige Schätze vom Meeresgrund herauf. In einigen Tagen kann es losgehen.«

»Ich kann es kaum noch erwarten«, sagte ich. Und tatsächlich brannte ich vor Ungeduld.

2

Unsere Überquerung des Atlantiks verlief angenehm und ohne Störungen. Geordie, Ian und die reguläre Schiffsbesatzung hatten die Neulinge an Bord bald gut eingearbeitet, und die Stimmung war gut. Wir waren froh darüber, daß auch Kane sich gut einfügte und ebenso bereitwillig und offen schien wie die anderen. Da ich wußte, daß sie alle neugierig waren zu erfahren, welchem Zweck unsere Reise diente, hielt ich ihnen von Zeit zu Zeit absichtlich langweilige Vorträge über Meereskunde, wobei ich auf viele verschiedene Forschungsthemen zu sprechen kam, so daß das Thema der Manganknollen im allgemeinen Zusammenhang unterging. Nur zwei Leute blieben an dem interessiert, was ich zu sagen hatte, und ihnen erklärte ich im Vertrauen ausführlicher, was wir vorhatten. Der eine war natürlich Geordie und der andere, was mich nicht überraschte und mir sogar sehr gelegen kam, Bill Hunter. Da er ohnehin unser Tauchexperte war, konnten sein Interesse und sein Engagement von entscheidender Bedeutung sein.

Eines Nachmittags kamen sie auf meine Bitte zu mir ins Labor, um noch ein wenig mehr zu erfahren. Von Geordie aufgefordert, sorgte Ian dafür, daß wir nicht gestört wurden.

Geordie hob eine Knolle hoch, die ich halbiert hatte – ich hatte einige mit an Bord gebracht, als Anschauungsmaterial für meine Erklärungen.

Er deutete auf den weißen Kern in der Mitte.

»Vermutlich wirst du jetzt wieder behaupten, daß dies hier in der Mitte des Steins ein Haifischzahn ist. Du hast mir nie eine Erklärung dafür gegeben, oder?«

Ich nahm lächelnd den Stein auf. »Du hast recht, es ist ein Zahn.«

»Du machst wohl Witze.«

»Nein – das geschieht oft. Weißt du, wenn ein Hai stirbt, sinkt sein Körper zu Boden; das Fleisch verwest oder wird gefressen, die Knochen zersetzen sich – was so ein Hai an Knochen hat, in Wirklichkeit ist es Knorpel –, und bis etwas unten auf dem Meeresgrund anlangt, sind nur noch die Zähne übrig. Sie bestehen aus Natriumtriphosphat und sind nicht wasserlöslich. Wahrscheinlich liegen in allen Ozeanen Millionen davon auf dem Meeresboden.«

Ich öffnete eine kleine Dose. »Hier«, sagte ich und reichte ihm einen größeren weißen Knochen. Er war so groß wie seine Handfläche und merkwürdig gewunden.

»Was ist das?«

»Der Ohrknochen eines Wals«, sagte Bill, der ihm über die Schulter blickte. »Ich habe schon früher welche gesehen.«

»Richtig, Bill. Der besteht auch aus Natriumtriphosphat. Manchmal findet sich einer im Kern einer größeren Knolle – aber häufiger ist es ein Haifischzahn und noch häufiger ein Stück Ton.«

»Dann setzt sich das Mangan an dem Zahn ab? Wie lange dauert es, bis so eine Knolle entsteht?« fragte Geordie.

»Die Schätzungen variieren von einem Millimeter in tausend Jahren bis zu einem Millimeter in Millionen Jahren. Ein Kollege meinte, es liefe auf eine Schicht Atome pro Tag hinaus – das heißt, es ist eine der langsamsten chemischen Reaktionen, die wir kennen. Aber ich habe da meine eigenen Vorstellungen.«

Sie blickten mich beide gebannt an. »Willst du damit sagen, wenn man eine Knolle mit einer zehn Millimeter dicken Schicht rund um einen Haifischzahn findet, daß dieser Hai vor zehn Millionen Jahren gelebt hat? Gab es denn da überhaupt schon Haie?« fragte Geordie fasziniert.

»Ja, die Haie gehören zu den ältesten Erdbewohnern.«

Wir unterhielten uns noch ein wenig länger darüber; dann ließ ich das Thema fallen. Sie hatten noch viel zu lernen, und das ging am leichtesten in kleinen Portionen. Auf dieser Reise blieb uns noch viel Zeit zum Reden. Wir segelten mit Kurs Südsüdwest, um die Bahamas zu passieren – bis zur Einfahrt der Windward Passage. In der Passage selbst hielten wir uns so weit wie möglich von Kuba fern; einmal begegneten wir einem amerikanischen Zerstörer auf Patrouillenfahrt, der uns die Ehre erwies, die Flagge zu dippen, was wir erwiderten. Dann folgte die lange Teilstrecke durch die Karibik nach Colon und die Einfahrt in den Panamakanal.

Inzwischen hatten wir alle Geräte ausprobiert. Es gab einige kleinere Probleme, nicht mehr als Anfangsschwierigkeiten, und ich war insgesamt sehr zufrieden damit, wie alles lief. Einen Zwischenstopp einzulegen, die Dredsche einzusetzen, die Winde auszuprobieren und eine Routine für die Arbeit vor Ort zu entwickeln, war eine interessante Abwechslung nach dem Vorangegangenen und machte allen Spaß, vor allem weil wir auch weiterhin Glück mit dem Wetter hatten. Wir holten einige Knollen herauf, aber auch genug andere Proben, so daß ich bis auf Geordie allen gegenüber verbergen konnte, um was es mir eigentlich ging. In dem Schlamm und zwischen den Ablagerungen fanden wir genug Haifischzähne und Walfischohrknochen, daß alle eine Handvoll Souvenirs abbekamen.

Geordie und Bill zeigten mehr und mehr Interesse an den Knollen und wollten mehr über sie erfahren, also bestellte ich sie abermals zu mir ins Labor. Ich hatte chemische Analysen vorgenommen, einerseits, um in Übung zu bleiben, und andererseits, um die Geräte zu testen, damit sie funktionierten, wenn es drauf ankam.

»Wie sieht es aus mit den Knollen aus dem Atlantik?« fragte Geordie. Hauptsächlich war er es, der redete – Bill sah und hörte zu und nahm alles in sich auf.

»Das gleiche minderwertige Zeug, das immer aus dem Atlantik herausgeholt wird«, sagte ich. »Wenig Mangan, wenig Eisen und außer Schmutzpartikeln und Mergel kaum noch etwas anderes. Das ist das Problem beim Atlantik; selbst auf dem Blakeplateau ist die Sedimentablagerung zu stark.«

»Wieso verhält sich Mangan eigentlich so – wieso klumpt es zusammen?«

Ich lachte. »Willst du, daß ich dir hier auf der Stelle einen Vortrag über physikalische Chemie halte? Also gut, ich werde es so einfach erklären, wie ich kann. Wißt ihr, was ein Kolloid ist?«

Beide schüttelten den Kopf.

»Also gut. Wenn man einen Teelöffel Zucker ins Wasser tut, bekommt man eine Zuckerlösung – das heißt, der Zucker spaltet sich auf bis in seine Moleküle und geht eine enge Bindung mit dem Wasser ein. Mit anderen Worten, er löst sich auf. Stimmt's?«

»Stimmt.«

»Wenn man nun eine Substanz hat, die sich nicht in Wasser auflöst, sich aber in sehr feine Partikel aufspaltet, viel kleiner, als daß man sie mit einem normalen Mikroskop erkennen könnte, und alle diese Partikel schwimmen im Wasser – das ist ein Kolloid. Ich könnte euch ein Kolloid mixen, das wie eine klare Flüssigkeit aussieht, aber voller kleiner Partikel ist.«

»Das ist der Unterschied, ich verstehe«, sagte Geordie.

»Also gut. Aus Gründen, die ich hier nicht näher erklären kann, müssen all diese Partikelchen elektrisch geladen sein. Diese elektrischen Ladungen bewirken, daß sich die kolloidalen Mangandioxid-Partikel zusammenklumpen und zu immer größeren Gebilden anwachsen. Sie setzen sich auch gerne an elektrisch leitfähigen Oberflächen ab wie Haifischzähnen oder Tonstückchen. So entstehen die Knollen.«

»Willst du damit sagen«, meinte Geordie bedächtig, »daß sich Mangan, das sich vor langer Zeit aufgespalten hat, wieder zusammenzusetzen versucht?«

»So ist es ungefähr, ja.«

»Woher kommt das Mangan denn überhaupt, das sich da zusammenzuklumpen beginnt?«

»Aus Flüssen, vulkanischen Spalten unter Wasser, Felsgestein am Meeresboden. Das Meer ist eine gewaltige chemische Brühe. Unter bestimmten örtlichen Gegebenheiten wird diese Brühe alkalisch und das Mangan wird aus dem Gestein herausgeschwemmt und löst sich im Wasser auf...«

»Du sagtest doch, es löst sich nicht auf.«

»Mangan-Reinmetall löst sich auf, wenn die Bedingungen danach sind, in einer ›Reduktionsatmosphäre‹, wie die Chemiker das ausdrücken. Glaub mir nur, Geordie. Strömungen tragen das aufgelöste Mangan in eine ›Oxydationsatmosphäre‹, wo das Wasser säurehaltiger ist. Das Mangan verbindet sich mit Sauerstoff, und so entsteht Mangandioxid, das unlöslich ist, und damit auch Kolloid – und dann geht es weiter, wie bereits beschrieben.«

Er dachte darüber nach. »Und wie ist es mit dem Kupfer und Nickel und Kobalt und dem anderen Zeug in den Knollen?«

»Wie kommt die Milch in die Kokosnuß?«

Wir lachten alle, und damit verflüchtigte sich ein Teil der Klassenzimmer-Atmosphäre aus dem Labor. »Nun ja, zwischen all diesen Metallen besteht eine gewisse chemische Verwandtschaft. Wenn du auf die Tabelle der Elemente siehst, wirst du feststellen, daß sie gewichtsmäßig nahe beieinander liegen – von Mangan, Ordnungszahl fünfundzwanzig, bis Kupfer, Ordnungszahl neunundzwanzig. Und wenn die kolloidalen Partikel größer werden, geschieht es oft, daß sie die anderen Metalle mit aufsammeln – sie wie in einer Falle fangen. Das Ganze vollzieht sich natürlich über einen ziemlich langen Zeitraum hinweg.«

»Sagen wir mal, hundert Millionen Jahre oder so«, meinte Geordie ironisch.

»Hm, ja, nach orthodoxer Auffassung.«

»Glaubst du, es kann schneller gehen?«

»Ich glaube, daß es schneller gehen könnte«, sagte ich zögernd. »Unter den richtigen Bedingungen. Wie diese Bedingungen allerdings aussehen, weiß ich noch nicht. Ein anderer Forscher war auch dieser Ansicht, aber ich konnte seiner

Argumentation nicht folgen. Ich habe auch Eigentümlichkeiten feststellen können, die auf ein schnelles Wachstum schließen lassen. Wie dem auch sei – das zu klären, ist eines der Ziele unserer Reise.«

Was ich in Bills Anwesenheit nicht sagte war, daß dieser andere Forscher Mark war und daß die Eigentümlichkeiten, die ich festgestellt hatte, an jener Knolle zu entdecken waren, die mir aus Marks Sammlung verblieben war. Und es gab auch noch etwas anderes, über das ich nicht sprach: die besonderen Umstände, die zu dem hohen Kobaltgehalt führten. Ich war drauf und dran, mir eine Theorie über die Entstehung von Manganknollen zurechtzulegen, die mich – obwohl sie immer noch vage war – vielleicht weiterbringen würde. Ich wurde immer begieriger zu erfahren, wie weit Campbells Entzifferungsexperte mit der Entschlüsselung von Marks Tagebuch gekommen war.

3

Zehn Tage nachdem wir das Blakeplateau verlassen hatten, gingen wir im Hafen von Panama vor Anker. Endlich waren wir im Pazifik, meinen Zielen um einen Schritt näher. Campbell erwartete uns bereits. Er kam eilends an Deck, schüttelte mir und Geordie die Hand und winkte der übrigen Besatzung freundlich zu.

»Sie haben die Überfahrt aber schnell geschafft«, meinte er.

»Ich bin zufrieden«, sagte Geordie.

Campbell blickte sich auf der *Esmerelda* um und sah sich die Mannschaft an, die eifrig damit beschäftigt war, die Segel zu verstauen und klar Schiff zu machen. »Das ist also Ihre Crew von Halsabschneidern und Desperados«, meinte er. Er war zum Scherzen aufgelegt – sprühte vor guter Laune. »Ich hoffe, wir werden sie nicht brauchen.« Er nahm mich beim Arm und ging mit mir am Hafen entlang, wobei er sich über meinen schwankenden Seemannsgang amüsierte.

»Ich habe in meinem Hotel ein Zimmer für Sie reservieren lassen; warum sollten Sie nicht noch ein letztes Mal einen Hauch von Luxus kosten, bevor es mit der großen Plackerei losgeht? Das gleiche gilt für Geordie, wenn er will. Ich erwarte Sie beide zum Abendessen – Sie können das Hotel nicht verfehlen, es ist das Colombo, direkt an der Hauptstraße. Sie können mir dann von der Reise erzählen. Aber vorher muß ich noch mit Ihnen unter vier Augen sprechen, gleich jetzt.« Er steuerte mit mir auf eine der Hafenbars zu, wie es sie anscheinend überall gibt, und ich genoß es, vor einem großen, kühlen Bier zu sitzen.

Campbell vergeudete keine Zeit. Er zog einen größeren Umschlag aus seinem Jackett. »Ich habe die Tagebuchseiten fotokopieren lassen«, sagte er. »Das Original liegt in einem Bankschließfach in Montreal. Das ist Ihnen doch recht? Sie bekommen es später wieder.«

»In Ordnung.«

Campbell reichte mir ein sauber gebundenes Büchlein, das ich kurz durchblätterte. »Das ist die Fotokopie des Tagebuchs. Und dies ist die Übertragung. Hinten sind Reproduktionen von allen Zeichnungen. Das Ganze kommt mir ziemlich absurd vor – hoffentlich können Sie damit etwas anfangen, sonst betrachte ich die Sache jetzt schon als Reinfall.« Seine gute Laune war verflogen, aber ich gewöhnte mich allmählich an seine Stimmungswechsel.

Ich schaute mir alles flüchtig an. »Dazu brauche ich Zeit. Ich kann nicht hier und jetzt ein vorschnelles Urteil dazu abgeben. Heute nachmittag befasse ich mich im Hotel damit. Jetzt möchte ich erst einmal zur *Esmerelda* zurückkehren, um mit Geordie alles Weitere zu klären, und dann meine Sachen zusammenpacken und mich duschen und frisch machen.«

Wenn er enttäuscht war, gab er es nicht zu erkennen – was ich gesagt hatte, leuchtete ihm offensichtlich ein. So kam es, daß ich erst ein par Stunden später den Umschlag öffnete, als ich noch feucht und halb nackt in dem erfreulich kühlen Hotelzimmer lag. Der in Geheimschrift verfaßte Text war bis auf einige wenige Lücken ziemlich vollständig entschlüsselt, aber das half mir leider nicht so viel, wie ich gehofft hatte. Zu meiner Enttäuschung war alles in einer Art Telegrammstil verfaßt, was die Lektüre nicht erleichterte. Es war ein richtiges Tagebuch und umfaßte offenbar die letzten Monate von Marks Leben, ungefähr von seinem Ausscheiden beim IGY an; allerdings gab es nur wenige Zeit- und überhaupt keine Ortsangaben.

Ich fragte mich, ob er wohl immer so Tagebuch geführt hatte, und kam zu dem Schluß, daß es wohl so gewesen sein mußte – Tagebuch zu führen ist eine Angewohnheit, die man ebenso schwer annimmt wie dann wieder ablegt. Wo die anderen Bücher geblieben waren, ließ sich nicht erraten, und vermutlich hätten sie mir ohnehin nicht viel weitergeholfen. Dieses hier enthielt die entscheidende Zeitspanne.

Alles in allem war es ein ziemlich gewöhnliches Tagebuch; es enthielt Eintragungen über Landurlaub, Filme, die er gesehen hatte, Menschen, die irritierenderweise nur mit ihren Initialen genannt waren, wie bei Leuten, die nur sich selbst vertrauen, und all die anderen unerheblichen Vorkommnisse im Leben eines Mannes; und alles war nur kurz angerissen und ohne nähere Einzelheiten. Mark hatte auch über seine Liebesaffären Buch geführt – keine angenehme Lektüre und im übrigen ziemlich uninteressant.

Dann gab es da die Eintragungen auf See. Hier waren sie beruflicher Natur, Notizen über Beobachtungen, kurz hingekritzelte Beurteilungen, Analysen von Bodenproben, meist Schlamm vom Meeresgrund. Hin und wieder gab es auch Analysen von Knollen – nichts sonderlich Aufregendes; normale Reisebeobachtungen.

Ich plagte mich durch den Text, in dem Gefühl, daß ich nur meine Zeit vergeudete, aber gegen Ende wurde ich fündig. Mir wurde klar, daß ich auf etwas Bemerkenswertes gestoßen war. Es mußte sich um eine Knollenanalyse handeln, obwohl das nicht ausdrücklich erwähnt war, und die Zahlen waren erstaunlich.

Wenn man die chemischen Zeichen übertrug, las sich das so: *»Mangan – 28 %; Eisen – 32 %; Kobalt – 8 %; Kupfer – 4 %; Nickel – 6 %; das übrige 22 %. Ha!«*

»Ha!« Wahrhaftig.

Dem folgten die chemischen Untersuchungsergebnisse von vier weiteren Knollen, die alle ebenso erzhaltig waren.

Ich stellte einige Berechnungen an und kam zu dem Ergebnis, daß der durchschnittliche Kobaltgehalt dieser fünf Knollen knapp unter neun Prozent lag. Auch der Kupfer- und Nickelgehalt war nicht zu verachten. Ich wußte immer noch nicht viel über die wirtschaftlichen Voraussetzungen für die Gewinnung der Knollen, aber eines war nun klar: dies war ein lohnendes Projekt, selbst bei ziemlich primitiven Baggermethoden, was von der Wassertiefe abhing. Und ich hatte Grund zu der Annahme, daß man in nicht allzu großer Tiefe arbeiten mußte. Wenn man technisch raffinierte Geräte einsetzte, war das Ganze besser als eine Goldgrube.

Aber es gab da immer noch einen Haken – Mark hatte nirgendwo in seinem Tagebuch vermerkt, wo er diese Reichtümer entdeckt hatte. Im ganzen Tagebuch war nicht ein einziger Ort mit Namen erwähnt. Wir waren also kaum weiter als vorher, außer daß auf den maschinegeschriebenen Seiten immer wieder mit Ziffern auf Abbildungen verwiesen wurde; die Reproduktionen der Zeichnungen fanden sich gebündelt am Ende des Manuskripts, zusammen mit einer kurzen Stellungnahme des Entschlüsselungsexperten zu den hingekritzelten Skizzen.

Es ist möglich und sogar wahrscheinlich, daß diese Zeichnungen so etwas wie Piktogramme oder Rebusse sind. Ihre genauere Durchsicht führte mich zu der Annahme, daß sie Ortsnamen versinnbildlichen; von den 32 Zeichnungen habe ich, glaube ich, 24 mit Erfolg enträtselt.

Zur Verdeutlichung: der bärtige Mann mit dem Schwert und dem Baby ist wahrscheinlich Salomon, eine Anspielung auf die Geschichte in der Bibel, und steht vielleicht sinnbildlich für die Salomon-Inseln; der bärtige Mann, der den Affen anblickt, ist vielleicht eine Anspielung auf Darwins Aufenthalt in australischem Gebiet; die gerade Linie, die genau in der Mitte geteilt ist, könnte entweder für den Äquator stehen oder für die Midway-Inseln.

Daß alle diese Namen in derselben Weltgegend vorkommen, ist ein weiteres Argument für die Stimmigkeit meiner Vermutung. Die anderen Namen, die ich versuchsweise entschlüsselt habe, finden sich in derselben Weltgegend.

Kopien der Zeichnungen sind beigefügt, zusammen mit den möglichen Lösungen der Rätselbilder. Zu den acht Zeichnungen, die ich nicht identifizieren konnte, kann ich nur sagen, daß man sich, um sie zu entschlüsseln, besser in jenen Weltgegenden auskennen und auch sehr viel mehr über den ›Künstler‹ wissen müßte, da offenbar eine ganz eigenwillige Denkweise dahintersteht, bei der die Bildung des Betreffenden, seine Erlebnisse und Erfahrungen und seine ganz persönlichen Gefühle eine Rolle spielen – kurzum, sein ganzes Leben.

Ich sah mir noch einmal die Analysen der beiden ungewöhnlichen Knollen an, bei denen jeweils auf eine solche Zeichnung verwiesen wurde, mit 28 und 29 numeriert. Dann sah ich mir die Zeichnungen dazu an. Eine stellte ein vollbusiges Weib mit einer phrygischen Kopfbedeckung dar, und darunter stand »*The Fair Goddess*«. Das andere war ein ziemlich begossen aussehender amerikanischer Adler, und darunter hieß es »*The Disappearing Trick*«. Beide Bilder waren nicht enträtselt.

Ich lehnte mich zurück und dachte nach. Ich wußte, daß Marks Schiff während des IGY in Australien stationiert war – daher vielleicht die Anspielungen auf Australien. Mark mochte auf den Salomon-Inseln gewesen und vielleicht auch bis zu den Midway-Inseln gekommen sein – auf jeden Fall hatte er den Äquator überquert. War er auch bis zur Osterinsel gelangt? Ich blätterte die Zeichnungen durch und wurde fündig – ein Hase, der offenbar gerade ein Ei zu legen versuchte, das traditionelle Fruchtbarkeitssymbol für Ostern. Das hatte auch der Entschlüsselungsexperte erkannt.

Das war ein verdammt großes Gebiet, in dem ich nach *The Fair Goddess* und *The Disappearing Trick* suchen mußte.

Ich dachte über Mark nach und seine »eigenwillige Denkweise«. Der Experte hatte recht; Marks Denkweise war so verdammt eigenwillig gewesen, daß ich es manchmal schon nicht mehr für normal gehalten hatte. Sein Denken ging merkwürdig verschlungene Pfade, schwelgte in Komplikationen und Irreführungen, nahm nie den direkten Weg, aber steuerte letztlich immer nur ein Ziel an – das Wohlergehen von Mark Trevelyan.

Solange ich lebte, war ich Zeuge gewesen, wie er mit Betrug und Intrigen auf die Dinge hinarbeitete, die er wollte, ohne sich jemals klarzumachen, daß man mit ehrlicher und redlicher Arbeit bessere Ergebnisse erzielen konnte. Er hatte einen erstklassigen Verstand, war aber faul und suchte immer nach Abkürzungen – aber in der Wissenschaft gibt es nicht viele Abkürzungen, und so geriet er mit seiner Arbeit immer wieder in Verzug.

Ich glaube, er war aus einem unerfindlichen Grund eifersüchtig auf mich. Ich war zwei Jahre älter als er, und als wir klein waren, hätte er sich fast umgebracht vor Anstrengung, mit mir mitzuhalten, körperlich und geistig. Die Psychologen sprechen von Geschwisterneid, aber bei Mark nahm er ungesunde Formen an. Er schien sein ganzes Leben als eine Art Wettstreit mit mir zu sehen; er bildete sich sogar ein, daß die Eltern mich bevorzugten, wenn ich nichts dergleichen festzustellen vermochte. Und wenn er sich als Student für die Ozeanographie entschieden hatte, so nur, weil auch ich das getan hatte, nicht aber – wie ich – aus einem brennenden Interesse an der Sache. Einmal hatte er die Bemerkung gemacht, daß er eine Berühmtheit sein würde, wenn ich längst in Vergessenheit geraten wäre.

In diesem Ausspruch lag eine gewisse Ironie, denn er hatte die Voraussetzungen zu einem erstklassigen Wissenschaftler gehabt, und wenn er am Leben geblieben wäre, hätte er uns, da bin ich sicher, alle überraschen können – vorausgesetzt, er hätte dieses eine Mal nicht nach Abkürzungen gesucht.

Ich war ihm seit Jahren aus dem Weg gegangen, persönlich und beruflich, aber jetzt mußte ich mich geistig mit ihm messen. Ich mußte herausbekommen, was seine rätselhaften Kritzeleien bedeuteten, und das würde nicht einfach sein. An dem, was Mark vorgehabt hatte, war mit Sicherheit etwas faul – bei den IGY-Untersuchungen hatte es keine hohen Kobaltergebnisse gegeben, wie Mark sie ermittelt hatte. Ich dachte daran, daß Mark, wie Jarvis mir gesagt hatte, in dieser Zeit Zahlen gefälscht haben sollte, und auch daran, daß Mark Campbell zu einer Forschungsreise zu überreden versucht hatte, bei der es um die Suche nach Knollen ging. Die Teile fügten sich allmählich zusammen.

Ich wurde von Geordie unterbrochen, der an die Tür klopfte.

»Bist du noch nicht fertig?« fragte er. »Wir sind mit dem Boss zum Essen verabredet.«

»Mein Gott, wie schnell die Zeit vergeht.«

»Was gefunden?«

Ich zog ein Gesicht. »Ja, ich habe etwas gefunden, aber, bei Gott, ich wüßte gern, was es bedeutet. Es sieht so aus, als müßten wir immer noch mit Mark und seinem verdrehten Verstand kindische Spiele spielen. Ich erzähle dir davon, wenn wir alle zusammen sind. Laß mir zehn Minuten Zeit, um mich fertigzumachen.«

»Eines vorab«, sagte Geordie und blieb zögernd vor der Tür stehen. »Kane ist an Land gegangen und hat ein Telegramm aufgegeben.«

»Wohin?«

»Wir haben Glück gehabt. Ich hatte Danny Williams gebeten, ihn zu beschatten – keine Angst, er wird darüber Stillschweigen bewahren –, und er hat mitbekommen, wie sich Kane nach den Gebühren für ein Telegramm nach Rabaul erkundigte.«

»Rabaul! Aber das liegt ja in New Britain – im Bismarck-Archipel. Warum zum Teufel sollte er ein Telegramm quer über den ganzen Pazifik schicken? Weißt du, an wen er es geschickt hat?«

»Das hat Danny nicht feststellen können. Er hätte den Schalterbeamten bestechen können, aber das hat er nicht getan. – Der Boss hat gesagt, wir sollten erst in die Halle kommen – es wäre noch etwas früh fürs Essen. Er will mit uns reden – über das da vermutlich.« Er deutete auf die Tagebuchseiten auf meinem Bett.

4

Das Colombo war ein modernes Hotel in amerikanischem Stil. Wir gingen zum Empfang, fragten nach Campbell und erhielten die Auskunft, er befände sich in einem der Gesellschaftsräume. Der Raum war nur schwach erleuchtet, und in einer Ecke spielte ein Trio Unterhaltungsmusik. Es war alles sehr gepflegt und bot nach dem Leben an Bord der *Esmerelda* eine angenehme Abwechslung. Während wir etwas tranken, bat ich Campbell, das Thema Tagebuch erst einmal beiseitelassen zu dürfen und sich statt dessen anzuhören, was er noch über Manganknollen wissen müsse, und er erklärte sich zögernd einverstanden. Er wirkte mißlaunig, aber ich wußte, daß diese Stimmung verfliegen würde, sobald sein Interesse geweckt war. Er hatte sich bereits mit dem Thema befaßt, und so konnte ich mich ziemlich kurz fassen, was die Entstehung und das Vorkommen der Knollen betraf; ich war froh, Geordie das alles auch schon erklärt zu haben. Schließlich kam ich auf das Alter der Knollen zu sprechen.

»Ich bin zu dem Schluß gekommen, daß unsere Knolle hier nicht sehr alt ist«, sagte ich, während ich sie aus der Tasche zog.

»Wie alt?« fragte Campbell.

»Er rechnet immerzu in Millionen Jahren«, sagte Geordie aus Erfahrung, aber diesmal hatte er sich vertan.

»Nicht mehr als fünfzigtausend Jahre«, sagte ich. »Vielleicht zwischen dreißig- und fünfzigtausend, aber nicht älter – und wenn ich mit dieser Behauptung meinen Ruf ruiniere. Irgendwo da draußen im Pazifik entstehen diese Dinger brisant schnell.«

»Brisant schnell«, meinte Geordie zweifelnd. »Nennst du fünfzigtausend Jahre brisant schnell?«

»Vom geologischen Standpunkt aus gesehen, ist das sehr schnell. Es ist jedoch sehr ungewöhnlich, und das ist für uns das wichtigste.«

»Wieso?« fragte Campbell.

»Schauen Sie, der ganze verdammte Pazifikboden ist übersät mit diesen Dingern, die langsam über Millionen Jahre hinweg entstanden sind. Jetzt haben wir hier eine Knolle, die in einem Bruchteil dieser Zeit entstanden ist. Dafür muß es einen bestimmten Grund geben. Ich vermute, daß das auf rein örtlichen Gegebenheiten beruht, und wenn das so ist, besteht die Möglichkeit, daß diese Gegebenheiten nach wie vor bestehen. Anders gesagt: die Knollen entstehen auch jetzt noch mit derselben Geschwindigkeit.«

»Ich wüßte nicht, was uns das helfen sollte.«

»Das hilft uns sehr viel. Das bedeutet, daß wir weite Gebiete vernachlässigen können – Millionen um Millionen Quadratmeilen –, bei denen ich *weiß*, daß dort keine besonderen Gegebenheiten bestehen. Ich bin da einer Meinung mit der orthodoxen Lehre: der Meeresboden ist ziemlich einheitlich, es gibt zum Beispiel kaum Klimaunterschiede. Wonach wir Ausschau halten müssen, ist die Abweichung.«

»Haben Sie eine Vorstellung, was für Abweichungen?«

Ich nickte. »Ich habe einige Vorstellungen, die ich aber jetzt noch nicht aussprechen möchte. Vielleicht bringt mich die Tagebuchübertragung weiter. Vielleicht fehlt nur ein Wort, um das Bild zu vervollständigen – wie das letzte Teil in einem Puzzle.«

»Darauf kommen wir später zurück«, sagte Campbell. »In der Zwischenzeit habe ich Suarez-Navarro ständig beobachten lassen. Ramirez hat London verlassen und ist nun bei ihnen auf dem Schiff.«

»Wo befinden sie sich jetzt?« fragte Geordie.

»Sie liegen immer noch in Darwin – völlig untätig. Ich verstehe das nicht.«

Er blickte auf, während er sprach, und stand dann auf. Eine junge Frau kam auf uns zu. Es war Campbells Tochter; Geordie und ich erhoben uns ebenfalls, als sie sich zu uns gesellte. Campbell stellte uns vor. »Clare, das ist Michael Trevelyan, und das ist unser Captain, George Wilkins.«

Geordie reichte ihr würdevoll die Hand und korrigierte seinen Namen. Als ich ihr die Hand gab, musterte sie mich eingehend, zeigte aber keinerlei Reaktion auf meinen Namen. Ich war drauf und dran, sie daran zu erinnern, daß wir uns schon einmal begegnet waren, vor langer Zeit, zusammen mit Mark. Aber dann richtete ich mich nach ihr und begrüßte sie förmlich-zurückhaltend. Wir setzten uns wieder, und während wir etwas zu trinken bestellten, taxierte ich sie, wie eben ein Mann eine Frau einschätzt.

Als ich sie in Vancouver gesehen hatte, war ich nicht sonderlich an ihr interessiert gewesen. Mark und seine Geliebten ließen mich kalt. Aber nun sah ich, daß sie schön war, und fragte mich, wieso mir das nicht schon früher aufgefallen war.

Sie war groß, hatte schwarzes Haar und gerade Augenbrauen über grauen Augen. Sie hatte einen vollen Mund mit ruhelosen Mundwinkeln, einen Mund, zum Lachen geschaffen, nun aber fest unter Kontrolle, als hätte sie gelernt, nicht zu lachen.

Ihre Kleidung war von jener täuschenden Schlichtheit, die viel Geld kostet. Das überraschte mich nicht. Schließlich war sie Campbells Tochter. Abgesehen von einer kleinen Rubinbrosche trug sie keinen Schmuck.

Wir unterhielten uns kurz über dieses und jenes, und ich merkte, daß sie wachsam wirkte, wie auf der Hut, und hatte das Gefühl, daß das mich betraf. Ich fragte mich, wie Mark mit ihr ausgekommen war. Als ich sie mit ihm zusammen gesehen hatte, war sie mir viel lebhafter erschienen; eine Zurückhaltung, wie sie sie jetzt an den Tag legte, war überhaupt nicht nach Marks Geschmack – er hatte immer eine Vorliebe für Frauen mit Temperament gehabt.

Und dann brachte Campbell das Thema zur Sprache, das uns alle am meisten beschäftigte. Es kam für mich nicht völlig unerwartet, als er erklärte: »Meine Herren, Sie sollten wissen, daß ich die ganze Geschichte – soweit wie möglich – Clare erzählt habe. Sie ist meine rechte Hand, springt auch gelegentlich als Sekretärin ein und ist seit jeher in alle meine geschäftlichen Angelegenheiten eingeweiht. Das ist auch diesmal nicht anders.«

Ich fand eigentlich, daß es in Anbetracht von Einbruch, Fälschung, Spionage und Mord schon etwas anderes war. Aber vielleicht war ihr das alles längst vertraut, von früheren Unternehmungen ihres Vaters.

»Außerdem – wenn ich zu Ihnen an Bord komme, wird sie mich begleiten«, fuhr er fort. Er war schließlich der Boss, aber er erklärte das ein wenig heftig, wie um alle möglichen Einwände von vornherein auszuschließen. Geordie wirkte ein wenig unglücklich und blickte mich hilfesuchend an.

»Warum nicht?« sagte ich leichthin. »Wir haben Platz genug und können von Zeit zu Zeit eine Hilfskraft im Labor gut brauchen. Und wenn Sie kochen können, Miss Campbell...«

»Clare, bitte. Nennen Sie sich Michael oder Mike?«

»Immer Mike.«

Sie lächelte. »Ich kann kochen, aber ich wäre nicht gern hauptamtlich Schiffskoch. Ich werde jedoch gern jederzeit überall einspringen.«

Geordie saß auf der Kante seines Stuhls und rückte schließlich mit seiner Besorgnis heraus. »Sind Sie schon mal zur See gefahren, Miss – äh, Clare?« fragte er ruppig. Clare reagierte gelassen.

»Ja, Geordie, das bin ich – auch auf ziemlich langen Reisen. Ich bin dafür komplett ausgerüstet. Sie werden mir glauben, wenn Sie sehen, wie verblichen und verschlissen alles ist. Tatsächlich bin ich mit dem, was auf uns zukommt, viel vertrauter als mein Pa.«

Damit war Geordie geschlagen.

Campbell mischte sich ungeduldig ein. »Was ist mit dem Tagebuch, Mike? Ich nehme an, Sie haben es durchgelesen.«

»Es enthält interessante Aspekte.«

»Wieso?«

»Das Tagebuch wurde zum Teil geschrieben, während Mark an dem IGY-Forschungsunternehmen teilnahm. Die kobaltreichen Knollen sind darin erwähnt, aber im offiziellen Forschungsbericht steht nichts davon. Mit anderen Worten, er hat diese Untersuchungsergebnisse unterschlagen.«

Campbell schien entsetzt. »Ich kann mir nicht vorstellen, daß Ihr Bruder so etwas getan hätte«, sagte er steif. Damit war mir klar, daß Campbells reserviertes Verhalten, was Mark anging, nur Marks Freundschaft zu Clare betraf und daß Campbell Mark nie völlig durchschaut hatte. Ich mußte behutsam vorgehen, aber es wurde Zeit, ihm reinen Wein einzuschenken.

»Können Sie sich eine andere Erklärung dafür denken?«

Er schüttelte den Kopf. »Ich weiß nicht, was ich davon halten soll. Ich habe mir auch schon darüber Gedanken gemacht. Meinten Sie das ernst, als sie sagten, Ihr Bruder wäre zu so etwas fähig gewesen? Auf mich machte er den Eindruck eines vorzüglichen Wissenschaftlers.«

»Mark wurde nie von allzuviel Skrupeln geplagt«, sagte ich. »Er wollte etwas von Ihnen und zeigte sich Ihnen von seiner besten Seite.«

Campbell mißfiel das. Mein offen geäußerter Argwohn

Mark gegenüber beleidigte sein Schicklichkeitsempfinden. Brüder sollten sich brüderlich verhalten, und Blut ist dicker als Wasser. Ich hatte ihn im Verdacht, daß er stark puritanisch geprägte Anschauungen hatte, vermutlich ein Erbe calvinistischer Vorfahren. Beinahe feindselig meinte er: »Damit, daß Sie Ihren Bruder schlechtmachen, bringen Sie uns auch nicht weiter – abgesehen davon, daß er sich nicht mehr zur Wehr setzen kann.«

Ich sagte leise: »Sie sollten die Bibel lesen, Mr. Campbell. Da stehen einige Geschichten drin, die sehr aufschlußreich sind. Lesen Sie die Geschichte von Kain und Abel oder die von Esau und Jakob. Es gibt keine ausnahmslos gültige Regel, daß Brüder einander lieben müssen. Und viele Schufte haben unschuldige Verwandte.«

»Nun, Sie kannten ihn vermutlich am besten«, sagte er scharf. »Ich hatte nie Grund, ihm zu mißtrauen, solange er für mich arbeitete.« Er fing Clares Blick auf und wurde ein wenig unsicher. »Ich muß allerdings zugeben, daß er menschlich ...«

Clares Gesicht wirkte gefaßt und zeigte nur ein höfliches Interesse; aber ihre Mundwinkel zuckten.

»Wir müssen darüber reden«, sagte ich. »Wir haben es hier mit einem Problem zu tun, vor das uns Mark gestellt hat, und wir können es nur lösen, wenn wir verstehen, wie er war und wie er arbeitete. Geordie kann einiges von dem bestätigen, was ich Ihnen eröffnen muß.« Sie hörten mir nun alle wie gebannt zu. »Ich muß Ihnen etwas sagen, das Sie mit Sicherheit nicht wissen: Mark wurde beim IGY gefeuert, weil er Zahlen gefälscht hatte. Das war unmittelbar, bevor er in Ihre Firma eintrat.«

»Das wußte ich nicht, und ich weiß auch nicht, ob ich Ihnen das glauben soll.«

»Es ist wahr. Professor Jarvis, mein Institutschef, hat es mir gesagt – Geordie hat es auch gehört. Ich glaube, daß er damals, als er diese Knollen in die Finger bekam, herausfand, wie wertvoll sie waren, und beschloß, dieses Wissen für sich zu behalten. Dann trat er an Sie heran – und nutzte Sie aus.«

Campbell war beleidigt. »Nutzte *mich* aus!«

»Sie hatten das Geld, das er für eine Expedition brauchte.

Er konnte Ihnen die Knollen nicht zeigen – Sie hätten dann wissen wollen, woher er sie hatte. Und er hatte sie, weil er sie den Leuten gestohlen hatte, die ihm sein Gehalt bezahlten.«

Campbell wirkte etwas irritiert. »Er hat mir nie etwas gezeigt. Aber er hat mir eine überzeugende Geschichte erzählt.«

»Richtig. Er hatte einen Haufen Theorien, und Sie wären fast darauf reingefallen. Wenn es so gewesen wäre, hätte er Ihre Zeit und Ihr Geld vergeudet, indem er überall im Pazifik herumgesucht hätte, und dann hätte seine ›Theorie‹ zu einer spektakulären Entdeckung geführt. Er wußte, woher diese Knollen stammen. Doch wie dem auch sei, Ihnen hätte das Gewinn gebracht und ihm Reichtum und Bestätigung – als bedeutender Wissenschaftler.«

Campbell nickte unwillig.

Ich fuhr fort. »Aber etwas ging schief. Sie hatten diesen Ärger mit Suarez-Navarro und hatten kein Kapital flüssig. Sie konnten seine Expedition nicht finanzieren, und er verließ Sie Knall und Fall, weil Sie für ihn nicht länger von Nutzen waren. War es nicht so?«

Es herrschte Schweigen, während Campbell das alles verdaute.

»Also gut, Sie haben sich klar genug ausgedrückt – reiten Sie nicht weiter darauf herum. Angenommen, so etwas ist möglich – was schlagen Sie vor, was sollen wir jetzt tun?«

»Zuerst noch etwas anderes. Sie haben sich gefragt, wie Suarez-Navarro auf die Knollenjagd verfallen ist. Ich glaube, daß Mark mit ihnen das gleiche Spiel zu spielen versucht hat. Ich glaube sogar, daß er und Norgaard in Tahiti auf das Schiff warteten, das zur Zeit gerade ausgerüstet wird. Damit vervollständigt sich das Bild.«

»Nun gut, nehmen wir auch das an. Je weiter man in den Wald hineinsehen kann, desto sicherer ist man wohl.« Campbell war immer noch erschüttert über das, was ich ihm über Mark erzählt hatte. »Was machen wir nun?«

»Nun, wir könnten in Erfahrung bringen, wo das IGY-Schiff, auf dem Mark war, Proben genommen hat, und dann an denselben Stellen Proben nehmen. Aber ich glaube nicht, daß es sich dabei um eine der eingehend untersuchten Stellen handelt. Sonst wäre das alles längst herausgekommen – Mark war ja nicht der einzige, der Analysen vornahm. Nein, ich nehme an, es war ein Versuchsgebiet, das sie nicht ernstlich erforschen wollten, und wahrscheinlich ist auch nirgends etwas darüber festgehalten. Auch das läßt sich nachprüfen.«

Wir saßen eine Weile in gedrückter Stimmung da. Dann veränderte die anregende Musik ihr Tempo, und eine Frau fing an, zur Musik des Trios zu singen. Ich drehte mich um, um sie mir anzusehen. Sie hatte eine nette Stimme, aber keine von Weltklasse. Ihr Körper war besser als ihre Stimme und kam durch ein Kleid, das mehr ent- als verhüllte, wunderbar zur Geltung.

Versunken in den Anblick von etwas, das nicht zu unserer sorgenbeladenen Welt gehörte, entspannte ich mich und bekam nur noch das Ende eines Satzes mit, den Clare Campbell an mich gerichtet hatte.

»... Ihnen eine Frage stellen – wenn es Sie nicht stört, Mike?«

Ihre Stimme war ruhig, aber als ich mich ihr zuwandte, bemerkte ich ein ironisches Blitzen in ihren Augen.

»Entschuldigung, ja?«

»Sie haben gesagt, daß Mark von der IGY gefeuert wurde, weil er Zahlen gefälscht hatte. Was für Zahlen? Um Analysen von kobaltreichen Knollen kann es sich nicht gehandelt haben, denn über die ist ja, wie Sie selbst sagten, nie etwas bekanntgegeben worden. Also muß er *andere* Zahlen gefälscht haben und dabei ertappt worden sein. Was waren das für Zahlen, und warum hat er sie frisiert? Könnte das für uns eine Rolle spielen?«

Darüber hatte ich noch gar nicht nachgedacht; die Frage war berechtigt. Ich sagte: »Mark war immer sehr flink mit Ablenkungsmanövern zur Hand und damit, falsche Fährten zu legen. Einmal hat er bei einer Schulprüfung gemogelt, und zwar folgendermaßen. Er wurde kurz vor dem Examen zum Direktor bestellt, und als er hinkam, war der gerade nicht im Zimmer. Auf seinem Schreibtisch lag ein Stapel Papiere mit Prüfungsfragen. Mark nahm nicht etwa einen Bogen, sondern sechs. Dann machte er eine Kopie für sich selbst und verteilte die sechs Papiere an andere Jungen – anonym.«

Campbell sagte: »Das verstehe ich nicht.«

»Es ist ganz einfach. Er hat mir später davon erzählt – er hat immer gewußt, daß *ich* ihn nicht verraten würde. Er dachte sich, für den Fall, daß die Sache aufflöge, müßte er dafür sorgen, daß alle sechs Fragebogen gefunden würden – und zwar bei anderen Schülern. Er wäre dabei fein heraus gewesen. Die Sache kam aber nicht heraus, und er kam ungestraft davon. Könnte es nicht sein, daß es sich hier um etwas Ähnliches handelte?«

Campbell schaute frustriert drein. Schließlich war er ein Mann, von dem man Scharfsinn erwartete. »Vielleicht bin ich blöde, aber ich begreife immer noch nicht.«

»Sehen Sie«, sagte ich geduldig. »Mark hatte eine Lagerstätte kobaltreicher Knollen entdeckt und bemühte sich, sein Wissen zu verheimlichen. Er wußte, wenn man ihm auf die Schliche kam, war er nicht nur in Ungnade, sondern büßte auch die Aussicht auf künftige Reichtümer ein. Da ich Mark kenne, nehme ich an, daß er ein paar falsche Fährten gelegt hat. Um zu vertuschen, um was es ihm ging, fälschte er noch ein paar andere Zahlen und rundete sie wahrscheinlich immer nach oben auf. Damit vergrößerte sich zwar das Risiko, entdeckt zu werden, aber wenn es herauskam, wie es ja eindeutig geschah, würde man ihn nur für einen jener ruhmbegierigen Wissenschaftler halten, deren Erwartungen zu hoch gesteckt sind und die es nach beruflicher Anerkennung verlangt. Kein Mensch käme auf die Idee, daß ein Zahlenergebnis aus anderen Gründen gefälscht war. Sie haben das wohl nie festgestellt.« Ich lachte, doch ohne Fröhlichkeit. »Ich möchte wetten, daß Marks Ergebnisse alle als wertlos beiseite getan wurden. Nach all dem mochte sich wohl keiner seiner Kollegen mehr auf seine Zahlen verlassen.«

»Warum hat man das nicht an die Öffentlichkeit gebracht – um Leute wie meinen Pa vor ihm zu schützen?« fragte Clare ein wenig bitter.

»Vermutlich war man der Ansicht, daß sich Geschäftsleute wie Ihr Vater selber zu schützen wissen. Dergleichen wird meist mit höchst vornehmer Zurückhaltung behandelt.«

Campbell blickte mich verwundert an, Geordie in stillschweigender Übereinstimmung. »Hatte Mark wirklich einen so verdrehten Verstand?« fragte Campbell.

Ich sah ihm an, daß er gekränkt war; sein Stolz auf seine Menschenkenntnis hatte einen erheblichen Knacks bekommen. Aber schließlich war er auf einen erfahrenen Schwindler hereingefallen. »Seine Denkweise war von einer Art, für die ein Korkenzieher die kürzeste Verbindung zweier Punkte ist. Doch wenn Sie meinen Worten nicht glauben – Geordie kann Ihnen auch einige Geschichten erzählen.«

Geordie nickte. »*Aye*, der Junge war verlogen. Er hat seiner Familie viel Kummer bereitet.«

»Nun gut. Angenommen, Mark war wirklich so gerissen, wie Sie ihn darstellen, dann sind wir wohl wieder da, wo wir am Anfang waren. Das einzige, was uns weiterhelfen kann, ist sein Tagebuch.«

»Und das wird noch eine höllische Arbeit, seine Kritzeleien zu enträtseln. Das Wissenschaftliche traue ich mir einigermaßen zu. Aber das übrige wird eine harte Nuß.«

»Wir werden beim Essen weiter darüber reden«, entschied Campbell zu meiner Erleichterung.

So sprachen wir während des Abendessens über das Tagebuch, das keiner von uns als leicht verdaulich hätte bezeichnen können. Clare fragte, ob sie es als Nachtlektüre haben könnte. »Ich habe Spaß an solchen Sachen«, sagte sie. »Puzzles, Rätsel.« Vielleicht hatte sie das Gefühl, daß ihre eigenen Erfahrungen mit Marks Denkweise uns weiterhelfen könnten.

»Aber gerne«, antwortete ich. »Ich möchte sowieso etwas Abstand dazu gewinnen.« Ich freute mich, daß sie im weiteren Verlauf des Abends etwas von ihrer Reserviertheit abschüttelte und ihr Mund seine vorsichtige Strenge verlor. Als wir beim Kaffee angelangt waren, kam ein Kellner zu uns an den Tisch. »Ist einer der Herren Mr. Trevelyan?«

»Ja, ich.«

»Da draußen im Foyer ist eine Dame, die Sie sprechen möchte.«

Ich blickte verwirrt in die Runde. »Aber ich kenne gar niemanden in Panama.«

Campbell blickte zu dem Kellner auf. »Eine ältere Dame oder eine jüngere?«

»Oh, eine junge Dame, Sir.«

Campbell zwinkerte mit den Augen. »An Ihrer Stelle wäre ich schon im Foyer. Was hält Sie auf?«

Ich stand auf. »Wahrscheinlich handelt es sich um einen Irrtum«, sagte ich und war gleichzeitig sicher, daß es nicht so war. »Entschuldigen Sie mich bitte.«

Im Foyer hielten sich etliche Leute auf, darunter auch mehr als eine junge Dame, aber keine kam auf mich zu. Ich ging zum Empfang und sagte: »Mein Name ist Trevelyan. Ich habe gehört, daß jemand mich sprechen möchte.«

Der Hotelangestellte wies mich mit einer Handbewegung ins Büro hinter der Empfangstheke. Dort erwartete mich tatsächlich eine junge Dame, und sie war mir in gewisser Weise auch bekannt – es war die Sängerin, die uns in der Lounge unterhalten hatte.

»Mein Name ist Trevelyan. Sie wollten mich sprechen?«

Sie war nervös, das war ihr anzusehen. Sie war zierlich und, aus der Nähe betrachtet, ein wenig unterernährt, hatte Höhlen unter ihren dunklen Augen und eine Haut, die eher wettergegerbt als gebräunt wirkte. Sie hatte etwas Ansprechendes an sich – oder, vielleicht besser ausgedrückt, etwas Einnehmendes. Ich war fasziniert.

»Es tut mir leid, wenn ich Sie belästige – ich habe Ihren Namen im Hotelregister gesehen und habe mich gefragt, ob Sie vielleicht mit Mark Trevelyan verwandt sind? Von Tahiti?«

»Er war mein Bruder. Ich bin Michael. Sie scheinen Mark gekannt zu haben.« Ich wußte nicht, ob sie von seinem Tod wußte, und wollte ihr das nicht ohne vorheriges Warnsignal beibringen.

Sie nickte. Dabei hielt sie die Hände fest zusammengepreßt. »Ja, ich kannte ihn, sehr gut sogar. Kommen Sie aus England?«

»Ja.«

»Kennen Sie seine – Frau?«

»Ja.«

»Hat Sie den Koffer erhalten, den ich an sie abgeschickt habe?«

Ich starrte sie verblüfft an. »Oh, verdammt! Ich hatte gedacht, das wäre ein Mann gewesen. Sie sind also P. Nelson?«

Sie lächelte, und die Spannung wich ein wenig von ihr. »Ja – Paula Nelson. Dann ist der Koffer gut angekommen?«

»Ja, er ist angekommen, danke«, sagte ich, ohne jedoch hinzuzufügen, daß er gleich darauf gestohlen worden war. Ich wußte ja nicht, welche Stelle dieses Mädchen in Marks kompliziertem Leben einnahm. Aber ich konnte versuchen, das herauszufinden.

»Miss Nelson, hätten Sie nicht Lust, auf einen Drink mit mir und meinen Freunden mit in die Lounge zu kommen? Wir sind alle an Mark interessiert und daran, was er hier draußen gemacht hat.«

Sie schüttelte den Kopf. »Oh, das geht nicht, Mr. Trevelyan. Ich bin hier angestellt, und es ist unerwünscht, daß wir mit den Gästen trinken. Der Manager sagt, dies sei kein Animierlokal.« Ihre Nervosität schien auch daher zu rühren, daß sie befürchtete, den Zorn des Managers auf sich zu ziehen.

»Vielleicht könnten wir woanders hingehen, wenn Sie Zeit haben«, sagte ich entgegenkommend. »Ich würde gerne mit Ihnen reden.«

Sie sah auf ihre Uhr. »Ich könnte mich für eine halbe Stunde freimachen. Danach habe ich wieder einen Auftritt in der Lounge. Würden Sie auf mich warten? Ich hole nur meinen Mantel.«

»Aber gern.«

Ich dachte daran, den anderen eine Nachricht zu schicken, entschied mich dann aber dagegen. Ich war ihnen nicht für alles, was ich tat, Rechenschaft schuldig. Wir gingen in eine kleine Bar, ein Stückchen weiter die Straße hinunter. Ich bestellte etwas zu trinken, und wir setzten uns in eine Nische. Bis auf einen einsamen Trinker war die Bar leer. »Sie sind Amerikanerin, nicht wahr?« sagte ich.

»Ja. Und Sie sind aus – Cornwall. Sie reden genau wie Mark. Ich habe ihn manchmal damit aufgezogen.«

Was natürlich hieß, daß sie ein festeres Verhältnis miteinander gehabt hatten.

»Wo haben Sie ihn kennengelernt?«

»Auf Tahiti. Ich hatte ein kleines Lokal in Papeete. Mark

kam des öfteren dahin, zusammen mit seinem Kumpel, und daraus entwickelte sich – eine Art Freundschaft.«

»Wer war sein Kumpel?«

»Ein Schwede, Sven Sowieso. Aber das war vor – oh – vielleicht zwei Jahren, als wir uns das erste Mal gesehen haben.«

Kurz nachdem er Campbell verlassen hatte, schätzte ich. Ich sagte: »Ich würde gerne wissen, wie Mark gestorben ist. Können Sie mir etwas darüber sagen – wenn es Sie nicht zu sehr mitnimmt?«

»Oh, das geht schon«, antwortete sie, doch ihre Stimme bebte ein wenig. »Viel kann ich Ihnen nicht erzählen. Er starb an einer Blinddarmentzündung, auf den Tuamotu-Inseln – wußten Sie das nicht?«

»Doch. Aber wie haben Sie davon erfahren?«

»Ich habe es zuerst nicht geglaubt, aber sie haben mir den Totenschein gezeigt.«

»Wer ›sie‹? Wer hat Sie überhaupt davon unterrichtet?«

»Ein Schoner kam und brachte die Nachricht mit. Und ich bin zur Behörde gegangen, um den Beweis zu sehen. Wissen Sie, ich dachte, er wäre vielleicht einfach nur – abgehauen.«

»Ist der Arzt, der Mark operiert hat, selbst nach Papeete gekommen?«

Sie schüttelte den Kopf. »Das hätte auch nicht viel gebracht, oder? Ich meine, es war über zweihundert Meilen weit weg, und er ist der einzige Arzt da draußen. Er konnte nicht gut wegfahren, nur um die Nachricht zu überbringen.«

Das stand im Widerspruch zu Kanes Bericht, nach dem der Arzt den Totenschein ausgestellt und die Behördenformalitäten erledigt hatte. Oder nicht? Ich erinnerte mich an das, was Kane gesagt hatte – er und sein Partner Hadley hätten alles dem Doktor überlassen. Vielleicht bedeutete das auch nur, daß der die Papiere mit dem nächstbesten Schiff dorthin schickte.

»Kannten Sie die Männer von dem Schoner?«

Sie schwieg eine Weile und sagte dann: »Warum stellen Sie mir all diese Fragen, Mr. Trevelyan?«

»Ich könnte sagen, daß mich die Umstände, unter denen mein einziger Bruder starb, natürlich interessieren, aber das tue ich nicht«, sagte ich mit voller Überlegung. »Mir kommt an der ganzen Sache etwas sehr faul vor.« Während ich das sagte, kam mir der Gedanke, ob sie wohl ein Spitzel war – ob sie zu den Ramirez-Spionen zählte, vor denen Campbell mich so oft gewarnt hatte. Wenn es so war, hatte ich schon ein paar Karten ausgespielt, die ich besser behalten hätte – ein Gedanke, bei dem es mich kalt überlief. Aber es war schwer, sich vorzustellen, daß dieses Mädchen eine Gaunerkomplizin war.

»Sie glauben, er wurde ermordet, ja?« fragte sie rundheraus.

Ich kniff die Lippen zusammen. Ich mußte mich schnell entscheiden und kam zu dem Schluß, daß ich nun ebensogut alle Karten auf den Tisch legen konnte. Um anders vorzugehen, war es schon zu spät. »Und Sie, glauben Sie das auch, Miss Nelson?«

Es trat eine längere Pause ein, bevor sie nickte. »Ja«, flüsterte sie und fing an zu weinen. Ich fühlte mich irgendwie erleichtert – sie ruinierte ihr Make-up, was eine Spionin doch mit Sicherheit nicht getan hätte, unmittelbar vor einem öffentlichen Auftritt.

Ich ließ sie ein Weile in Ruhe und nahm dann ihre Hand in meine.

»Sie haben mit Mark zusammengelebt, nicht wahr?«

»Ja, das habe ich. O Gott, ich habe ihn *geliebt*«, sagte sie. Sie erklärte das so gefühlsbetont und drückte mir dabei die Hand, daß ich das Gefühl hatte, ihr glauben zu müssen.

»Waren Sie glücklich mit ihm?« fragte ich. »War er gut zu Ihnen, Miss Nelson?«

Zu meiner Überraschung erschien ein Lächeln auf ihrem Gesicht. »O ja. Bitte – nennen Sie mich nicht Miss Nelson. Ich heiße Paula.«

»Und ich Mike.«

Wir schwiegen eine Weile, dann fragte ich. »Was ist tatsächlich geschehen, Paula?«

»Ich glaube, es fing alles damit an, daß Sven umgebracht wurde...«

»Norgaard? Umgebracht?«

»Ja. Man fand ihn draußen vor Papeete auf dem Riff, mit eingeschlagenem Schädel. Zuerst dachten alle, es wäre die

Meeresbrandung gewesen – sie schlägt mit ungeheurer Gewalt gegen das Riff. Sie dachten, er wäre von der Brandung umgeworfen worden und mit dem Kopf auf die Felsen geschlagen. Dann kamen sie – ich weiß nicht genau warum und wieso – zu dem Schluß, daß er ermordet worden war. Der Polizeiarzt fand etwas, das darauf schließen ließ.«

Ich nickte grimmig. »Was geschah dann?«

»Die Polizei zog Erkundigungen ein und kam zu Mark. Er sagte, er wisse nichts davon; es schien ihn auch nicht sehr zu bekümmern.«

Ich holte tief Luft. »Paula, glauben Sie, daß Mark Sven getötet hat?«

Sie zögerte, dann schüttelte sie heftig den Kopf. »Nein. Mark *kann* es nicht gewesen sein. Ich weiß, daß er sehr zornig werden konnte – ja sogar gewalttätig –, aber er kann Sven nicht getötet haben. Sie waren doch Partner.«

Ich hatte in jüngeren Jahren selbst ein paar Kostproben von Marks Gewalttätigkeit erlebt.

»Paula, hat er Sie jemals geschlagen?«

Sie blickte auf den Tisch hinunter und nickte. »Manchmal. – Aber es ist auch verdammt schwer, mit mir zu leben. Ich bin unordentlich und eine schlampige Hausfrau. Ich bin...« Sie lachte, aber ihr Lachen ging in ein Schluchzen über, und ihr liefen Tränen über die Wangen.

»Was geschah dann?«

»Mark ist fortgelaufen. Er ist vor der Polizei fortgelaufen. Ich meine nicht wörtlich, nicht an dem Tag, an dem sie zu ihm kamen und mit ihm sprachen. Aber in der Nacht drauf ist er von Tahiti fort. Und dann hieß es, er wäre tot. Aber das habe ich Ihnen ja schon erzählt.«

»Wer hat die Nachricht von seinem Tod überbracht – auf diesem Schoner?«

»Das war ein Mann namens Hadley – er hat die Nachricht überbracht. Er sagte, er und sein Partner hätten Mark sterbend auf einer Insel gefunden.« Sie wirkte nun wieder nervös – vielleicht, dachte ich, weil Hadley wieder ins Bild kam.

Aber mich beschäftigten wichtigere Dinge. Das war der entscheidende Punkt – der Beweis, daß Kane gelogen hatte. Die Sache mit dem Totenschein mochte ein Fehler gewesen sein, aber das hier nicht. Kane hatte behauptet, er und Hadley hätten alles dem Doktor überlassen. Das war die Unstimmigkeit in seiner Geschichte.

Ich fragte: »Hadleys Partner – war das ein Mann namens Kane?«

»Das weiß ich nicht. Ich bin ihm nie begegnet. Aber Hadley kannte ich gut; er hat Mark oft besucht.«

»Das kann doch nicht wahr sein!« rutschte es mir heraus. Das war eine neue Entwicklung.

»Ja, natürlich. Mark und Sven haben sich oft Hadleys Boot gemietet und sind mit ihm manchmal wochenlang unterwegs gewesen.«

»Sie haben nicht zufällig eine Ahnung, wohin sie fuhren?« erkundigte ich mich beiläufig.

»Mark hat mir nie gesagt, was er tat.«

»Nur noch eines, aber etwas, das sehr wichtig ist. Sie sagten, Sie glaubten, Mark sei ermordet worden. Was hat Sie zu dieser Meinung veranlaßt?«

»Das war Hadley. Er kam zu mir nach Hause und sagte, er wolle Marks Sachen abholen. Es war die Art, wie er über Mark sprach – so triumphierend. Ich sah keinen Grund, ihm Marks Sachen zu geben, also warf ich ihn hinaus. Er war wütend, aber er konnte nichts unternehmen; ich hatte Freunde bei mir. Aber er hat mir Angst eingejagt. Er ist ein ganz übler Bursche. Ich warf einen Blick in Marks Koffer und fand nichts darin, das ich brauchen konnte. Deshalb schickte ich ihn seiner Frau. Mark hatte mir von ihr erzählt.« Ihre Stimme klang gequält. »Er hat mir auch von Ihnen erzählt – aber nicht viel Gutes.«

»Das kann ich mir denken. Hat Hadley es noch einmal versucht?«

»Ja. Er kam, schlug mich zu Boden und durchsuchte meine Wohnung. Aber er fand natürlich nichts.«

»Sie meinen – er hat Sie zusammengeschlagen?«

»O Mann, Sie hätten mein blaues Auge sehen sollen.« Sie blickte mich ernst an. »Sie wissen wohl nicht viel über Männer wie Hadley, oder?«

»Noch nicht«, erwiderte ich. »Aber das wird sich bald ändern. Ich werde mir diesen Hundesohn mal ansehen.«

Sie lachte spöttisch. »Er würde Sie in Stücke reißen, Mike. Nehmen Sie sich vor ihm in acht. Greifen Sie ihn nicht von vorne an, knüppeln Sie ihn von hinten nieder. Er würde es mit Ihnen genauso machen. Er ist eine Bestie.«

Ich sah mir dieses Mädchen an, das so sachlich über Schlägereien redete. Kein Wunder, daß sie ständig etwas Furchtsames an sich hatte – aber vielleicht war es gerade das, was Gewalttätigkeiten auslöste. »Ich werde es mir merken.«

Sie seufzte. »Und dann bekam ich es richtig mit der Angst zu tun; ich hatte zuviel verraten. Wissen Sie, was ich verraten hatte? Ich sagte, ich hätte einen Beweis dafür, daß er lügt – daß Mark nicht so gestorben wäre, wie er es mir geschildert hätte. Er sah mich sehr merkwürdig an und sagte, er käme wieder – mit Freunden. Deshalb packte ich ein paar Sachen zusammen und zog aus. Ich blieb für den Rest der Nacht bei jemand anderem; am nächsten Morgen lief um fünf Uhr früh ein Handelsschiff nach Panama aus, und um vier war ich an Bord. Ich blieb unter Deck, bis Papeete außer Sichtweite war.«

»Was war das für ein Beweis, Paula?«

Sie sagte, was ich schon vermutet hatte. »Mark hatte seinen Blinddarm schon entfernt bekommen. Ich habe die Narbe gesehen. Auf die Weise konnte er nicht gestorben sein.«

»Ich wußte das auch. Mark war schon vor Jahren am Blinddarm operiert worden.«

Paula sah auf ihre Uhr und sprang auf. Sie sah noch ziemlich mitgenommen aus, machte nun aber einen ruhigeren Eindruck. »Ich muß zurück.«

»Danke, Paula. Sie haben mir sehr geholfen. Glauben Sie, daß Hadley Mark und Sven Norgaard umgebracht hat?«

»Ja«, sagte sie heftig.

»Haben Sie eine Ahnung, warum er das getan haben könnte?«

Sie zuckte die Achseln. »Nein – aber ich bin sicher, daß er es getan hat.«

»Paula, bevor ich hier wieder abreise – würden Sie für mich aufschreiben, was Sie wissen?«

»Ich – ich denke ja, Mike. Ich – ich muß mich vorsehen.«

Sie wollte nicht mit mir zusammen in die Hotel-Lounge

gehen, deshalb ging ich allein. Geordie und Clare saßen noch da und unterhielten sich. »Pa ist zu Bett gegangen«, sagte sie. »Es ist schon spät, und er war müde.«

»Ich hoffe, Geordie hat Sie gut unterhalten.«

»O ja, er hat mir noch von Mark erzählt – und von Ihnen.«

Mir war auch so, als klängen mir die Ohren.

Ich sah, wie Paula sich zu dem Trio gesellte. Bei dem dämmerigen Licht in der Lounge war nicht zu sehen, daß ihr Make-up verschmiert war, und sie sang wieder mit ihrer angenehmen, rauchigen Stimme. »Sie hat eine nette Stimme«, meinte Clare beiläufig.

»Wie war dein Stelldichein?« fragte Geordie.

»Interessant.«

Um Clares Mund spielte ein Lächeln. »Wir haben gesehen, daß Sie mit ihr aus dem Foyer gegangen sind.«

»Sie ist P. Nelson«, sagte ich. Geordie hätte sich fast an seinem Kaffee verschluckt.

Ich klärte Clare darüber auf, was es mit dem Namen auf sich hatte, und fuhr dann fort: »Sie hatte mir eine Menge zu erzählen, lauter aufregende Neuigkeiten. Sie glaubt, daß Mark ermordet worden ist und ebenso sein Partner Norgaard – ja, der ist auch tot. Und sie glaubt, daß sie beide von Hadley umgebracht worden sind, Kanes mysteriösem Partner. Aber auf Tahiti scheint man zu glauben, daß Mark Norgaard getötet hat – das ist jedenfalls die offizielle Meinung der Polizei – und daß Mark Pech gehabt hat und gestorben ist, während er auf der Flucht war. Ein hübsches Durcheinander.«

»Du lieber Himmel«, sagte Geordie. »Wieso ist sie hier?«

»Sie ist vor Hadley geflüchtet. Alles andere erzähle ich euch morgen früh. Ich bin müde.«

Es schien eine Ewigkeit her zu sein, seit wir am Morgen in Panama eingelaufen waren.

Clare blickte zu Paula hinüber, die immer noch sang.

»Wie gut kannte sie Mark?«

»Ziemlich gut«, antwortete ich gedankenlos. »Sie war eine von Marks Gespielinnen.«

Noch während ich das aussprach, hätte ich mir am liebsten die Zunge abgebissen.

5

Am nächsten Morgen brachte Campbell ein Telegramm mit herunter zum Frühstück. Er las es stirnrunzelnd. »Suarez-Navarro haben sich in Bewegung gesetzt«, sagte er. »Ihr Schiff hat Darwin verlassen – mit Kurs auf Neuguinea.«

»In der Richtung liegt auch der Bismarck-Archipel«, sagte Geordie.

»Was hat das damit zu tun?«

»Das haben wir Ihnen zu erzählen vergessen«, sagte ich. »Kane hat gestern ein Telegramm nach Rabaul geschickt, das im Bismarck-Archipel liegt.«

»Kane – vielleicht an Ramirez, eine Mitteilung, wo wir uns befinden. Könnte Ihre Knollenablagerung in der Nähe von Rabaul liegen?« fragte Campbell.

»Es spricht nichts dagegen und einiges dafür«, antwortete ich. »Ich persönlich glaube jedoch, daß Mark sich nicht so weit von dieser Stelle entfernt hätte. Nach dem zu urteilen, was ich Marks Notizbüchern entnehmen konnte, schien Mark die Knollenbildung mit Vulkantätigkeit in Verbindung zu bringen, und in dieser Weltgegend gibt es verdammt viele Vulkane.«

»Hier nicht?«

»O doch, überall im Pazifik. Ich erkläre Ihnen das, sobald ich selbst etwas klarere Vorstellungen habe.«

»Glauben Sie, er hatte mit seiner Idee recht?« fragte Campbell.

»Ich weiß es nicht«, mußte ich gestehen. »Es ist alles sehr theoretisch. Im Prinzip spricht jedoch nichts dagegen.«

»Wenn ich von einem Wissenschaftler eine so unqualifizierte Antwort kriege, geht für mein Empfinden die Welt zu Ende«, murrte Campbell. »Nun gut, was hatte es da gestern abend mit diesem Mädchen auf sich? Clare hat mir ein wenig erzählt.«

Also setzte ich alle über alles in Kenntnis, und dann saßen wir ziemlich verstört da und bedachten die Folgerungen, die sich aus Paulas Geschichte ergaben. Wir gerieten da in etwas hinein, das immer abscheulicher wurde. Campbell fand es gut, daß ich Paula gebeten hatte, ihre Aussage schriftlich niederzulegen. Er hätte ihre Niederschrift am liebsten von einem Anwalt beglaubigt gesehen, aber ich war nicht sicher, ob sie sich so weit festlegen ließe.

Das Thema wechselnd, sagte Clare: »Mike, ich habe mir Gedanken über das Tagebuch gemacht und speziell über die Zeichnungen. Ich glaube, ich habe etwas herausgefunden. Können wir alle nach dem Frühstück in Pas Suite hinaufgehen?«

Geordie erklärte sich nur zögernd einverstanden. Es drängte ihn, wieder auf sein Schiff zu kommen, aber wir überzeugten ihn, daß dort für die nächsten Stunden alles in Ordnung wäre. »Das sind tüchtige Burschen, die eine Menge Arbeit haben. Und wenn sie dich brauchen, wissen sie, wo sie dich erreichen können«, sagte ich. Und so setzten wir uns nach dem Frühstück um den Couchtisch in Campbells Suite. Wir schwitzten trotz Klimaanlage, und draußen lockte der Sonnenschein von Panama. Clare breitete das Tagebuch und die Zeichnungen vor uns aus.

»Um zu sehen, ob wir noch mehr Zeichnungen enträtseln können, bin ich den umgekehrten Weg gegangen – ich bin von den Orten ausgegangen, an denen Mark sich unseres Wissens aufgehalten hat. Die allerletzte Zeichnung sieht aus wie ein Monokel, und ich glaube, ich weiß, wofür es steht – aber nur, weil wir *wissen*, wo Mark war. Ich glaube, es steht für Tahiti.«

»Wie zum Teufel kann es für Tahiti stehen?« fragte Campbell.

»Man nennt die Inseln auch Gesellschaftsinseln. Und das Monokel ist ein Inbegriff für den Herrn der besseren Gesellschaft. Das ist zwar ein bißchen dünn, aber es wäre denkbar?« Sie sah mich erwartungsvoll an.

Ich lachte. »Genausogut wie etwas anderes. Etwas weit hergeholt, aber treffend. Fahren Sie fort.«

»Mit den Zeichnungen 31 und 30 kann ich gar nichts anfangen – vielleicht fällt Geordie dazu etwas ein, wenn er sich in der Gegend auskennt. Das eine ist eine Kuh und das andere – nun ja, das hier.« Sie zeigte auf etwas, das wie ein unregelmäßiger, abgeflachter Halbkreis aussah, der auf einer ebenen Grundlinie ruhte, und mit dem Wort »oder« mit der Kuh verbunden war. Das Ganze ergab für uns alle keinen Sinn.

»Dann kommen wir zu diesen: *The Fair Goddess* und *The Disappearing Trick*, eine Frau und ein Adler.«

Ich unterbrach sie. »Die beiden stehen unmittelbar vor den Analyseergebnissen der kobaltreichen Proben. Ich glaube, sie sind von entscheidender Bedeutung.«

»Gut«, sagte sie energisch. »Es gibt noch andere Möglichkeiten. Ich habe über die Frau nachgedacht. Ich glaube, sie könnte für Frankreich stehen – Sie wissen ja, Uncle Sam steht für Amerika, John Bull für England und diese Frau – Marianne – für Frankreich. Man sieht sie oft in Karikaturen in der Zeitung.«

Campbell sah sich die Zeichnung aufmerksam an. »Da könnte etwas dran sein. Dies Ding auf ihrem Kopf ist die Jakobinermütze, nicht wahr? Wie groß ist das französische Territorium im Pazifik?«

»Französisch-Polynesien – etwa eine Million Quadratmeilen, einschließlich Tahiti, Bora-Bora, den Marquesas, den Austral- bzw. Tubuai-Inseln. Man müßte also schon Genaueres wissen.«

»Die Marianen«, sagte Geordie mürrisch. »Der Marianen-Graben.«

»Wo liegen die?« fragte Clare aufgeregt.

»Weit weg, viel zu weit. Fast bei den Philippinen«, sagte ich. »Da kann es nicht sein, oder warum sollte Mark sich so weit davon entfernen? Das glaube ich nicht.«

Aber Geordie war dazu noch etwas anderes eingefallen. »Das Suarez-Navarro-Schiff nimmt diesen Kurs.«

Wir blickten einander ratlos an. »Meinem Gefühl nach kann das nicht stimmen«, sagte ich, nur weil das meinem Wunschdenken entsprach. »Wir brauchen etwas, das mehr in dieser Richtung liegt.«

Campbell sagte: Und was ist mit dieser *Fair Goddess?* Marianne ist keine.«

»Wir können ja mal eine Reihe von Göttinnen durchgehen«, schlug ich vor. »Fangen wir mit Venus an. Gibt es eine Venus-Insel?«

Geordie grinste. »Von der Liebesgöttin Venus habe ich schon gehört, aber nicht von einer solchen Insel. Doch Moment mal – auf Tahiti gibt es einen Venus Point.«

»Das klingt verheißungsvoll«, meinte Campbell.

»Ist aber zu nah am Land – und überall da waren schon Dredschen im Einsatz.«

»Also doch nicht so verheißungsvoll«, meinte Campbell düster. »Aber wir werden es im Gedächtnis behalten.«

»Fahren wir fort auf der Reihe der Göttinnen«, sagte Clare. »Was ist mit Aphrodite?«

Wir dachten alle darüber nach. »Nichts zu machen«, erklärte Geordie schließlich.

»Es könnte auch ein französischer Name sein«, sagte Campbell.

»Oder ein polynesischer«, sagte ich brutal. »Oder eine polynesische Göttin.«

»Gütiger Himmel«, sagte Campbell, »so kommen wir nie zu einer Lösung.«

Wir gingen den ganzen Götterhimmel durch; vor den polynesischen Stammesgöttern mußten wir ganz passen, da keiner von uns ein studierter Anthropologe war. Wir wandten uns daraufhin mit vereinten Geisteskräften dem Problem des Adlers zu, kamen auch da nicht weiter und kamen noch einmal auf die Marianne zurück. Clare blickte verbissen auf die Zeichnungen. »Also gut, ein letzter Versuch. Gehen wir noch einmal alles durch.«

Wir stöhnten alle auf.

»Venus.«

»Tahiti«, murmelte Campbell, dessen Aufmerksamkeit allmählich nachließ.

»Demeter.«

Auch das brachte uns nicht weiter.

»Athene.«

Campbell sagte: »Ich glaube, diese ganze Idee ist verkehrt. Geben wir es auf.«

Clare lachte laut auf. »Ich hab's – das ist gar nicht die Marianne, das ist Athene, die Göttin der Gerechtigkeit. Mark hat hier ›fair‹ nicht im Sinne von schön wie bei ›My Fair Lady‹ benutzt, sondern im Sinne von gerecht wie bei ›fair play‹.«

»Viel verstanden hat er davon nicht gerade«, meinte Geordie.

»Und was ist mit der Jakobinermütze?« fragte ich.

»Das ist gar keine – das ist ein römischer Helm. Eigentlich müßte sie auch noch einen Speer haben.«

»Aber Athene war doch keine römische Göttin, sondern eine griechische«, warf Campbell ein.

»Das römische Pendant hieß Minerva – wie ist es damit?« fragte ich.

Geordie schlug auf den Tisch und brach in Gelächter aus. »Mein Gott! Ich glaube, das ist es – darauf hätte ich schon früher kommen sollen. *Récife de Minerve*, natürlich!«

»Sie meinen, das gibt es wirklich?« fragte Campbell.

Ich kämpfte mit meinem Gedächtnis. Ich hatte etwas darüber gelesen, und irgend etwas daran war sehr merkwürdig gewesen, aber ich konnte mich nicht erinnern, was es war. Geordie konnte sich gar nicht beruhigen vor Lachen. »Ein Schiff ist da gestrandet. Nein, das ist wirklich zu komisch.«

Campbell rieb sich die Hände, sein Interesse war neu erwacht. »Nun kommen wir also voran – wo liegt das? Offenbar mehr hier herüber?«

»Südlich der Tuamotus«, sagte Geordie.

»Lohnt es sich, dorthin zu reisen?« fragte Campbell mich. »Sie sind hier der Experte.«

Ich hielt die Möglichkeit, daß wir gleich mit unserer ersten Vermutung richtig lägen, für gering; unterwegs würde sich noch öfter etwas als falscher Alarm erweisen, wenn sich nicht noch konkretere Hinweise ergaben. Andererseits wollte ich auch nicht, daß die Expedition aus Mangel an Aktivität oder Begeisterung scheiterte – und irgendwo mußten wir ja anfangen. »Dafür könnte einiges sprechen«, sagte ich und gab damit vorsichtig zu verstehen, daß ich Vorbehalte hatte. »Das hängt zum Teil davon ab, wo es liegt, was uns Geordie nun erklären wird.«

»Soll das ein Witz sein?« fragte Geordie, der immer noch vor Lachen über seinen Witz prustete. »Niemand – nicht einmal die Royal Navy – weiß, wo Minerva liegt.«

Es trat ein tiefes Schweigen ein. Campbell brach es schließlich. »Was zum Teufel soll das heißen?«

»Das soll heißen«, sagte Geordie, plötzlich ernüchtert, »daß die Navy danach gesucht, es aber nicht gefunden hat.

Wahrscheinlich steht das alles genau im *Pacific Islands Pilot* – das müßte ich nachsehen –, aber ich habe an Bord auch ein Buch, in dem ein Bericht darüber steht.«

»Aber was ist es?« fragte Clare.

»Genau das, was der Name besagt. *Récife de Minerve*. Minervariff. Es ist eine verborgene Untiefe.«

Geordie verließ uns, um zur *Esmerelda* zu gehen. Abgesehen davon, daß er das Buch holen wollte, lag ihm daran, nach dem Rechten zu sehen und das Wiederauffüllen des Proviants zu überwachen. Außerdem mußte er dafür sorgen, daß für Clare eine Kabine frei wurde – irgendwer würde in beengtere Verhältnisse umziehen müssen, soviel war mir klar. Wir waren uns einig, alles weiter voranzutreiben und, wenn alles gut ging, tags darauf in See zu stechen; Ungeduld lag in der Luft. Ich beschloß, noch einmal mit Paula zu reden, die mir ihre Adresse hinterlassen hatte. Mir war noch ein neuer Gedanke gekommen, und ich wollte damit mein Glück bei ihr versuchen. Ich benutzte das Telefon im Foyer und erreichte sie auf Anhieb.

»Paula, hier ist Mike. Ich würde gerne noch einmal mit Ihnen reden.«

»Ja, gut«, sagte sie verschlafen, und ich dachte, wenn man bis spät in die Nacht hinein zu singen hatte, durfte man wohl bis spät in den Vormittag hinein im Bett liegen. »Wann – jetzt?«

»Wenn es geht.«

»Okay. Wir treffen uns wieder in der kleinen Bar von gestern abend.«

Sie erwartete mich dort, saß wieder an demselben Tisch. »Hallo«, sagte sie. »Was haben Sie auf dem Herzen?«

Ich bestellte für uns beide Kaffee. Sie wirkte frisch und entschieden weniger angespannt und hatte offenbar beschlossen, in mir einen Freund zu sehen – so wie auch ich beschlossen hatte, sie als Verbündete zu betrachten.

»Mir gehen Hadley und Genossen nicht aus dem Kopf. Sind Sie sicher, daß Sie sich nicht an einen Mann namens Kane erinnern?«

Sie schüttelte ernst den Kopf.

»Oder Ramirez – je von ihm gehört?«

Auch das war ein Fehlschlag. Ich fragte: »Hören Sie, Paula, wie gut kennen sie Tahiti – vor allem Papeete?«

»Ziemlich gut. Ich habe lange dort gelebt.«

Ich rieb mir das Kinn. »Ich kenne mich da überhaupt nicht gut aus. Und Hadley kenne ich schon gar nicht. Ich könnte auf der Straße an ihm vorübergehen, ohne es zu bemerken. Was ich brauche, ist ein Paar Augen.«

»Sie wollen, daß ich nach Papeete zurückgehe?« fragte sie mit schwacher Stimme.

Ich nickte. »Aber nicht ohne Begleitung oder Schutz. Haben Sie Angst vor Hadley?«

»Das kann man wohl sagen. Es macht mir nichts aus, das zuzugeben.«

Ich sagte: »Paula, ich bin hier mit einem kleinen Schiff, aber wir haben eine Mannschaft, die aus den härtesten Burschen außerhalb der Mafia besteht. Die meisten von ihnen gehörten früher Kommandotrupps an, und jeder einzelne von ihnen könnte Hadley mit einer Hand erledigen. Wir laufen wahrscheinlich morgen aus, mit Kurs auf Tahiti. Wenn Sie mit uns kommen, werde ich, sobald wir dort ankommen, zwei von ihnen als ständige Leibwache für Sie abkommandieren. Wenn Hadley etwas versuchen sollte, würde er sein blaues Wunder erleben und entweder mit gebrochenem Rückgrat enden oder im Gefängnis.«

Kanes wegen hätte es heikel sein können, sie an Bord zu haben, aber nach ihrer Aussage waren sie sich nie begegnet, und das Risiko lohnte sich. Wenn ich sie zurückließ, hätte ich vielleicht nie wieder die Chance, mich ihrer Hilfe zu bedienen.

»Sie werden übrigens Gesellschaft haben – weibliche Gesellschaft. Die junge Dame, mit der Sie uns gestern abend gesehen haben – sie kommt auch mit.«

Sie biß sich auf die Lippe. »Oh, Mike, ich habe Angst. Außerdem bin ich hier vertraglich gebunden, wenn auch nur noch für einige Wochen. Ich möchte nicht gerne vertragsbrüchig werden. So etwas spricht sich herum in unserem Geschäft.«

»Wenn Sie sich des Geldes wegen Sorgen machen – wir ersetzen Ihnen alle Ausgaben und zahlen auch ein Honorar.

Oh, zum Teufel, wir könnten Sie auch aus Ihrem Vertrag auslösen.«

»Es geht mir nicht um Geld. Wollen Sie wirklich herausfinden, was mit Mark geschehen ist, ja?«

»Ja«, sagte ich fest.

Sie dachte einen Augenblick nach, schließlich sagte sie entschlossen: »Dann komme ich mit. Mark war der einzige Mann, den ich je geliebt habe – und ich glaube, er hat auch mich geliebt, ein wenig. Wenn er umgebracht worden ist, möchte ich, daß man den Täter faßt.«

»So ist's recht! Übrigens könnten Sie auch mit einem Vergnügungsschiff nachkommen – gibt es welche, die von hier nach Tahiti fahren? Können Sie das herausfinden?«

»Warten Sie eine Minute – ich sehe nach, ob ich etwas herausfinde.«

Es dauerte fünf Minuten.

»Hier kommt ein kleiner Kreuzfahrer durch, die *Eastern Sun*, aber erst in einigen Wochen. Sie wird in Papeete Station machen. Ich kann noch eine Kabine kriegen – und vielleicht sogar einen Job für die Dauer der Reise, wodurch Sie Geld sparen würden. Aber es dauert noch eine Weile.«

Mir war es recht. Vielleicht vergingen auch noch einige Tage, bis wir wirklich absegelten. Außerdem würden wir mehrere Wochen in der Nähe des Minervariffs, wo immer das sein mochte, mit der Dredsche arbeiten. Ich ließ mir das Datum nennen, an dem die *Eastern Sun* in Papeete einlief, und versprach Paula, vor ihr dort zu sein, damit sie nicht allein war. »Ich will nicht, daß Sie ohne Geld dastehen«, fuhr ich fort. »Ich bezahle Ihnen die Überfahrt und Ihre übrigen Kosten. Wenn Sie einen Job bekommen, können Sie es mir ja wiedergeben. Haben Sie ein Bankkonto?«

Sie nannte es mir, und ich sagte: »Ich werde Ihnen genug auf Ihr Konto überweisen. Ich bin Ihnen sehr dankbar, Paula. Ich bin froh, daß Sie uns helfen wollen; und Sie brauchen deswegen nicht Ihren Vertrag zu brechen.«

»Es geht doch bei dem Ganzen nicht nur um Marks Tod, oder?« fragte sie schlau.

»Es geht um viel mehr. Ich werde es Ihnen in Papeete erzählen, vielleicht nachdem wir mehr herausgefunden haben.« Ein Mädchen wie Clare Campbell hätte alles weit genauer wissen wollen, bevor es eine Zusage gegeben hätte, aber Paula schien es gewohnt zu sein, Nebenrollen zu spielen. Als wir uns verabschiedeten, fragte ich mich, wie es möglich war, daß Mark zwei Frauen an sich hatte fesseln können, die so grundverschieden waren, auch wenn sie außer ihrem Geschlecht noch etwas gemeinsam hatten: beide hätten einen besseren Mann als Mark verdient gehabt.

Ich schlenderte gemächlich zum Hotel zurück, sah mir die Schaufenster an und hatte meinen Spaß an den exotischen Straßenszenen um mich herum. Ich aß allein zu Mittag; doch bald danach sah ich Clare mit ihrem Vater zurückkommen, und etwas später gesellte sich auch Geordie, ein Buch unterm Arm, zu uns. Bei einem kühlen Drink kamen wir wieder zur Sache.

Das Buch, das Geordie vom Schiff mitgebracht hatte, war Bill Robinsons *The Great Southern Sea.*

»Hier ist die Stelle. Ich habe auch im *Pilot* nachgesehen, habe ihn aber für später an Bord gelassen. Ich habe Robinsons Buch noch einmal gelesen, seit ich wußte, daß unsere Reise in diese Gegend gehen würde. Er ist mit seinem Schoner von den Galapagos-Inseln nach Mangareva gesegelt, und hier steht, was er über Minerva zu sagen hatte. Das Buch ist 1957 erschienen, also vor gar nicht so langer Zeit.«

Er reichte das Buch Clare und zeigte dabei auf den entsprechenden Absatz. Sie fing an, schweigend zu lesen, aber ihr Vater sagte: »Um Gottes willen, lies es laut vor, damit wir gleich alle Bescheid wissen.«

Also las Clare uns vor:

»Als wir uns Mangareva näherten, kamen wir in der Nähe von Minerva vorbei, einer jener Untiefen, über deren Lage nichts Genaues bekannt und deren Erscheinungsform unstet ist; sie sind als ›Vigias‹ bekannt. Vigias sind der Schrecken aller Seefahrer; man ist nie sicher, wo sie sind und ob sie überhaupt da sind. Den Sailing Directions *zufolge, in denen nicht vermerkt ist, wie Minerva zu ihrem Namen kam, scheint kein Zweifel daran zu bestehen, daß Minerva tatsächlich existiert. 1865 soll dort ein Schiff namens* Sir George Grey *verschwunden sein, einige Jahre später konnte die britische Navy dort jedoch kein Riff ausmachen. 1890 wurde die Untiefe von*

der deutschen Bark Erato *gesichtet. Und 1920 wurde zehn Meilen von der Position entfernt, die von der* Erato *angegeben worden war, eine heftige Brandung festgestellt.*

Zu meiner großen Enttäuschung hat der Maraamu *uns der Möglichkeit beraubt, nach Minerva Ausschau zu halten. Der Wind hatte sich zwar bis zu einer frischen Brise beruhigt, aber als wir gegen Mittag in der Nähe ankamen, hatten wir immer noch einen starken, unberechenbaren Seegang. Es war unmöglich, Brecher, die von einer Untiefe verursacht waren, von denen zu unterscheiden, die noch vom* Maraamu *herrührten. Wir steuerten einen Kurs, der zehn Meilen nördlich an der nördlichsten bekannten Position dieser wandernden Untiefe vorbeiführte, hielten wachsam Ausschau, sahen aber nichts.«*

Clare hörte auf zu lesen, und Campbell sagte: »Nun, wollen Sie mir etwa weismachen, daß es, während Raumfahrer in der Erdumlaufbahn herumschwirren und wir drauf und dran sind, zu anderen Planeten zu fliegen, eine lausige kleine Untiefe gibt, deren Lage man nicht kennt?«

»Genau«, sagte Geordie. »Davon gibt es sogar jede Menge.«

»Wie unerfreulich«, sagte Campbell, der eindeutige Ortsangaben an Land gewohnt war. »Aber wenn Mark sie gefunden hat, werden wir sie auch finden.«

»Wenn er sie gefunden hat; daran habe ich meine Zweifel«, sagte ich. »Wenn das IGY-Forschungsschiff Minerva entdeckt hätte, wäre darüber berichtet worden, und das war nicht der Fall. Aber das heißt nicht, daß sie nicht in dieser Gegend gearbeitet haben«, setzte ich schnell hinzu, um drei enttäuschte Gesichter aufzuheitern. »Sie haben ja gehört, was Robinson darüber berichtet hat. Wahrscheinlich kann man sie nur bei Flaute und unter günstigen Umständen sehen.«

»Robinson hat sich verflucht viel Mühe gegeben, in sicherer Entfernung vorbeizusteuern«, schnaubte Campbell verächtlich. »Zehn Meilen nördlich der berichteten Position, also wirklich!«

»Das war sehr klug von ihm, und er war ein guter Seemann«, sagte Geordie. »Er wollte sein Schiff nicht verlieren. Wenn es sich um eine wandernde Untiefe handelt, die man nicht sehen kann, dann ist es eine gute Idee, in sicherer Entfernung davon zu bleiben. Ich würde dasselbe tun, das können Sie mir glauben.«

Wieder einmal richteten sich aller Augen auf mich – den zaudernden Experten.

»Die Umstände, an die ich denke, sind möglich«, erklärte ich. »Wir müssen irgendwo anfangen, und es würde Spaß machen, sie zu finden. Warum nicht?«

Bevor wir Panama verließen, geschah noch etwas: Kane suchte mich auf.

Wir hatten ihn nicht anders behandelt als die anderen Mitglieder der Crew, und er hatte seine Arbeit gut gemacht und war kein schlechter Seemann. Aber Geordie hatte ihm nur zugesagt, ihn bis nach Panama mitzunehmen. Wir waren neugierig gewesen, was er als nächstes unternehmen würde.

Eines Morgens kam er in meine Kabine und fragte: »Mr. Trevelyan, könnte ich mal mit Ihnen sprechen?«

»Kommen Sie herein.« Er schien wieder in guter körperlicher Verfassung zu sein. Ich war ihm auf der Reise unauffällig aus dem Weg gegangen, weil ich es unerträglich fand, mit Marks potentiellem Mörder Umgang zu haben; aber manchmal ließen sich Kontakte nicht vermeiden, und diese Kontaktaufnahme hatte ich beinahe erhofft.

»Um was geht es?«

»Sie werden diese Forschungsreise fortsetzen, nicht wahr?«

»Das stimmt. Wir laufen morgen wieder aus.«

»Ich habe hier in Panama eine Nachricht von meinem Partner Jim Hadley vorgefunden. Jim ist unten in Neuguinea, und er schreibt, daß er fürs erste nicht herkommen kann. Nun ist mir zwar klar, daß Sie mir nur versprochen haben, mich bis hierher mitzunehmen, und dafür bin ich Ihnen auch dankbar, wahrhaftig. Aber jetzt habe ich mich gefragt, ob ich nicht noch etwas länger an Bord bleiben könnte. Sie würden sowieso einen Ersatzmann für mich brauchen. Könnte ja sein, Sie laufen einen Hafen an, der näher bei Jim ist – Tahiti vielleicht? Das käm' uns beiden gelegen.«

»Ich sehe da keine Schwierigkeiten. Was mich angeht, können Sie gern bei uns bleiben, wenn es dem Skipper recht ist.«

»Vielen Dank, Mr. Trevelyan. Ich weiß, ich bitte Sie dauernd um Gefälligkeiten, und Sie sind mir jedesmal behilflich.«

Das ist keine Gefälligkeit. Wir brauchen ohnehin einen Mann – und Sie arbeiten gut und verdienen sich Ihre Heuer. Aber die Entscheidung liegt bei Mr. Wilkins, vergessen Sie das nicht.«

»Schon gut. Ich werde ihn fragen. Nochmals vielen Dank!«

Ich gab Geordie Bescheid, er möge auf das Angebot eingehen, und erzählte Campbell davon. »Richtig, so behalten wir ihn unter Kontrolle«, sagte er. »Die Gefahr, daß er herausbekommt, wohin unsere Reise geht, ist nicht groß, solange *wir* es noch nicht einmal wissen, und von unterwegs kann er niemandem eine Nachricht zukommen lassen.«

Also blieb Kane bei uns. Und am nächsten Tag begaben wir uns auf eine Reise von unbekannter Dauer zu einem Ziel, das es vielleicht gab – oder auch nicht.

Viertes Kapitel

1

Nach Ansicht der Leute aus der Gegend war *Récife de Minerve* nur eine Legende, und zwar keine ungewöhnliche. In der einführenden Erklärung des *Pilot* über Vigias hieß es, daß es in der Gegend wahrscheinlich Massen davon gäbe, aber auch klar und deutlich, daß im Jahre 1880 das englische Schiff *Alert* die Gegend, in der das Riff liegen sollte, ohne Erfolg abgesucht habe. Und das war nicht die einzige Unternehmung dieser Art – eine ganze Reihe von Schiffen hatte danach gesucht, einige hatten es auch gefunden – aber nie genau an derselben Stelle.

Wir verließen Panama und kamen anfangs gut voran. Ein, zwei Tage später jedoch lagen wir auf spiegelglatter See in einer Flaute fest. Vierundzwanzig Stunden lang hielten wir das aus, dann fuhren wir mit Maschinenkraft weiter. Campbell hatte wenig Sinn für Klischees von Schiffen, die wie gemalt auf einem malerischen Ozean lagen – schon gar nicht, nachdem ich ihm die Legende von dem Schiff erzählt hatte, das vierzig Jahre lang im Golf von Panama herumgetrieben war, bis es verrottet war und auseinanderfiel.

Es war ein Jammer, die Maschinen zu benutzen, weil uns dann weniger Treibstoff zum Positionhalten und Dredschen blieb. Aber nach Campbells Ansicht war Zeit ebenso kostbar wie Treibstoff, und ich konnte dem nicht widersprechen. Ich durfte Paula nicht vergessen. Campbell hatte seine Spitzel mit einer Flut von Telegrammen überschüttet und ihnen aufgetragen, den Kurs des Suarez-Navarro-Schiffes zu überwachen; doch kaum waren wir auf See, wurde er nervös. Er war es, glaube ich, nicht gewohnt, vom Telefon abgeschnitten zu sein. Er verfolgte dauernd die Funkmeldungen, aber obwohl er auf Nachrichten wartete, wünschte er sich halbwegs, lieber keine zu empfangen – geschweige denn sie zu beantworten. Wir hatten ein leistungsstarkes UKW-Sendegerät an Bord, das auf sein Insistieren hin installiert worden war, ein elektronisches Gerät mit pazifikweitem Sende- und Empfangsbereich. Aber er wollte nicht, daß wir es benutzten; er befürchtete, Suarez-Navarro könnten unsere Sendungen abhören.

Schließlich traf die Nachricht ein, sie wären in Port Moresby, Papua-Neuguinea, vor Anker gegangen und lägen dort wie in Darwin untätig fest. Ihre Tatenlosigkeit beunruhigte Campbell noch mehr, als wären sie ständig in Bewegung gewesen.

Uns allen ging es gleich besser, als die *Esmerelda* unter Maschinenkraft weiterlief. Sie pflügte mit einer stetigen Geschwindigkeit von neun Knoten durch die ruhige See – bis zu der Stelle, an der wir die Südostpassatwinde einzufangen und gutes Segelwetter anzutreffen hofften. Es dauerte nicht lange, bis wir Südwind bekamen und nur unter Stag- und Schratsegeln in südwestlicher Richtung steuerten, wobei die *Esmerelda* so krängte, daß die schäumende See bis an die Leereling reichte. Im Laufe der nächsten Tage drehte der Wind in östlicher Richtung, bis der Tag kam, an dem wir die echten Passatwinde erreicht hatten. Wir hißten die großen Rahsegel am Vormast, und die *Esmerelda* beschleunigte ihre Fahrt.

In diesen Gewässern fühlte sich Kane zu Hause, und er war bereitwillig mit Ratschlägen zu den Wetterbedingungen zur Hand, die wir zu erwarten hatten, auch wenn wir dabei nicht auf ihn angewiesen waren. »Ein Stück weiter voraus werden wir in Wirbelstürme geraten«, sagte er. »Nichts Beängstigendes – sie sind nicht groß –, aber sie sind schnell, mein Wort darauf. Sie sind blitzschnell da, man muß aufpassen wie ein Schießhund.«

Es zeigte sich, daß Campbell vom Segeln nichts verstand. Die meiste Zeit verbrachte er in seiner Koje und bedauerte, daß Schiffe je erfunden worden waren. Er war es nicht gewohnt, nicht Herr der Situation zu sein, und er sagte, er fühle sich an Deck überflüssig, umgeben von Männern, die alle möglichen geheimnisvollen Dinge schnell und ohne seine Anweisungen erledigten. Für seine Bergwerksingenieure an Land muß er ein rechtes Kreuz gewesen sein.

Clare dagegen war eine gute Seglerin. Sie arbeitete hart an Deck mit, trug dabei die abgenutzten Segelsachen, von denen sie gesprochen hatte, bekam eine gesunde Farbe und stand bei der ganzen Mannschaft in gutem Ruf. Sie half beim Kochen und ging Wache wie wir anderen, aber sie verschlang auch die Bücher aus der kleinen Bibliothek und entwickelte dabei ein besonderes Interesse für Geordies Sammlung von Büchern über Reisen mit kleineren Schiffen, von denen sich viele mit dem Pazifik befaßten.

Eines Abends kamen wir ins Gespräch, und ich erfuhr, wie Clare meinen Bruder sah.

Es war eine jener unglaublichen Nächte, wie es sie nur in den Tropen gibt. Wir hatten abnehmenden Mond, die Sterne funkelten, als hätte man eine Handvoll Diamanten über den Himmel verstreut. Der Wind sang in der Takelage, das Wasser plätscherte fröhlich gegen die *Esmerelda*, und hinter uns streckte sich ein weiß schäumendes Kielwassser mit phosphoreszierenden Flecken.

Ich stand am Bug, als Clare zu mir trat. Sie blickte auf den Silberstreifen des Mondes auf dem Wasser und sagte: »Ich wünschte, diese Reise ginge nie zu Ende.«

»Das geht nicht. Selbst der Pazifik hat Grenzen.«

»Wann werden wir bei Minerva ankommen?«

»Vielleicht nie – erst müssen wir es finden. Aber wenn das Wetter sich hält, sind wir in einer Woche in der Gegend.«

»Ich hoffe, wir hatten recht mit dieser Zeichnung. Manchmal wünsche ich, wir hätten sie nie zu enträtseln versucht. Was ist, wenn wir uns geirrt haben?«

»Dann müssen wir uns eben etwas anderes einfallen lassen. Marks Denkprozesse nachzuempfinden war schon unter günstigsten Bedingungen nicht leicht.«

Sie lächelte. »Ich weiß.«

»Wie gut kannten Sie Mark?«

»Es gab Zeiten, da glaubte ich ihn ziemlich gut zu kennen«, antwortete sie. »Am Ende stellte ich fest, daß ich ihn überhaupt nicht kannte.« Sie schwieg einen Moment. »Pa hat das nicht sehr gefallen, was Sie über Mark gesagt haben – was seine Ehrlichkeit angeht, meine ich. Pa hat viel von ihm gehalten – meistens.«

»Mark hatte viele Gesichter. Er hat für Ihren Vater gearbeitet, und er wollte etwas von ihm, deshalb zeigte er sich von seiner besten Seite. Ihr Vater hat Mark nie wirklich gekannt.«

»Ich weiß. Mark war, bildlich gesprochen und bei allem Respekt vor Ihrer Mutter, durch und durch ein Schweinehund.«

Ich war erschrocken, aber nicht überrascht. »Was ist geschehen?«

Sie sagte nachdenklich: »Ich war neulich abends ein bißchen biestig, und dann öffneten Sie mir die Augen, als Sie diese Sängerin als ›eine von Marks Gespielinnen‹ bezeichneten. Sehen Sie, ich glaube, man könnte auch mich als ›eine von Marks Gespielinnen‹ bezeichnen. Es war das Übliche. Wahrscheinlich geschieht es überall auf der Welt tausendmal am Tag, aber wenn es einem selbst widerfährt, tut es weh. Ich war total verschossen in Mark. Ich schwebte auf rosaroten Wolken – er war so verflucht attraktiv.«

»Wenn er wollte. Er konnte seinen Charme an- und ausknipsen wie ein Licht.«

»Er ließ es zu, daß es soweit kam. Verdammt soll er sein! Er hätte es jederzeit stoppen können, aber der Teufel wollte, daß es dazu kam. Ich hörte schon in der Ferne Hochzeitsglocken läuten. Und dann kam ich dahinter, daß er verheiratet war. Vielleicht nicht glücklich – aber verheiratet.«

Ich sagte sanft: »Er hat Sie benutzt, um an Ihren Vater heranzukommen. Das war nicht ungewöhnlich bei Mark.«

»Das weiß ich jetzt. Aber ich wollte, ich hätte es damals schon gewußt. Mark und ich hatten viel Spaß miteinander, und ich glaubte, es würde immer so bleiben. Erinnern Sie sich noch...?«

»Wie wir uns in Vancouver begegnet sind? O ja.«

»Damals habe ich mich gefragt, warum Sie beide nicht gut miteinander auskamen. Sie wirkten so kalt. Ich dachte, Sie wären so ein unverträglicher Kerl. Und er sagte Sachen...«

»Machen Sie sich nichts draus. Was geschah?«

Sie zuckte mit den Schultern. »Nichts – gar nichts. Etwa um die gleiche Zeit fand ich heraus, daß Pa wegen Suarez-Navarro in Schwierigkeiten steckte, deshalb sagte ich ihm nichts davon. Ich glaube allerdings, daß er doch etwas geahnt hat. Ist Ihnen aufgefallen, daß er Mark immer nur als Wissenschaftler lobt, nie als Menschen?«

»Und dann ist Mark verschwunden.«

»Richtig. Er ist auf und davon, und ich habe ihn nie wiedergesehen.« Sie blickte über den Bug nach vorne. »Und jetzt ist er tot – seine Leiche liegt irgendwo da draußen –, und immer noch läßt er andere nach seiner Pfeife tanzen. Uns alle läßt er nach seiner Pfeife tanzen – ist Ihnen das klar? Sie und ich, Pa und die Suarez-Navarro-Meute, Ihr Freund Geordie und all seine Kriegsveteranen – wir alle werden von einem Toten manipuliert. Einem Toten mit einem langen Arm.«

»Nehmen Sie's leicht«, sagte ich. Ihre Stimme klang schrecklich verbittert. »Mark läßt niemanden mehr nach seiner Pfeife tanzen. Wir wissen, was wir tun, und wir tun es, weil wir es wollen. Mark ist tot, und damit hat es sich.«

Es wurde Zeit, das Thema zu wechseln. Ich versuchte es auf dem üblichen Weg.

»Erzählen Sie mir von sich, Clare. Was machen Sie? Wann ist Ihre Mutter gestorben?«

»Als ich sechs war.«

»Wer hat sie großgezogen? Ihr Vater war viel unterwegs, nicht wahr?«

Sie lachte. »Oh, ich habe ihn überallhin begleitet. Er hat mich großgezogen.«

»Das muß schwer für Sie gewesen sein.«

»Nein. Es war herrlich. Ich war natürlich viel in Internaten, aber in den Ferien fuhr ich immer zu Pa. Wir waren nicht oft zu Hause – meist waren wir unterwegs. Manchmal im Skiurlaub, und in den längeren Ferien manchmal in Europa oder Australien oder Südamerika. Ich war immer mit Pa zusammen.«

»Sie sind weit herumgekommen.«

»Manchmal war es allerdings auch schwierig. Pa hatte seine guten und schlechten Zeiten. Er war nicht immer reich. Manchmal hatten wir Geld und dann wieder nicht, aber Pa hat immer für mich gesorgt. Ich habe gute Schulen besucht und bin aufs College gegangen. Erst letztes Jahr habe ich herausgefunden, daß Pa einmal, als es ihm sehr gut ging, Geld für mich beiseite gelegt hatte. Selbst wenn er bankrott war, hat er dieses Geld nie angerührt, einerlei, wie dringend er welches brauchte.«

»Er scheint ein großartiger Mann zu sein.«

»Ich liebe ihn«, sagte sie einfach. »Als die Suarez-Navarro-Clique ihm den Dolchstoß versetzte, war ich das erste Mal alt genug, um zu verstehen, was Täuschung bedeutet. Ich setzte mich hin, lernte Steno und Schreibmaschine, und er ernannte mich zu seiner Privatsekretärin, als er sich keine leisten konnte. Das war das wenigste, was ich für ihn tun konnte. Er hatte das Vertrauen zu allen verloren und mußte jemanden in seiner Nähe haben, dem er trauen konnte. Auch wenn ich selber damals nicht besonders vertrauensvoll war.«

»Er scheint es überlebt zu haben.«

»Er ist zäh«, sagte sie stolz. »Man kann ihn nicht für immer am Boden halten, und Sie können wetten, daß es Suarez-Navarro noch leid tun wird, von ihm gehört zu haben. Er hat schon früher Niederlagen erlitten, aber er ist immer wieder auf die Füße gekommen. Ich arbeite immer noch für ihn. Ich...«

»Was immer es ist, sprechen Sie es aus.«

»Ich habe Sie in London überprüfen lassen, als Sie diese Reise vorbereiteten. Ich wollte nicht, daß Pa noch einmal übel mitgespielt wird. Außerdem...«

»Weil ich Trevelyan heiße?«

»Oh, es tut mir leid«, sagte sie. »Aber ich mußte es tun. Sie haben gut abgeschnitten bei der Prüfung, wissen Sie.« Zum ersten Mal, seit ich sie kannte, war sie ein wenig schüchtern. Sie fuhr fort. »Soviel über die Campbells. Was ist mit den Trevelyans – mit Ihnen?«

»Mit mir? Ich bin nur ein hart arbeitender Wissenschaftler.«

Wir mußten beide lachen. Hart arbeiten, das paßte nun wirklich nicht zu diesem luftigen Dahingleiten. Ihre Spannung löste sich.

»Die meisten Wissenschaftler schauen heute nach oben, nicht nach unten.«

»Ach, Raumfahrt«, sagte ich.

»Das hört sich nicht sehr begeistert an.«

»Soll es auch nicht. Ich halte das für Geldverschwendung.

...

Die Amerikaner geben dreißig Milliarden Dollar aus, um den Menschen ins All zu bringen; am Ende könnte es das Zehnfache kosten. Zwanzigtausend Dollar pro Quadratmeile luftloser Mondoberfläche. Auf unserer Erde könnte man für weniger Geld besseres Land bekommen, und wenn man so viel Geld ins Meer investieren würde, wäre der Nutzen sogar noch größer. Ich glaube, die See ist unser Neuland, nicht der Weltraum.«

Sie lächelte über meinen Missionseifer. »Deshalb sind Sie also Ozeanograph geworden.«

»Ja. Ich habe das Meer schon immer geliebt.«

»Und Mark? Was hat ihn dazu veranlaßt? Ich habe, glaube ich, noch nie zwei Brüder kennengelernt, die so verschieden waren wie Sie.«

»Mark war von Ehrgeiz zerfressen. Wie es dazu kam, daß er so wurde, weiß ich nicht – zum Teil, glaube ich, aus Eifersucht auf mich. Seit mein Vater gestorben war, war mit meinem Bruder nichts mehr anzufangen; meine Mutter wurde mit ihm nicht fertig. Nach ihrem Tod hatte ich nichts mehr mit ihm zu tun – er ging seiner Wege und ich meiner. Es war für mich nicht immer leicht, einen Bruder in derselben Branche zu haben. Die Leute verwechseln uns manchmal – zu meinem Nachteil.«

»Und seinem Vorteil.«

»Natürlich. Vielen Dank, Lady«, sagte ich und verbeugte mich; und mit unserer Beziehung ging es plötzlich einen Schritt nach vorn.

»Trevelyan – das ist ein cornischer Name, nicht? Sind Sie aus Cornwall?«

»Ja. Wir stammen von phönizischen und karthagischen Zinnhändlern ab. Hannibal ist noch immer ein häufiger Name in Cornwall, allerdings nicht in unserer Familie, Gott sei Dank!«

»Sie nehmen mich auf den Arm.«

»Nein, das tue ich nicht. Es ist wahr.«

Wir hatten ein langes angenehmes Gespräch miteinander, redeten über Gott und die Welt, und als sie wieder in ihre Kabine ging, hatte ich klarere Vorstellungen von Clare und ihrem Vater. Campbell war schwer zu durchschauen, er blieb meist rein geschäftlich. Diese Unterhaltung mit Clare hatte mir einiges über seine Vergangenheit offenbart, und ich hatte mehr denn je das Gefühl, daß man ihm vertrauen konnte.

Und dann Clare selbst. Ich ertappte mich bei der Überlegung, ob sie wohl noch einmal einem Trevelyan trauen würde oder ob Mark sie für immer gegen die Trevelyans eingenommen hatte. Im Geiste kreidete ich Mark wieder einen Minuspunkt an. Ich dachte noch lange über Clare nach, bevor ich in meine Koje fiel.

Und dann fiel mir plötzlich wieder ein, was sie über Mark gesagt hatte – daß er die Leute wie mit Geisterhand manipulierte, sie herumschob wie Bauern auf einem Schachbrett. Es stimmte; alles, was wir bisher unternommen hatten, war durch Mark und seinen Charakter bedingt. Es war, als wäre Mark ein Schausteller und wir seine Marionetten, deren Fäden er mit knochigen Händen zog. Kein sehr beruhigender Gedanke zum Einschlafen.

2

Wie Kane vorausgesagt hatte, kamen wir in die Gegend, in der es Wirbelstürme gab. Sie reichten von einfachen Wasserhosen mit nur zehn Metern Durchmesser bis zu schrecklichen Wirbelwinden fast doppelten Ausmaßes. Diese Böen machten das Segeln spannend, solange man vorsichtig war und aufpaßte. Die *Esmerelda* zog oft schäumend unter strahlend blauem Himmel ihre Bahn, und dann verdunkelte sich plötzlich der Horizont, binnen Minuten war das Wasser schwarz, und der Wind peitschte. Dann, wenn der Sturm vorbei war, standen Regenbogen über dem Meer, die treuen Passatwinde setzten wieder ein und trieben uns tiefer ins Herz des Pazifiks, der südöstlichen Ecke von Französisch-Polynesien entgegen.

Sechzehn Tage, nachdem wir Panama verlassen hatten, berechnete Geordie unsere Mittagsposition und verkündete: »Wir sind bald da. Heute nachmittag erreichen wir unser Forschungsgebiet.«

Wir hatten vereinbart, der Crew nicht allzuviel zu erzählen, und so versammelte Geordie sie um sich und erklärte nur, ich suchte nach besonderen Wasserbedingungen, aber jeder von ihnen hätte nach Untiefen Ausschau zu halten. Nun wußten alle, daß es in dieser Gegend nicht viel Land gab, und Geordies Anweisung mag sich für sie etwas merkwürdig angehört haben, aber sie stellten bereitwillig einen Extramann für jede Wache ab, und oftmals hatten wir jemanden mit einem Fernglas oben auf dem Vormast – wenn auch nur, um Wachsamkeit zu dokumentieren; ich glaubte nicht, daß sie irgend etwas entdecken würden, aber es schärfte die Aufmerksamkeit aller. Auch sollte mit der Dredsche gearbeitet werden, damit die Teams darin Übung bekamen.

Am nächsten Morgen war ich schon früh im Kartenraum und prüfte mit Campbell und Geordie noch einmal die Seekarte und den *Pilot*.

»Die *Erato* hat Minerva hier entdeckt«, sagte ich. »Das war 1890. 1920 hat ein anderes Schiff Minerva hier geortet – über zwei Meilen Richtung Ost-Nord-Ost. Wie Robinson schon bemerkt hat, liegen die Stellen zehn Meilen auseinander.«

Campbell meinte: »Daß man Minerva nur zweimal in dreißig Jahren gesichtet hat, ist doch merkwürdig.«

»Nicht sehr«, sagte Geordie. »In diesen Gewässern ist es ziemlich ruhig, und jetzt, nachdem die Motorschiffe die Segler abgelöst haben, ist es noch ruhiger. Nur um Handel zu treiben, braucht keiner hierher zu kommen.« Er legte die Hand auf die Karte. »Es gibt mehrere Möglichkeiten. Entweder war eine dieser Sichtungen richtig und die andere verkehrt – Sie können sich aussuchen welche. Oder sie waren beide verkehrt. Oder beide richtig, weil Minerva eine wandernde Untiefe ist – das gibt es manchmal.«

»Oder beide haben die Lage falsch angegeben – und Minerva ist dennoch eine wandernde Untiefe«, sagte ich.

»Oder es gibt zwei Untiefen«, äußerte Campbell.

Wir mußten alle lachen. »Jetzt fangt ihr an zu verstehen«, sagte Geordie. Er beugte sich wieder über die Karte. »Wir plazieren also jede dieser Positionen in die Mitte eines Rechtecks von zehn mal zwanzig Meilen. Das heißt zwar, daß wir zweihundert Quadratmeilen absuchen müssen, aber das ist ein sicherer Weg. Wir fangen am Rande an und arbeiten uns dann nach innen vor.«

Campbell sagte: »Lassen Sie uns doch gleich zum Herzen des Ganzen vorstoßen. Steuern wir die genannten Positionen an und sehen wir nach, was dort ist.«

Aber Geordie entschied sich dagegen. »Das hängt vom Wetter ab. Ich gehe nur bei ruhiger See in die Nähe der genannten Positionen. Sie haben ja gehört, was Robinson dazu gseschrieben hat: daß man sonst Brandung nicht von Sturmbrechern unterscheiden kann. Wir könnten zu schnell da sein und uns den Boden der *Esmerelda* aufreißen.«

»Wir haben doch das Echolot«, warf ich ein. »Das könnte uns verraten, wo das Wasser seichter wird.«

»Verdammt, du bist doch Ozeanograph«, sagte Geordie. »Dann solltest du wissen, daß diese Inseln die Gipfel unterseeischer Gebirge sind. Wahrscheinlich gibt es noch in einem Umkreis von einer Viertelmeile von Minerva tiefes Wasser. Wir könnten zwanzig Faden Tiefe messen, und im nächsten Augenblick schlitzt uns ein Korallenriff den Rumpf auf.«

»Du hast recht, Geordie. Minerva ist wahrscheinlich ein entstehendes Atoll. Gib ihr noch einmal eine Million Jahre, und es ist eine richtige Insel.«

»Eine Million Jahre können wir nicht warten«, sagte Campbell säuerlich. »Also gut, Sie sind der Skipper. Suchen wir Ihre Rechtecke ab.«

Und so fingen wir damit an. Geordie schätzte, daß wir Minerva in einer Entfernung von etwa einer Meile passieren müßten, um etwas zu sehen. Das hieß, daß wir 100 Meilen zurücklegen mußten, um ein Gebiet von zweihundert Quadratmeilen abzusuchen. Wir benutzten die Maschine so sparsam wie möglich, beschränkten unsere Geschwindigkeit auf fünf Knoten und weniger; auf diese Weise würde die Suche bei Tageslicht etwa zwei Tage dauern.

Die erste Teilstrecke, die wir absuchten, brachte gar nichts, und am Abend drehten wir bei in dem Bewußtsein, daß es teuflisch schwer sein würde, am nächsten Morgen unsere genaue Position zu bestimmen, einmal wegen der Abdrift in diesem Gebiet und zum anderen wegen eines Unsicherheitsfaktors von wenigstens einem Knoten. Geordie wies Campbell darauf hin, um ihm klarzumachen, daß dies hier nicht das gleiche war, wie wenn man ein bestimmtes Gebiet an Land hätte absuchen müssen, denn da blieb ja alles wenigstens an Ort und Stelle. Campbell haßte das Ganze.

An diesem Abend wurde ich, während wir uns an Deck entspannten und unser Abendessen einnahmen, von der Crew mit Fragen bombardiert. Sie waren alle neugierig, und sehr befriedigend war unser Umgang mit ihnen bisher nicht gewesen; ich konnte mir gut vorstellen, daß sie uns mehr von Nutzen und mit mehr Begeisterung bei der Sache wären, wenn sie Bescheid wüßten, wenigstens was die eine Seite unserer Unternehmung betraf. Und ich selbst war neugierig auf Kanes Reaktion, der zufällig zu denen gehörte, die nicht auf Wache waren.

»Worum geht es hier überhaupt, Mike?« fragte Ian Lewis.

»Ja, wonach suchen wir hier eigentlich?«

Ich sah zu Geordie hinüber, erhaschte seinen Blick und nickte ganz leicht. »Also gut, Jungs, wir suchen hier nach etwas ziemlich Merkwürdigem.«

Sie horchten auf, und da wußte ich, daß es richtig war, sie einzuweihen.

»Habt ihr je von Minerva gehört?« fragte ich.

Die Reaktion war nur Gemurmel und Kopfschütteln, nur bei einem war es anders. Kane hob plötzlich den Kopf. *»Récife de Minerve!«* sagte er mit einer schrecklichen Aussprache des Französischen. Alle drehten sich um. »Ist es das, wonach Sie suchen? Mein Wort darauf, dann wünsche ich uns allen Glück.« Er lachte stillvergnügt in sich hinein, genoß seine momentane Überlegenheit.

»Was ist das?«

Ich erzählte ihnen kurz, was es war, und auch die spannende Vorgeschichte.

»Und wozu das alles?« wollte Danny Williams wissen.

Ich antwortete: »Nun, dies ist eine ozeanologische Expedition, und Leute wie mich interessiert immer das Unbekannte, Geheimnisvolle – damit verdienen wir uns unseren Lebensunterhalt. Die Gewässer rund um eine Insel, die gerade im Entstehen begriffen ist, sind faszinierend, wißt ihr.«

Sie fanden sich mit dieser Erklärung ab. Allerdings hörte

ich, wie Danny leise zu seinem Nachbarn sagte: »Ich habe schon immer gefunden, daß diese Wissenschaftler ein bißchen verrückt sind, und meine Meinung wird sich hierdurch nicht ändern.«

Auf einmal schwiegen alle, als lauschten sie etwas wachsamer dem nächtlichen Meeresrauschen um sie herum, und da trat Kane an mich heran und sprach mich mit etwas gedämpfter Stimme an, weil er mit mir allein reden wollte.

»Sagen Sie – hat das etwas mit Ihrem Bruder zu tun, Mr. Trevelyan?« fragte er.

Ich war auf der Hut. »Warum fragen Sie das?«

»Nun, er war in derselben Branche wie Sie, nicht wahr? Und er ist nicht weit von hier gestorben. War er nicht zusammen mit diesem anderen Burschen auf der Suche nach etwas?«

Ich blickte nach Nordosten in die Dunkelheit, dahin, wo auf der anderen Seite des unsichtbaren Horizonts die Tuamotus lagen. »Ja, er ist hier in der Nähe gestorben, aber ich glaube nicht, daß er etwas mit dieser Sache hier zu tun hatte. Ich bin nicht der Boss dieses Unternehmens, wissen Sie. Das ist Mr. Campbell.«

Kane lachte höhnisch. »Minerva suchen! Das ist, als wollten Sie einen Neger in einem pechschwarzen Keller suchen – das Heinzelmännchen, das nicht da war.« Er wartete noch ein Weilchen, aber da er aus mir nichts mehr herausbekam, zog er schließlich von dannen. Ich konnte ihn noch in der Dunkelheit leise lachen hören. Mir fiel auf, daß ich beide Hände zu Fäusten geballt hatte.

Am nächsten Morgen waren wir schon vor Sonnenaufgang auf, um möglichst früh die navigatorischen Messungen vorzunehmen, zu denen wir einen wolkenlosen Himmel brauchten. Navigatorische Messungen in der Morgendämmerung sind schwierig und ein wenig unzuverlässig, aber wir mußten wissen, wie weit wir in der Nacht abgedriftet waren, sonst war unsere Suchaktion aussichtslos.

Ich stand mit der Stoppuhr in der Hand neben Geordie und erzählte ihm von Kanes Frage. »Jetzt wird er doch neugierig, was?« meinte er.

»Ich weiß nicht. Die Frage war verständlich.«

»Mir tut es übrigens nicht leid, daß du es den Jungs gesagt hast. Sie würden mir sonst nur grantig. Wenn man sich an Bord eines Schiffes befindet, das plötzlich mitten im Pazifik immer im Kreis zu fahren beginnt, will man wissen warum, meinst du nicht? Aber ich mache mir Gedanken wegen Kane – er hat die Verbindung zu Mark ziemlich schnell hergestellt.«

»Er hat es auf natürliche Weise miteinander in Zusammenhang gebracht. Er spielt den Harmlosen verflucht gut, nicht?« Ich bemerkte die Bitterkeit in meiner Stimme und war froh, daß ich abgelenkt wurde. »Ah, da ist die Sonne.«

Geordie maß mit dem Sextanten die Aufgangsposition der Sonne und sagte: »Nun wollen wir doch mal sehen, wo wir sind.« Wir gingen in den Kartenraum, wo er unsere Position berechnete und dann in der Karte einzeichnete. »Wir sind diese Nacht etwa sieben Meilen abgetrieben. Die Abdrift beträgt etwas mehr als einen halben Knoten in südöstlicher Richtung. Nun gut. Jetzt, wo wir wissen, wo wir sind, können wir auch berechnen, wohin wir fahren müssen.«

Wir nahmen unsere Suche wieder auf. Geordie ließ den Mann im Ausguck oben im Vormast jede Stunde ablösen, weil das Glitzern der See die Augen überanstrengen kann. Einen weiteren Mann postierte er vorne am Bug und erteilte ihm strikte Anweisungen, recht voraus Obacht zu geben – damit Minerva nicht *uns* fand. Das hätte eine Katastrophe geben können.

Der Tag verlief ergebnislos. Es gab zwar aufregende Momente, in denen Minerva gesichtet wurde, doch – zum Ergötzen Clares und der übrigen Landratten – stellte sich heraus, daß es sich nur um spielende Delphine in den Wellen handelte. Sonst ereignete sich nichts. Für die Nacht drehten wir wieder bei.

Am nächsten Tag war es im großen und ganzen ähnlich. Auf der letzten Strecke unserer Suche kamen wir über beide gemeldeten Positionen, und wir waren nervös, weil der Wind sich in nördlicher Richtung gedreht hatte und die Wellen ungleichmäßig kamen und weiße Schaumkronen hatten. Am Abend hielten wir eine Besprechung im Kartenraum ab.

»Was denken Sie?« fragte Campbell äußerst kurz angebunden und brummig.

»Wir könnten Minerva in den letzten drei, vier Stunden verfehlt haben. Diese Gischtwellen machten die Sache nicht eben leichter.«

Campbell schlug kräftig auf den Tisch. »Dann wiederholen wir das noch einmal. Nicht alles – nur das letzte Stück.« Er wirkte sehr verbissen.

Geordie blickte mich an. »Bitte verrat' mir eines: wenn du Minerva findest, was hast du dann damit vor?«

»Verdammt, das ist eine blöde Frage«, sagte ich und bereute es sofort, da mir klar wurde, worauf er hinaus wollte.

»Wir sind jetzt wahrscheinlich weniger als fünf Meilen von Minerva entfernt. Du hast gesagt, die Gegebenheiten, unter denen die wertvollen Knollen entstünden, wären deiner Ansicht nach örtlich bedingt. Was genau meinst du mit ›örtlichen Gegebenheiten‹?«

»Das weiß ich erst, wenn ich sie vor mir habe. Dabei könnte es sich um ein Gebiet von zehn Quadratmeilen handeln – oder auch von fünfzigtausend.«

»Ich finde, du solltest deine Dredsche hier herablassen und sehen, was dabei herauskommt. Womöglich befinden wir uns direkt über deinen ›örtlichen Gegebenheiten‹.«

Ich kam mir sehr dumm vor. Über der mit Aufregung gepaarten Langeweile unserer bisherigen zweitägigen Suche hatte ich doch glatt vergessen, weshalb wir eigentlich hier waren – und dabei hatte ich schon früher während der Reise geplant, was zu tun war. »Du hast recht, Geordie. Wir haben Zeit vergeudet, das war mein Fehler. Natürlich können wir gleichzeitig dredschen und nach Minerva Ausschau halten.«

Campbell und Clare wurden sichtlich munterer und bekamen bessere Laune. Die Aussicht, etwas zu unternehmen, anstatt nur langsam hin und her zu kreuzen, war verlockend; ich fragte mich nur, wie lange es dauern würde, bis ihr neuerwachtes Interesse wieder erlahmte. Ich hatte nicht viel Hoffnung, eine großartige Entdeckung zu machen.

Also machte ich die Winde einsatzfertig. Die See war kabbelig und weiß getupft. Und die *Esmerelda* schlingerte ein wenig, als die Dredsche über Bord gelassen wurde. Da wir alles vorher trainiert hatten, ging das Manöver ziemlich gut, ich mußte nur die Campbells beiseite nehmen und ihnen deutlich zu verstehen geben, daß sie nicht zuviel Ungeduld und Eifer an den Tag legen sollten – für die anderen waren dies reine Routineuntersuchungen. Das Echolot maß eine Tiefe von nicht ganz 15000 Fuß.

An diesem Tag dredschten wir an zwei Stellen und am nächsten an fünf. Zweimal wurden wir bei den Operationen unterbrochen, weil etwas gesichtet wurde, das etwa zwanzig Fuß unter dem Wasser zu liegen schien und sehr nach einem Korallenriff aussah, aber beide Male waren es grünliche Algenmassen, die an der Oberfläche trieben. Zudem gab es etliche Male falschen Alarm, wenn Fischschwärme gesichtet wurden. Ich war lange im Labor damit beschäftigt, das Material zu analysieren, das wir hochgeholt hatten und das zum Teil auch vulkanischen Ursprungs war – sehr zu meiner Zufriedenheit, da das für die Theorien sprach, die mir im Kopf herumgingen. Wir holten zahlreiche Knollen hoch, aber die Testergebnisse waren schlecht und, wenn auch nicht für mich, so doch für die andern, enttäuschend. Ich hatte nichts erwartet.

Beim Frühstück zeigte ich Campbell, als die Mannschaft nicht dabei war, ein Bündel Papiere. »Nur wertloses Zeug, wie es in dieser Gegend zu erwarten ist. Hoher Mangan-, geringer Kobaltgehalt. Tatsächlich ist der Kobaltgehalt noch niedriger als gewöhnlich – nur 0,2 Prozent.«

Geordie meinte: »Bisher haben wir nur westlich der Stelle, an der wir Minerva vermuten, gesucht – wie wäre es, wenn wir es mal östlich davon versuchten?«

Ich erklärte mich einverstanden, und er sagte: »Gut, fahren wir heute dorthin.«

Es lohnte sich nicht, für eine so kurze Strecke die Segel zu setzen, deswegen starteten wir gleich nach dem Frühstück die Maschine und fuhren die wenigen Meilen mit Motor. Das Meer hatte sich wieder beruhigt, es gab nur eine Dünung von den Passatwinden und keine Schaumkronen, was unsere Suche erleichtern würde.

Ian Lewis hatte die Wache, und er hatte mich ans Ruder gelassen. Als eher unerfahrener Seemann wollte ich, wenn es ging, bei ruhigem Wetter unter den wachsamen Augen von Ian oder Geordie etwas dazulernen.

Clare leistete mir Gesellschaft und unterhielt sich mit mir. »Das nenne ich Leben«, sagte sie. »Heute morgen zum Frühstück hatte ich fliegenden Fisch. Taffy hatte mir welchen aufgehoben – ich glaube, er schwärmt für mich.«

»Ihrem Vater gefällt es hier nicht«, bemerkte ich.

»Armer Pa! Er ist so enttäuscht. Aber so ist es mit ihm bei jedem neuen Projekt, Mike. Solange alles gut läuft, ist er himmelhoch begeistert, und wenn es nicht so ist, ist er zu Tode betrübt. Ich sage ihm dauernd, daß er noch Magengeschwüre bekommen wird.«

»Es heißt, das ist ein Leiden der Reichen, wie Gicht. Das sollte ihn trösten. Nur...«

Vom Bug schallte laut Danny Williams' Stimme herüber und überschlug sich dabei vor Aufregung.

»Nach links! Nach links! Ruder hart Backbord!«

Auch noch jemand anders fing an zu schreien.

Ich riß das Ruder verzweifelt herum, und die *Esmerelda* krängte stark, während sie sich drehte. Da ich beschäftigt war, blieb mir nur gerade so viel Zeit, eine weiße Wassergischt im Sonnnenschein zu bemerken, und gleich darauf war zu meiner großen Erleichterung schon Ian bei mir und übernahm das Ruder. Ich rutschte seitlich weg und stieß mit Clare zusammen, die ebenfalls das Gleichgewicht verloren hatte. Geschrei und das Getrappel nackter Füße verrieten mir, daß alles an Deck gestürzt kam, um zu sehen, was los war. Mein Blick fiel auf das Echolot, und eine unvorstellbare Sekunde lang sah ich den Leuchtzeiger um das Zifferblatt herumschwingen. Es sah so aus, als würden wir gleich auflaufen.

Ian ließ die *Esmerelda* weiter abdrehen, bis die gischtige Stelle im Wasser in sicherer Entfernung hinter uns lag, dann nahm er wieder geraden Kurs, und der Leuchtzeiger schnellte wieder zurück. Er drosselte den Motor, und ich holte tief Luft, um mich zu beruhigen. Geordie kam an Deck gerannt.

»Was zum Teufel war das?« brüllte er.

»Ich glaube, wir waren verflucht nahe daran, uns auf einem Riff aufzuspießen – ich glaube, wir haben sie gefunden«, keuchte ich, immer noch atemlos. Alles strömte zusammen und blickte achteraus auf die weiße Gischt, aber von der Stelle, wo wir uns nun befanden, war es schon unmöglich, etwas darunter auszumachen. »Wenn es nicht wieder nur Fische waren...«

»Nein, das war ein Riff«, sagte Ian. »Ich habe es gesehen – es ragte etwa einen Fuß aus dem Wasser. Und die Untiefe näherte sich uns verdammt schnell.«

Campbell kam herauf. Er wirkte erschrocken und benommen. Vielleicht hatte er gerade geschlafen. »Was ist geschehen?«

»Wir haben, glaube ich, Minerva gefunden.«

Er blickte achteraus und sah, was wir alle deutlicher zu erkennen versuchten. »Was, das da?« fragte er ungläubig.

»Ist das alles?« fragte Clare. Einige Crewmitglieder, die Nicht-Segler, schienen ebenso verwirrt.

»Was habt ihr erwartet – die Freiheitsstatue?« fragte ich.

»Wir haben es gefunden, Jungs, wo immer es auch liegt, wir sind da.« Geordie war begeistert und erleichtert und gleichzeitig mehr denn je um die Sicherheit seines Schiffes besorgt.

Danny Williams kam nach achtern, und es kam zu einem kleinen Gedränge, da ihm jeder anerkennend auf die Schulter klopfen wollte. »Ein Segen, daß Sie Ihre Augen so gut aufgehalten haben«, sagte ich, und das tat ihm sichtlich wohl.

»O Gott, noch nie in meinem Leben habe ich solche Angst gehabt«, sagte er. »Es kam aus dem Nichts – mal war's zu sehen, mal wieder nicht. Ich dachte schon, das verdammte Schiff würde stranden. Sie waren ganz schön fix mit dem Ruder.«

Es gab beifälliges Gemurmel, und diesmal war es an mir, mich zu freuen.

Geordie sagte zu Ian: »Ich möchte, daß du sie an Ort und Stelle hältst. Ich möchte wetten, daß wir es nie wiederfinden, wenn wir uns ein paar Meilen entfernen. Jesus, welch ein Glück, daß wir fast Niedrigwasser haben, sonst wäre gar nichts zu sehen gewesen. So, wie die Dinge stehen, wird es nur bis zu einem Meter herauskommen.«

»Es wird rund herum Korallenbauten geben«, bestätigte ich Geordies Warnung. »Und zwischen ihnen und dem eigentlichen Riff tiefes Wasser. Und jenseits davon wird eine Lagune sein. Hier entsteht ein Atoll.«

Da ich sah, daß alle bis auf Ian und die Wachen auf den Ausguckposten interessiert lauschten, wurde ich ein wenig ausführlicher. »Diese Gesteinsspitze, die da unter uns war, kann es da noch nicht lange geben, sonst wäre sie höher – das heißt, sonst gäbe es hier eine Insel. Und diese Korallenbauten sind gerade erst im Entstehen begriffen.«

Geordie fragte mißtrauisch: »Was meinst du mit ›gerade erst‹?«

»Seit fünf- oder zehntausend Jahren – genauer weiß ich das erst, wenn ich es näher besehen kann.«

»Das habe ich mir schon gedacht, daß du das sagen wirst. Aber du wirst es nicht näher besehen. Glaubst du vielleicht, wir könnten uns mitten in dieses kleine Etwas da hineinbegeben?«

Wir blickten alle in Richtung Minerva zurück, sofern das Minerva war. »Nein«, sagte ich zweifelnd. »Nein, vielleicht nicht.«

Campbell hatte eine Frage auf den Lippen, er brannte darauf, sie loszuwerden, aber nicht vor allen anderen. Er winkte mit dem Kopf und gab mir bedeutungsvolle Zeichen, um mir zu verstehen zu geben, daß er mit mir allein reden wollte. Ich drängelte mich aus der immer noch aufgeregten Crew heraus und folgte ihm zusammen mit Clare nach unten.

»Tut mir leid, Ihren rein wissenschaftlichen Vortrag zu unterbrechen«, sagte Campbell. »Aber was besagt das im Hinblick auf die Knollen? Glauben Sie, daß wir jetzt mehr Glück haben werden?«

»Das ist eben das Problem«, sagte ich nüchtern. »Ich wüßte nicht wieso. Die meisten Knollen sind sehr alt, aber Marks Knolle war ziemlich jung. Er hatte eine Theorie, die ich nun allmählich begreife und die davon ausging, daß sie sich aufgrund vulkanischer Tätigkeit sehr schnell bildeten. Nun hat es hier zwar tatsächlich vulkanische Tätigkeit gegeben, aber für mein Empfinden vor viel zu langer Zeit. Hier hat es Zeit für ein langsames Korallenwachstum gegeben, und das paßt nicht ins Bild.«

»Also wieder falscher Alarm«, sagte Campbell finster.

»Vielleicht auch nicht. Ich könnte mich täuschen. Das können wir nur durch Dredschen feststellen.«

3

Also ließen wir die Dredsche hinunter.

Geordie hatte so bald wie möglich sorgfältige navigatorische Messungen in bezug auf das Riff vorgenommen. »Ich werde es ein für allemal festnageln«, sagte er. »Dann werden wir vorsichtig darum herumkreuzen, nicht zu nahe daran, werden genau auf die Tiefe achten und mit Echolot messen und alles, was wir beobachten, auf der Karte festhalten. Und danach werden wir entscheiden, was wir als nächstes tun.«

Nachdem er zufriedengestellt war, ging es los. Geordie steuerte die *Esmerelda* so nahe wie möglich heran, und die Dredsche ging seitlich über Bord. Ich stellte mir vor, wie sie einer riesigen Stahlspinne gleich am Ende des Seils in die Tiefe ging, an den unglaublichen Steilhängen von Minerva hinabfiel, immer tiefer und tiefer in den Abgrund hinabtauchte.

Die Operation war erfolglos – es gab überhaupt keine Knollen.

Mich ließ das kalt. »Damit habe ich gerechnet. Fahren wir herum auf die andere Seite und versuchen es da.« So umkreisten wir die Untiefe und versuchten es noch einmal, mit dem gleichen Ergebnis – keine Knollen.

Meine Theorie war, daß es in dieser Gegend vermutlich mal Knollen gegeben hatte, unser nettes kleines Riff jedoch, als es in die Höhe schoß, mit ihnen ein Ende gemacht hatte. Wir nannten das Riff jetzt Minerva, obwohl Geordie und mir durchaus bewußt war, daß es sich um ein ganz anderes Riff handeln konnte – diese Gegend war berüchtigt für gefährliche Untiefen. Ich beschloß, es weiter draußen zu probieren, außerhalb der Unruhezone.

Diesmal fanden wir Manganknollen, sie kamen säckeweise wie Kartoffeln. Ich arbeitete wieder im Labor, doch es war deprimierend. »Das ist Standardzeug«, erklärte ich meiner kleinen Zuhörerschar. »Viel Mangan – wenig Kobalt, wie schon gehabt. Und es liegt zu tief, als daß es sich wirtschaftlich lohnen würde, das Vorkommen abzubauen. Aber wir werden das gründlich erforschen.« Und so arbeiteten wir Tag um Tag an verschiedenen Stellen, immer mit den gleichen mageren Ergebnissen.

Dann berieten Geordie und ich uns eines Abends und beschlossen, das Ganze abzublasen. Wir waren seit über zwei, fast drei Wochen von Panama fort, und es drängte mich, nach Tahiti zu kommen, bevor die *Eastern Sun* dort eintraf. Wegen des Proviants oder Wassers machte Geordie sich keine Sorgen – dank seiner umsichtigen Planung hätten wir, wenn nötig, bis zu sechs Wochen auf See bleiben können –, aber er befürchtete, daß die Mannschaft mürrisch werden könnte, weil sich nichts tat; schließlich bestand sie zum Teil aus Männern, denen er Aktion und Abenteuer versprochen hatte. Campbell hatte nicht übel Lust, alles hinzuschmeißen – wäre die Suche an Land vonstatten gegangen, hätte er mehr Zähigkeit bewiesen. Während der ersten Erforschungsphase war er sowieso nur selten zugegen, meistens kam er – sozusagen – zum letzten Akt. Und so beschlossen wir, die Arbeit abzubrechen und am nächsten Morgen Kurs auf Tahiti zu nehmen. Die Nachricht wurde allgemein mit Erleichterung aufgenommen; die Aufregung darüber, daß wir das gesuchte Riff gefunden hatten, hatte sich längst gelegt. Campbell ging schweren Schrittes und mit gebeugten Schultern über Deck zum Niedergang. Mir fiel zum ersten Mal auf, daß er kein junger Mann mehr war.

»Es hat ihn schwer getroffen«, sagte ich.

»*Aye*«, sagte Geordie. »Was machen wir nun – nach Papeete?«

»Darüber habe ich schon viel nachgedacht. Ohne dieses verfluchte Tagebuch wäre das Minervariff der letzte Ort auf Erden gewesen, an dem ich nach kobaltreichen Knollen gesucht hätte. Aber wir waren ja wie hypnotisiert von Marks Kritzeleien.«

»Wir wissen ja nicht einmal, ob er überhaupt Minerva meinte. Glaubst du, er war auf einer falschen Spur?«

»Ich weiß nicht, auf was für einer Spur er war – das ist ja das Vertrackte. Ich habe seine Notizbücher nur durchblättern können, bevor sie gestohlen wurden, und da konnte ich nicht allzuviel aufnehmen. Aber eines tauchte immer wieder auf: die Frage nach vulkanischer Tätigkeit.«

»Das hast du schon einmal erwähnt«, sagte Geordie. »Würdest du mir das bitte erklären?«

»Ich glaube, es ist mal wieder eine Lektion angebracht – auch für Campbell und Clare. Das wird sie auf andere Gedanken bringen. Sorg dafür, daß ihr drei nach dem Abendessen hier seid, und laß jemanden Wache schieben, um Kane fernzuhalten. Sie werden sowieso damit rechnen, daß wir Kriegsrat halten.«

Und so stand ich später am Abend meiner kleinen Klasse gegenüber, und vor mir auf dem Kartentisch war eine physikalische Weltkarte der Meeresböden ausgebreitet.

»Sie haben mich einmal gefragt, woher das Mangan kommt, und ich habe Ihnen erzählt, daß es aus Flüssen, Felsgestein und vulkanischer Tätigkeit stammt. Mit der letzteren habe ich mich etwas eingehender befaßt. Doch eines sei vorangestellt, der Pazifik ist voller Knollen, im Atlantik hingegen gibt es nicht viele. Wie kommt das?«

Daß man seine Zuhörer mit zur Beantwortung der Fragen heranzieht, ist eine Lehrmethode, die immer funktioniert.

»Du hast gesagt, daß es etwas mit Sedimentablagerung zu tun hat«, erinnerte sich Geordie.

»Das ist die orthodoxe Lehrmeinung. Sie ist nicht ganz verkehrt, weil die Knollen bei starker Sedimentbildung zu wachsen aufhören – sie werden zugedeckt und kommen nicht mehr mit dem Seewasser in Berührung. Die Sedimentbildung im Atlantik ist ziemlich stark wegen des Amazonas und des Mississippi, aber ich glaube, das erklärt noch nicht alles. Ich möchte euch etwas zeigen.«

Wir beugten uns alle über die Karte.

»Beim Pazifik fällt eines besonders auf: er ist von Feuer umgeben.«

Ich folgte mit dem Bleistift einer Linie; dabei begann ich in Südamerika. »Die Anden sind vulkanisch und ebenso die Rocky Mountains. Hier ist der San-Andreas-Graben, der 1908 das Erdbeben von San Francisco verursachte.« Meine Hand beschrieb einen großen Bogen über den Nordpazifik.

»Hier sind tätige Vulkane, auf den Aleuten und überall in Japan. Auf Neuguinea gibt es viel Vulkanismus, ebenso auf all den anderen Inseln dort. Hier liegt Rabaul; die Stadt ist von sechs Vulkankegeln umgeben – alle noch tätig. Früher waren es nur fünf, aber 1937 gerieten die Dinge in Bewegung, und binnen vierundzwanzig Stunden wuchs Vulcan Island zu einem größeren Kegel heran, dabei kamen dreihundert Menschen ums Leben.«

Ich fuhr mit der Hand weiter nach Süden. »Neuseeland – Vulkane, Geysire, heiße Quellen – alle Merkmale. Noch weiter nach Süden, zur Antarktis hin, liegen Mount Erebus und Mount Terror, zwei verdammt große Vulkane. Und damit schließt sich der Kreis – einmal rund um den Pazifik.«

Ich wandte meine Aufmerksamkeit östlicheren Gegenden zu. »Der Atlantik ist ziemlich ruhig, was vulkanische Tätigkeit anbelangt – bis auf die Gegend um Island vielleicht. Und hier unten in der Karibik ist der gewaltige Mount Pelée ausgebrochen, aber wie ihr selbst sehen könnt, liegt der nicht weit vom Ring um den Pazifik entfernt. Ebenso Krakatau – hinter Java. Die einzige Stelle im Atlantik, wo man Knollen findet, ist das Blakeplateau – und das interessante daran ist, daß genau über dieses Plateau eine Strömung von der Karibik verläuft, wo es, wie ich schon erwähnt habe, vulkanische Tätigkeit gibt.«

Geordie richtete sich wieder auf.

»Da hast du aber eine teuflisch große Auswahl.«

»Das ist das Problem. Und auf dem pazifischen Meeresboden gibt es Vulkanschlote, von denen wir gar nichts wissen – zum Teufel, wir befinden uns fast genau über einem. Aber ich weiß, daß es eine Gegend mit kobaltreichen Knollen gibt, und ich wette um meinen guten Ruf, daß sie sich in einem Gebiet mit vulkanischer Tätigkeit befindet.«

Campbell sagte: »Wenn ich Sie recht verstehe, sind die Knollen im Pazifik, die normalen, die es an den meisten Stellen gibt, langsam im Laufe von Millionen Jahren entstanden, und zwar aufgrund schon lange zurückliegender vulkanischer Tätigkeit. Aber Sie glauben, daß es Stellen gibt, wo aufgrund einer bestimmten vulkanischen Tätigkeit jüngeren Datums die Knollen schneller wachsen.«

»Genau – und weil sie so schnell wachsen, enthalten sie viel Kobalt, viel Nickel und so weiter. Die Metalle werden aufgenommen, bevor sie sich aufgelöst und überall im Pazifikwasser verteilt haben.«

»Aha. Das verrät uns immer noch nicht, wo wir suchen müssen.«

»Ich möchte im westlichen Pazifik bleiben«, erklärte ich mit Nachdruck. »Da gibt es viele bekannte unterseeische Vulkane, und es ist besser, wenn wir hier suchen, sonst verschwenden wir nur Zeit.« Ich hatte natürlich auch noch andere Gründe – ich wollte mit den Nachforschungen nach den Todesumständen meines Bruders beginnen, aber mir war sehr wohl bewußt, daß nach Campbells Dafürhalten die Aussicht auf kommerziellen Erfolg der Hauptgrund, wenn nicht sogar der einzige Grund dafür war, die Reise fortzusetzen. Er war zwar auch persönlich interessiert, aber womöglich nicht genug.

Es gab viel zu bedenken, und die Unterhaltung verstummte. Auf einmal erklärte Geordie laut und entschieden: »Also gut, fahren wir weiter nach Papeete und warten wir ab, ob wir unterwegs zu einem Entschluß kommen.«

4

Wir segelten nach Tahiti. Zuerst ging es in südlicher Richtung, um die Tuamotus zu umrunden, und dann nahmen wir direkten Kurs. Geordie wollte nicht zwischen den Tuamotus hindurchsegeln, wenn er nicht mußte; der Name, erzählte er uns, bedeute »gefährliche Inseln«, und sie wären auch so gefährlich, wie der Name besagte, ein großes Gebiet voller Korallenatolle und scharf gezähnter Riffe, die nicht alle auf den Karten eingezeichnet waren.

Ich schätzte, daß wir etwa gleichzeitig mit der *Eastern Sun* in Papeete ankommen würden, wenn diese sich an den festgelegten Fahrplan hielt. Ich hoffte dringend, daß wir als erste einlaufen würden – Paula ohne Schutz zu lassen, behagte mir gar nicht.

Mit Clares Unterstützung besserte sich Campbells Stimmung auf der Reise wieder, und sein altes kämpferisches Ich kam zum Vorschein. Wir hatten noch weitere Gespräche gehabt, welche Möglichkeiten sich noch für uns ergaben, und ich hatte versucht, ihn zu überzeugen, daß ich keinen Hirngespinsten nachjagte, aber tatsächlich wußte ich selbst nicht recht weiter, und das machte mir schwer zu schaffen. Clare vertiefte sich wieder in Marks Tagebuch, um hinter weitere Geheimnisse zu kommen. Ich hoffte fast, daß ihr das nicht gelänge – Minerva hatte uns schon genug Ärger bereitet. Sie hatte den Langschrift-Text und die fotokopierten Zeichnungen versteckt, aber erst nachdem sie letztere in ihr eigenes Notizbuch übertragen hatte, und sie studierte diese von Zeit zu Zeit im verborgenen.

Das Segeln machte leidlich Spaß, war aber nicht so belebend wie auf der ersten Strecke unserer Reise. Wir waren alle ein wenig deprimiert. Und nachdem wir so lange auf See waren, hatten wir alle das Verlangen, wieder festen Boden zu betreten.

Wir vernahmen es daher alle mit Erleichterung, als Geordie verkündete, Tahiti käme in absehbarer Zeit in Sichtweite. Wir saßen an Deck, aßen zu Mittag und unterhielten uns fröhlich. Clare saß etwas abseits von uns, sie studierte noch immer diese verdammten Zeichnungen.

»Land – Land voraus!« rief Taffy Morgan, und wir sprangen alle auf die Füße, um einen ersten Blick auf Tahiti zu erhaschen. Es war nur ein kleiner Fleck am Horizont, und es würde noch eine ganze Weile dauern, bis wir nähere Einzelheiten erkennen konnten. Wir lobten Geordie für seine Navigation und standen dann faul an der Reling herum und sahen zu, wie der Fleck allmählich schärfere Konturen annahm. Da trat Kane an Clare heran.

»Sie haben das an Deck verloren, Miss Campbell. Es könnte über Bord wehen.«

Dabei hielt er ihr das aufgeschlagene Notizbuch so hin, daß Marks Zeichnungen deutlich zu sehen waren. Bei diesem Anblick schwiegen wir alle betreten.

Clare sagte kühl: »Danke, Mr. Kane.«

»Ich wußte gar nicht, daß Sie zeichnen können, Miss.«

»Das kann ich auch nicht, nicht sehr gut.«

Kane blätterte grinsend die aufgeschlagenen Seiten um. »Sieht nicht so aus«, gab er zu. »Die Kuh ist zwar ganz hübsch, aber der Falke sieht ziemlich kümmerlich aus.«

Clare nahme ihm das Buch mit einem erzwungenen Lächeln aus der Hand. »Ja, aus mir wird nie eine Künstlerin.«

Geordie fragte barsch: »Kane, haben Sie das neue Fall gespleißt?«

»Wollte ich gerade machen, Skipper, keine Sorge.« Er eilte davon, und ich atmete auf. Clare sagte leise: »Gott, das tut mir leid.«

Campbell wartete ab, bis Kane nicht mehr zu sehen war, und überzeugte sich, daß uns niemand hören konnte. »Clare, wie kannst du nur so verdammt blöde sein!«

»Ich sagte schon, es tut mir leid.«

»Ich glaube, das macht nichts«, sagte ich ruhig. »Es ist nicht das ursprüngliche Tagebuch – nichts, das Marks Handschrift verrät. Und soweit wir wissen, hat Kane nie etwas von diesem Tagebuch erfahren.«

»Vielleicht aber jemand anderes«, sagte Clare. »Dieser Ramirez, der die Männer beauftragt hatte, Marks Sachen zu stehlen – vielleicht hat er davon gewußt.«

»Wenn Kane nur ein kleines Licht ist, wird er nicht von allem gewußt haben. Ich glaube, es macht nichts, daß er das gesehen hat. Vergessen Sie's!«

Clare blickte wieder auf die Zeichnungen, und plötzlich wich ihre Spannung einem Lächeln. »Jetzt, wo er das von der Kuh gesagt hat, habe ich, glaube ich, des Rätsels Lösung für Marks schreckliches Wortspiel gefunden. Freu dich nicht zu früh, Pa – es ist nur eine wilde Vermutung.«

Sie deutete auf die Kuh und den abgeflachten Halbkreis daneben.

»Ich habe alles mögliche gelesen, und irgendwo bin ich darauf gestoßen, daß die Tuamotus auch *Low Islands* genannt werden. Und das ist dieses flache Etwas hier, *a low island*, eine flache, niedrige Insel im Meer. Daneben hat er OR geschrieben – das heißt: oder – und eine Kuh gezeichnet. Es sind zwei Zeichnungen für ein und dasselbe – die Tuamotus.«

»Um Gottes willen, wieso das?« fragte Campbell.

»Kühe machen muh und *low* heißt nicht nur niedrig, sondern auch muhen.« Und sie brach in Gelächter aus. Ich stimmte mit ein, und auch ihr Vater mußte lächeln, als er nun den Witz begriff. Wenn das stimmte, war er gut. Wir verdrängten den Zwischenfall mit Kane.

Als die *Esmerelda* näher an Tahiti herankam, tauchten dunstig grüne Berge aus dem Meer auf, und als wir dann an der Küste entlangsegelten, sahen wir, wie sich die Brandung am Strand brach. Uns allen schwebte ein kühles Bier an Land vor.

Papeete, die Perle des Pazifiks, ist eine Stadt voller Heiterkeit, mit allem, was dazu gehört – Banken, einem Krankenhaus, Geschäften; aber es gibt auch eine Ansammlung von Blechhütten, und daher wirkt es ein wenig armselig. Aber es ist herrlich gelegen. Bei unserer Ankunft legten wir praktisch an der Hauptstraße an, und es gibt nicht viele Häfen, in denen man das kann. Wenn man über den Hafen blickt, kann man in neun Meilen Entfernung Moorea sehen, einen Vulkan, der vor langer, langer Zeit ausgebrochen und von dem nur ein Durcheinander von merkwürdig geneigten Bergspitzen übriggeblieben ist; der Anblick zählt zu den schönsten auf der Welt und entschädigt einen für viele Unannehmlichkeiten, die das Leben in Papeete mit sich bringen kann.

Ich blickte mich im Hafen nach der *Eastern Sun* um, konnte sie aber nicht entdecken. Deswegen versuchte ich mich zu entspannen, während wir auf den Zoll warteten. Campbell war gereizt, er konnte es nicht abwarten, an Land zu gehen und zu sehen, ob auf der Post etwas für ihn da war. Ihn plagte die Ungewißheit über die Suarez-Navarro-Expedition. Auch mich selbst quälte Ungeduld. Ich hatte alle möglichen Fragen, und ich wollte den Gouverneur aufsuchen. Ich halte es immer für das beste, bei den hohen Tieren zu beginnen.

Endlich kam der Zollbeamte, führte gemächlich seine Prüfung bei uns durch, und als er uns verließ, durften wir an Land gehen. Ich hatte ihn gefragt, wann mit dem Eintreffen der *Eastern Sun* zu rechnen sei, und es geschah eines jener Wunder, wie sie einem nur selten im Leben widerfahren.

»Das Kreuzfahrtschiff, M'sieur? Es wird für morgen erwartet.«

Bevor alle verschwanden, sprach ich mit Geordie. »Welches sind die zwei härtesten Burschen, die du hast?«

»Einer ist Ian Lewis«, sagte er prompt. »Und dann Taffy oder Jim Taylor, das kommt ganz darauf an.«

»Wer auch immer, er muß gut im Kampf ohne Waffen sein.«

»Dann sind es Ian und Jim. Taffy ist ein Messerspezialist. Wen sollen sie für dich k.o. schlagen?«

»Paula Nelson trifft morgen hier ein, auf der *Eastern Sun*. Und dieser Ort hier ist für sie ungesund. Wenn das Schiff einläuft, möchte ich, daß du zu ihr gehst, weil sie dich wiedererkennen wird, und daß du die anderen mitnimmst und sie hierherbringst – unverletzt. Jeder, der ihr etwas anzutun versucht, bekommt kräftig einen auf den Deckel.«

Er hörte aufmerksam zu und nickte dann. Ich wußte, daß sie bei ihm in guten Händen war.

»Gut. Ich überlasse dich nun deinen eigenen schmutzigen Aufgaben, Geordie. Wir müssen unsere Vorräte aufstocken, damit wir jederzeit wieder aufbrechen können. Rate den Männern also dringend, sich nicht mit dem Gesetz anzulegen. Jeder, der im Gefängnis landet, bleibt da. Ich will versuchen, mit dem Gouverneur zu sprechen.«

Auf dem Hauptpostamt lag eine Menge Post für Campbell. Er war schon zurück, bevor ich überhaupt aufgebrochen war, und verschwand, ein Bündel Papiere fest umklammernd, mit Clare unter Deck. Ich hoffte, er würde ihr auch ein wenig Freizeit lassen, und mir kam die Idee, sie an diesem Abend zum Essen einzuladen. Es wäre schön, nicht in Gemeinschaft all der anderen zu essen, aber noch schöner, wenn Clare mitkäme. Ich holte eine Akte aus meiner Kabine und machte mich auf den Weg zum Regierungsgebäude. Es war ein weitläufiges Gebäude in spätviktorianischem Tropenstil, das in einem großen Garten lag.

Wie schon erwartet, hatte ich zuerst mit etlichen Untergebenen, Sekretärinnen und so weiter mühselige Auseinandersetzungen; ich setzte mich jedoch beharrlich durch und wurde schließlich in einen Raum geführt, wo ich darauf wartete, zu einer kurzen Unterredung mit dem Gouverneur aufgerufen zu werden. Er war ein großer, leichenblasser Mann mit einem schmalen, haardünnen Schnurrbart, der hinter einem imposanten, mit Papieren übersäten Schreibtisch saß. Er stand nicht auf, streckte mir aber die Hand über die Tischplatte entgegen.

»Mr. Trevelyan, was kann ich für Sie tun? Bitte nehmen Sie doch Platz.«

»Danke, daß Sie mich empfangen haben, Monsieur – äh...«

»MacDonald«, sagte er zu meiner Überraschung und lächelte, als er meinen Gesichtsausdruck bemerkte. »Es ist immer das gleiche mit euch Engländern – Sie verstehen nicht, wieso ich einen schottischen Namen habe –, aber Sie sollten wissen, daß einer von Napoleons Marschällen ein MacDonald war.«

Das schien sein üblicher erster Schachzug englischen Besuchern gegenüber zu sein, deshalb fragte ich höflich: »Sind Sie mit ihm verwandt?«

»Mein Vater war überzeugt davon, aber nach den fehlgeschlagenen Revolutionen im achtzehnten Jahrhundert haben sich viele Schotten in Frankreich niedergelassen. Ich glaube nicht, daß ich von einem Marschall von Frankreich abstamme.« Er nahm einen geschäftsmäßigen Ton an. »Wie kann ich Ihnen helfen, Mr. Trevelyan?« Er sprach fließend Englisch, fast ohne Akzent.

»Vor ungefähr einem Jahr ist mein Bruder auf den Tuamotus gestorben, auf einem der kleineren Atolle. An seinem Tod kommt mir etwas rätselhaft vor.«

MacDonald zog die Augenbrauen hoch. »Rätselhaft, Mr. Trevelyan?«

»Wissen Sie etwas darüber?«

»Ich fürchte, ich weiß gar nichts vom Tod Ihres Bruders. Erstens bin ich neu hier und auch nur Stellvertretender Gouverneur; der Gouverneur von Französisch-Polynesien ist im Urlaub. Und zweitens kann man nicht alle Umstände, unter denen jemand gestorben ist, in Erinnerung behalten, nicht jeden Vorfall in einem so großen Gerichtsbezirk wie dem unseren.«

Ich hätte den Tod meines Bruders, womöglich gar seine Ermordung selber nicht als Vorfall bezeichnet; aber der Gouverneur sah das wohl anders. Ich schaffte es, meine Enttäuschung zum Ausdruck zu bringen, ohne ihm Gelegenheit zu geben, mich zu entlassen, was er eindeutig vorgehabt hatte, und er lehnte sich zurück, um mich zu Ende anzuhören.

»Wir haben bestimmt eine Akte darüber«, sagte er und nahm den Telefonhörer auf. Während er sprach, öffnete ich meine eigene Mappe und suchte Dokumente heraus.

Er legte den Hörer wieder auf. »Sie sprachen von etwas Rätselhaftem, Mr. Trevelyan.«

»Mein Bruder Mark ist auf einem namentlich nicht genannten Atoll gestorben. Er wurde von einem Dr. Schouten behandelt, der auf der Insel Tanakabu lebt.«

MacDonald verzog den Mund. »Sagten Sie Dr. Schouten?«

»Ja. Hier ist eine Kopie der Sterbeurkunde.« Ich reichte ihm eine Fotokopie über den Tisch, und er las sie.

»Das scheint ganz in Ordnung zu sein.«

Ich sagte bitter: »Ja, das Formular ist gut ausgefüllt. Wie Sie sehen, ist da angegeben, daß mein Bruder an einer Bauchfellentzündung gestorben ist, die er nach der operativen Entfernung eines aufgebrochenen Blinddarms bekam.«

MacDonald nickte. Ich wollte fortfahren, wurde jedoch gestört, da ein Beamter mit einer Akte hereinkam, die er MacDonald auf den Schreibtisch legte. Der schlug sie auf und prüfte eingehend, was sie enthielt, wobei er etwa in der Mitte einmal innehielt, den Kopf hob und mich nachdenklich ansah.

Schließlich sagte er: »Wie ich sehe, hat sich das britische Foreign Office bereits nach den näheren Umständen erkundigt. Hier ist der Brief und die Antwort meines Vorgesetzten.«

»Ich habe Kopien davon«, sagte ich.

Er überflog die übrigen Papiere. »Es scheint alles in Ordnung zu sein, Mr. Trevelyan.«

Ich schob ihm eine weitere Fotokopie über den Schreibtisch. »Hier ist eine beglaubigte Kopie der Aussage eines englischen Arztes mit der Bestätigung, daß er meinem Bruder vor zwei Jahren den Blinddarm herausgenommen hat.«

Das blieb einen Moment ohne Wirkung, dann plötzlich begriff er. MacDonald fuhr zusammen, als hätte ich ihn harpuniert, und schnappte sich die Fotokopie. Er las sie mehrmals durch und legte sie dann wieder hin. »Es sieht so aus, als wäre Dr. Schouten ein Fehler unterlaufen«, sagte er bedächtig.

»Es sieht so aus«, stimmte ich zu. »Was wissen Sie über Dr. Schouten?«

MacDonald spreizte die Hände. »Ich bin ihm selber nie begegnet – er kommt nie nach Tahiti, wissen Sie. Er ist Holländer, lebt schon seit über zwanzig Jahren auf den Inseln und leistet den Menschen dort ärztliche Hilfe.«

Aber ich erinnerte mich noch, wie er vorhin den Mund verzogen hatte, und ahnte, daß er mehr wußte.

»Er hat ein Problem, nicht wahr? Ist er Alkoholiker?«

»Er trinkt, ja – aber das tun wir alle. Ich selber trinke auch«, sagte MacDonald ein wenig vorwurfsvoll. Er wollte sich nicht festlegen.

»Ist er ein guter Arzt?«

»Es hat nie Klagen gegeben.«

Ich dachte über Schouten nach, der auf einer fernen Inselgruppe lebte, weitab vom Verwaltungszentrum Papeete. Klagen über sein fachliches Können würden wahrscheinlich immer im Sande verlaufen, vor allem weil seine Patienten größtenteils Einheimische waren.

Ich fragte: »Ist Dr. Schouten nach Papeete gekommen, um den Tod meines Bruders zu melden?«

MacDonald blickte in seiner Akte nach. »Nein. Er wartete, bis ein Schoner vorbeikam, und schickte dann den Totenschein zusammen mit einem Brief. Er würde nie sein Krankenhaus verlassen, um eine so lange Reise wegen eines Toten zu machen – es gibt da viele, wissen Sie.«

»Also hat außer Dr. Schouten und diesen beiden Männern, die meinen Bruder gefunden haben, niemand meinen Bruder gesehen. Und niemand hat Nachforschungen angestellt, niemand Kane oder Hadley oder den Arzt verhört?«

»Sie sehen das nicht richtig, Mr. Trevelyan. Wir sind hier nicht am Hyde Park Corner, mitten in einer zivilisierten modernen Großstadt. Die Tuamotus liegen Hunderte von Meilen weit weg, und wir haben nur einen kleinen Verwaltungsapparat – aber ich versichere Ihnen, wir haben Fragen gestellt. Das haben wir wahrhaftig.«

Er beugte sich vor und fragte kühl: »Ist Ihnen bekannt, Mr. Trevelyan, daß Ihr Bruder zum Zeitpunkt seines Todes des Mordes verdächtigt wurde und sich auf der Flucht vor der Polizei befand?«

»Ich habe von diesem Unsinn gehört. Es muß Ihrer Polizei sehr gelegen gekommen sein, die Angelegenheit so gründlich bereinigen zu können.«

Das mißfiel ihm, und es flackerte in seinen Augen. »Wir haben hier in Französisch-Polynesien ein besonderes Problem. Die Inseln haben den beneidenswerten Ruf, das Paradies auf Erden zu sein. Die Folge davon ist, daß sie Menschen aus der ganzen Welt anziehen, die in der Hoffnung kommen, ein leichtes, bequemes Leben führen zu können. Sie glauben, sie brauchen sich nur eine Strohhütte zu bauen und können von den Früchten der Bäume leben. Das ist ein Irrtum. Die Lebenskosten hier sind ebenso hoch wie überall sonst in der Welt.

Diese Menschen, die hierherkommen, sind oft, nicht immer, Leute, die in der zivilisierten Welt versagt haben. Die meisten gehen wieder, wenn sie feststellen, daß die Inseln nicht so paradiesisch sind, wie es heißt. Andere bleiben und fallen uns zur Last. Wir sind hier nicht dazu da, degeneriertem Abschaum zu helfen, sondern den Lebensstandard unserer eigenen Leute aufrechtzuerhalten. Und wenn ein unbekannter Weißer, der auch noch in Schwierigkeiten steckt, stirbt, machen wir darum nicht allzuviel Aufhebens.«

Er klopfte auf die Akte. »Vor allem wenn eine gültige Sterbeurkunde vorliegt, die anscheinend in Ordnung ist, und wenn wir zudem glauben, daß er vielleicht ein Mörder ist. Und erst recht, wenn er vor der Polizei von Tahiti davongelaufen und dann auf einem Atoll, zweihundert Meilen von hier entfernt, gestorben ist.«

Es gelang mir mit Mühe, mich zu beherrschen. »Ja, das verstehe ich alles, aber werden Sie jetzt eine Untersuchung durchführen? Mein Bruder war, wie Sie dem hier entnehmen können, Wissenschaftler, nicht menschliches Strandgut.

Und Sie müssen zugeben, daß mit dem Totenschein etwas nicht stimmen kann.«

MacDonald nahm die Aussage des Arztes zur Hand. »Stimmt, man kann nur einmal eine Blinddarmoperation haben. Wir werden diesen Arzt bestimmt noch einmal darauf ansprechen.« Er machte sich eine Notiz auf seinem Schreibblock. »Ich werde selbst einen Beamten damit beauftragen, ihn zu verhören, anstatt die örtlichen Behörden zu benachrichtigen. Das wird geschehen, sobald er das nächste Mal auf die Tuamotus fährt.«

Er lehnte sich zurück und erwartete, daß ich mich bedankte.

»Wann wird das sein?« fragte ich.

»In drei Monaten etwa.«

»In drei Monaten!«

»Ihr Bruder ist tot, Mr. Trevelyan. Es gibt nichts, was ihn wieder zum Leben erwecken kann. Wir haben hier auch viel zu tun; ich verwalte einen Bezirk von über einer Million Quadratmeilen. Sie müssen einsehen, daß wir die Regierungsgeschäfte nicht ruhen lassen können, um...«

»Ich verlange nicht, daß Sie die Regierungsgeschäfte ruhen lassen. Ich verlange nur, daß Sie den Tod eines Menschen untersuchen.«

»Das werden wir tun«, sagte er besonnen. »Und dabei werden wir feststellen, daß der Arzt sich schlicht vertan hat. Vielleicht hat er zwei Patienten miteinander verwechselt, die er am selben Tag behandelt hatte. Das ist nichts Ungewöhnliches, aber es wäre ein Jammer, ihn wegen eines Fehlers zugrunde zu richten. Wir brauchen Ärzte auf den Inseln, Mr. Trevelyan.«

Ich blickte MacDonald in die Augen und erkannte, daß ich gegen eine Mauer rannte. Vor drei Monaten würde nichts geschehen, und dann würde die ganze Angelegenheit vertuscht, bemäntelt mit einem Flechtwerk aus bürokratischer Pedanterie.

Ich schrieb die Adresse meines Anwalts auf ein Stück Papier. »Ich wäre Ihnen dankbar, wenn Sie mir die Ergebnisse ihrer Untersuchungen mitteilen würden. Sie können an diese Adresse schreiben.«

»Ich werde sie Ihnen mitteilen, Mr. Trevelyan. Ich bin sicher, es gibt eine einfache Erklärung dafür.« Er erhob sich halb, was eindeutig hieß, daß ich entlassen war.

Ich ging sofort zum britischen Konsul und wurde dort nicht froher. Er war höflich und liebenswürdig und machte mir klar, daß MacDonald mit allem recht hatte und daß ich nur eines tun könne, nämlich abwarten. »Sie werden der Sache nachgehen, da können Sie unbesorgt sein, Mr. Trevelyan. Wenn der alte Schouten einen Fehler gemacht hat, werden sie das herausfinden.«

Aber es klang so, als wäre er selbst nicht überzeugt davon.

»Was für ein Mann ist dieser Schouten? Ich nehme an, Sie kennen ihn.«

Der Konsul zuckte mit den Achseln. »Ein alter Inselbewohner – schon seit Jahren hier. Er hat früher gute Arbeit geleistet.«

»Aber in letzter Zeit nicht mehr?«

»Nun, er wird alt und...«

»Säuft«, sagte ich böse.

Der Konsul blickte hellhörig auf. »Das darf man ihm nicht allzu übelnehmen. Er hat seine ganze Familie verloren, als die Japaner in Neuguinea eingefallen sind.«

Ich sagte bitter: »Entschuldigt das, daß er seine Patienten umbringt?«

Darauf gab es keine vernünftige Antwort, und ich riß mich zusammen und wechselte das Thema.

»Haben Sie schon mal von einem Mann namens Jim Hadley gehört?«

»Einem kräftigen Australier?«

»Genau.«

»Er war natürlich nie hier«, sagte der Konsul. »Wir hatten nie offiziell miteinander zu tun. Aber ich habe ihn schon mal gesehen. Er ist hier sehr verschrien als ein ziemlich unverträglicher Bursche; kein Mann, dem man in die Quere kommen sollte, würde ich sagen. Ihr Bruder hat manchmal für einige Zeit seinen Schoner gechartert.«

»Ist er wirklich so übel?«

Er runzelte die Stirn. »Das kann man wohl sagen. Beileibe

niemand, den ich zum Tee bitten würde. Ich würde ihn nicht empfehlen.«

»Und ein Bursche namens Kane?«

»Ist das dieser andere Australier? Sein Partner, glaube ich – ich habe ihn mit Hadley zusammen gesehen. Die gleiche Antwort, fürchte ich; ich habe nie mit ihm gesprochen.«

»Sagen Sie mir ehrlich – glauben Sie, daß die Behörden sich in dieser Sache absichtlich Zeit lassen?«

Er seufzte. »Ich muß mal ganz deutlich werden, Mr. Trevelyan. Als Ihr Bruder starb, war er auf der Flucht vor der Polizei. Er wurde des Mordes verdächtigt.« Als ich ihn unterbrechen wollte, hob er die Hand. »Jetzt sagen Sie mir nicht, daß das lächerlich ist. Die meisten Mörder haben Brüder wie Sie, die sich weigern, etwas Schlechtes von ihnen zu glauben, vor allem wenn sie zum ersten Mal davon hören.«

Das hatte ich nicht sagen wollen, aber ich hielt den Mund.

»Als er starb, sein Tod auch noch beglaubigt war durch einen Totenschein, den ein qualifizierter Arzt unterzeichnet hatte, blies die Polizei die Jagd nach ihm ab, und das war meiner Meinung nach ganz natürlich. Die Behörden haben zur Zeit verdammt viel zu tun, und sie hatten keinerlei Grund, jemand anderes zu verdächtigen. Aber sie werden diesem neuen Hinweis, den Sie ihnen gegeben haben, früher oder später nachgehen.«

»Wenn die Spur völlig kalt ist.«

»Ich verstehe Ihren Standpunkt«, sagte er. »Ich glaube, ich kann in dieser Angelegenheit nichts für Sie tun. Aber ich werde es versuchen.«

Und damit mußte ich mich zufriedengeben.

Deprimiert kehrte ich an Bord der *Esmerelda* zurück. Ich hatte, glaube ich, erwartet, daß meine Neuigkeit einen gewaltigen Schreck auslösen würde; statt dessen war sie als Nebensache abgetan worden. Clare war an Deck und sagte glücklich: »Ist es hier nicht herrlich?«

»Es stinkt«, sagte ich bitter.

»Was ärgert Sie? Sie machen ein Gesicht, als könnte die ganze Insel Ihretwegen ruhig im Meer versinken.«

»Diese verfluchten französischen Kolonialbeamten. Gerechtigkeit – aber im Schneckentempo. Die Engländer hier sind auch nicht viel besser.«

»Kein Glück beim Gouverneur?«

»Oh, sie werden das Ganze noch einmal untersuchen, in drei Monaten – oder drei Jahren. Er will seinen kostbaren Dr. Schouten nicht verlieren. Wenn er zu genau hinschaut, muß er den Arzt vielleicht als fachlich unqualifiziert festnehmen, und das will er nicht. Deshalb geht er die ganze Angelegenheit mit Vorsicht an – kehrt sie unter den Teppich, in der Hoffnung, daß sie in Vergessenheit gerät. Er hat Wichtigeres zu tun, als Marks Mörder zu suchen.«

Sie reagierte mitfühlend, und ich begann wieder lockerer zu werden. Nach einer Weile war ich sogar so gutgelaunt, daß ich sie zum Abendessen einlud, und zu meiner Freude sagte sie sofort zu. Ich entschuldigte mich und machte mich auf die Suche nach Geordie, den ich zusammen mit zwei weiteren Mitgliedern der Crew bei Reparaturarbeiten an der Maschine fand. Alle anderen waren an Land gegangen. Ich nahm Geordie beiseite und erzählte ihm, wie es mir ergangen war.

Er wischte sich das Öl von den Händen. »Dann kommst du also nicht weiter.«

»Sieht so aus, jedenfalls nicht mit behördlicher Hilfe.«

»Dann mußt du auf Campbell etwas Druck ausüben. Ohne ihn kannst du nichts machen, wenn du Schouten aufsuchen willst. Schade, daß du nicht eine dieser Zeichnungen so auslegen kannst, daß sie Tanakabu darstellt – aber vielleicht fällt dir ein guter wissenschaftlicher Grund ein, diese Insel aufzusuchen.«

»Ebensogut für eine Reise dorthin wie woandershin«, sagte ich mürrisch. »Ich werde darüber nachdenken.«

Die restliche Zeit des Tages sah ich mir die Stadt an und wählte ein Restaurant für den Abend aus, und als es soweit war, begaben Clare und ich uns von Bord und verbrachten ein paar angenehme Stunden, in denen wir beide jedes Thema, das im Zusammenhang mit der Reise stand, vermieden und uns besser kennenlernten. Campbell hatte sich und Clare für die Zeit unseres Aufenthaltes in Papeete in einem Hotel eingemietet, aber ich hatte seinen Vorschlag, es ebenso zu machen, abgelehnt. Daher brachte ich Clare, als der Abend zu Ende ging, zu ihrem Hotel und kehrte dann müde, aber ziemlich glücklich zum Schiff zurück.

Früh am nächsten Morgen sah ich die *Eastern Sun* in den Hafen einlaufen. Geordie zog mit Ian und Jim davon, und ich begab mich an Deck, wo ich Danny Williams begegnete, der gerade an Bord zurückkehrte.

»Morgen, Mike«, sagte er. »Komm' eben von meinem Detektiveinsatz zurück.«

»Was heißt das?«

»Der Skipper hat angeordnet, daß wir zu mehreren ein Auge auf Kane haben sollen. Gestern war er auf der Post, dann hat er sich in einem Lokal verkrochen, der Quin's Bar. Heute lasse ich ihn von Nick beschatten, und Bill habe ich zur Quin's Bar geschickt, er soll sich da in der Nähe herumtreiben – wir glauben, daß sie Kanes Treffpunkt ist. Gestern hat er sich dort nach jemandem erkundigt.«

»Gut, gut«, sagte ich. »Aber warum machst du es nicht selbst? Bist du es leid, Detektiv zu spielen?«

»Ich dachte, ich sollte mich lieber zurückhalten. Ich habe Kane durch ganz Panama verfolgt, und ich glaube, er könnte was merken, wenn ich es hier wieder machte.«

Ich nickte zufrieden. Danny handelte mit Verstand. Etwas später kamen Campbell und Clare an Bord, sichtlich ausgeruht und zu neuen Taten bereit, und ich kam zu dem Schluß, daß dies der richtige Augenblick war, ihn zu bearbeiten. Aber er kam mir zuvor.

»Clare hat mir erzählt, daß Sie gern diesen Schouten aufsuchen würden.«

Ich blickte Clare an. Ich hatte mit ihr nicht darüber gesprochen, aber sie mußte meine Gedanken gelesen haben, und dafür war ich ihr dankbar. »Ich dachte, unter den gegebenen Umständen wäre das vielleicht keine schlechte Idee.«

Campbell runzelte die Stirn. »Das weiß ich nicht.« Er griff in seine Tasche und holte einen Brief hervor. »Suarez-Navarro sind wieder unterwegs – Richtung Rabaul. Möglicherweise sind sie schon dort eingetroffen.«

»Wissen Sie, ob sie die Dredsche einsetzen?«

Er schüttelte den Kopf. »Davon schreibt mein Mann nichts. Aber ohne Flugkontrollen kann er das auch nicht wissen.«

»Wollen Sie, daß wir ihnen folgen?«

Campbell schüttelte gereizt den Kopf, als wollte er Fliegen verjagen. »Es geht nicht darum, was ich will. Sie scheinen nicht zu wissen, wohin Sie sich als nächstes wenden sollen. Ramirez hingegen weiß es offenbar. Vielleicht sollten wir ihm folgen.«

Ich blickte auf und sah eine kleine Gesellschaft an Bord kommen, Paula Nelson, zierlich und klein zwischen Ian und Jim, gefolgt von Geordie, der ihren Koffer trug. »Da kommt Miss Nelson«, sagte ich. »Wollen sehen, ob das uns weiterbringt. Wenn sie mir Hadley zeigen kann, brauchen wir vielleicht nicht zu Schouten zu fahren.«

Campbell und Clare waren darüber unterrichtet, daß Paula nach Papeete kam, und waren beide sehr neugierig auf sie. Ich ging Paula begrüßen, die sich ehrlich zu freuen schien, mich wiederzusehen, und stellte sie dann vor. Ich warf Ian einen vielsagenden Blick zu, der mich daraufhin leicht angrinste. »Kein Problem«, sagte er. »Kein Mensch hat was versucht.«

»Danke, Freunde. Wir freuen uns, Sie zu sehen, Paula. Hatten Sie eine gute Reise?«

»Wunderbar! Ich bin noch nie auf einem dieser großen Kreuzfahrtschiffe gefahren. Und – ich hoffe, Sie nehmen es mir nicht übel, ich habe nicht gearbeitet auf der Reise. Ich habe es genossen, zur Abwechslung nur die Touristin zu spielen.«

»Das ist großartig.« Bevor ich etwas weiteres sagen konnte, sah ich Nick Dugan an Deck kommen und eindringlich auf Geordie einreden, der daraufhin ein Fernglas auf die Hafeneinfahrt richtete. Ich ließ Paula mit den Campbells allein und trat zu Geordie an die Reling.

Nick sagte: »Das ist der Mann, mit dem Kane in Quin's Bar gesprochen hat.« Er zeigte hinüber. »Er ist an Bord des Schoners da drüben gegangen – und sie legen gerade ab.«

Ich nahm das Fernglas und richtete es auf den Schoner. Am Ruder stand ein großer, bulliger Kerl, der seiner Mannschaft aus lauter Einheimischen offenbar gerade Befehle zubrüllte. Sie legten elegant und flott ab, und es war nicht viel Zeit zu verlieren. Plötzlich hatte ich eine Idee; ich rief schnell Paula herbei und drückte ihr das Fernglas in die Hand.

»Sehen Sie sich das Schiff da an und sagen Sie mir, ob Sie jemanden wiedererkennen.«

Sie hatte erst Schwierigkeiten, das Fernglas richtig einzustellen, aber dann schaffte sie es und keuchte erschrocken: »Das ist Jim Hadley. Und sein Schiff, die *Pearl*.«

Campbell riß ihr das Fernglas aus der Hand, um selbst hinüberzuschauen.

»Wo ist Kane?« fragte ich eindringlich.

»Er war noch in der Bar, als ich ihn zuletzt sah«, antwortete Nick. »Bill paßt auf ihn auf.«

Ian Lewis hatte sich zu uns gesellt, er machte den Eindruck, als hätte er am liebsten sofort die Verfolgung aufgenommen. »Wann können wir lossegeln, Skipper?« fragte er Geordie.

»Zu spät. Außerdem ist die halbe Mannschaft nicht da«, sagte Geordie. »Aber wir brauchen ihm auch nicht nachzujagen – ich habe diesen Schoner schon in Panama gesehen. Er verfolgt uns. Zum Henker mit ihm!«

»Dann hat Kane uns in Panama also belogen«, sagte ich. »Ich möchte mal wissen, was er uns diesmal erzählt.«

»Er wird behaupten, sein Kumpan Hadley sei hier nirgends in der Nähe, und wird fragen, ob er nicht noch eine Weile auf der *Esmerelda* bleiben kann«, vermutete Geordie.

Ian nickte nachdenklich. »Skipper, ich glaube, es wird Zeit, daß du uns einweihst, worum es hier geht«, sagte er freundlich. »Wer ist dieser Kerl da überhaupt?«

Geordie und ich tauschten Blicke. Es wurde wirklich höchste Zeit.

»Ian, ruf die anderen zusammen«, sagte Geordie. »Das heißt nur unseren Haufen, nicht die übrige Crew. Wir werden euch alle später ins Bild setzen – irgendwo an Land, nehme ich an. Ich werde sowieso glücklicher sein, wenn ihr über alles Bescheid wißt.«

»Kommen Sie doch zu mir ins Hotel«, sagte Campbell, der damit wieder die Führung übernahm, wie er es so gern tat. »Ich besorge einen Raum, der groß genug ist für uns alle, und jeder berichtet, was er zu berichten hat. Sie auch, Miss Nelson. Ich möche mal kurz mit Ihnen reden, Mike.«

Er führte mich zur Seite.

»Ich habe das Gefühl, als ob wir bei dieser Sache nur die Verlierer sind. Ich hatte gedacht, wir könnten Kane dazu benutzen, Ramirez falsche Informationen zu liefern, aber es läuft anders. Kane erstattet Bericht über alles, was wir tun, und wir erfahren gar nichts.«

Ich lachte. »Ich möchte wetten, daß sein Bericht Ramirez zu schaffen machen wird. Es dürfte ihm verflucht schwerfallen, die Stelle zu finden, an der wir zuletzt gedredscht haben.«

Campbell sah zu, wie der Schoner *Pearl* durch die Passage im Riff auslief. »Was machen wir nun?«

»Wir können Hadley nicht folgen; wir wissen nicht, wohin er fährt, und er hat einen zu großen Vorsprung. Außerdem ist er in diesen Gewässern zu Hause; er könnte uns mit Leichtigkeit entkommen. Und wenn wir die Regierungsstellen einschalten, werden wir ein Opfer des Behördenschlendrians. Bleibt uns noch Schouten...«

»Das habe ich mir schon gedacht, daß Sie das sagen würden. Aber Ramirez ist in Rabaul. Was *tut* er da?«

»Ich schätze, er liegt dort auf der Lauer – um uns nachzusetzen, sobald wir seiner Ansicht nach die richtige Stelle erreicht haben. Ich bin überzeugt, daß Suarez-Navarro nicht mehr weiß als wir, sonst wären sie längst da. Aber das Ganze ging los mit Marks Tod, und bei dem war Schouten zugegen. Ich glaube, wir sollten mit ihm reden, schon um ein paar offene Fragen zu klären.«

Er nickte. »Das war auch Clares Idee. Sie hat die Vermutung geäußert, daß Marks Sachen vielleicht nicht vollständig nach England geschickt worden sind – daß Schouten etwas zurückbehalten haben könnte. Wäre das denkbar?«

»Da muß ich Paula fragen – vielleicht weiß sie etwas.«

Campbell trommelte mit den Fingern auf den Mastkoker. »Ich will Ihnen was sagen – die ganze Sache gefällt mir nicht. Schließlich haben wir mit Minerva einen Reinfall erlebt, und damit haben wir einen Monat verloren. Wir werden etwa vierzehn Tage brauchen, um Schouten aufzuspüren, und diese Zeit könnte kostbar sein. Weiß Gott, was Ramirez derweilen unternimmt.«

Er verstummte, und ich ließ ihn einige Minuten in Ruhe nachdenken.

»Ich halte es für möglich, daß wir vielleicht etwas finden, das die ganze verdammte Geschichte beschleunigt. Also gut, das ist das Risiko wert. Wir fahren hin. Aber wenn uns das nicht weiterbringt, werde ich die ganze Geschichte abblasen.«

Ich war viel zu glücklich über diese Entscheidung, als daß ich mir wegen seiner Drohung Sorgen gemacht hätte. Das konnte ich, wenn nötig, noch später tun. Wir kehrten zurück zu Geordie und den beiden Damen, die sich miteinander unterhalten hatten.

»Wir fahren nach Tanakabu«, unterrichtete ich sie kurz. Geordie zeigte sich darüber hocherfreut, während Clare es eher verhalten, heimlich begrüßte. Paula verstand natürlich gar nichts.

»Paula«, fragte ich, »wissen Sie, ob das, was Sie uns geschickt haben, alles war, was Mark besaß – hätte er woanders noch etwas haben können?«

»Das kann ich nicht mit Sicherheit sagen, Mike. Aber ich glaube nicht. Er hat nie viel besessen, solange wir zusammen waren.«

Ich hatte eine Idee. »Paula, Sie werden heute nachmittag an unserer Besprechung teilnehmen, die, wie Sie sich sicherlich schon gedacht haben, streng vertraulich ist. Schließlich haben Sie eine Menge beizusteuern. Aber wir werden bald danach aufbrechen, und da ich Sie hergelotst habe, kann ich Sie nicht einfach hier allein lassen. Ich fühle mich jetzt für Sie verantwortlich, wissen Sie. Hätten Sie Lust, mitzukommen?«

Ich beobachtete alle, wie sie reagieren würden. Campbell hatte ihr gegenüber schon eine onkelhafte Haltung eingenommen und blickte so zufrieden drein, als wäre er höchstpersönlich auf den Gedanken gekommen. Geordie wirkte nur resigniert – jetzt hatte er zwei Frauen an Bord, und alles wurde noch enger. Das Problem war Clare, aber mir war aufgefallen, daß sie Paula gegenüber zwar sehr förmlich war, sich aber nicht direkt ablehnend verhielt, und sie schien meinen Vorschlag ziemlich gelassen aufzunehmen, ja, sie fügte sogar noch eine höfliche Aufforderung hinzu.

»Warum nicht? Es wäre, glaube ich, auch für mich ganz nett.«

Paula machte ein ratloses Gesicht. Ihre großen dunklen Augen blickten von einem zum anderen und richteten sich dann wieder auf mich, und ich konnte ihr ansehen, daß sie noch gar nicht richtig begriffen hatte.

»Überlegen Sie es sich. Sind Sie schon einmal gesegelt?«

»Ja, ein wenig. Nur hier im näheren Umkreis. Ich war einmal auf der *Pearl* – mit einem Freund.«

»Sie können alles, was Sie dazu brauchen, hier kaufen. Es geht bei uns nicht zu rauh her, das Essen ist gut, und Sie brauchen auch nicht in einer Hängematte zu schlafen«, sagte ich ermutigend. Ich dachte mir auch, daß sie wahrscheinlich als einzige unter uns davon überzeugt war, daß Mark nicht durch und durch schlecht war. Es wäre gut, jemanden bei sich zu haben, der auf seiner Seite stand.

»Was machen wir mit Kane?« fragte Geordie.

»Ihn kaltstellen – wir nehmen ihn mit, wenn er darum bittet. Was er tun wird. Nachdem wir mit Schouten gesprochen haben, stellen wir ihm ein paar gezielte Fragen. Bis dahin behältst du ihn nur gut im Auge, Geordie.«

»Nichts leichter als das«, sagte er. »So geräumig ist das Schiff nun auch wieder nicht.«

Fünftes Kapitel

1

Am nächsten Tag nahmen wir Kurs auf die Tuamotus, nachdem wir vorher verkündet hatten, daß wir langsam und mit mehreren Unterbrechungen nach Indonesien fahren wollten. Die Information galt nicht nur Kane, der, wie erwartet, darum gebeten hatte, uns auf der Weiterreise begleiten zu dürfen; sie sollte zugleich verhüten, daß MacDonald durch die Hafenbehörden Wind von meiner Absicht bekam, seinem feinen Dr. Schouten einen Besuch abzustatten – es wäre ihm vielleicht nicht recht gewesen.

Wir segelten durch die Passage im Riff hinaus aufs offene Meer, wo wir so lange auf westlichem Kurs blieben, bis Tahiti außer Sichtweite war. Dann befahl Geordie eine Kursänderung Richtung Norden. Zufällig war Kane gerade am Ruder. Er nahm den Befehl kommentarlos entgegen, aber als er einige Stunden später abgelöst wurde und der neue Rudergänger einen Kurs in östlicher Richtung einschlug, sagte er zu mir: »Wir segeln in falscher Richtung, wenn wir nach New Britain wollen, Mr. Trevelyan.«

»Wer hat gesagt, daß wir nach New Britain wollen?« Er hatte sich verraten; von New Britain war in seiner Hörweite nie die Rede gewesen, aber ich wußte, er dachte an Ramirez.

Er versuchte es geschickt zu vertuschen. »Oh, ich dachte, Sie würden in Rabaul vor Anker gehen, um neuen Treibstoff zu bunkern. Das ist ein prima Hafen dafür«, sagte er leichthin.

»Der Boss hat hier noch etwas zu erledigen«, sagte ich kurz angebunden, und damit ließ er es gut sein, obwohl ich ihm ansehen konnte, wie angestrengt er nachdachte.

Ich konnte mir nicht verkneifen, ihm einen Seitenhieb zu versetzen. »Ich hatte gedacht, Ihr Freund Hadley würde Sie in Papeete erwarten.«

»*Yair*, ein feiner Kumpel, was? Aber er hat mir eine Nachricht hinterlassen, daß er nicht warten konnte. Wie dem auch sei, ich helfe Ihnen gerne«, spielte er den Großmütigen.

Kane hatte Nerven – jetzt half er uns!

Geordie segelte mit Vorsicht zwischen den Tuamotus hindurch. Seine Vorsicht ging sogar so weit, daß er Kane nicht ans Ruder ließ. Wir wußten immer noch nicht, was er im Schilde führte, aber ein absichtlich herbeigeführter Schiffbruch stand nicht auf unserem Programm. Geordie lavierte mit einem wachsamen Auge auf die Karten zwischen den tausend und mehr Inseln des Archipels hindurch, immer in Richtung Tanakabu, das auf der anderen Seite der Inselgruppe lag.

Clare gefielen die Tuamotus. »Es ist wie im Film«, sagte sie, als sie ein Atoll am Horizont erblickte. »Könnten wir nicht näher heranfahren und es uns ansehen?«

Ich nahm sie am Ellbogen. »Kommen Sie. Ich möchte Ihnen etwas zeigen.« Im Kartenraum wies ich auf unsere Position. »Hier ist das Atoll – sehen Sie hier diese Markierungen, die sich bis zu drei Meilen weit um die Insel erstrecken? Wissen Sie, was das ist?«

» O Gott, ja natürlich. Sie sind alle von Korallenriffen umgeben«, sagte sie.

»Tückisch und scharf«, ergänzte ich bestätigend. »Näher als jetzt möchte ich diesem Atoll lieber nicht kommen. Wir laufen nur die an, bei denen auf den Karten eine Durchfahrt eingezeichnet ist. Darüber hinaus kennen sich hier nur Einheimische aus.« Und ich dachte an Hadley, der irgendwo da draußen auf der *Pearl* war. Folgte er uns?

»Ich hoffe, wir machen keinen Fehler«, sagte Clare nüchtern. »Wir müssen etwas finden, das uns weiterbringt. Pa war schon wütend wegen des Fiaskos bei Minerva.«

»Vielleicht finden wir nichts heraus, was die Manganknollen angeht, aber ich hoffe, wir bringen etwas über Mark in Erfahrung. Und das eine kann das andere nach sich ziehen.« Ich wechselte das Thema. »Wie kommen Sie mit Paula zurecht?«

Clare schwieg einen Moment, dann sagte sie: »Ich dachte erst, ich könnte sie nicht ausstehen – wissen Sie, zwei von

Marks Gespielinnen sollten sich eigentlich gegenseitig die Augen auskratzen.«

»Müssen Sie mir das schon wieder vorhalten?«

»Ich bin zu dem Schluß gekommen, daß ich sie mag. Ich habe erkannt, daß ich Mark nie geliebt habe, ich war nur verknallt in ihn, und als ich dahinter kam, was für ein Scheusal er sein konnte, war ich mit ihm fertig. Das ist keine Liebe. Paula wußte, wie er war, und dadurch hat sich für sie nichts geändert – sie liebte ihn trotzdem. Dazu muß man wahrhaft lieben – was ich nie getan habe. Wir sind keine Rivalinnen mehr.«

Das war für mich eine Erleichterung. Zwei Frauen, die einander spinnefeind sind, können einem höllisch viele Scherereien machen, erst recht auf einem kleinen Schiff.

Paula selbst war locker und entspannt und amüsierte sich prächtig. Da sie mit Männern gut umzugehen wußte, wurde sie von der Crew, sobald sie sich außer Gefahr und fern jeder beruflichen Konkurrenz wußte, bald als Bereicherung empfunden. Manchmal sang sie abends für uns und genoß es, ein wenig im Rampenlicht zu stehen. Selbst Campbell schien sie völlig akzeptiert zu haben – wie eine aus der Art geschlagene, aber gern gesehene Nichte.

Als wir die dichteste Ansammlung von Inseln hinter uns hatten, konnte Geordie Kurs auf Tanakabu nehmen, ohne sich allzuviel Sorgen machen zu müssen, auf Grund zu laufen. Kane bemerkte dieses Manöver und sprach mich darauf an. »Wohin geht es jetzt – in ein neues Forschungsgebiet?« fragte er.

Ich sagte: »Vielleicht will sich der Boss Minerva noch einmal anschauen.«

Er blickte zur Sonne auf. »Nehmen wir dafür nicht zu weit Kurs nach Norden?«

»Vielleicht will er sich auch Tanakabu anschauen«, drehte ich den Spieß um. Es war gefährlich, aber er würde es sowieso bald herausfinden.

Kanes Blick wurde unruhig. »Hat das etwas mit Ihrem Bruder zu tun?«

Ich zog die Augenbrauen hoch. »Wieso sollte es das?«

»Nun, der alte Schouten lebt auf Tanakabu.«

»Tatsächlich?«

»*Yair*, aber ich schätze, daß er inzwischen gestorben ist. Er hat mächtig gesoffen, als ich ihn gesehen habe. War 'n richtiger alter Saufbold.«

»Soviel ich weiß, lebt er noch«, sagte ich. Ich fühlte mich versucht, ihn weiter zu reizen, hielt mich aber zurück.

Kane sagte nichts mehr, sondern zog sich nachdenklich zurück, und ein paar Minuten später sah ich ihn von Deck gehen, in seine Kabine, so nahm ich an, um in Ruhe zu überlegen; Kane teilte eine Kabine mit zwei anderen, die zur Zeit an Deck waren.

Wir kamen gut voran, obwohl wir nun hart am Wind liefen, und gegen Abend des dritten Tages näherten wir uns Tanakabu. Als die Sonne ins Meer tauchte, besah sich Geordie das Riff durch das Fernglas, dann deutete er auf die Karte. »Wir werden mit der Maschine einlaufen. Die Durchfahrt ist ein bißchen zu schmal, um bequem unter Segeln hindurchzukommen. Klar zum Segeleinholen, Ian.«

Er blickte noch immer angestrengt auf das meergepeitschte Riff, als Shorty Powell, sein Funker, heraufkam. »Ich habe einen merkwürdigen Funkspruch aufgefangen, Skipper«, berichtete er und sah dann zu mir herüber. »Rede nur. Das ist okay«, sagte Geordie. »Was war daran merkwürdig?«

»Wir sind darin erwähnt worden.«

Ich horchte auf, und Geordie fuhr herum. »Wir sind namentlich erwähnt worden?«

»Das Schiff«, sagte Shorty. »Die *Esmerelda*.«

»Was ist denn über uns gesagt worden?« fragte ich.

Shorty verzog unglücklich das Gesicht. »Das ist es ja. Ich weiß es nicht. Ich drehte an dem Knopf herum und streifte den Sender nur zufällig, und bis ich die Stelle wiederhatte, wo ich den Funkspruch gehört zu haben glaubte, war es vorbei. Ich habe nur ein paar Worte mitbekommen – ›... an Bord der Esmerelda. Sie ist...‹ Aber ich will Ihnen was sagen. Ich wette zehn zu eins, daß es ein Australier war, der da sprach.«

»Ich glaube, wir sollten lieber Mr. Campbell davon in Kenntnis setzen«, sagte Geordie.

Also baten wir ihn herauf, und der arme Shorty wurde

mit weiteren Fragen gequält. Schließlich fragte Campbell: »Nun, was meinen Sie, von wie weit her kam das?«

Shorty zuckte mit den Schultern. »Das kann man nicht sagen, wenn man den Sender nicht aus zwei Richtungen anpeilen kann. Aber wenn man sein halbes Leben lang Funker war, entwickelt man eine Art Instinkt. Ich würde sagen, es gibt zwei Möglichkeiten – entweder war es ein starker Sender weit weg oder ein schwacher Sender verdammt nah bei uns.«

»Na und, Mann, was denn nun davon?« drang Campbell ungeduldig in ihn.

»Ich würde sagen, ein schwacher Sender ganz in unserer Nähe – aber verlangen Sie von mir keine Beweise.«

»In Ordnung, danke, Shorty. Bleiben Sie auf dieser Frequenz. Vielleicht können Sie noch einmal etwas auffangen«, sagte Geordie.

Als Shorty fortging und Geordie sich wieder auf den Kurs konzentrierte, fragte mich Campbell: »Was schließen Sie daraus?«

»Gar nichts. Es gibt nicht genug Anhaltspunkte – außer daß ein Australier die *Esmerelda* erwähnt hat.«

»Es muß Hadley gewesen sein«, sagte Campbell überzeugt. »Ich gäbe wer weiß was, um zu erfahren, mit wem er gesprochen hat – jemand hier an Land.«

Wir gaben es auf, weiter zu spekulieren, da wir inzwischen in der Durchfahrt waren. Es wurde bereits dunkel, und Geordie war nervös. Die Passage war eng, machte an einer Stelle einen Bogen, und die Dunkelheit, verbunden mit der Vier-Knoten-Strömung, machte die Durchfahrt sehr schwierig. Aber wir gelangten heil in die Lagune und ankerten in einiger Entfernung vom Ufer gegenüber den Lichtern eines großen Dorfes. Eine kleine Flotte von Kanus kam uns zur Begrüßung entgegen, und bald kletterten Polynesier an Bord.

Ich hatte mich entschlossen, nicht bis zum Morgen abzuwarten, sondern gleich etwas zu unternehmen. Es war erst früh am Abend, vielleicht die günstigste Zeit, um einen stark beschäftigten Arzt aufzusuchen, und die Befürchtung, verfolgt zu werden, trieb mich zur Eile. Ich fragte laut: »Wo kann ich den Arzt finden – Dr. Schouten?«

Sie plapperten alle aufgeregt durcheinander, und ein untersetzter, stämmiger Mann mit einem freundlichen Grinsen, drängte sich nach vorne. »Diese Burschen nicht sprechen Englisch«, sagte er. »Sie sprechen Französisch. Ich sprechen Englisch. Ich gewesen auf Hawaii.«

Ich sagte: »Ich heiße Mike – wie heißen Sie?«

»Ich sein Piro.«

»Also gut, Piro. Wo finde ich den Doktor?«

»Oh, Schouten?« Piro winkte mit der Hand. »Er drüben auf anderer Wasserseite. Er in – *hôpital*. Sie versteh'n *hôpital*?«

»Er ist da drüben im Krankenhaus?«

»Richtig.«

»Wie komme ich dahin?«

»Sie kommen mit mir – ich Sie fahren in Jeep.«

Ich blickte in die Dunkelheit. »Wie weit ist es dahin?«

Piro zuckte mit den Schultern. »Nicht weit. Zwanzig Minuten vielleicht.«

»Können Sie mich jetzt hinbringen?«

»Natürlich. Sie kommen jetzt.« Plötzlich zeigte er Vorsicht. »Sie mich bezahlen?«

»Ja, ich werde Sie bezahlen.« Ich wandte mich an Campbell, der inmitten des Gedränges an Deck stand. »Ich kann Schouten ebensogut noch heute abend aufsuchen. Sagen Sie Geordie, er soll gut auf Kane aufpassen – laßt ihn nicht entwischen. Er könnte es versuchen.«

Er sagte: »Ich komme mit Ihnen.«

»Nein, besser nicht. Aber ich werde jemanden zu meinem Schutz mitnehmen – Jim Taylor, glaube ich.« Ich nannte Jim, weil er mir gerade am nächsten stand, packte ihn am Arm, zog ihn zu mir heran und erklärte ihm kurz, um was es bei unserem Ausflug ging. Er nickte lächelnd und eilte davon, um Geordie zu informieren.

Campbell blickte mich eindringlich an, dann nahm er mich am Arm. »Bewahren Sie die Ruhe, mein Sohn. Handeln Sie nicht unüberlegt.«

»Das werde ich nicht«, versprach ich. »Aber, bei Gott, ich werde die Wahrheit rauskriegen.«

Wir kletterten über Bord und stiegen in Piros Kanu, das leckte und nicht sehr stabil war. An Land angekommen, führte uns Piro stolz seinen kostbarsten Besitz vor – seinen Jeep. Er war ein Relikt aus der Zeit, zu der die Kriegswelle über den Pazifik geschwappt war – und so sah er auch aus. Die Karosserie war zum größten Teil abmontiert worden, und der Motor bot sich uns schamlos bloß dar, genau wie die kleinen nackten Kinder, die beim Anblick der Fremden im Schein der Fackeln die Augen aufrissen und laut kreischten und schnatterten. Wir stiegen ein, und ich nahm auf einer harten Holzkiste Platz, die jeglicher Polsterung entbehrte. Piro startete den Motor. Er knallte und stotterte, kam aber, und Piro schaltete, legte einen Gang ein, und los ging's, holpernd am Strand entlang und seitlich ausweichend mit einem Schlenker rund um eine Gruppe Palmen, die von dem schwachen Scheinwerferlicht nur trübe beleuchtet wurden. Es war schrecklich laut. Nach der Seereise auf der *Esmerelda* war dieser plötzliche Wechsel entnervend.

Piro war auf seinen Jeep sehr stolz. »Bester Wagen auf Tanakabu«, verkündete er fröhlich, während wir bei dem Lärm zusammenzuckten.

»Hat Dr. Schouten einen Wagen?«

»Ho, nein! Doktor haben nix – nur Bauchmedizin.«

Wir fuhren an der dunklen Masse eines Kopra-Lagerhauses vorbei und gelangten dann auf einen schmalen Weg durch eine Palmenplantage. Piro winkte zu ihr hin. »Diese Bäume sein meine. Wir alle haben Bäume.«

»Auch der Doktor?«

»Nur ein bißchen, nicht viel. Er zuviel zu tun mit Medizin und Messer.«

Wir schwenkten landeinwärts, und ich verlor das Meer aus dem Blickfeld, was bei einer so kleinen Insel unmöglich erscheint, aber ich konnte unter dem Autolärm immer noch das unaufhörliche Brüllen der Brandung hören. Nach einigen Minuten kamen wir wieder auf einen Strand, und Piro zeigte nach vorne. »Da ist *hôpital*.«

In der Ferne zeigte sich eine große Ansammlung von Lichtern – viel größer als bei dem kleinen Dorf, das wir hinter uns gelassen hatten. Ich sagte: »Das ist aber ein großes Krankenhaus für eine so kleine Insel, Piro.«

»Ho, viele Leute kommen von andere Inseln – sehr krank.

Viele *wahines* auch. Viele Leprakranke da und Leute mit Geschwülsten.«

Eine Leprakolonie! Mich überlief ein Schauer atavistischen Entsetzens. Mein Verstand sagte mir, daß Lepra nicht sonderlich ansteckend ist, aber sie wird von allen Krankheiten am meisten verabscheut, und ich hatte keine Lust, in eine solche Kolonie hineinzufahren.

Piro schien jedoch unbesorgt und fuhr gleich vergnügt vom Strand auf das Krankenhausgebäude, wo er vor einer lang gestreckten Baracke anhielt. »Doktor ist da«, sagte er. »Soll ich warten?«

»Ja, Sie können warten«, antwortete ich. »Es wird nicht lange dauern. Jim, du bleibst hier, wenn es dir recht ist – aber halte dich bereit für den Fall, daß ich dich rufe.«

»Alles klar, Mike.« Jim lehnte sich zurück und bot Piro eine Zigarette an.

Ich stieg die zwei Stufen zu der langen Veranda hinauf und klopfte an eine Tür. Eine Stimme rief: *»Ici! Ici!«* Und ich ging die Veranda entlang zu einem Raum am anderen Ende. Es war ein Büro, die Tür stand offen, und am Schreibtisch saß ein kräftiger Mann, der beim Licht einer Coleman-Lampe etwas schrieb. Neben seinem Ellbogen standen eine halb leere Brandyflasche und ein volles Glas.

»Dr. Schouten?« fragte ich.

Er blickte auf. »Oui?«

»Entschuldigen Sie. Ich kann nur wenig Französisch. Sprechen Sie Englisch?«

Er lächelte, und das Lächeln verwandelte sein verwüstetes Gesicht. »Ja, ich spreche Englisch«, sagte er und stand auf. Zu seiner besten Zeit mußte er an die zweihundert Pfund auf die Waage gebracht und nur aus Muskeln und Knochen bestanden haben, aber jetzt war er schlaff und aufgeschwemmt und setzte Bauch an. Sein Gesicht war faltig und runzelig, und von der Nase zu den Mundwinkeln zogen sich zwei tiefe Furchen, um die herum an den Wangen weiche Hautlappen zitterten.

Er streckte mir die Hand entgegen. »Hier auf Tanakabu bekommen wir nicht oft Besuch von Fremden – wenigstens nicht auf dieser Seite der Insel.« Er sprach mit einem starken dänischen Akzent, aber genauso fließend Englisch wie der Gouverneur.

Ich sagte: »Wir sind gerade angekommen.«

»Ich weiß. Ich habe Ihre Positionslichter gesehen, als Sie durch die Durchfahrt gekommen sind, und dann habe ich Piros Jeep kommen hören.« Er winkte zum Fenster hin. »Deswegen sehen Sie keine Patienten in der Nähe – manchmal erschrecken zufällige Besucher bei ihrem Anblick, deshalb sorge ich bei solchen Gelegenheiten dafür, daß sie sich nicht sehen lassen.«

Er öffnete einen Schrank. »Möchten Sie einen Drink?«

Ich sagte: »Ich heiße Trevelyan.«

Schouten ließ das Glas fallen, das er aus dem Schrank genommen hatte, und es zerbrach am Boden. Er wandte abrupt den Kopf und sah mich über die Schulter hinweg an. Mir fiel auf, daß sein Gesicht unter der Bräune kränklich gelb geworden war; seine Augen wirkten gehetzt und gequält.

»Trevelyan?« murmelte er. Das Sprechen schien ihm schwerzufallen.

»Ja.«

Er drehte sich um. »Gott sei Dank! Ich dachte, Sie wären tot.«

Ich sah ihn überrascht an. »Tot? Warum sollte ich tot sein?«

Er setzte sich an seinen Schreibtisch, klammerte sich mit den Händen an der Kante fest. »Aber sie haben mir gesagt, Sie wären tot«, sagte er leise. Seine Augen sahen aus, als erblickte er etwas anderes – etwas Schreckliches.

Dann begriff ich – er hielt mich für Mark! Ich fragte: »Wer hat behauptet, ich wäre tot?«

»Ich habe doch den Totenschein ausgestellt – hier an diesem Schreibtisch. Für Mark Trevelyan. Er starb an einer Bauchfellentzündung.« Er blickte zu mir auf, in seinen Augen war Furcht.

Ich sagte leise: »Ich bin Michael Trevelyan – Mark war mein Bruder.«

Er stieß einen langen Seufzer aus, dann fiel sein Blick auf das Glas auf dem Schreibtisch, und er nahm es und leerte es in einem Zug.

Ich sagte: »Sie sollten mir vielleicht davon erzählen.« Er

antwortete nicht, krümmte nur seine Schultern und wich meinem Blick aus. »Sie haben zuviel gesagt – und zu wenig«, fuhr ich fort. »Ich muß wissen, was mit Mark geschehen ist.«

Er war ein alter Mann, zermürbt von Einsamkeit, Alkohol und dem Anblick von Menschen, deren Körper zerfielen, und er würde es nicht aushalten, wenn man ihm hart zusetzte. Es war etwas Verstocktes an ihm, aber auch eine gewisse Weichheit. Und ich ging brutal vor.

»Mein Bruder hatte keine Blinddarmentzündung – das war unmöglich. Also haben Sie einen Totenschein gefälscht. Warum?«

Er krümmte sich über dem Schreibtisch zusammen, die Arme mit geballten Fäusten vor sich, und schwieg.

»Mein Gott, was für ein Arzt sind Sie?« fragte ich. »Ihrer Standesorganisation wird das nicht gefallen. Man wird Sie ausstoßen, Schouten. Vielleicht werden Sie auch gehängt – oder guillotiniert. Ein Mann ist tot, Schouten, und Sie haben Beihilfe geleistet. Bestenfalls kommen Sie mit einer Gefängnisstrafe davon.«

Er schüttelte langsam den Kopf, dann schloß er wie vor Schmerzen die Augen.

»Sie sind schon jetzt vorzeitig gealtert, und zehn Jahre Gefängnis werden das nicht besser machen. Man wird Ihnen Ihren Brandy wegnehmen, und Sie werden danach schreien. Also, was ist mit Mark geschehen?«

Er machte die Augen auf und blickte mich traurig an. »Das kann ich Ihnen nicht sagen.«

»Können Sie es nicht – oder wollen Sie es nicht?«

Die Muskeln um seinen Mund strafften sich, und er schwieg hartnäckig weiter.

»Nun gut«, sagte ich. »Sie kommen mit uns mit – wir fahren nach Papeete zurück, und dort werden Sie Ihre Geschichte dem Gouverneur erzählen. Ich stelle Sie unter Zivilarrest, Schouten. Ich weiß nicht, ob das nach französischem Recht möglich ist, aber das Risiko gehe ich ein. Ich lasse Ihnen zehn Minuten Zeit, die Sachen zu packen, die Sie mitnehmen wollen.«

In Schouten ging etwas vor – ich spürte, daß ich ihn in die

Enge getrieben hatte. Er hob den Kopf und starrte mich an. »Aber ich kann das Krankenhaus nicht verlassen«, sagte er. »Was wird mit den Menschen hier geschehen?«

Ich setzte ihm weiter hart zu. »Was mit dem Krankenhaus geschehen wird, wenn Sie im Gefängnis sind? Oder sogar tot? Los, kommen Sie – packen Sie Ihre Sachen zusammen.«

Er schob abrupt den Stuhl zurück und stand auf. »Sie verstehen mich nicht. Ich *kann* diese Menschen nicht allein lassen – das wäre für einige von ihnen der Tod. Ich bin der einzige Arzt hier.«

Ich blickte ihn mitleidlos an. Ich hatte einen schrecklichen Vorteil und mußte ihn ausnutzen – mir blieb nichts anderes übrig. »Daran hätten Sie denken sollen, bevor Sie meinen Bruder getötet haben«, sagte ich.

Seine Muskeln spannten sich, und einen Augenblick lang dachte ich, er würde sich auf mich stürzen. Ich sagte scharf: »Sie sind vielleicht groß und kräftig, Schouten, aber Sie sind alt und verbraucht! Ich bin stärker als Sie, und das wissen Sie, also bleiben Sie mir fern, sonst schlage ich Sie zusammen, daß Ihnen Hören und Sehen vergeht. Ich hätte nicht übel Lust dazu.«

Es zuckte um seinen Mund, und er lächelte fast. »Ich wollte Sie nicht angreifen, Mr. Trevelyan. Ich bin ein friedlicher Mann. Ich verabscheue Gewalttätigkeiten – und ich habe Ihren Bruder nicht getötet.«

»Was in Gottes Namen ist dann los mit Ihnen? Warum erzählen Sie mir nicht, was sich zugetragen hat?«

Er setzte sich wieder hin und vergrub sein Gesicht in den Händen. Als er den Kopf wieder hob, entdeckte ich Tränenspuren auf seinen Wangen. Er sprach mit Mühe. »Ich kann das Krankenhaus nicht verlassen, und Sie müssen mir für seine Sicherheit garantieren, Mr. Trevelyan. Verstehen Sie doch, sie haben gesagt – sie haben gesagt, sie würden das Krankenhaus niederbrennen.«

»Das Krankenhaus niederbrennen? Wer hat das gesagt?«

»Was blieb mir übrig? Ich konnte doch nicht zulassen, daß sie es niederbrennen, oder?« Es war etwas in seinen Augen, das bewirkte, daß ich Mitleid mit ihm bekam.

»Nein, das konnten Sie nicht tun«, sagte ich sanft.

»Was wäre dann mit meinen Leuten hier passiert? Ich hatte fünfzig Patienten – was wäre mit ihnen geschehen?«

Ich nahm die Flasche und goß etwas Brandy in sein Glas. »Hier«, sagte ich, »trinken Sie das.«

Er nahm das Glas, blickte es an und stellte es dann auf den Schreibtisch. »Nein. Das nützt jetzt auch nichts mehr.« Seine Stimme war nun kräftiger. »Ich konnte nicht anders. Sie haben mich dazu gezwungen – mir blieb keine andere Wahl. Entweder ich vertuschte ein Verbrechen, oder ich verlor das Krankenhaus.« Er hob die Hände. »Ich dachte, diese Menschen da draußen wären wichtiger, als daß ein Mörder der Gerechtigkeit zugeführt wird. Hatte ich recht?«

»Was ist mit Mark geschehen?« fragte ich ruhig.

Seine Augen wurden kalt. »Sie müssen mir versprechen, das Krankenhaus zu beschützen«, verlangte er noch einmal.

»Ihrem Krankenhaus wird nichts geschehen. Was war mit meinem Bruder?«

»Er ist ermordet worden«, sagte Schouten. »Auf einem Schoner draußen in der Lagune.«

Ich stieß einen langen Seufzer aus. Jetzt war es ausgesprochen. Alle vagen Vermutungen waren in diesem einen Moment bestätigt worden, und ich empfand nur tiefes Mitleid mit diesem menschlichen Wrack vor mir am Schreibtisch.

Ich sagte langsam: »Erzählen Sie mir, was passiert ist.«

Und so erzählte Schouten es mir. Er hatte nun wieder mehr Farbe im Gesicht, und seine Stimme war fester. Er hielt sich bei seinem Bericht an die Tatsachen und brachte keine Entschuldigungen für sich hervor; er gab zu, daß er unrecht getan hatte, aber er hatte dabei nur an seine Patienten gedacht. Es war eine traurige und schreckliche Geschichte.

»Der Schoner kam im Frühjahr letzten Jahres durch die Passage. Es waren Fremde, genau wie Sie – die einzigen Schiffe, die Tanakabu anlaufen, sind die Kopraschiffe, und für die war es nicht der richtige Zeitpunkt. Es kam in die Lagune und ankerte genau gegenüber dem Krankenhaus – da draußen.« Er nickte in Richtung Meer.

»Zwei Männer kamen an Land. Der eine war etwa so groß wie Sie und sehr schlank. Der andere war sehr kräftig gebaut – so wie ich. Sie sagten, es habe einen Unfall gegeben und ein

Mann sei tot. Sie wollten von mir einen Totenschein. Ich nahm meine Tasche da aus der Ecke und sagte, ich käme zu ihnen an Bord, aber der große kräftige Mann sagte nein, das sei nicht nötig, der Mann sei bereits tot, das könne jeder sehen, und sie wollten von mir nur ein Schreiben, das das bestätigte.«

Schouten lächelte ein wenig. »Ich lachte sie aus und sagte, was sie wollten, sei unmöglich – ich müsse die Leiche erst sehen. Da schlug mich der stämmige Mann.« Er befühlte seine eine Wange und sagte entschuldigend: »Ich konnte nichts tun – ich bin nicht mehr der jüngste.«

»Ich verstehe. Sagen Sie, sind irgendwelche Namen gefallen?«

»Der große Kerl hieß Jim, der andere hat ihn so angeredet. An dessen Namen kann ich mich nicht mehr erinnern. Er wurde einmal genannt, aber ich habe ihn vergessen.«

»Nun gut. Was geschah dann?«

»Ich war überrascht. Ich verstand nicht, warum mich der Mann schlug. Ich stand auf, und er schlug wieder zu. Dann zog er mich hoch, setzte mich auf diesen Stuhl und befahl mir, den Totenschein auszustellen.«

Ich kniff die Lippen zusammen. Höchstwahrscheinlich war der vierschrötige Kerl Hadley und der andere Kane. Wenn ich wieder an Bord der *Esmerelda* war, würde ich mit Kane abrechnen.

»Ich wollte nicht«, fuhr Schouten fort. »Ich fragte, warum ich den Toten nicht sehen könne, und der andere lachte und sagte, er wäre schlimm zugerichtet, selbst einem Arzt würde es den Magen umdrehen. Da war mir klar, daß es sich um eine ganz üble Sache handelte. Ich glaubte, daß sie jemanden umgebracht hatten und daß es jemand war, den sie nicht einfach so verschwinden lassen konnten – sie mußten einen Totenschein haben.«

»Wie ging es weiter?«

»Der große Mann schlug mich wieder und wieder, bis der andere ihm befahl, aufzuhören. Er sagte, so erreichten sie gar nichts. Dann wandte er sich mir zu und wischte mir sehr vorsichtig das Blut aus dem Gesicht, und während der große Kerl etwas trank, redete er mit mir.«

»Worüber redete er?«

»Das Krankenhaus. Er sagte, er glaube, es sei ein gutes Krankenhaus und was hier getan werde, sei für die Inseln sehr wichtig. Er erkundigte sich, wie viele Patienten ich hätte, und ich sagte es ihm – ungefähr fünfzig. Er fragte mich, ob ich sie heilen könne, und ich antwortete, einige ja, aber andere seien unheilbar. Ich kümmerte mich nur um sie. Dann fragte er mich, was für Folgen es hätte, wenn es kein Krankenhaus auf Tanakabu gäbe, und ich sagte schlimme Folgen – viele Menschen würden dann sterben.«

Schouten griff nach meiner Hand und sagte flehentlich: »Ich habe ihm all das erzählt – freiwillig erzählt. Ich wußte nicht, worauf er hinauswollte.«

»Weiter«, sagte ich wortkarg.

»Der große Mann fing an zu lachen und schlug mich erneut. Er sagte: ›Nur damit Sie auch ernst nehmen, was ich Ihnen jetzt sage. Entweder Sie stellen uns diesen Totenschein aus, oder wir brennen das ganze verdammte Krankenhaus nieder.«

Er senkte den Kopf, verbarg sein Gesicht in den Händen. »Was blieb mir da übrig?« fragte er mit gedämpfter Stimme.

Ich war wütend, wütender als je zuvor in meinem Leben. Wenn Kane und Hadley mit im Zimmer gewesen wären, hätte ich sie ohne Erbarmen getötet.

Schouten fuhr mit gebrochener Stimme fort: »Er sagte, ihm wäre es gleichgültig, wenn die Patienten mit verbrennen würden – ihm wäre das völlig gleich.« Seine Augen blickten mich starr vor Entsetzen an. »Während er sprach, zündete er ein Streichholz nach dem anderen an.«

»Da haben Sie den Totenschein ausgestellt.«

»Ja. Ich habe ihn so ausgefüllt, wie sie es wollten, und unterzeichnet. Dann schlug mich der große Mann wieder, und der andere sagte: ›Wenn Sie ein Wort darüber verlauten lassen, werden wir das erfahren und zurückkommen, und Sie wissen, was dann mit dieser Ansammlung von Grashütten passieren wird, die Sie als Krankenhaus bezeichnen.‹ Dann setzte der große Mann das Dachstroh da drüben in Brand, und während ich das Feuer auszuschlagen versuchte, fuhren die beiden lachend davon.«

Ich blickte zu der Stelle hinüber, an der das Dach neu gedeckt war.

»Welcher Nationalität waren diese Männer?«

»Ich habe mal auf Neuguinea gelebt – das ist ein australisches Mandat, und da habe ich viele Australier kennengelernt. Diese beiden Männer waren Australier.«

»Haben Sie sie wiedergesehen?«

Schouten nickte düster. »Den großen Mann – ja. Er kommt immer wieder her. Er sagt, er behält mich im Auge. Er kommt, trinkt meinen Brandy und zündet Streichhölzer an. Dreimal ist er wiedergekommen.«

»Wann war er das letzte Mal da?«

»Vor einem Monat ungefähr.«

Es mußte Hadley sein – ein übler Charakter nach allem, was da zu hören war. Von seiner Sorte waren auch die Wachmannschaften in Hitlers Konzentrationslagern gewesen, aber solche Kreaturen gibt es in allen Völkern.

Schouten sagte: »Ich habe mich nicht getraut, der Polizei etwas zu erzählen. Ich hatte Angst um das Krankenhaus.«

Ich ließ seine gräßliche Geschichte noch einmal im Geiste vor mir ablaufen. »An den anderen Namen, den Sie gehört haben, können Sie sich nicht erinnern?«

Er schüttelte den Kopf. »Im Augenblick nicht, aber ich glaube, es war der dritte Mann auf dem Boot – kein Eingeborener.«

»Was für ein Dritter?«

»Er kam nicht an Land, aber ich habe ihn an Deck des Schoners gesehen – ein sehr großer, dünner Mann mit Hakennase, sehr dunkelhäutig. Ich habe ihn nur einmal gesehen, als das Schiff einlief.«

Ich dachte darüber nach, aber mir fiel dazu nichts ein. »Es tut mir leid, was geschehen ist, Dr. Schouten. Aber Ihnen ist doch klar, daß Sie es jetzt den Behörden melden müssen?«

Er nickte bedrückt. »Das ist mir klar. Aber ich hatte solche Angst um meine Patienten. Dies ist ein abgeschiedenes Atoll – es gibt hier keine Polizei, niemanden, der einen vor gewalttätigen Männern beschützt. Ich habe immer noch Angst.« Er blickte mir in die Augen. »Was sollte diese Männer oder andere ihresgleichen hindern, zurückzukommen?«

Ich sagte schroff: »Ich weiß, wer diese Männer sind. Sie werden Sie nicht wieder belästigen.«

Nach einigem Zögern meinte er: »Also gut. Ich schreibe einen Brief, den Sie mit nach Papeete nehmen können. Sie werden verstehen – ich kann das Krankenhaus nicht verlassen.«

»Das verstehe ich.« Das würde auf MacDonald Eindruck machen und ihn aufhorchen lassen. Es würde mir eine besondere Freude sein, Schoutens Brief persönlich zu überbringen.

»Werden Sie uns zu unserem Schutz einige Leute schikken? Sie haben versprochen, daß uns hier kein Leid geschehen wird.«

Ich dachte, daß wir ihm einige Männer dalassen könnten, während wir zurückfuhren, oder daß wir vor dem Auslaufen per Funk Hilfe herbeirufen könnten. Hadley würde uns nach Papeete folgen, wenn er uns wirklich nachspürte, und zwei von Geordies handfesten Getreuen wären ihm mehr als gewachsen, wenn er landen sollte, nachdem wir fort waren.

Schouten sagte: »Ich brauche nicht viel Zeit für den Brief, aber machen Sie es sich doch bequem, während ich schreibe. Sie wollten vorhin nichts mit mir trinken – werden Sie es jetzt tun?«

»Es wäre mir eine Ehre, Doktor.«

Er ging an den Schrank und holte ein zweites Glas, dabei stieß er gegen die Scherben auf dem Boden. »Sie haben mir einen Schrecken eingejagt«, sagte er kläglich. »Ich dachte, der Tote wäre wieder zum Leben erwacht.«

Er goß mir einen kräftigen Schluck ein und reichte ihn mir. »Es tut mir zutiefst leid wegen Ihres Bruders, Mr. Trevelyan. Das müssen Sie mir glauben.«

»Ich glaube Ihnen, Doktor. Es tut mir leid, daß ich Sie so hart bedrängt habe.«

Er verzog das Gesicht. »So hart wie dieser vierschrötige Kerl haben Sie mich nicht behandelt.«

Nein, das hatte ich nicht, dachte ich, aber ich hatte Schouten an seiner empfindlichsten Stelle getroffen – seiner Angst um seine Patienten und sein Hospital. Ich schämte mich. Ich trank schnell aus und sah zu, wie Schouten mit kratzender

Feder schrieb, und erkannte, daß es noch eine Weile dauern würde. »Wann werden Sie fertig sein?« fragte ich.

»Alles genau zu schildern wird eine Weile dauern. Ich schreibe auch nicht so gut Englisch, wie ich es spreche. Wenn Sie warten, können Sie natürlich hier zu Abend essen.«

»Nein. Ich fahre zum Schiff zurück und veranlasse, daß jemand hier bei Ihnen bleibt, wenn wir nach Papeete zurückkehren. Später am Abend oder morgen früh komme ich wieder.«

Schouten neigte den Kopf. »Wie Sie wollen. Ich wäre froh, jemanden zum Schutz hier zu haben.« Er schrieb weiter, und ich stand auf, um zu gehen. Als ich gerade an der Tür war, sagte er: »Einen Moment noch, Mr. Trevelyan. Mir ist gerade etwas eingefallen.«

Ich blieb wartend an der Tür stehen, und er erhob sich hinter seinem Schreibtisch. »Sie haben doch nach dem Namen gefragt – dem Namen, den sie noch erwähnt haben. Der große Mann sprach ihn aus, und der andere herrschte ihn an, zu schweigen...«

»Wie lautete er?«

Schouten begleitete mich auf die Veranda hinaus. Als Piro uns erblickte, ließ er den Motor seines Jeeps an. Schouten sagte: »Es war ein fremdländischer Name – er hörte sich spanisch an. Ramirez.«

2

Wir waren noch nicht weit gekommen, als der Jeep seinen Geist aufgab. Das Knattern des Motors setzte aus, und wir kamen holpernd zum Stehen. Piro sprang heraus, beugte sich über den Motor und riß ein Streichholz an. »Motor tot«, sagte er unbekümmert.

Ich wollte möglichst schnell auf die *Esmerelda* zurück. Ich wollte Kane zu Brei schlagen. Mir war klar, daß niemand ewig zornig bleiben kann – man kann es in diesem Bewußtseinszustand nicht aushalten –, und ich nährte meine Wut, weil ich ihr freien Lauf lassen wollte. Ich hatte die Absicht, mit Kane abzurechnen. Jim Taylor hatte meine Anspannung sofort gespürt und klugerweise davon abgesehen, mir Fragen zu stellen.

Piro zündete ein neues Streichholz an und tastete forschend in den Eingeweiden des Jeeps herum. Schließlich blickte er wieder auf und verkündete fröhlich: »Er nicht gehen.«

»Was ist los?«

»Kein *essence.*«

»Verdammt, warum haben Sie nicht vollgetankt?« regte ich mich auf. »Warum haben Sie nicht auf den Tankanzeiger geachtet – dieses Ding hier?«

»Ist kaputt.«

»Also gut, gehen wir zu Fuß – wir brauchen ja nur am Strand entlangzugehen.«

Piro sagte: »Nix zu Fuß. Kanu hier. Wir gehen auf Wasser.«

Wir folgten ihm einige hundert Meter den Strand hinauf. An der Stelle, wo die Straße landeinwärts bog, führte er uns zum Wasser hinunter. »Hier ist Kanu, Sir – ich Sie bringen zurück.«

Es waren nur einige Meilen, aber in der Dunkelheit kam es mir länger vor. In der klaren Nachtluft sahen wir schon bald die Ankerlichter der *Esmerelda* vor uns, aber es schien ewig zu dauern, bis wir in Rufweite waren. Noch immer lagen einige Kanus längsseits, und an Bord schien eine Art Fest stattzufinden; offenbar aßen die Mannschaft und die Einheimischen zusammen zu Abend. Campbell, Clare und Paula warteten an der Reling, als ich an Bord kletterte, und sie sahen sofort, daß mir nicht fröhlich zumute war. »Wo ist Kane?« fragte ich Campbell leise; ich hatte Kane nicht gleich entdeckt, als ich mich flüchtig an Deck umschaute.

»Geordie paßt auf ihn auf. Er hat ihn unter Deck beschäftigt. Was ist geschehen?«

»Dieser Bastard – er und Hadley haben Mark getötet.«

Paula zog zischend die Luft ein. Campbell fragte: »Sind Sie sicher, Mike?«

»Vielleicht ist es vor Gericht nicht zu beweisen, aber ich bin sicher.« Ich dachte an die Tränen auf Schoutens Wangen. »Ich will mit Kane reden – sofort!«

»Er sieht nicht aus wie ein Mörder.«

»Wer tut das schon?« sagte ich bitter. »Ich habe eine scheußliche Geschichte zu hören bekommen. Auch Ramirez hatte seine Hände im Spiel.«

Campbell fuhr zusammen. »Wie wollen Sie das wissen?«

»Können Sie ihn beschreiben?«

»Natürlich. Er ist groß, dünn und hat eine Adlernase. Links im Gesicht hat er eine auffällige Narbe.«

»Das paßt. Er war dabei, als Mark getötet wurde. Schouten hat ihn gesehen und mir beschrieben, alles, bis auf die Narbe, und Hadley hat seinen Namen erwähnt. Er steckt in der Sache mit drin, bis zu seinem verfluchten Hals – den ich ihm liebend gern umdrehen würde. Aber erst will ich Kane.«

Campbell wandte sich an Clara und Paula. »Geht in eure Kabinen, Mädchen.«

Paula machte gehorsam kehrt, aber Clare protestierte: »Aber, Pa, ich...«

Campbells Stimme wurde schneidend scharf. *»Geh in deine Kabine!«*

Sie ging ohne ein weiteres Wort, und er wandte sich mir zu.

»Schaffen Sie diese Leute hier fort«, sagte ich. »Sagen Sie es Ian. Wir müssen Kane suchen.«

Ich stieg hinunter ins Vorderdeck, aber Kane war nicht da; an Deck war er auch nicht. Wir zogen die Mannschaft mit heran, und sie durchsuchte das Schiff, ohne eine Spur von ihm zu finden. Mir tat schon der Kiefer weh, weil ich die Zähne so lange zusammenbiß.

»Er ist abgehauen«, sagte Ian.

»Geordie – wo ist Geordie?« fragte ich.

Auch Geordie war fort.

Ich rannte an Deck und stellte fest, daß noch immer einige Einheimische da waren. Ich rief nach Piro, und er tauchte aus dem Haufen auf.

»Können Sie uns helfen, zwei Männer auf der Insel zu suchen? Können Sie sie absuchen?«

»Was für Männer?«

»Den Captain und einen Mann von der Crew. Der Captain ist der große, kräftige Mann, den Sie gesehen haben, als wir ankamen. Der andere ist dünn und groß. Halten Sie sich von ihm fern – er ist gefährlich.«

Piro kratzte sich am Kopf. »Ge-fähr-lich?«

»Er ist schlecht. Er könnte sich wehren – könnte Sie töten.«

Piro zuckte mit den Schultern. »Sie bezahlen – wir suchen.«

Er kletterte mit zwei oder drei Leuten in sein Kanu. Ian hatte inzwischen befohlen, die Decksbarkasse klarzumachen; sie wurde eben seitlich über Bord geschwenkt. Piro rief den Inselbewohnern in seiner Muttersprache Anweisungen zu, und die Leute waren plötzlich wie elektrisiert. Campbell kam von unten an Deck. »Haben Sie eine Schußwaffe?« fragte er mich.

»Brauche ich nicht. Ich werde dieses Schwein in Stücke reißen.«

»Kommen Sie«, sagte er und führte mich unter eine Lampe. Als er die Hand aufmachte, sah ich eine Patrone in seiner Hand. »Das habe ich auf dem Boden neben seiner Koje gefunden – eine 38er Patrone. Kane muß sie in der Eile fallengelassen haben, und das heißt, daß er bewaffnet ist.«

»Um Himmels willen, wir müssen verhindern, daß diese Eingeborenen die Insel absuchen«, sagte ich. »Wir wollen keine Toten.«

Ich machte kehrt, um loszurennen, aber er hielt mich am Arm fest und drückte mir etwas Schweres in die Hand. »Hier haben Sie einen Revolver«, sagte er. »Können Sie schießen?«

Ich hielt die Waffe fest umklammert. »Das werde ich bald herausfinden, oder?« Ich stopfte sie in die Tasche des leichten Anoraks, den ich trug. »Sie bleiben besser hier.«

»Mein Junge«, sagte Campbell. »So alt bin ich nun auch nicht – noch nicht.«

Ich blickte ihm in seine eisblauen Augen. »Dann sollten wir uns jetzt besser beeilen.« Wir liefen los, stiegen schnell in die Barkasse und blickten zum Land hinüber. In der Dunkelheit sahen wir helle Lichtpunkte kommen und gehen; es waren die Fackeln, die, hier und da von den Palmen verdeckt, verschwanden und dann wieder auftauchten. »Verdammt, sie haben schon mit der Suche begonnen«, sagte ich zu Ian. »Kane ist bewaffnet.«

»Brechen wir auf – ich habe hier sechs Leute, die übrigen sind schon an Land. Sie wissen, um was es geht.« Der Motor der Barkasse sprang gleich beim ersten Versuch an, und während wir auf den Strand zurasten, sagte ich zu den Männern: »Hört mal her, Jungs, wir suchen nach Geordie. Wenn ihr auf Kane stoßt, haltet euch von ihm fern. Kommt ihm nicht zu nahe – er hat ein Schießeisen. Und wenn ihr den Einheimischen begegnet, schickt sie zurück in ihr Dorf.«

Taffy Morgan fragte: »Was hat Kane eigentlich getan?«

»Einen Mann umgebracht«, sagte Campbell kalt.

Mehr wurde nicht gesprochen, bis das Boot am Strand anlegte. Piro erwartete uns mit vor Aufregung leuchtendem Gesicht. »Haben ihn gefunden«, sagte er kurz und bündig.

»Wen?« fragte ich hastig.

Er machte eine Handbewegung. »Den Großen – ist jetzt oben in Hütte.«

Ich stieß einen Seufzer der Erleichterung aus. Das mußte Geordie sein. »Piro, können Sie Ihre Männer zurückrufen – sie aufhalten? Sie dürfen den anderen Mann nicht suchen. Er hat ein Schießeisen.«

Piro gab einem seiner Freunde ein kurzes Zeichen, der daraufhin eine große Schneckenmuschel an den Mund hob. Ein dröhnender Ton erschallte, der die Botschaft über die Plantagen trug. Ich sah, wie die Lichter wieder auf das Dorf zukamen.

»Wir wollen ihn sehen.«

Wir fanden Geordie in einer der Hütten. Sein Gesicht war schrecklich zugerichtet, voll tiefer Schnitte und klaffender Wunden auf der Stirn und an den Wangen. Piro sagte: »Wir ihn finden zwischen den Bäumen – schlief auf Boden.«

Ich glaube, Geordie hatte eine Gehirnerschütterung. Er redete ein wenig unzusammenhängend, konnte aber sprechen. Er hatte beobachtet, wie Kane in einem Kanu zum Land hinüberfuhr, und war ihm mit einem anderen Kanu gefolgt. Ihm war keine Zeit geblieben, jemanden zu benachrichtigen; er fürchtete, Kane aus den Augen zu verlieren. Er war Kane um das Dorf herum nachgeschlichen, und zwischen den Bäumen war er in einen Hinterhalt geraten.

»Um Gottes willen, wer hat dir denn da aufgelauert?«

»Es – es muß Hadley gewesen sein. Ein Kerl wie ein Elefant«, sagte Geordie unter Schmerzen. »Er kam hinter einem Baum hervor und drückte mir eine Kanone zwischen die Rippen. Damit hatte ich nicht gerechnet – ich dachte, Kane wäre allein. Er hat mich übertölpelt. Dann – befahl er mir, mich umzudrehen, und begann mich zu schlagen.« Er versank ermattet in Schweigen, erholte sich aber wieder. »Mit der Kanone. Einem großen Revolver. Es war das Visier – das hat das angerichtet. Und der Kerl fand das zum Lachen. Dann gab er mir ein paarmal eins übern Schädel, und ich – wurde ohnmächtig.«

Er grinste schwach. »Vielleicht hat er gedacht, ich wäre tot, aber ich habe einen ziemlich harten Schädel. Tut mir leid, daß ich versagt habe, Mike.«

»Schon gut, Geordie. Mit so etwas hat keiner von uns gerechnet. Es tut mir nur leid, daß du eins auf den Schädel bekommen hast.«

Sein blutiges Gesicht verzog sich zu einem grimmigen Lächeln. »Setz das mit auf die Rechnung, zusammen mit dem Finger«, sagte er schwach. »Ich werde ihn mir noch einmal vornehmen müssen.«

»Du mußt warten, bis du an der Reihe bist. Die Leute stehen schon Schlange, um Hadley eine Abreibung zu verpassen – und Kane.« Ich stand auf. »Ich glaube, wir sollten dich jetzt besser zum Schiff zurückbringen.«

Zwei entsetzt dreinblickende Mitglieder der Crew kamen herbei, halfen ihm vorsichtig auf die Beine und machten sich mit ihm auf den Weg zur Barkasse. Die anderen wurden von Piro zur Hütte gerufen und versammelten sich um uns. Ich fragte ihn eindringlich: »Ist noch ein anderes Schiff hier – die *Pearl*?« Wenn Hadley schon mehrfach hiergewesen war, würde Piro sein Schiff mit Sicherheit kennen. Piros Antwort schockierte uns alle, obwohl wir innerlich schon darauf vorbereitet waren.

»Ja, das ist gekommen. Ist hier vorbei, zum *hôpital* – vor ein, zwei Stunden.«

»Oh, verflucht«, schimpfte Campbell. »Dann ist er nach uns durch die Durchfahrt gekommen – im Dunkeln und ohne Lichter. Er muß ein verdammt guter Seemann sein.«

»Das macht ihn mir auch nicht sympathischer«, sagte ich.

Ein Mann kam in die Hütte gestürmt und redete, offensichtlich bekümmert, in der Sprache der Einheimischen auf Piro ein. Piro winkte mir erschrocken zu, ihn nach draußen zu begleiten. Er deutete in die Dunkelheit. Am Horizont war ein zuckendes, rotes Leuchten am Himmel. »*Hôpital*, er hat angesteckt«, sagte er.

»O Jesus!«

Die anderen drängten sich um uns und schrien bei dem Anblick ebenfalls auf.

»Wie kommen wir dahin – schnell, wir alle?« Ich verwünschte den Jeep, der mangels Benzin am Strand festlag.

»Großes Kanu«, sagte Piro. »Sehr schnell. Schneller als laufen.« Er rannte los.

»Hadley hat das Krankenhaus in Brand gesteckt!« sagte ich.

Campbell blickte zu dem glutroten Flackern am Himmel. »Ist er denn total verrückt – warum hat er das getan?«

»Er hat es angedroht. Mehr kann ich Ihnen jetzt nicht dazu sagen. Wir nehmen die Kanus. Piro organisiert gerade welche. Wo ist Ian?«

»Hier«, erklang seine weiche Hochländer-Stimme direkt hinter meiner Schulter.

»Nimm dir ein Kanu und fahr zur *Esmerelda* zurück. Ich will sie, so schnell es irgend geht, beim Krankenhaus haben. Hell genug ist es dafür – die Lagune muß auch sicher zu befahren sein; fahr einfach am Strand entlang. Schaff sie mir dahin.«

Er rannte wortlos davon zum Strand. Piro berührte mich am Arm. »Kommen zu Kanus.«

Die meisten von uns drängten sich in der Barkasse zusammen, und die übrigen – etwa zwanzig Leute – kamen zusammen mit den Eingeborenen auf dem großen Kanu unter. Es war etwas undicht, aber, bei Gott, es war wirklich schnell. Die Ruderer legten sich mit ihrer ganzen Kraft ins Zeug, und es glitt, eine phosphoreszierende Blasenspur hinter sich lassend, mit großer Geschwindigkeit über das Wasser und nahm es dabei mit Leichtigkeit mit der Barkasse auf.

Für die gut drei Meilen zum Krankenhaus brauchten wir nur zwanzig Minuten; doch die hatten gereicht, daß alles lichterloh brannte. Vor den hellen Flammen sahen wir dunkle Gestalten hin und her laufen, und ich fragte mich, wie viele überlebt haben mochten. Ich beobachtete so angestrengt das Geschehen an Land, daß ich das Schiff erst bemerkte, als Campbell mich darauf hinwies.

In der Lagune, unmittelbar vor dem Krankenhaus, ankerte ein Schoner. Hätte das Feuer den weißen Rumpf nicht rot aufleuchten lassen, hätten wir das Schiff in der Dunkelheit gar nicht gesehen. »Was sollen wir tun?« fragte ich Campbell mit erhobener Stimme. »Zum Schoner fahren oder zum Krankenhaus?«

»Zum Krankenhaus – wir müssen die Patienten retten.«

Das Kanu fuhr etwas unterhalb des Krankenhauses auf den Strand, und wir alle stürmten, daß das Wasser nur so spritzte, an Land und liefen auf das Feuer zu. Ich sah, daß Campbell eine automatische Pistole gezogen hatte, eine merkwürdige Waffe mit extrem langem, dünnem Lauf. Ich zog den Revolver, den er mir gegeben hatte, und eilte weiter. Das ganze Hospital stand in Flammen, das trockene Dachstroh brannte wie Zunder, und in der windstillen Nacht schlugen die Flammen bis zum Himmel empor.

Ich rannte auf eine freie Stelle zwischen zwei brennenden Hütten zu und sah plötzlich den Landeplatz des Krankenhauses vor mir. Gerade fuhr ein Boot hinaus, und über dem Knistern der Flammen vernahm ich das Aufheulen eines Motors.

»Sie hauen ab«, rief ich gellend und drückte auf sie ab. Doch nichts geschah – ich hatte vergessen, den Sicherungshebel umzulegen. Campbell hockte sich hin und zielte mit seiner merkwürdigen Pistole, richtete sich dann jedoch wieder auf und schüttelte den Kopf. »Zu weit. Ich wünschte, ich hätte ein Gewehr.«

»Aber wir können sie doch nicht entwischen lassen«, tobte ich.

Campbell rüttelte mich grob am Arm. »Los, weiter!«

Ich warf einen letzten Blick auf das Boot, das in Richtung der *Pearl* in der Dunkelheit verschwand, und hetzte dann den Strand hinauf, hinter den anderen her, die sich schon unter die Crew unserer Barkasse gemischt hatten. Ich hörte, wie jemand rief: »Das Feuer ist nicht zu löschen – rettet die Leute!« Und ich lief zu Schoutens Haus hinüber.

Es war hoffnungslos. Das Haus war ein tobendes Feuermeer mit Flammen, die bis zu zwanzig Meter hoch in den Nachthimmel loderten. Ich fragte mich, ob das Schoutens Einäscherung war und ob er vielleicht schon tot war, bevor das Feuer anfing.

Ich rannte um das Haus herum und stolperte über eine Frau, die mir im Weg saß. Als ich das Gleichgewicht wiedererlangt hatte und mich umblickte, sah ich, daß sie Schoutens Kopf in ihrem Schoß hin- und herwiegte. Ihr Wehgeschrei übertönte das Knistern der Flammen. *»Aaaah, le pauvre docteur, le pauvre docteur!«*

Ich beugte mich herab und sah, daß ihr Kleid angesengt und zerrissen war. Wahrscheinlich hatte sie Schoutens Leichnam aus dem Haus herausgezerrt. Bei meinem Anblick schrie sie auf, rappelte sich hoch und rannte kreischend davon. Vermutlich glaubte sie, ich gehörte zu Hadleys Bande.

Ich kniete neben Schouten nieder. Er bot keinen erfreulichen Anblick; man hatte ihm mehr als einmal in den Kopf geschossen. Der Kiefer war fortgerissen, und in seiner linken Schläfe war ein kleines blaues Loch. Da, wo die rechte Schläfe gewesen war, klaffte eine an den Rändern zerfetzte faustgroße Höhle, aus der sein Gehirn hervorquoll.

Ich stand auf und stolperte davon, suchte an einem Baum Halt. Dann erbrach ich mich, erbrach alles, elend, zitternd und schweißüberströmt.

Gerade als ich anfing, mich wieder zu erholen, kam Nick Dugan mit rußgeschwärztem Gesicht herbeigestürzt, nahm mich am Arm und half mir auf die Beine. »Alles in Ordnung?«

»Geht – schon wieder.«

»Schau, Mike – da drüben ist die *Esmerelda*. Sie haben sich sehr beeilt.«

Ich blickte über das Wasser, sah die *Pearl*, die gerade Fahrt zu machen begann, und ein Stück weiter die *Esmerelda*, die unter Maschinenkraft verdammt schnell näher kam, vor sich eine vom Schein des Feuers an Land rot gefleckte Bugwelle. Die *Pearl* bewegte sich immer noch langsam, und daraus, wie sich der Bugwinkel der *Esmerelda* zu ihr veränderte, schloß ich, daß Ian sie zu stoppen versuchen wollte, indem er hart längsseits zog oder sie sogar rammte.

Aber der Schoner gewann Fahrt und wich dem bedrohlich näher kommenden Bug der *Esmerelda* aus. Ian ging wieder auf Kollisionskurs, aber unmittelbar vor dem Zusammenprall schien die *Pearl* geschickt seitwärts abzudrehen, und das Bugspriet der *Esmerelda* streifte sie nur leicht an der Seite. Als die beiden Schiffe aneinander vorbeifuhren, hagelten von Bord der *Pearl* Schüsse hinüber, die von unserem Schiff mit einem ratternden Kugelstakkato erwidert wurden. Ich fragte mich, wer da welche Waffen hatte und damit schoß.

Dann war die *Pearl* außer Reichweite und in Sicherheit, und während sie auf die Passage im Riff zusteuerte, flammten unterwegs die Lichter an Bord auf. Die *Esmerelda* gab die Verfolgung auf und kam auf den Strand zu; ich hörte, wie ihr Motor verstummte. Die Rettungsaktion beim Krankenhaus hatte Vorrang. Auch war es zu gefährlich, dem flüchtenden Schoner in der Dunkelheit zu folgen.

Sie waren uns entwischt.

3

In der Morgendämmerung zeigte sich das ganze Ausmaß des Unheils. Noch immer stiegen von den ausgebrannten Gebäuden dünne Rauchspiralen zum Himmel; die überlebenden Patienten hockten mit dem übriggebliebenen Krankenhauspersonal zusammengekauert am Strand. Piro hatte sie gezählt und festgestellt, daß sich die Zahl der Toten auf vierzehn belief, Schouten nicht mitgerechnet.

Wir waren alle müde, von der Hitze ausgedörrt und deprimiert.

Campbell blickte sich mit aschfahlem Gesicht auf dem Schauplatz dieser Greueltat um. »Diese Schweinehunde«, grollte er wütend. »Diese gemeinen Mörder! Ich werde dafür sorgen, daß sie gehängt werden.«

»Nicht wenn ich sie vorher erwische«, sagte ich.

Wir saßen zusammengekauert auf einigen Bänken und tranken Kaffee, der von der *Esmerelda* an Land gebracht worden war. Wir hatten nicht genug an Bord, um alle Patienten mit Proviant zu versorgen, aber wir hatten verteilt, was wir erübrigen konnten, und die Dorfbewohner hatten auch aus eigenen Vorräten Lebensmittel für die schockgezeichneten Überlebenden herbeigeschafft. Die wenigen Männer, die Schouten ausgebildet hatte, leisteten wahrhaft heroisch Erste Hilfe, aber das reichte bei weitem nicht. Wir selber hatten auch einen schweren Schlag erlitten: als es hell wurde, entdeckten wir, daß unser Funkgerät total demoliert war. Wahrscheinlich hatte Kane es zerstört, bevor er von Bord verschwunden war. Es gab keine Möglichkeit, Hilfe herbeizurufen – es sei denn, wir holten sie persönlich. Ian, der wahrhaft hervorragende Arbeit geleistet hatte, als er die *Esmerelda* in der Dunkelheit der Nacht hergesteuert hatte, machte sich schwere Vorwürfe, daß er das Funkgerät nicht hatte bewachen lassen, aber wir versicherten ihm, daß niemand das für nötig erachtet hatte. Ich selbst war noch nicht einmal dazu gekommen, Geordie an Bord zu besuchen, aber man versicherte mir, daß es ihm gut gehe, allerdings müsse er noch weiter in seiner Koje bleiben.

Campbell sagte: »Ich kann mir nicht vorstellen, daß Suarez-Navarro etwas hiermit zu tun haben. Sie sind zwar eine üble Bande, wie ich euch erzählt habe, aber das traue ich ihnen nicht zu.«

Mich überzeugte das nicht. »Kennen Sie sich ein bißchen in der englischen Geschichte aus?«

Er warf den Kopf hoch. »Was hat das damit zu tun?«

»Es gab mal einen englischen König – Heinrich II. war es, glaube ich –, der einen Bischof als Kanzler hatte, Thomas Becket. Es heißt, der König habe eines Tages beim Essen gesagt: ›Will mich niemand von diesem aufrührerischen Pfaffen befreien?‹ Daraufhin machten sich vier seiner Ritter auf und ermordeten Becket in der Kathedrale von Canterbury.«

Ich kratzte mit meinem Fuß im Sand. »Als der König davon hörte, war er entsetzt. Er demütigte sich vor der Kirche und tat Buße – aber was er gewollt hatte, war geschehen, er hatte keinen Becket mehr auf dem Hals.«

Ich wies auf das niedergebrannte Hospital. »Suarez-Navarro hat ein Treffen an Bord, und irgend so ein feister, beschränkter Direktor sagt: ›Ich wünschte, wir könnten etwas gegen Campbell und diesen Störenfried Trevelyan unternehmen.‹ Also macht sich jemand wie Ramirez auf den Weg und unternimmt etwas, und wenn alles erledigt ist – Campbell und Trevelyan eingeschlossen –, bekommt er einen Bonus ausgezahlt, ohne daß ihm jemand Fragen stellt. Die Dividenden von Suarez-Navarro steigen, und der Direktor, der in Ohnmacht fiele, wenn sich jemand in den Finger schneidet, erkundigt sich nicht so genau, wie der Auftrag erledigt worden ist, weil ihm sonst vielleicht schlecht würde.«

»Aber sie haben uns nichts getan.«

»Nicht direkt. Dies hier verrät eher Hadleys Handschrift, ein sadistischer Racheakt nebenbei. Glauben Sie nur nicht, daß wir jetzt außer Gefahr wären.«

Campbell blickte auf den Strand zu den Patienten, die dort wie ein verlorener Haufen zusammensaßen. Er meinte nachdenklich: »Wenn wir nicht hergekommen wären, wäre dies hier wohl nicht passiert.«

Ich hatte einen scheußlichen Geschmack im Mund. »Nein. Schouten hatte befürchtet, daß dies geschehen könnte, und ich habe ihm versprochen, für seine Sicherheit zu sorgen. Ich habe ihm Schutz zugesagt. Was für ein gräßliches Unheil habe ich mit allem angerichtet.«

Wir schwiegen beide. Es gab zuviel zu sagen.

Clare kam am Strand entlang auf uns zu; sie trug einen Verbandskasten bei sich. Sie sah mitgenommen und bedrückt aus, doch ich fühlte mich mehr denn je zu ihr hingezogen. Ich hätte sie gern in die Arme genommen, aber etwas hinderte mich daran – und sie spürte meine Absicht und sah, weshalb ich sie nicht wahrmachen konnte.

»Mike, Ihre Hände sind ja total verbrannt. Ich werde sie Ihnen verbinden.«

Ich blickte auf meine Hände. Bis dahin hatte ich das gar nicht richtig bemerkt, aber jetzt fingen sie an zu schmerzen.

Sie fing an, meine Hände zu behandeln, und bemerkte dabei mit gesenktem Kopf: »Pa, ich glaube, du solltest hier mal dein Scheckbuch zücken.«

Ich sagte schroff: »Mit einem Scheckbuch kann man fünfzehn Menschen nicht wieder lebendig machen.«

»Ihr Männer seid verdammte Narren«, sagte sie wütend. »Was geschehen ist, ist geschehen, und *ihr* habt das hier nicht angerichtet, auch wenn ihr euch deswegen Vorwürfe macht. Aber das Krankenhaus ist zerstört, und was soll nun mit diesen armen Leuten geschehen? Irgend jemand muß da etwas unternehmen – wir können nicht einfach wieder abfahren und sagen, wir haben das Feuer ja nicht gelegt, auch wenn das stimmt.«

»Entschuldigen Sie, Clare«, sagte ich, »aber was können wir tun?«

Campbell vergrub seine Hände tief in seinen Taschen. »Es wird hier ein neues Krankenhaus geben – ein gutes. Und Ärzte und gute Geräte. Ich werde für all das sorgen.« Seine Stimme nahm einen härteren Klang an. »Aber Suarez-Navarro wird auf die eine oder andere Weise dafür bezahlen.«

Er ging am Strand entlang davon, während Clare mir eine kühlende Emulsion auf die Hände strich. »Was ist das für ein Zeug?« fragte ich. Ich mußte über etwas reden, das für mich weniger qualvoll war, auch wenn meine vor Schmerzen pochenden Hände nicht die beste Alternative waren.

»Gerbsäuregel. Das ist gut bei Verbrennungen.«

»Bisher hat noch niemand Zeit gefunden, uns zu erzählen, was an Bord geschehen ist. Können Sie es? Ich wußte gar nicht, daß wir Waffen hatten.«

»Abgesehen von dem kleinen Arsenal, das Pa bei sich hat, sind noch mehrere andere mit Waffen ausgerüstet. Sie können wirklich schrecklich naiv sein.«

»Wer war das, wer hat auf der *Esmerelda* geschossen?«

»Einige von der Crew – und ich«, sagte sie kurz angebunden.

Ich zog die Augenbrauen hoch. »Sie?«

»Ich bin ein guter Schütze. Pa hat es mir beigebracht.« Sie

begann meine Hände zu bandagieren. »Ich glaube, ich habe einen getroffen – ich glaube, es war Kane.« Plötzlich brach ihre Stimme. »Oh, Mike, es war schrecklich. Ich habe noch nie auf einen Menschen geschossen, nur auf Zielscheiben. Es war...«

Ich war umwickelt mit Bandagen, aber irgendwie schaffte ich es, ihr einen Arm um die Schultern zu legen, und sie drückte ihren Kopf gegen meinen. »Er hat es nicht besser verdient, Clare. Sehen Sie sich nur einmal um. Haben Sie ihn getötet?«

Sie hob den Kopf. Ihr Gesicht war blaß und tränenüberströmt. »Ich glaube nicht – das Licht war sehr schlecht, und alles ging so schnell. Ich glaube, ich habe ihn vielleicht an der Schulter getroffen. Aber – ich habe *versucht*, ihn zu töten, Mike.«

»Das habe ich auch«, sagte ich. »Aber mein Revolver ging nicht los. Ich verstehe nicht viel von Waffen, aber ich habe es versucht, und es tut mir nicht leid.«

Sie riß sich zusammen. »Danke, Mike. Ich habe mich dumm benommen.«

Ich schüttelte den Kopf. »Nein, das haben Sie nicht, Clare. Unsereinem fällt es nicht leicht, jemanden umzubringen. Wir sind keine tollwütigen Hunde wie Kane oder Hadley, aber wenn wir solchen mordlustigen Gesellen begegnen, ist es unsere Pflicht, ihnen das Handwerk zu legen. Selbst wenn die einzige Möglichkeit darin besteht, sie umzubringen.«

Ich blickte auf ihren Kopf herunter und wünschte mir, daß diese ganze scheußliche Geschichte vorbei wäre. Es war mir plötzlich klar, daß ein heruntergebranntes Hospital mit lauter Leichen um einen herum nicht eben die richtige Umgebung war, um einer Frau zu sagen, daß man drauf und dran war, sich in sie zu verlieben. Ich mußte warten, auf eine ruhige See und romantisches Mondlicht und vielleicht auf ein von fern herüberklingendes Liebeslied.

Und in diesem Moment hatte ich genug von dieser ganzen verdammten Verfolgungsjagd. Wie Mark gestorben war, wo sein dämlicher Kobaltschatz lag, was spielte es für eine Rolle? Ich wünschte mir, alles wäre vorbei – nur das mit Clare nicht. Aber so leicht käme ich aus all dem nicht heraus. Ich kam zu dem Schluß, daß dies alles Symptome der Erschöpfung waren, und richtete mich auf, riß mich zusammen.

Sie nahm den Ausdruck in meinen Augen wahr und blickte schnell fort, aber ich glaube, sie hatte alles aus ihnen herausgelesen. »Wir müssen das jetzt durchstehen, Mike«, sagte sie. »Wir können das Suarez-Navarro nicht so durchgehen lassen – sofern sie dahinterstecken. All das hier wäre völlig umsonst, wenn wir es täten.«

»Ich weiß; aber es wird nicht immer so sein, Clare. Es werden auch bessere Zeiten kommen. Es geht mir jetzt ganz gut. Ist außer mir noch jemand von unserer Truppe verletzt worden?«

»Verbrennungen, ein paar Kratzer. Niemand schlimmer als Sie«, antwortete sie mir.

»Gut, sehen wir, daß wir hier wegkommen. Bis wir Hilfe besorgt haben, müssen sich die Einheimischen um alles kümmern.« Ich ließ sie allein und ging zu Piro, und ich merkte, wie sie mir mit den Blicken folgte. Ich hätte wer weiß was darum gegeben, jetzt mit ihr woanders zu sein als an diesem Strand.

»Was werden Sie jetzt unternehmen?« fragte ich Piro.

Er blickte mich traurig an. »Wir wieder bauen. Alle Leute auf Tanakabu neu bauen – viele Hütten. Aber kein Doktor...«

Ich sagte: »Piro, Mr. Campbell da drüben hat Geld, mehr Geld, als er braucht. Er wird neue Ärzte schicken, und Sie werden ein richtiges Krankenhaus bekommen, wie in Papeete. Aber zuerst müssen wir dahin zurück und der Polizei sagen, was hier geschehen ist. Können Sie mir für sie etwas aufschreiben?«

Aber es stellte sich heraus, daß Piro gar nicht schreiben konnte, nicht einmal seinen Namen, was ein Jammer war – ich hätte gern eine schriftliche Zeugenaussage mitgenommen. Aber nun, da Schouten tot war, gab es hier niemanden mehr, der mir hätte helfen können.

Wir beerdigten die Toten auf dem Friedhof, der zum Krankenhaus gehörte. Ich fragte nach einem Priester, aber offenbar war Schouten in solchen Fällen selbst eingesprungen. Man besorgte uns eine Bibel, und Campbell sprach einige

Worte, die allerdings wohl nur wenige von den Eingeborenen verstanden. Er sagte: »Hiermit übergeben wir der Erde die Opfer eines gräßlichen Verbrechens. ›Die Rache ist mein‹, spricht der Herr, aber vielleicht benutzt er dazu Männer wie unsereins als Seine Instrumente. Das will ich hoffen.«

Er machte kehrt und ging alleine zum Strand hinunter, eine gramgebeugte, einsame Gestalt.

Schouten wurde abseits von den anderen bestattet. Ich dachte, der Grund dafür wäre vielleicht, daß er einem anderen Glauben angehörte, aber es stellte sich heraus, daß sie ihm eine besondere Ruhestätte bereiten wollten – ein deutliches Zeichen dafür, wie tief sie um ihn trauerten. Ich kam zu dem Schluß, daß sie ein besseres Andenken an ihn bewahren würden, als er sich je hätte träumen lassen, und freute mich darüber.

Als wir am Nachmittag abfuhren, waren die Inselbewohner bereits mit den Aufräumungsarbeiten beschäftigt und die meisten Patienten in anderen Häusern untergebracht. Es gab nichts, was wir als Beweis für die Katastrophe hätten mitnehmen können – die Krankenberichte und Schoutens persönliche Habe waren zerstört. Wir hatten jedoch Fotos gemacht, und ich hatte auch einige Bilder aufgenommen, auf denen die Eingeborenen um Campbell und Ian herumstanden und ihnen zum Zeichen der Freundschaft die Hände schüttelten, und auch welche, bei denen man die Mannschaft bei der Massenbeerdigung sah.

Als Ian die *Esmerelda* durch die Durchfahrt von Tanakabu steuerte, fragte er traurig: »Was sind das nur für Männer, die so etwas tun? Du hattest uns ja schon gewarnt, daß sie gefährlich sind – aber das scheinen Wahnsinnige zu sein, Mike.«

»Es müssen Psychopathen sein«, sagte ich. »Nach allem, was mir der holländische Arzt erzählt hat, ist Hadley mit Sicherheit einer.«

Shorty Powell kam kreidebleich an Deck und mit ihm Campbell, der sehr aufgebracht wirkte. »Ich muß Ihnen etwas zeigen«, sagte er und führte mich und Ian hinunter in Kanes Kabine. In der Koje lag ein braun lackierter Apparat, den Shorty richtig erkannt und Campbell gezeigt hatte.

»Das ist ein Walkie-talkie, aus amerikanischen Armeebeständen, es gibt sie für etwa fünfzehn Dollar zu kaufen. An Land haben sie nur eine Reichweite von gut fünf Meilen, aber auf dem Wasser kann man Verbindung halten über...?«

»Etwa zehn Meilen«, ergänzte Shorty.

»Deshalb also war Hadley mit seinem Schoner so schnell da. Und deshalb diese verfluchte Meldung, die Shorty durch Zufall aufgefangen hat. Du hast ja gleich gesagt, sie käme von einem Gerät mit geringer Reichweite und von nicht weit her, aber wer hätte damit rechnen können, daß sie von der *Esmerelda* selbst kam?«

Campbell nickte. »Wahrscheinlich sind wir auf der ganzen Fahrt über den Pazifik beschattet worden. Das Schiff konnte hinterm Horizont bleiben, und Hadley konnte sich dennoch bequem mit Kane unterhalten.«

Ich nahm das Gerät in die Hand und schaute es mir neugierig an. »Ich kann mir nicht vorstellen, daß Kane klever genug war, selber auf diese Idee zu kommen. Das läßt eher darauf schließen, daß eine Organisation dahintersteckt.«

»Ramirez«, meinte Campbell entschieden.

»Sehr wahrscheinlich.« Ich dachte über die Folgen nach, die unsere Entdeckung noch zeitigen mochte; doch dann kam Paula, die mich suchte, und Ian kehrte an Deck zurück. »Geordie möchte Sie sprechen«, sagte sie. Auch sie wirkte angestrengt, nachdem sie Clare den ganzen Vormittag lang am Strand geholfen hatte, und ich lächelte ihr zu und nahm sie kurz freundschaftlich in den Arm, um sie zu trösten.

»Wie geht es ihm?«

»Schon wieder besser. Aber er muß in Papeete zum Arzt gehen, vielleicht sich nähen lassen. Ich bin keine ausgebildete Krankenschwester, wissen Sie.« In Anbetracht der Gefahren, in die wir sie mit hineingezogen hatten, und der schokkierenden Dinge, die sie gesehen hatte, fand ich, daß sie sich erstaunlich gut hielt, aber Zähigkeit war ihr wohl angeboren.

»Er wird vielleicht für immer Narben davontragen«, setzte sie hinzu.

»Mit einer Pistole verprügelt zu werden ist eine widerliche Sache. Dieser verfluchte Hadley!« sagte Campbell.

Geordie saß bei meinem Eintreten aufrecht in seiner Koje

und blickte mir mit fröhlich funkelnden Augen aus einem dick bandagierten Gesicht entgegen. Man hatte ihm von dem Feuer und dem zertrümmerten Funkgerät erzählt, und er war begierig, mehr zu erfahren.

»Wie fühlst du dich?« fragte ich.

»Nicht so schlecht, wenn man die Umstände bedenkt. Aber ich kenne die ganze Geschichte noch nicht. Was ist gestern abend zwischen dir und dem Doktor passiert?« fragte er, und mir wurde schlagartig klar, daß ich im Ablauf der Begebnisse noch gar keine Zeit gehabt hatte, zu berichten, was Schouten widerfahren war. Nachdem ich mich davon überzeugt hatte, daß es ihm gut genug ging, um sich das anzuhören, holte ich Paula, Clare und Campbell zu ihm in die Kabine. Sie hörten sich alles sprachlos vor Entsetzen an.

»Es ist eine üble Sache«, schloß ich bedrückt.

»Das ist es wahrhaftig«, meinte Geordie. »Sie müssen wahnsinnig sein.«

Ich sagte: »Ich glaube nicht, daß Kane geisteskrank ist. Wenn einer wahnsinnig ist, dann Hadley; er ist mit Sicherheit ein Psychopath. Aber Kane ist gerissener, als wir dachten.« Ich erzählte Geordie von dem Walkie-talkie.

»Man hat uns für dumm verkauft, und das gefällt mir ganz und gar nicht«, sagte Campbell. »Aber mit dem, was sie jetzt angerichtet haben, sind sie, glaube ich, zu weit gegangen – es kommt mir vor, als wäre Hadley durchgedreht, und das wird auch Ramirez nicht recht sein, wenn er davon erfährt.«

»Ich habe darüber nachgedacht, habe versucht, das Puzzle zusammenzusetzen, wenn man so will«, sagte Geordie. »Aber einige Teile scheinen einfach nicht zu passen.«

»Zum Beispiel?«

»Du sagst, daß nach Schoutens Aussage Kane und Hadley Mark umgebracht haben und daß Ramirez daran beteiligt war. Aber warum sollten sie Mark umgebracht haben?«

»Darüber habe ich mir auch Gedanken gemacht«, antwortete ich. »Da war etwas, das der arme alte Schouten gesagt hat – daß Hadley gelacht hat, als er den Leichnam zu sehen verlangte, und behauptet hat, daß sich bei dessen Anblick selbst einem Arzt der Magen umdrehen würde. Was schließt du daraus?«

»Nach allem, was wir über Hadley wissen, könnte das Folter bedeuten.«

»Aber warum sollten sie Mark gefoltert haben?« Eigentlich hätte mir schon allein beim Gedanken daran schlecht werden sollen, aber das Ganze kam mir inzwischen ziemlich theoretisch vor.

»Warum wird jemand gefoltert? Sie wollten etwas aus ihm herausholen.«

»Und Ramirez war dabei. Vermutlich wollten sie wissen, wo die kobaltreichen Knollen zu finden sind.«

»Ja«, meinte Campbell. »Zu dem Schluß bin ich auch schon gekommen. Hätte Mark es ihnen verraten?«

»Ich weiß nicht. Er hätte versucht, mit heiler Haut davonzukommen; aber er konnte solchen Leuten gegenüber sehr geringschätzig sein – vielleicht hat er nicht gedacht, daß es ihnen ernst damit ist, bis sie es ihm bewiesen, und da war es vielleicht zu spät.«

Die beiden Mädchen blickten mich fassungslos an, erschrocken über die stillschweigenden Folgerungen. Aber Geordie faßte sie in Worte. »Du meinst, Hadley ist auch da zu weit gegangen – und Mark ist gestorben, bevor er reden konnte?«

»Ich glaube ja. Sie kennen die Fundstelle nicht, sonst würden sie uns nicht verfolgen. Deshalb haben sie ihren Fehler vertuscht, den Arzt terrorisiert und Hadley losgeschickt, damit er Marks Sachen holt, weil sie sich davon Hinweise versprachen. Hadley hat es ungeschickt angefangen, und dank Ihnen, Paula, sind ihm die Sachen durch die Lappen gegangen. Und deshalb fuhr Ramirez nach England, um sie zurückzuholen, wobei er Kane als Schnüffler und Kontaktmann benutzte.«

»Das scheint alles zusammenzupassen«, sagte Geordie.

Er legte sich in seiner Koje zurück. Er wirkte plötzlich sehr erschöpft, und wir ließen ihn allein. Wir sprachen auch untereinander nicht weiter darüber. Wir waren alle angestrengt und bedrückt, und diese Rückreise nach Papeete stimmte uns nicht eben froh.

Wir kamen schnell voran, und alles ging gut, bis wir etwa zwei Stunden von Papeete entfernt waren und uns bereits danach sehnten, an Land gehen zu können. Ich hatte vor, gleich nach der Landung mit Ian, Campbell und ein oder zwei Besatzungsmitgliedern zur Polizei zu gehen; die anderen sollten an Bord bleiben, das Schiff bewachen und besonders gut auf Geordie und die beiden Mädchen aufpassen. Wir hatten keine Ahnung, wo die *Pearl* sein könnte, aber wir wollten kein Risiko eingehen. Ich war unten in meiner Kabine, als man mir ausrichten ließ, ich möge schnell an Deck kommen. Ian, der den Skipper vertrat, zeigte auf ein Schiff Steuerbord querab. Es war eine schnelle Barkasse, und sie fuhr in einem weiten Kreis um uns herum. »Der Bursche hatte es sehr eilig herzukommen, Mike«, sagte er zu mir. »Der hat etwas vor. Das sieht nach Behörde aus.«

Er reichte mir das Fernglas, und ich sah, daß es ein Patrouillenboot der Marine war, bestückt mit einer Schnellfeuerkanone auf dem Vorderdeck. Es hatte eine Nummer, aber keinen Namen, und während ich noch hinsah, nahm es direkt Kurs auf uns. »Du solltest lieber Mr. Campbell Bescheid geben«, sagte ich.

Die Barkasse zog längsseits und hielt in etwa fünfzig Metern Entfernung mit gedrosseltem Motor unsere Höhe. Am Ruderhaus setzte ein Beamter ein Megaphon an den Mund, und ein Schwall Französisch schallte über das Wasser.

Ich hob die Arme, um heftig mit den Schultern zu zucken und ihnen zu verstehen zu geben, daß ich nicht verstand. Daraufhin nahm ein anderer Mann den Schalltrichter und rief auf Englisch: »*Esmerelda*, drehen Sie bei, oder wir eröffnen das Feuer.«

Ich blickte auf die Kanone auf dem Vorderdeck. Zwei Matrosen hatten gerade Stellung daneben bezogen – einer hatte ein Magazin eingeschoben, und der andere schwenkte die Kanone herum, um sie direkt mitschiffs auf uns zu richten.

»Was, zum Teufel!« regte ich mich auf. Aber mit einem Schnellfeuergeschütz kann man nicht diskutieren. Ich hörte, wie Ian kurze Befehle erteilte, und an allen Masten wurden die Segel heruntergelassen, woraufhin gleich alle Besatzungsmitglieder, die Freiwache hatten, an Deck gestolpert kamen, unter ihnen auch Campbell.

»Was zum Teufel geht hier vor?« fragte er laut.

»Wir werden von der Marine geentert«, sagte ich. »Im alten Stil. Wenn wir nicht beidrehen, eröffnen sie das Feuer – hat der Mann da gesagt.«

Campbell starrte fasziniert auf die kleine Kanone. »Verflucht noch mal«, sagte er. »Piraten?«

»Nein, das nicht. Es sind Beamte.«

Die Segel waren alle unten, und die *Esmerelda* verlor an Fahrt und begann ein wenig zu schlingern. Das Patrouillenboot kam näher heran und schließlich längsseits, Leinen flogen herüber, und ein Offizier sprang, gefolgt von drei Matrosen, an Bord. Er hatte einen Revolver, und die Matrosen waren mit Maschinenpistolen bewaffnet. Unsere Männer wichen erschrocken und verwirrt zurück, und ich sah, wie Campbell verstohlen den beiden jungen Damen durch heftige Handbewegungen zu verstehen gab, sie sollten unter Deck bleiben.

»Mr. Trevelyan?« schnauzte der Offizier.

Ich trat vor. »Ich bin Michael Trevelyan.«

Der eine Matrose hob seine Maschinenpistole und zielte auf meinen Bauch. »Sie sind verhaftet.«

Ich schaute ihn wie vom Donner gerührt an. »Warum?«

Campbell trat aggressiv vor. »Jetzt hören Sie aber mal...« Der Offizier machte eine Handbewegung, und die beiden Matrosen rissen ihre Waffen hoch, und die Sicherungsbügel schnappten mit einem unheilverkündenden Laut zurück. Ian faßte Campbell an der Schulter, und er beruhigte sich.

Der Offizier sagte: »Das erfahren Sie in Papeete. Bitte folgen Sie mir an Bord meines Bootes. Sie...« er wandte sich Ian zu, »Sie begleiten uns mit Maschinenkraft. Diese Männer bleiben bei Ihnen an Bord. Bitte machen Sie keine Dummheiten.«

Ich blickte in seine kalten grauen Augen und erkannte, daß es kein Spaß war. Es widerstrebte mir zutiefst, die *Esmerelda* zu verlassen, aber mir blieb keine andere Wahl, und ich ging wortlos eiligen Schrittes hinüber. Ich wurde kurz durchsucht und dann hinuntergeführt zu einer nur dürftig eingerichteten Kabine – einer schwimmenden Zelle –, und kaum war ich drin, hörte ich, wie die Tür hinter mir verriegelt wurde.

Ich war allein.

4

Ich fühlte mich ziemlich elend – ich wußte nicht, um was es ging, hatte auch keinerlei Möglichkeiten, es herauszufinden, aber ich stellte natürlich Vermutungen an. Zu viele. Wenn ich nur mit jemandem hätte reden können, hätte ich mich besser gefühlt, aber das war unmöglich. Ich fragte mich, wie es den anderen erging.

Wir fuhren die restlichen Meilen nach Papeete so langsam, daß die *Esmerelda* mithalten konnte und – wegen der vermutlich immer noch drohend auf sie gerichteten Waffen – mußte. Meine Kabine hatte keine Bullaugen, und ich konnte auch nicht viel hören, aber das Anlegemanöver war nicht zu verkennen, und ich wappnete mich für das, was kommen mochte. Wenige Minuten später kamen sie tatsächlich an meine Tür, schlossen auf, und als sie mich nach oben ins Sonnenlicht führten, sah ich, daß wir wieder in Papeete waren, aber nicht an unserer alten Anlegestelle; statt dessen befanden wir uns nun anscheinend im Marinehafen. Ich sah, daß die *Esmerelda* längsseits festgemacht war, aber an Bord waren nur französische Matrosen, von meinen Freunden war niemand zu sehen. Man erwartete mich mit einem Polizeiwagen. Mit einem bleiernen Gefühl in den Beinen ging ich an Land und stieg ein.

Wir fuhren zu einer Polizeiwache, wahrscheinlich dem Polizeipräsidium, und ich wurde sofort hineingeführt und ohne Formalitäten in eine andere Zelle gesteckt und allein gelassen. Sie war bedrückend kahl. Es vergingen mehrere Stunden, dann holte man mich wieder heraus und geleitete mich diesmal in ein großes nüchternes Büro, wo ich mich einem grimmig dreinblickenden Mann mit fleckigem Gesicht gegenübersah, der, wie nicht anders zu erwarten, hinter einem Schreibtisch saß. Ich stand mit meinen Bewachern davor, und ein weiterer Mann stand an der Tür. Ich hatte schon beschlossen, wie ich mich unter den gegebenen Umständen verhalten wollte – ich wollte sofort in die Offensive gehen. Demütig zu kuschen fand ich unerträglich und dumm, da es auch besagt hätte, daß ich mich schuldig fühlte, was ich nicht tat. Sobald der Mann vor mir zum Sprechen ansetzte, kam ich ihm daher zuvor.

»Ich will den britischen Konsul sehen!«

»Setzen Sie sich!«

»Nein. Ich beantworte keine Fragen, solange der Konsul nicht anwesend ist.«

Er schlug mit der flachen Hand auf den Tisch, und ich wurde rückwärts auf einen Stuhl gestoßen. Ich sah ein Namensschild vor mir auf dem Schreibtisch, dem ich entnahm, daß ich es mit einem Jacques Chamant zu tun hatte, und auf dem auch ein Titel stand, den ich im Geiste als Polizeichef übersetzte. Ich war direkt bei der höchsten Stelle gelandet, schien es. Es mußte ziemlich schlecht für mich aussehen. Und ich hatte auch schon einen schrecklichen Verdacht, was man mir zur Last legte.

»Ich werde Ihretwegen nicht viel Federlesens machen, Trevelyan.« Auch er sprach recht gut Englisch. »Es hat auf Tanakabu ein Massaker gegeben, das Sie angerichtet haben – und das wird Sie den Kopf kosten.«

Ich blickte ihn entsetzt an. »Sind Sie wahnsinnig?«

Er stützte sich mit den Ellbogen auf dem Schreibtisch auf. »Ich habe hier ein Dossier über Sie. Sie sind letzte Woche nach Papeete gekomen und haben sehr ernste Anschuldigungen gegen Dr. Schouten auf Tanakabu vorgebracht, die dessen Ruf als Arzt hätten zerstören können. Man hat Ihnen gesagt, daß wir Schritte unternehmen würden, um die Richtigkeit Ihrer Behauptungen zu überprüfen, aber das hat Ihnen nicht gereicht. Sie haben Papeete verlassen mit der erklärten Absicht, westwärts zu segeln, aber statt dessen sind Sie nach Tanakabu gefahren.«

Entgegen meinem Entschluß hörte ich ihm schweigend zu.

»Sie kamen nach Tanakabu, hatten offenbar einen Streit mit Schouten – und haben ihn ermordet. Um Ihre Spuren zu verwischen, haben Sie sein Haus in Brand gesetzt. Das ganze Hospital geriet in Flammen; dabei hat es viele Tote gegeben. Ihre Mannschaft war auch daran beteiligt – Sie sind alle schuldig.«

Ich schloß die Augen und sackte, überwältigt von der Wut in seiner Stimme und von der ganzen scheußlichen Situation, auf meinem Stuhl zusammen. Wir waren sehr schnell von Papeete zurückgekehrt, und soweit ich wußte, gab es auf

Tanakabu keine Funkgeräte, also gab es nur eine Möglichkeit, wie die Polizei erfahren haben konnte, was sich da zugetragen hatte. Ich stützte mich auf einige Dinge, die er gesagt hatte, und beschloß, diese so gut, wie ich nur konnte, zu nutzen.

»Kann es sein, daß Sie nicht genau wissen, wie viele Leute ums Leben gekommen sind? Hatten Sie direkt mit der Insel Kontakt?« fragte ich schnell, denn ich wußte nicht, wieviel Zeit mir blieb, bis er mir wieder Ruhe gebot.

Er zögerte, und da wußte ich, daß ich auf der richtigen Spur war.

»Auf welche Weise haben Sie davon erfahren? Durch einen Mann namens Hadley – von einem Schiff namens *Pearl*?«

Das traf mitten ins Schwarze – ein Volltreffer. Er hüstelte, zauderte, und sagte: »Ich wüßte nicht, was das für einen Unterschied machen sollte, aber Sie haben recht. Mr. Hadley hat die gräßlichen Ereignisse auf Tanakabu in aller Ausführlichkeit beschrieben. Er hat berichtet, wie er selber nur knapp mit dem Leben davongekommen ist und daß Sie versucht haben, sein Schiff in den Grund zu bohren.«

Gut! Ich hatte ihn schon in die Defensive gedrängt. Ich mußte das Reden besorgen, nicht er. Ich vernahm schon einen leicht zweifelnden Unterton in seiner Stimme und drang weiter in ihn.

»Sie sagten, ich hätte ›offenbar‹ einen Streit mit Schouten gehabt. Was für Beweise haben Sie dafür? Ich habe ihn nach einer längeren Unterredung verlassen, ohne daß es ihm danach schlecht ergangen wäre. Dafür habe ich einen Zeugen, einen Inselbewohner namens Piro. Er hat mich von unserem Schiff aus hingefahren. Er wird auch bezeugen, daß wir zu Hilfe geeilt sind, als das Krankenhaus bereits brannte – und viele andere dort werden das bestätigen. Sie haben kein Recht, mich hier festzuhalten. Und auch sonst niemanden von uns!«

Er hörte mir intensiv zu, ohne mich zu unterbrechen. Die beiden Polizisten hinter mir standen still wie Statuen. Ich wußte nicht, weshalb alles meinen Wünschen entsprechend verlief, aber ich fühlte mich von Minute zu Minute stärker.

»Warum sehen Sie nicht in Ihrer Akte nach, Monsieur Chamant? Sie haben es schwarz auf weiß – Hadley war der Mann, der meinen Bruder gefunden haben soll, aber *ich* sage, daß er ihn umgebracht hat – und Schouten hat mir das bestätigt. Ich kann das jetzt nicht beweisen, aber alles andere kann ich beweisen.«

Mir fiel noch ein Beweis ein, und ich führte ihn triumphierend an.

»Ich habe Fotos gemacht. Lassen Sie meinen Film entwikkeln. Er wird Ihnen über alles Aufschluß geben.«

»Mr. Trevelyan, ich habe Ihnen aufmerksam zugehört. Natürlich werden wir in Ihrer Kamera nachsehen, und wir haben schon ein Polizeiboot nach Tanakabu geschickt. Aber es gibt immer noch viele Dinge, für die Sie mir eine Erklärung schuldig sind. Und Sie sind noch nicht aus der Haft entlassen.«

»Ich habe Ihnen noch sehr viel zu sagen! Dieser verdammte Bastard und sein Kumpel Kane – die sollten Sie festnehmen. Sie haben Sven Norgaard getötet, meinen Bruder, diesen armen verdammten Schouten. Und vierzehn Patienten haben sie bei lebendigem Leibe verbrannt, hören Sie – diese armen Kreaturen bei lebendigem Leibe verbrannt!«

Chamant winkte den beiden Polizisten, die mich daraufhin an den Schultern zurückzogen. Ich hatte in meinem Zorn jegliche Zurückhaltung verloren und wäre ihm – so wild, wie ich darauf aus war, ihm die Augen zu öffnen – fast auf den Schreibtisch gestiegen. Ein wenig zitternd und um Selbstbeherrschung kämpfend sackte ich wieder auf meinen Stuhl. Es trat einen Moment Schweigen ein, in dem alle meine Worte überdachten.

»Wo ist Hadley jetzt?« fragte ich, um in der Offensive zu bleiben.

Er betrachtete mich immer noch schweigend, dann nickte er ernst. Er erteilte einem der beiden Beamten in schnellem Französisch Anweisungen, und der verließ schneidig den Raum. Dann blickte Chamant mich wieder an. »Ich bin immer noch nicht willens, Ihnen zu glauben, aber wir werden noch einmal mit Mr. Hadley reden, das verspreche ich Ihnen. Inzwischen bitte ich Sie mir hierfür eine Erklärung zu geben, wenn Sie können.«

Er zeigte auf eine kleinere Kiste auf einem Seitentisch, und einer der beiden Polizisten, die noch da waren, stellte sie ihm auf den Schreibtisch. Beim Öffnen kamen vier Waffen und ein Häufchen Munitionsschachteln zum Vorschein. Zwei der Waffen erkannte ich sofort.

»Vier Schußwaffen und genug Munition, um einen Krieg anzufangen, Mr. Trevelyan. Keine Ladung für ein friedliches Forschungsschiff.«

»Wo haben Sie die gefunden?« Doch ich ahnte es bereits, und es bekümmerte mich. Das würde mich wieder weit zurückwerfen.

»Drei in der Kabine von Mr. Campbell. Eine bei Mr. Wilkins, Ihrem Kapitän.«

Ich machte eine schwache Handbewegung. Es schien mir so, als gäbe es dazu nicht viel zu sagen.

»Haben Sie sie schon einmal gesehen?«

»Ja, zwei davon. Mr. Campbell hat mir die eine gegeben, als wir feststellten, daß Kane unser Schiff verlassen hatte und verschwunden war. Ich muß Ihnen die ganze Geschichte erzählen, in der Reihenfolge, wie sich alles abgespielt hat, verstehen Sie. Die andere Waffe hatte Mr. Campbell selbst. Aber...«

»Aber?«

»Wir haben beide nicht einen Schuß abgegeben! Wenn Sie Schouten exhumieren, werden Sie feststellen, daß auf ihn, ich glaube, dreimal geschossen worden ist.«

»Nur die beiden anderen Waffen sind abgefeuert worden.«

»Ja, auf unserem Schiff – als Hadley floh. Wir haben versucht, sie zu rammen, um ihn aufzuhalten – ihn der Gerechtigkeit zuzuführen.« Dieser Satz klang so melodramatisch, daß selbst ein Franzose daran zu würgen hätte, dachte ich.

»Erzählen Sie mir Ihre Geschichte.«

Also tat ich das, ohne jedoch unsere Suche nach Manganknollen, Ramirez oder Suarez-Navarro auch nur mit einem Wort zu erwähnen. Die Geschichte wäre sonst viel zu kompliziert geworden. Ich sagte nur, daß Hadley, dessen Boot mein Bruder und Norgaard gechartert hatten, mit den beiden aus unbekannten Gründen in Streit geriet, beide ermordete und den holländischen Arzt in sein Verbrechen verwickelte. Ich war gekommen, um die Wahrheit zu ergründen, und hatte in ein Hornissennest gestochen. Mein Bericht war ausführlich und sehr ordentlich. Er machte sich von Zeit zu Zeit Notizen, sagte jedoch wenig.

Als ich fertig war, forderte er mich auf: »Bringen Sie das bitte alles zu Papier und unterschreiben Sie es. Ich werde Ihnen erlauben, an Bord zurückzukehren, aber Sie werden verstehen, daß Sie und alle Ihre Leute in Ihren Quartieren an Bord bleiben müssen. Wir werden einen Wachposten aufstellen.«

Er wurde durch die Rückkehr des Polizisten unterbrochen, den er losgeschickt hatte; der Mann trat zu ihm und flüsterte ihm aufgeregt etwas zu. Chamant stand auf, und die beiden traten ans Fenster, wo sie mit dringlichem Unterton in den Stimmen auf Französisch weiterredeten. Und ich ahnte schon, worüber sie sprachen.

»Es geht um Hadley, nicht wahr?«

Chamant drehte sich um und sah mich an.

»Sie haben ihn entwischen lassen, nicht wahr? Sie haben diesen brutalen Mörder entkommen lassen!«

Er nickte betrübt. »Ja, er ist offenbar fort. Sie müssen verstehen, wir hatten keinen Grund, ihn festzuhalten, nachdem er uns informiert und eine eidliche Aussage gemacht hatte. Dies ist sein Heimathafen.«

Etwas an der Art und Weise, wie er sprach, verriet mir, daß er sich ernstlich Sorgen machte, und zwar so, daß er ganz vergaß, daß er hier mit einem Mann sprach, der unter Arrest stand. Ich konnte mir denken warum. Hadley war mit Sicherheit als harter Bursche und Raufbold bekannt. Vermutlich hatte die Polizei ihn schon selber überwachen lassen, wegen seiner Verbindungen zu Mark und Norgaard – und, nach allem, was mir bekannt war, wegen einer Menge anderer Dinge. Und indem er ihn entkommen ließ, hatte Monsieur Chamant seinem eigenen Ruf schwer geschadet. Ich war gleichzeitig wütend und schadenfroh.

Er bekam sich wieder unter Kontrolle und erteilte Anweisungen, mich zur *Esmerelda* zurückzubringen, worüber ich mehr als froh war. Hausarrest erschien mir läppisch im Vergleich dazu, in einer Zelle eingesperrt zu sein. Ich kehrte an

Bord zurück, und es bekümmerte mich nicht sonderlich, ringsum bewaffnete Polizisten zu sehen, zwei an Deck und mehrere am Kai, sowie ein Knäuel Schaulustiger, die sich hin und her schoben, als warteten sie darauf, daß die Vorstellung beginnt. Zu deren Vergnügen und zum Mißfallen meiner Wärter schaffte ich es sogar, ein Grinsen aufzusetzen und ihnen, während man mich unter Deck führte, kurz zuzuwinken.

Bei meiner Rückkehr fand ich die gleiche gespannte Erwartungshaltung vor wie unten am Kai, nur hier getönt von Furcht und Ratlosigkeit. Alle umringten mich und bombardierten mich mit Fragen.

»Nur Geduld!« vertröstete ich sie freundlich. »Wir haben noch viel Zeit – mehr als uns lieb ist. Zuerst möchte ich mich frisch machen und ein paar Liter Kaffee haben und etwas zu essen. Wer hat heute Küchendienst?«

Ich eilte entschlossen davon zu meiner Kabine, um mich umzuziehen, und überließ es den anderen, für mein leibliches Wohl zu sorgen – und hielt beim Anblick von Geordie inne, der noch immer in unserer gemeinsamen Kabine in seiner Koje lag.

»Geordie! Was zum Teufel tust du hier? Solltest du nicht im Krankenhaus liegen?« Ich kochte schon innerlich, weil man ihn so unmenschlich behandelte, aber er winkte gelassen ab.

»Es geht mir gut, Junge. Gut, dich zu sehen. Was ist mit dir passiert?«

»Geordie, ich erzähle es dir zusammen mit den anderen, sobald ich mich frisch gemacht und etwas Kaffee getrunken habe. Bist du sicher, daß es dir gut geht?«

Aber er sah tatsächlich schon wieder viel besser aus, und ich konnte sehen, daß man ihn ärztlich versorgt hatte, sauber genäht und ordentlich verbunden. Während ich mich auszog, sagte er: »Sie wollten mich fortschaffen, aber ich habe mich widersetzt. Mir fehlt nichts, was ihre hübsche Ambulanzschwester nicht in Ordnung bringen konnte. Ich werde dafür sorgen, daß sie auch nach dir sieht.«

Er nickte zu meinen Händen hin, die noch immer teilweise voller Verbrennungen waren, auch wenn sie auf der kurzen

Rückreise schon gut zu heilen begonnen hatten. Ich wusch mich schnell und saß bald beim Frühstück im Salon, umgeben von der gesamten Mannschaft der *Esmerelda* – bis auf einen. Es war eine immense Erleichterung, Kanes Gesicht nicht unter den anderen zu sehen.

Ich erzählte ihnen alles, was sie wissen mußten, sparte mir jedoch ein paar persönliche Bemerkungen für später auf, für Geordie und Campbell.

»Dieser Chamant ist sehr beunruhigt. War es schon, als er mir einen Besuch abgestattet hat. Wie sehr muß er es dann erst jetzt sein, da Hadley auf und davon ist«, sagte Campbell.

»Er hat Ihnen einen Besuch abgestattet?«

»O ja, und den Mädchen und Ian – er wollte auch mit Geordie sprechen, aber dem ging es gerade seltsamerweise viel schlechter.« Geordie saß hochgestützt in einer Koje im Salon und blinzelte mir zu; da wurde mir klar, daß meine Neuigkeiten alle erheblich fröhlicher gestimmt hatten. Zwar standen wir, genaugenommen, immer noch unter Arrest, und unser Schiff war noch beschlagnahmt, aber es war klar, daß wir dank der verschiedenen Beweise, die ich dem Polizeichef geliefert hatte, nicht mehr ernstlich in Schwierigkeiten steckten; wir konnten uns zwar nicht frei bewegen, waren aber nicht den seelischen Beklemmungen ausgesetzt, die Gefängnisaufenthalte meist mit sich bringen.

»Erzählen Sie mir von Ihrem Verhör«, bat ich Campbell.

Es war offenbar eher erheiternd gewesen. Anstatt kleinlaut zu reagieren, weil man unter seiner Koje ein kleines Waffenarsenal vorgefunden hatte, hatte Campbell gelassen erklärt, daß er für alle Waffen eine ordentliche Lizenz habe, daß er ein bekannter Sammler sei und es ihm nicht im Traum einfallen würde, zu verreisen, ohne für Zielübungen Waffen mitzunehmen, und daß auch nur eine seiner Waffen abgefeuert worden sei – und zwar von seiner Tochter, die sich heldenmütig gegen ein ganzes Schiff voll mordlustiger Piraten verteidigt hätte. Er hatte sich darüber aufgeregt, daß Clare so schlecht geschossen hätte, wobei es ihn anscheinend nicht im geringsten kümmerte, daß sie einen Mann an der Schulter verwundet hatte; aus seinem Ärger darüber, daß sie ihn nicht auf der Stelle getötet hatte, hatte er keinen Hehl gemacht.

Offenbar hatte sich Kane, während er in Papeete war, eine Kugel aus der Schulter entfernen lassen, ironischerweise von demselben Arzt, der Geordie behandelt hatte. Wie es schien, war er nicht schwer verletzt, was Campbell mächtig enttäuschte.

Man hatte ihm gehörig Vorwürfe gemacht, weil er die Waffen nicht bei seiner Ankunft deklariert hatte, und ihm angedroht, sie zu konfiszieren, aber das hatte er irgendwie zu verhindern gewußt; und er war damit davongekommen, daß die Läufe der Waffen für die Dauer unseres Aufenthaltes versiegelt wurden.

Es stellte sich heraus, daß die vierte Waffe, die ich gesehen hatte, Nick Dugan gehörte; ihn hatte man deswegen einfach nur ausgescholten. Nach Aussage von Clare waren bei dem Gefecht zwischen der *Esmerelda* und der *Pearl* mindestens noch zwei weitere Handfeuerwaffen benutzt worden, die bei der Durchsuchung jedoch nicht aufgetaucht waren, und ich stellte deswegen keine Fragen. Geordie, erfuhr ich dann noch, hatte eine Schrotflinte an Bord, für die er nicht nur einen Waffenschein besaß, sondern die er sogar beim Zoll in Papeete angegeben hatte – und das war die einzige Waffe an Bord, die überhaupt nicht benutzt worden war.

Campbell hatte sich ebenso erregt wie ich und alle einflußreichen Persönlichkeiten angeführt, die seine Aussagen bestätigen könnten, und offenbar hatte sich Monsieur Chamant ihm gegenüber ganz ähnlich verhalten wie bei mir – hatte ihn erzählen lassen, ihm aufmerksam zugehört und ihn schließlich wieder an Bord entlassen mit der freundlichen Bitte, er möge alles schriftlich niederlegen. Alles deutete darauf hin, daß man uns unsere Geschichte glaubte. Am Nachmittag begannen die Wachen sogar, uns, nachdem die *Esmerelda* vom Kai zu einer Vertäuungsboje ein ganzes Stück weiter draußen im Hafen verbracht worden war, zu zweit oder dritt an Deck zu lassen, damit wir uns ein wenig Bewegung machen konnten. Es sah schon wieder besser aus für uns, und in dieser Nacht gingen wir alle viel fröhlicher schlafen, als wir es bei Tagesanbruch gewesen waren.

5

Am nächsten Morgen kam ein höherer Polizeibeamter an Bord und nahm von uns allen ausführliche Aussagen zu Protokoll, was ziemlich lange dauerte, obwohl einige von uns ihre Berichte schon vorher schriftlich niedergelegt hatten und diese nur noch in Anwesenheit des Beamten zu unterzeichnen brauchten. Er nahm auch meine Kamera mit, und ich betete, daß meine Fotos etwas taugten. Der Arzt kam noch einmal, um nach Geordie zu sehen, und Campbell nutzte das aus, um ihm unzählige Fragen zu stellen, die das Hospital auf Tanakabu betrafen und die Möglichkeiten, schnell einen neuen Arzt dahin zu bekommen.

Wir begannen alle, unruhig zu werden und uns unbehaglich zu fühlen. Es gab zwar einige Zerstreuungen, aber unsere Bewegungsfreiheit war immer noch auf das Schiff beschränkt, und da man uns gegen alle Leute abschottete, die sonst noch an Bord kommen durften, war die Atmosphäre an Bord stickig und bedrückend.

Irgendwann im Laufe des Nachmittags ließ Geordie mir ausrichten, daß er mich gerne sprechen würde, und so ging ich zu ihm in die Kabine. Er saß, von Kissen gestützt, aufrecht im Bett, um sich herum etliche Bücher. Sein Gesicht war immer noch stark bandagiert, aber er wirkte wieder viel kräftiger, und von der Gehirnerschütterung war ihm schon lange nichts mehr anzumerken.

»Setz dich, Junge«, sagte er. »Ich glaube, ich habe eine Entdeckung gemacht.«

»Im Zusammenhang womit?« fragte ich, obwohl ich es mir schon denken konnte. Schließlich lagen mehrere Seefahrtbücher vor ihm und darunter besonders auffallend der *Pilot*. »Hat es etwas mit diesen verdammten Knollen zu tun?«

»Ja, hat es. Hör einfach mal zu, ja?«

Ich spürte, wie es in meinem Hinterkopf leise zu kribbeln begann. Nach dieser schrecklichen Geschichte auf Tanakabu hatte ich von der ganzen Suche die Nase voll gehabt und nichts mehr davon wissen wollen. Meinetwegen konnten die Knollen für immer und ewig auf dem Meeresboden bleiben, und nachdem der Mord an Mark mehr oder weniger geklärt war, war sogar das Verlangen, die Wahrheit an den Tag zu bringen, einer dumpfen Resignation gewichen. Aber nun, aller normalen Betätigungsmöglichkeiten beraubt, mußte ich daran denken, daß es vielleicht Spaß machen könnte, sich mit diesem Problem erneut zu befassen; meine berufliche Neugierde regte sich wieder. Also setzte ich mich hin und hörte Geordie zu.

»Ich habe über diesen verrückten Kane nachgedacht«, begann er. »Er hat sich einmal verraten, als er New Britain erwähnte – zu der Zeit hätte er noch gar nichts davon wissen dürfen. Nun bin ich auf den Gedanken gekommen, daß er sich vielleicht noch ein anderes Mal verraten hat. Deshalb habe ich mir alles durch den Kopf gehen lassen, was er meines Wissens gesagt hat, und bin auf folgendes gestoßen. Es ist hochinteressant und leicht zu lesen.«

Er reichte mir den zweiten Band des *Pacific Ocean Pilot*, und ich begann auf der Seite zu lesen, auf die er zeigte. Noch bevor ich unten auf der Seite angelangt war, hatte ich vor Überraschung die Augenbrauen hochgezogen. Es war ein längerer Absatz, ich brauchte eine Weile, um alles aufzunehmen, und als ich zu Ende gelesen hatte, sagte ich zurückhaltend: »Sehr interessant, Geordie – aber...?«

Er sagte vorsichtig: »Ich will niemanden auf eine neue Fährte hetzen. Mit Minerva haben wir uns gewaltig geirrt, aber ich glaube, das ist die Erklärung für die andere Zeichnung im Tagebuch. Das heißt, wenn es zu deinen fachlich bedingten Voraussetzungen paßt.«

Das tat es.

»Wir wollen den Boss hinzuziehen«, sagte ich, und er wäre vor Freude fast aufgesprungen. Er hatte sein Spiel gespielt und gewonnen.

Ich stand auf, holte Campbell, Ian und Clare und kehrte mit ihnen zurück. »Okay, Geordie. Fang noch einmal von vorne an.« Ich konnte den anderen ansehen, daß sie genauso froh waren, auf andere Gedanken gebracht zu werden, wie ich.

»Ich habe mir über Kane Gedanken gemacht«, sagte Geordie. »Ich habe mir noch einmal alles durch den Kopf gehen lassen, was er gesagt hat. Dabei ist mir eingefallen, daß er bei der einen Zeichnung von Clare von einem ›kümmerlichen Falken‹ sprach. Wir hatten alle einen Adler darin gesehen, stimmt's? Also habe ich im *Pilot* nachgesehen und festgestellt, daß es wirklich eine Falkeninsel gibt: *Falcon Island.* Die Einheimischen nennen sie Fonua Fo'ou, aber manchmal wird sie auch *Falcon Island* genannt, weil sie 1865 von der *HMS Falcon* entdeckt wurde.«

»Aber was ist mit dem ›*Disappearing Trick*‹«, fragte Clare.

»Das ist der springende Punkt«, sagte ich. »Falcon Island verschwindet immer wieder.«

»Nun aber mal langsam«, sagte Campbell etwas beunruhigt. »Von diesem Unsinn hatten wir genug mit Minerva.«

»Es ist nicht ganz das gleiche«, sagte Geordie. »*Récife de Minerve* war eine Untiefe, deren exakte Lage nicht bekannt war. Die Lage von Falcon Island oder Fonua Fo'ou ist haargenau bekannt – aber die Insel ist nicht immer zu sehen.«

»Was zum Teufel soll das heißen?« explodierte Campbell.

Geordie meinte grinsend zu mir: »Erklär du das lieber – du bist hier der Experte.«

»Falcon Island ist anscheinend die Spitze eines untermeerischen Vulkans vom Kegeltypus«, sagte ich nüchtern. »Von Zeit zu Zeit bricht er aus und schleudert einige Milliarden Tonnen Asche und glühende Schlacke hoch, genug, daß sich eine Insel von beträchtlicher Größe bildet.« Ich verwies auf den *Pilot*. »1889 war sie über eine Quadratmeile groß und ungefähr fünfzig Meter hoch; im April 1894 war da nichts, nur eine Untiefe, aber im Dezember desselben Jahres gab es wieder eine Insel, diesmal drei Meilen lang, anderthalb Meilen breit und etwa fünfzehn Meter hoch.«

Ich zeigte auf die Seiten. »Hier ist ein langer Bericht über das Kommen und Gehen der Insel. Um neuere Zahlen zu nennen – 1930 war Falcon Island eine Viertelmeile lang und über hundertfünfzig Meter hoch. 1949 war sie wieder verschwunden, und an derselben Stelle war das Wasser neun Faden tief.«

Ich reichte Campbell das Buch. »Die Insel scheint immer wieder fortgespült zu werden. Das Zeug, das aus dem Vulkan kommt, ist wahrscheinlich ziemlich krümelig und vieles davon vermutlich wasserlöslich.«

Er fragte: »Paßt das zu Ihrer Knollenbildungstheorie?«

»Perfekt. Wenn diese Eruptionen, sagen wir mal, alle zwanzig Jahre erfolgen, und das schon seit hunderttausend Jahren, ist das verdammt viel Material, das da ins Meer gepumpt wird. Der Metallgehalt ist vermutlich minimal, aber das spielt keine Rolle. Das wird beim Prozeß der Knollenbildung ausgeglichen – was an Metallen da ist, wird herausgespült und bildet ein Konzentrat, das nur noch aufgesammelt zu werden braucht.«

Campbell machte ein ungläubiges Gesicht. »Sie kommen mit den verrücktesten Sachen an«, beschwerte er sich. »Erst mit einem Riff, das es vielleicht gibt oder auch nicht gibt, und nun mit einem gottverdammten Eiland, das immer wieder verschwindet. In welchem Zustand befindet sich dieses merkwürdige Ding zur Zeit?«

Ich blickte Geordie an.

»Ich weiß es nicht. Ich werde in den Ergänzungsbänden zum *Pilot* nachsehen – aber die hinken auch meist ein wenig hinter der Zeit her, wenn sie gedruckt werden. Vielleicht wissen es die Insulaner.«

»Wo liegt denn Falcon Island oder Fonua-wasauchimmer – wenn die Insel zu sehen ist?«

»Bei den Freundschaftsinseln«, antwortete ich. Da lächelte Clare. »In der Tonga-Gruppe. Ungefähr vierzig Meilen nördlich von Tongatapu, der größten Insel.«

Er runzelte die Stirn. »Das liegt weit weg von Rabaul, wo die Suarez-Navarro-Clique ist. Und auch weit weg von hier, wo Mark war.«

Ich sagte langmütig: »Es liegt in der Mitte dazwischen.«

Er nickte versonnen, und wir dachten alle einige Minuten lang nach. Schließlich sagte ich laut: »Angesichts dieser neuen Aspekte würde es sich, glaube ich, lohnen, sich auf Falcon Island zu konzentrieren – das heißt, wenn Sie weitermachen.« Ich blickte Campbell fragend an.

»Ja, natürlich mache ich weiter«, sagte er nachdrücklich. Er wurde immer optimistischer. »Glauben Sie wirklich, daß es einen Versuch wert ist?«

Clare unterstützte mich. »Ich war sicher, daß diese Zeichnungen etwas zu bedeuten hatten.«

»Minerva hat zwei Monate vertaner Zeit bedeutet«, sagte Campbell. »Was meinen Sie, Geordie?«

Geordie blickte mich an, aber voller Zuversicht. »Er ist der Experte.«

Ian Lewis wartete höflich und geduldig ab. Er war bereit, überallhin zu fahren und alles zu tun, was man von ihm verlangte. Trotz der schrecklichen Erlebnisse auf Tanakabu fand er es wunderbar, der Langeweile des häuslichen Lebens so weit enthoben zu sein.

Die Sache entschied sich, während Campbell noch gründlich überlegte. Ein Luftzug, der sich von der offenen Ladeluke hierher verirrt hatte, blätterte ein oder zwei Seiten im *Pilot* um, und zufällig blickte ich darauf. Ich schaute ungläubig auf die Seite und platzte fast vor Lachen.

»Um Himmels willen, was ist so komisch?« fragte Campbell.

Ich drückte das Buch Geordie in die Hand, und auch er begann zu lachen. Ich sagte: »Es sieht so aus, als hätten wir nach der falschen Minerva gesucht. Schauen Sie – Minerva-Riffe, zweihundertsechzig Meilen südwestlich von Tongatapu – das heißt, sie sind nur etwa dreihundert Meilen von Falcon Island entfernt.«

»Wollen Sie damit sagen, es gibt *noch eine* Minerva?«

»Genau das.«

Geordie reichte ihm das Buch. »Sie sind kartenmäßig voll erfaßt. Sie liegen auf einem achtundzwanzig Meilen langen Plateau. Der Meeresboden ist hart – Muscheln, Korallen und Vulkanschlacke, in einer Tiefe zwischen sechshundert und elfhundert Metern.«

»Genau wie Falcon Island, aber viel, viel älter und unzweifelhaft erwiesen«, warf ich ein.

»Da ist nichts von Knollen erwähnt«, sagte Campbell.

»Das sind Marineberichte, und die Marine würde nicht nach Knollen suchen. Sie loten nur die Tiefe aus, und zwar mit einem wachsumhüllten Gewicht, mit dem sie auch Bodenproben nehmen. Eine Knolle – selbst eine kleine – wäre zu schwer, um an dem Wachs haften zu bleiben.«

In der kleinen Kabine machte sich immer mehr Jubel breit.

Campbell sagte: »Nun, damit ist es entschieden, nehme ich

an. Wir fahren nach Tonga.« Er blickte uns alle grimmig an. »Aber diesmal sollte es besser kein Reinfall werden.«

Damit stand fest, was wir tun würden, nachdem wir Papeete verlassen hatten – wenn wir Papeete verließen.

6

Es schien ewig zu dauern.

Offenbar war ein Patrouillenboot nach Tanakabu gefahren und drei Tage später zurückgekehrt, und in dieser Zeit hatten wir es etwas besser, aber nicht viel. Die Besatzungsmitglieder durften grüppchenweise an Land gehen, doch Ian, die Campbells und ich durften immer noch nicht ausgehen, auch Geordie nicht, er jedoch aus anderen Gründen. Paula schaffte es, daß man sie von Bord gehen ließ, hauptsächlich wohl deshalb, weil sie anscheinend alle Welt kannte, einschließlich der Polizisten; aber sie ging nur in Begleitung von Jim oder Taffy und blieb nie lange an Land; offenbar glaubte sie nicht recht daran, daß Hadley wirklich fort war.

Am vierten Tag brachte man Campbell und mich an Land und fuhr uns zum Polizeirevier, wo man uns in dasselbe Büro führte wie bei früherer Gelegenheit. Monsieur Chamant erwartete uns.

Er war ziemlich freundlich. »Was wir auf Tanakabu ermittelt haben, deckt sich mit Ihren Aussagen. Besonders zu erwähnen ist, daß Mr. Trevelyan die Suche abgeblasen hat, sobald er wußte, daß dieser Kane bewaffnet war. Das spricht zu seinen Gunsten. Des weiteren habe ich erfahren, daß Sie im Krankenhaus vielen Menschen das Leben gerettet haben, und mir ist auch bekannt, daß Sie alle an Bord Ihres Schiffes waren, als der Doktor erschossen und das Feuer gelegt wurde. Auch Ihre Fotos haben sich als nützlich erwiesen.«

Das war eine gute Nachricht und kam so nahe an eine Entschuldigung heran, wie es wohl nur ging.

»Wann können wir aufbrechen?« fragte Campbell.

Chamant zuckte mit den Schultern. »Wir können Sie nicht

festhalten. Wenn wir Kane und Hadley hätten, würden wir von Ihnen erwarten, daß Sie bleiben und in der Verhandlung gegen sie aussagen, aber...«

»Aber Sie haben sie nicht gefunden«, sagte ich bitter.

»Wenn sie sich in Französisch-Polynesien aufhalten, werden wir sie finden. Aber der Pazifik ist groß.«

Zumindest schien er von Hadleys und Kanes Schuld überzeugt zu sein, die jedoch früher oder später sowieso ans Licht gekommen wäre. Hadley war auf Tanakabu an Land gesehen und von mehreren Leuten erkannt worden, und deswegen hatte es mich um so mehr gewundert, daß er, anstatt Fersengeld zu geben, Papeete angelaufen hatte, um die Polizei auf eine falsche Spur zu hetzen. Aber vielleicht hatte Hadley, dessen Denkweise noch nicht so deutlich zutage trat wie seine Brutalität, wirklich geglaubt, man würde uns seines Verbrechens für schuldig befinden und er wäre uns dann für immer los. Es war unmöglich herauszufinden, was in seinem Kopf vor sich ging. Doch wenn er und seine Kumpane nun selber vom Gesetz gejagt wurden, würde ihnen kaum noch Zeit bleiben, uns zu verfolgen, und wir waren schon übereingekommen, so zu tun, als gäbe es sie gar nicht. Sonst kamen wir nie zum Ziel.

»Sie können auslaufen, wann Sie wollen, Mr. Campbell.«

»Wir werden westwärts fahren, wie wir ursprünglich gesagt haben«, erklärte ihm Campbell. »Wir wollen nach Tonga. Wenn wir sie da draußen sichten, werden wir es den Behörden melden.« Wir zeigten uns nun kooperativ, da wir nicht wollten, daß man uns weiter daran hinderte, unseren Geschäften nachzugehen.

Chamant sagte: »Sehr gut, meine Herren. Sie können gehen. Ich werde Anweisung erteilen, daß man die Polizeiwachen abzieht. Aber sehen Sie zu, daß Sie sich, solange Sie noch hier sind, tadellos betragen, und ich empfehle Ihnen auch dringend, diese Gewässer bald zu verlassen. Ihre Familie...« Er zeigte auf mich. »Ihre Familie scheint uns hier nur Ärger zu bereiten, ob Sie das nun wollen oder nicht. Und wir wollen keinen Ärger hier.«

Campbell legte eine Hand fest um meine Faust. »Vielen Dank, Mr. Chamant. Wir danken Ihnen für alles, was Sie gesagt haben. Und könnten Sie uns jetzt bitte zu unserem Schiff zurückbringen lassen?«

Er zögerte, da er das aus Prinzip nicht wollte, aber schließlich erreichten wir doch, daß man uns zum Hafen und zur *Esmerelda* hinausfuhr, so daß wir die erfreuliche Mitteilung von unserer Freilassung schnell weitergeben konnten. Alle hatten ein paar freie Tage verdient, und weder Campbell noch ich mißgönnten ihnen die Zeit. Das Funkgerät war inzwischen repariert, aber wir hatten noch eine Menge Vorbereitungen zu treffen, bevor wir zu den Freundschaftsinseln aufbrechen konnten, von denen eine vielleicht zu sehen war, vielleicht aber auch nicht.

Sechstes Kapitel

1

Es war gut, wieder auf See zu sein, von den stetigen Passatwinden vorangetrieben zu werden. Wir würden ungefähr sechs Tage brauchen bis Tonga, und bald nahm unser Leben an Bord seinen alten gewohnten Gang.

Geordie war wieder auf den Beinen und aktiv. Sein Gesicht sah zwar immer noch wie ein Schlachtfeld aus, aber sonst war er in bester Form, und er übernahm wieder das Kommando von Ian, der es nur ungern abgab; er hatte die kurze Zeit als Skipper sehr genossen. Die frische Brise vertrieb die letzten trüben Gedanken an Tanakabu, und das tat allen gut. Seit Kane fort war, gab es auch keinerlei Geheimnistuerei mehr; alle waren über alles unterrichtet, einschließlich Geordies Stammbesatzung. Wir hielten es nur für fair, alle vor den möglicherweise vor uns liegenden Gefahren zu warnen; Geordie hatte ihnen das Angebot gemacht, ihnen die Rückfahrt zu bezahlen, wenn sie uns lieber verlassen wollten, aber niemand hatte es angenommen.

Auch Paula war noch bei uns. Irgendwie hatten alle das für selbstverständlich gehalten. Sie hatte sich so gut in das Leben an Bord eingefügt, daß es niemanden überrascht hatte, als sie zustimmte, weiter mitzukommen. Sie und Clare ergänzten einander großartig.

Ich vertiefte mich in Lehrbücher und Karten. Ich wollte mich mit Strömungen befassen, deshalb bat ich Geordie um Seekarten dieses Gebiets. »Wahrscheinlich werden sie mir nicht viel helfen«, sagte ich. »Vielleicht haben sich die Strömungen im Laufe der letzten fünfzigtausend Jahre sehr verändert. Deshalb hat Mark mit Norgaard zusammengearbeitet – er war Experte auf diesem Gebiet.«

»In den Seekarten sind nur die Oberflächenströmungen eingezeichnet«, sagte Geordie. »Wer weiß, was sich unter der Oberfläche abspielt?«

»Es gibt Geräte, die einem darüber Aufschluß geben können, aber ich habe keines mit. Um so trauriger, da sie einem auch verraten können, was da vor fünfzigtausend Jahren los war«, erklärte ich. »Hier ist Fonua Fo'ou. Es gibt eine warme Nebenströmung des Südäquatorialstroms, die südwestlich an der Insel vorbeiläuft. Das müßte eigentlich bedeuten, daß auch alle Knollenablagerungen südwestlich der Insel sind. Aber es ist eine Oberflächenströmung – weiter unten können andere Strömungen sein, die in entgegengesetzter Richtung verlaufen. Das müssen wir nachprüfen, wenn wir können.«

Ich stutzte mißbilligend bei meinen eigenen Worten. »Die Frage ist: haben diese Strömungen in den letzten fünfzigtausend Jahren ihre Richtung verändert? Ich weiß nicht, aber ich glaube eigentlich nicht. Das ist keine sehr lange Zeit.«

Geordie schnaubte.

Ich zeigte mit dem Finger auf die Karte. »Was mir wirklich Sorgen macht, ist das hier: der Tonga-Graben. Unsere Dredsche reicht nur bis zu einer Tiefe von 30000 Fuß, und der Graben ist fast 35000 Fuß tief.«

»Ganz schön viel Wasser«, bemerkte Geordie trocken. »Das sind über zehneinhalb Kilometer – eine Wassertiefe, bei der man ertrinken könnte.«

»Wenn sich die kobaltreichen Knollen am Boden des Grabens gebildet haben, verschwenden wir unsere Zeit«, sagte ich, seine Scherze übergehend. »Man könnte sie mit einer Dredsche hochholen, aber es würde sich wirtschaftlich nicht lohnen – es hieße, Geld ins Meer werfen. Übrigens habe ich das dem Boss gegenüber nicht erwähnt. Es würde ihn nur beunruhigen und mutlos machen, und es könnte sich als unzutreffend erweisen.«

»Ich werde es nicht verraten«, versprach er.

Aber ich machte mich aus anderen Gründen auf die Suche nach Campbell und fand ihn an seiner Lieblingsstelle an Deck, wo er saß und ein Buch las. Wir unterhielten uns ein wenig über das Schiff und das Wetter, und dann fragte ich: »Ist es wahr, was Clare gesagt hat – daß Sie so phantastisch gut schießen?«

»Ganz gut«, sagte er bescheiden, wenn auch selbstgefällig.

»Ich würde gern schießen lernen. Auf Tanakabu ist es mir

nicht gelungen, auch nur einen Schuß abzugeben, und diese Halunken ballerten wie die Wahnsinnigen durch die Gegend.«

Er grinste. »Wie kam das?«

»Ich glaube, ich habe vergessen, zu entsichern.«

»Das habe ich mir gedacht. Offensichtlich verstehen Sie nicht viel von diesem Sport.«

»Gar nichts«, sagte ich bestimmt.

»Gut. Dann haben Sie auch keine schlechten Angewohnheiten, die Sie ablegen müßten. Warten Sie hier. Ich hole die Pistolen.«

Er kam mit vier Waffen zurück und legte sie aufs Deck. Drei davon hatte ich schon gesehen, eine noch nicht, aber sie sah ganz ähnlich aus wie die, die ich in Händen gehabt hatte. Ich fragte ihn nicht, wo er die versteckt gehabt hatte. Er sagte: »Ich wußte nicht, in welch heikle Situationen wir geraten könnten, deshalb habe ich sicherheitshalber diese beiden 38er für Sie und Geordie mitgenommen.«

»Und Sie?«

»Oh, ich ziehe diese vor, die 22er. Die sind für mich und Clare – sie schießt ziemlich gut, müßte nur mehr üben.«

»Ich habe immer gedacht, eine 22er würde einem nichts nützen im Kampf Mann gegen Mann«, sagte ich.

»Sie denken genauso wie die Polizisten. Die glauben auch immer, sie könnten nur eine 38er oder noch etwas Größeres gebrauchen«, meinte Campbell verächtlich. »Betrachten Sie das Ganze mal von einer anderen Seite. Was für Leute benutzen normalerweise Faustfeuerwaffen?«

Ich dachte darüber nach. »Die Polizei, die Armee, Verbrecher und Hobbyschützen – so wie Sie.«

»Richtig. Nun, einem Armeeoffizier bleibt nicht viel Zeit zum Üben, schon gar nicht im Krieg – also gibt man ihm die größte Waffe, die er halten kann, eine mit einer Mordswirkung – eine 45er. Bei solch einem Schießeisen muß er kein todsicherer Schütze sein. Wenn er seinen Gegner nur am Arm oder an der Schulter erwischt, haut den das glatt um.«

Campbell hob eine 38er auf. »Die Polizisten bekommen da schon mehr Übung, und an sie werden meistens diese ausgegeben – oder sie rüsten sich selber damit aus. Eine nette, handliche Waffe, die unauffällig in ein versteckt getragenes Halfter paßt. Aber aus ebendiesem Grund ist der Lauf zu kurz, was einen gewissen Verlust an Zielgenauigkeit zur Folge hat. Man muß schon viel Übung haben, um damit gut zu schießen.«

Er tauschte sie gegen eine 22er aus. »Mit der hier nun muß man ein wahrhaft guter Schütze sein; die Kugel ist klein und hat zunächst einmal keine umwerfende Wirkung. Man muß daher in der Lage sein, die richtige Stelle zu treffen. Aber die Pistole ist von tödlicher Zielgenauigkeit – diese hier jedenfalls. Wenn Sie jemandem begegnen, der ständig eine 22er bei sich trägt, gehen Sie ihm aus dem Weg, vor allem wenn er das Korn weggefeilt hat, denn das heißt, daß er schnell schießt, ohne lange zu zielen – daß er ein treffsicherer Schütze ist.«

Ich fragte: »Wie groß ist die Reichweite dieser Waffen?«

»Oh, die haben alle eine gewaltige Reichweite, aber das ist nicht das entscheidende. Was zählt, ist die Zielgenauigkeit, und die ist bei allen Faustfeuerwaffen nicht sehr groß. Ein mittelmäßiger Schütze wird einen Mann mit einer 38er aus zehn Metern Entfernung treffen. Ein Meisterschütze wird ihn aus zwanzig Metern Entfernung erwischen. Und ich rede hier nicht von Zielübungen auf dem Schießplatz – ich rede von Situationen, bei denen der andere zurückschießt.«

Er schwenkte seine langläufige 22er. »Mit dieser Waffe könnte ich jemanden aus dreißig Metern Entfernung töten – vielleicht sogar etwas weiter.«

Ich fragte neugierig: »Sie sagten mal, Sie hätten jemanden getötet. Damit?«

»Ja, einmal – in Südamerika. Die Dschungelindianer mögen keine Eindringlinge.«

Mehr sagte er nicht dazu, und ich beließ es dabei.

So begann er mir das Schießen beizubringen. Er fing mit den Grundvoraussetzungen an, nahm die Waffen auseinander und erklärte mir, wie sie funktionierten. Dann zeigte er mir, wie ich stehen mußte, und schließlich, wie eine Waffe zu halten ist.

»Ich werde keine Zeit darauf verschwenden, Ihnen die klassische Schießhaltung beizubringen«, sagte er. »Die ist was für die Polizei und für Meisterschaftsschützen. Wenn Sie die einzunehmen versuchten, wären Sie schon durchlöchert, bevor Sie Ihren Gegner auch nur anvisiert hätten. Ich will, daß Sie mit dem Schnellschießen ohne langes Anvisieren beginnen. Entweder Sie haben's oder Sie haben's nicht – wollen sehen. Zielen Sie mit dem Finger auf den Mast.«

Das tat ich, und er verfolgte die Richtungslinie. »Nicht schlecht. Wenn Ihr Finger ein Waffenlauf gewesen wäre und Sie hätten ihn stillgehalten, dann hätten Sie etwas außerhalb der Mitte ein Loch in den Mast geschossen. Noch einmal.«

Also machte ich es wieder – und wieder – und wieder. Dann gab er mir eine 38er. »Jetzt noch einmal.«

Ich richtete den Revolver auf den Mast, und er schüttelte den Kopf. »Sie würden etwa dreißig Zentimeter danebenschießen. Legen Sie Ihren Zeigefinger an den Lauf, und versuchen Sie es noch einmal.«

Ich zielte noch einmal, diesmal mit besserem Ergebnis. »Sie werden Ihren Finger nicht da haben, wenn Sie schießen«, sagte er. »Sie würden ihn brauchen, um abzudrücken. Aber ich will, daß Sie mit dem Lauf genauso zielen können wie mit dem Finger.«

Er drillte mich während der ganzen Reise nach Tonga jeden Tag vier Stunden. Zu Anfang umstanden uns die Mitglieder der Crew und baten auch um Schießunterricht, aber Campbell lehnte ab mit der Begründung, mehr als einen Schüler könne er nicht auf einmal annehmen; überdies seien auch keine Waffen übrig. Geordie bekräftigte das. Daraufhin übten einige Seeleute, die Waffen hatten, Zielschießen, aber da sie alle nicht viel Munition hatten, ließen sie uns bald allein weitermachen.

Ich mußte lernen, den Revolver stehend, sitzend, liegend und schließlich auch noch nach einer plötzlichen Drehung in Anschlag zu bringen. Dann konzentrierte sich Campbell auf den Finger, mit dem ich den Abzug betätigte; er verlangte von mir, daß ich ruhig und nicht ruckweise durchzog. Er feilte den Stollen vom Abzug, bis dieser schon bei sehr leichtem Druck klickte, und ließ mich dann üben, in einer einzigen fließenden Bewegung zu ziehen, zu entsichern, zu zielen und abzudrücken.

Am dritten Tag gab ich meinen ersten Schuß ab.

Campbell hatte eine provisorische Zielscheibe im Bug aufgestellt, und als ich aus der Nähe des Vormastes abdrückte, war ich sicher, danebengeschossen zu haben. Aber er führte mich zur Zielscheibe und zeigte mir ein Loch, das nur etwa fünf Zentimeter vom Mittelpunkt entfernt war. »Aus Ihnen könnte ein ganz guter Zehn-Meter-Mann werden«, sagte er. »Geben Sie mir noch ein oder zwei Jahre Zeit, und ich mache einen guten Schützen aus Ihnen.«

Er nahm seine 22er, bezog gleich weit von der Zielscheibe Stellung, gab sechs Schüsse ab in ebenso vielen Sekunden und sagte: »Jetzt schauen Sie sich die Zielscheibe an.«

Er hatte einen sauberen Kreis von sechs kleinen Löchern um das größere Loch meiner Kugel geschossen. »Lassen Sie mir Zeit, und Sie werden in der Lage sein, das gleiche zu tun«, sagte er auf mein ehrlich gemeintes Lob.

»Ich fürchte, dazu werden wir keine Zeit haben. Nicht, wenn ich mich in Kürze mit Kane und Co. anlege.«

»Glauben Sie, dazu wird es kommen? Das Suarez-Navarro-Schiff liegt noch in Rabaul, soweit ich weiß.«

»Ich glaube nicht, daß es dort bleiben wird. Sie werden uns auf der Spur bleiben.«

Plötzlich wirkte Campbell deprimiert. »Woher wissen wir, daß wir auf der richtigen Spur sind? Wir sind hier nur aufgrund einer wilden Spekulation unterwegs – der Spekulation, daß ein paar vielleicht gedankenlos hingekritzelte Zeichnungen einen Sinn machen.«

Er wandte sich um und ging unter Deck.

2

Wir sichteten die Insel Tongatapu am Morgen des sechsten Tages nach unserer Abfahrt aus Papeete. Nuku'alofa, der südliche Einlaufhafen der Tonga-Gruppe, befindet sich am Nordende der Insel, deshalb änderte Geordie den Kurs der *Esmerelda*.

»Im *Pilot*«, sagte er zu mir, »steht, daß man in diesen Gewässern scharf Ausschau halten soll nach unterseeischen vulkanischen Tätigkeiten und neuen Untiefen.«

Ich lächelte. »Von meinem Standpunkt aus hört sich das gut an.«

»Von meinem nicht. Ich bin der Kapitän auf diesem Schiff.«

Aber wir liefen in den Hafen ein, ohne vorher etwas Ungewöhnliches gesichtet zu haben, machten das Schiff fest und warteten auf die Hafenbehörden. Nuku'alofa ist eine typische Pazifikinselstadt; die Holzhäuser mit ihren verzinkten Eisenblechdächern waren für immer in spätviktorianischem Stil erstarrt. Es hatte einmal eine Zeit gegeben, zu der es so aussah, als würde Nuku'alofa der bedeutendste Handelshafen und die wichtigste Bunkerstation im westlichen Pazifik; doch schließlich hatte Suva auf den Fidschi-Inseln dieser Stadt den Rang abgelaufen, womöglich gar aus keinem ernsteren Grund, als daß der Name leichter auszusprechen war. Auf jeden Fall war für Nuku'alofa die Chance vertan, und es versank wieder in zeitlosen Schlummer.

Sobald wir an Land gehen durften, eilte Campbell wie gewöhnlich zur Post. Ich zog mit den beiden Mädchen los, die sich ein Hotel suchen wollten. Clare erklärte, sie sei es leid, mit Salzwasser zu duschen. »Mein Haar ist in einer schrecklichen Verfassung, ich bekomme das Salz nicht heraus. Ich muß es mir schneiden lassen. Ich will frisches Wasser, und ich will es mir für eine Weile gut gehen lassen.«

Ich sagte nachdenklich: »Es sieht so aus, als würden wir für einige Zeit in Nuku'alofa bleiben. Vielleicht sollte ich es genauso machen – mir auch ein Zimmer nehmen und Geordie fragen, ob er auch eines will. Auf dem Schiff ist es um so schöner, wenn man von Zeit zu Zeit von Bord kommt.«

Auch Paula fühlte sich hier wohler, da von Hadley kaum Gefahr drohte und auch sonst niemand in der Nähe war, den sie kannte. Insgesamt war alles für uns viel erholsamer als bei unserem zweiten Aufenthalt in Papeete. Als wir vor dem Hotel anlangten, sagte Clare: »Mein Gott, schaut euch nur all diesen Zierat an!« Es war ein Museumsstück, über dem an den unmöglichsten Stellen verzinkte Eisenblechtürmchen und Kuppeln in die Höhe ragten. Drinnen war es angenehm kühl und dämmerig. Große elektrische Ventilatoren wälzten träge die Luft um.

Am Empfang stießen wir auf Schwierigkeiten, als wir fünf Zimmer verlangten – sie hatten nur noch drei frei, ein Einzelzimmer und zwei Doppelzimmer. Ich sagte zu Clare: »Das geht, wenn es Ihnen nichts ausmacht, wieder mit Paula zusammenzuziehen. Geordie und ich teilen uns das andere Zimmer, und Ihr Vater kann das Einzelzimmer haben.«

Der Mann am Empfang entschuldigte sich wortreich. Noch nie habe es eine so große Nachfrage nach Hotelzimmern gegeben wie in letzter Zeit. Als ich vom Empfang fortging, dachte ich, vielleicht würde Nuku'alofa gegenüber Suva doch wieder aufholen.

Ich vereinbarte mit den Mädchen, uns in einer Stunde unten in der Halle zu treffen, und ging hinauf, um ein heißes Bad zu nehmen und mir zu überlegen, wie ich es schaffen könnte, Clare am Abend für mich allein zu haben – dies war die erste Gelegenheit dazu seit Papeete. Als ich wieder hinunterkam, saßen sie schon in der Halle, große Gläser Bier vor sich, die außen beschlagen waren. »Das ist eine gute Idee«, sagte ich und blickte auf das Markenetikett. Es war australisches Bier – Swan. Einen Moment lang fühlte ich mich zurückversetzt an einen trüben Tag in London, der eine Million Jahre zurückzuliegen schien. »Das ist Kanes Lieblingsgetränk. Vielleicht kommt er auf einen Drink vorbei.«

Clare blickte an mir vorbei. »Da kommt Pa.«

Campbell kam mit einem Bündel Briefen in der Hand und wieder mal mit sehr bekümmerter Miene zu uns an den Tisch. »Trink ein kaltes Bier, Pa«, schlug Clare vor. »Das ist genau das richtige bei diesem Wetter.«

Er ließ sich schwer in einen Rohrsessel fallen, der protestierend knarrte. »Ich glaube, wir sind am falschen Ort«, sagte er abrupt.

Ich gab einem Kellner, der sich gerade in der Nähe befand, ein Zeichen und bestellte zwei Bier. »Was ist denn passiert?«

Er faltete ein Telegramm auseinander. »Die Suarez-Navarro-Clique ist nach Nouméa auf Neukaledonien gefahren.«

Ich zog die Augenbrauen hoch. »Interessant, aber das sagt noch nicht viel. Ich frage mich, was sie da tun?«

»Das weiß ich nicht, aber ich habe ein ungutes Gefühl. Nach unseren Mutmaßungen wissen sie nicht, wo das Zeug liegt, aber warum zum Teufel kreuzen sie auf dem Pazifik herum? Es sieht so aus, als irrten sie herum und wären auch nicht schlauer als wir.«

»Vielleicht hat Mark ihnen einen falschen Tip gegeben, bevor er starb«, meinte Clare nachdenklich.

Ich schüttelte den Kopf. »Nein. Wenn er das getan hätte, wären sie hingefahren und hätten Proben genommen, und das haben sie nicht, wie wir wissen. Aber wir irren auch nicht herum – wenigstens glauben wir das. Wir sind mit Absicht hier.«

Ich blickte durch die Tür der Halle und sah den Mann am Empfang in seine Arbeit vertieft. Ich bat: »Entschuldigen Sie mich einen Moment«, ging ins Foyer, hatte wohl fünf Minuten lang ein interessantes kleines Gespräch mit dem Mann, nachdem ein diskretes Trinkgeld über die Empfangstheke gewandert war. Ich kehrte in die Lounge zurück, setzte mich hin und nahm genußvoll einen großen Schluck kühles Bier. Dann sagte ich: »Wir sind am richtigen Ort.«

Alle starrten mich an. »Woher wollen Sie das wissen? Wie kann man das wissen?«

Ich antwortete: »Ein gewisser Ernesto Ramirez hat in diesem Hotel ein halbes Dutzend Zimmer reservieren lassen. Er ist bislang noch nicht eingetroffen.«

Campbell machte ein verdutztes Gesicht, Clare stieß einen Freudenschrei aus, Paula hingegen sank sichtlich in ihrem Sessel zusammen, und das notierte ich mir schnell im Geiste. Ich sagte: »Ich fand es ein bißchen merkwürdig, daß das Hotel gerade jetzt so voll sein soll, deshalb habe ich mal nachgefragt. Ramirez hat die Zimmer bestellt und großzügig im voraus bezahlt; er hat geschrieben, er wisse nicht genau, wann er eintreffen werde, aber die Zimmer müßten freigehalten werden.«

»Verdammt«, schimpfte Campbell. »Aber was macht er in Nouméa?«

»Ich glaube, daß er sich schon die ganze Zeit in dieser Gegend herumtreibt, wobei er sich immer ein bißchen näher an uns herangepirscht und, ohne uns zu nahe zu kommen, abgewartet hat, wohin wir fahren, um uns dann leicht in einiger Entfernung folgen zu können.«

»Aber jetzt kommt er hierher, und wir sind noch nicht einmal einen Tag da«, sagte Clare. »Woher kann er das wissen? Und warum kommt er uns jetzt so nahe?«

»Wir sind auf der Herfahrt mehreren Schiffen begegnet, und wir haben kein Geheimnis daraus gemacht, welches Ziel wir ansteuern. Meine Vermutung ist, daß man ihm diese Information irgendwie zugespielt hat. Warum er uns jetzt näher rückt, dafür weiß ich auch keine Erklärung. Aber er weiß eines nicht, nämlich daß *wir* wissen, daß er kommt, und wir haben ihm gegenüber eines voraus – wir sind schon hier.«

»Er muß wissen, daß wir angekommen sind«, sagte Campbell nüchtern. »Er hat mit Sicherheit jemanden hier gelassen. Ich wette, daß sie gerade jetzt miteinander in Verbindung stehen.«

»Wir werden nicht lange hierbleiben«, sagte ich. »Wir werden bald aufbrechen, um zu dredschen. Aber wir könnten in Umlauf setzen, daß wir anderswohin fahren wollen – vielleicht erreichen wir damit, daß er uns ins Netz geht. Aus der Nähe kann man wenigstens etwas tun.« Es war alles jedoch sehr dubios, und wir waren uns keineswegs über das im klaren, was um uns herum vorging.

»Was für ein Schiff haben sie?« fragte ich.

»Ein ganz ähnliches wie wir – etwas größer. Es heißt *Sirena*.«

»Wenn sie jetzt losfahren, brauchen sie über eine Woche bis hierher.«

Campbell knallte sein leeres Glas auf den Tisch. »Dann müssen wir so schnell wie möglich aufbrechen«, sagte er.

Ich sah Geordie ins Foyer kommen, winkte ihm zu, und er kam zu uns an den Tisch. Er war schmutzig und wirkte müde, und die halb verheilten Wunden im Gesicht ließen ihn auch nicht gerade besser aussehen. Er stellte mit einer geschwärzten Hand ein kleines Glasgefäß auf den Tisch und verkündete: »Wir haben Ärger.«

Ich sagte: »Setz dich erst mal und trink ein Bier.«

»Was für Ärger?« fragte Campbell.

Geordie nahm seufzend Platz. »Ein Bier *hätte* ich gerne«, gab er zu. Er schraubte den Deckel des Glases ab und zeigte daß es voller Schmiere war. Er schob es zu mir herüber und sagte: »Reib etwas davon zwischen den Fingern und sag mir, nach was es sich anfühlt.«

Ich tupfte mir etwas Schmiere auf den Zeigefinger und verrieb sie mit dem Daumen. Sie war nicht so glitschig und weich, wie Schmiermittel es sein sollten, sondern schien etwas sandig. Campbell langte herüber und machte selber auch einen Versuch.

»Wo haben Sie das her?« fragte er.

»Aus den Hauptlagern des Windenmotors«, sagte Geordie. »Und beim Schmiermittel im Lager der Windentrommel ist es genauso – alles mit Siliziumkarbid versetzt.«

»Jesus!« sagte ich. »Wenn wir die Winde benutzt hätten, hätte sich das ganze verdammte Ding festgefressen. Wie bist du dahintergekommen?«

»Einerseits durch Routinewartungsarbeiten. Aber ich habe auch darüber nachgedacht, was ich an Kanes Stelle getan hätte, wenn ich Mr. Campbell aufhalten wollte. Ich habe wohlgemerkt nicht nach etwas Bestimmtem gesucht, aber ich habe gedacht, ich sollte mir mal die Winde anschauen. Mit Schleifmitteln im Schmieröl hatte ich nicht gerechnet.«

Campbell fluchte heftig, dann fiel sein Blick auf Paula. »Entschuldigung«, murmelte er.

»Schon gut. Ich kenne diese Worte.«

Ich fragte: »Wie lange wird es dauern, das in Ordnung zu bringen?«

»Eine Woche«, antwortete Geordie bestimmt. »Wir müssen die Winde ganz auseinandernehmen, und das ist viel Arbeit. Aber das ist es nicht, was mir Sorgen macht.«

»Reicht Ihnen das nicht?« brummte Campbell. »Was macht Ihnen sonst noch zu schaffen?«

»Ich mache mir Gedanken, was Kane sonst noch angestellt haben mag und was wir nur noch nicht bemerkt haben. Daß er an die Maschine herangekommen ist, glaube ich nicht – aber was hat er sonst noch gemacht?«

»Viel kann er nicht gemacht haben«, sagte ich. »Er war die ganze Zeit unter Beobachtung.«

»An die Winde ist er auch gekommen«, meinte Geordie hartnäckig.

»Geordie hat recht«, sagte Campbell. »Wir können nicht auf Treu und Glauben handeln. Das Schiff muß von Bug bis Heck durchsucht werden.«

Die Mädchen hatten die ganze Zeit schweigend dagesessen, aber ich spürte, daß sie ebenso enttäuscht waren wie wir. Wenn Kane die Absicht gehabt hatte, uns zu behindern und aufzuhalten, dann war es ihm gelungen. Aber wenn er auch das Ziel verfolgt hatte, uns zu entmutigen und von unserem Vorhaben abzubringen, dann hatte er sich verschätzt – Campbell war von uns allen am entschlossensten, alles wieder in Ordnung zu bringen und weiterzumachen.

Ich leerte mein Glas. »Machen wir uns an die Arbeit. Ich habe das Labor immer verschlossen gehalten, aber ich sollte es vielleicht dennoch einer Prüfung unterziehen.«

Wir kehrten zur *Esmerelda* zurück, sammelten unterwegs einige Leute von unserer Mannschaft auf, und ich ging sofort unter Deck ins Labor. Im Laufe einiger Stunden Arbeit zeigte sich, daß alles in Ordnung war – das Spektroskop funktionierte einwandfrei, und der Inhalt der Flaschen stimmte mit dem überein, was auf den Etiketten stand. Einerseits konnte es einem so vorkommen, als wäre alles reine Zeitverschwendung gewesen, andererseits auch wieder nicht. Wenigstens konnte ich sicher sein, daß es keine Eingriffe in mein Labor gegeben hatte.

Ian kam mit Treibstoff-Proben aus den Haupttanks herunter. »Der Skipper will, daß du sie untersuchst«, sagte er.

»Nach was soll ich sie untersuchen?«

Er grinste. »Nach irgend etwas, das nicht im Treibstoff sein sollte.«

Ich goß die Proben in Petrischalen und verbrannte sie. Bei der Probe aus dem Steuerbordtank gab es kaum Rückstände, aber bei der aus dem Backbordtank blieb eine klebrige Masse auf dem Boden.

Ich ging an Deck zu Geordie. »Am Backbordtank hat sich jemand zu schaffen gemacht«, erklärte ich ihm. »Ich glaube, er hat Zucker hineingeschüttet.«

Geordie fluchte fürchterlich. »Es ist mir schon aufgefallen, daß wir verdammt viel Zucker verbrauchen. Da ist er also geblieben. Und der Steuerbordtank?«

»Scheint in Ordnung zu sein.«

»An den Steuerbordtank konnte Kane nicht heran, ohne gesehen zu werden – er ist in unmittelbarer Nähe des Ruders. Beim Backbordtank sieht es anders aus. Mir fällt ein, daß er ziemlich viel da herumgesessen hat, wenn er nicht auf Wache war.«

»Das war wohl nicht schwierig – jedesmal ein Pfund.«

»Wir sind auch viel gesegelt. Andernfalls hätten wir das früher festgestellt – auf die harte Tour. Aber wir haben nur Treibstoff aus dem Bereitschaftstank im Maschinenraum verbraucht und diesen immer wieder im Hafen aufgefüllt.«

Campbell trat zu uns. »Warum so lange Gesichter?«

Ich erzählte es ihm, und er schimpfte gewaltig.

»Wir werden es ablassen«, sagte ich. »Wir können es nicht im Hafen ablassen – sie würden Zeter und Mordio schreien –, folglich müssen wir aufs Meer hinausfahren und es da ablassen.«

»In Ordnung«, sagte Geordie. »Ich werde den Verteilertank aus dem Steuerbordhaupttank auffüllen. Wir werden für das alles einige Motorkraft brauchen.«

»Kommt nicht in Frage«, sagte Campbell. »Kane könnte auch da etwas hineingetan haben. Füllen Sie den Verteilertank mit frischem Treibstoff an der hiesigen Shellstation.« Er schwieg kurz. »Es wird nicht einfach sein. Wahrscheinlich liegt eine Menge ungelösten Zuckers unten auf dem Tankboden. Wenn Sie neuen Treibstoff tanken, ist damit vielleicht auch noch nichts gewonnen.«

Ich sagte: »Ich kann Zucker in Wasser feststellen. Wir müssen so lange mit Wasser spülen, bis alles sauber ist. Geordie, wie sehen hier die Wasservorräte aus? Ich nähme lieber Süßwasser als Salzwasser.«

»Da haben wir Glück. In der Trockenperiode kann es knapp werden, aber zur Zeit ist, glaube ich, genug da. Aber wir werden eine Menge dafür zahlen müssen.«

Er dachte über die Arbeit nach. »Wir müssen abwarten, bis die Tanks trocken sind. Vielleicht kann ich ein Gerät zusammenbauen, mit dem wir heiße Luft in die Tanks blasen können – das würde den Trockenprozeß beschleunigen.«

»Tun Sie das«, sagte Campbell. »Was glauben Sie, wie lange wird es dauern, bis wir wieder in See stechen können?«

Wir überschlugen das Ganze und kamen wieder zu dem Ergebnis, daß es mindestens eine Woche dauern würde. Campbell zuckte die Achseln. »Also gut. Aber unseren Vorsprung haben wir damit verloren. Wir können froh sein, wenn wir hier fortkommen, bevor Ramirez auftaucht.«

»Vielleicht wartet er, bis wir fort sind«, sagte ich.

Aber Spekulationen anzustellen brachte uns nicht weiter, und wir hörten damit auf.

3

Am nächsten Tag fuhren wir aufs Meer hinaus, pumpten beide Haupttanks leer und füllten sie mit Wasser aus den Frischwassertanks. Ich stellte eine erhebliche Menge Zucker im Wasser des Backbordtanks fest; wir pumpten es deshalb wieder aus und fuhren nach Nuku'alofa zurück. Hier ließen wir sowohl die Wasser- als auch die Treibstofftanks mit Süßwasser füllen, was den Lieferanten sehr erstaunte, und fuhren abermals aufs Meer hinaus.

Ich stellte im Backbordtank immer noch ein wenig Zucker fest, darum wiederholten wir die ganze Prozedur noch einmal. Dann nahm ich an, daß alle Verunreinigungen beseitigt waren; wir kehrten in den Hafen zurück, und Geordie setzte das von ihm gebastelte Heißluftgerät ein, um die Tanks trokken zu bekommen, bevor wir neuen Treibstoff bunkerten. Darüber vergingen einige Tage, und wir arbeiteten in dieser Zeit immer mit halber Mannschaft; die anderen hatten derweil Landgang. Weiß der Himmel, was für Geschichten über uns im Hafen kursierten, aber unsere Burschen hatten Anweisung, zu schweigen und sich dumm zu stellen.

Während Geordie mit einem Arbeitsteam und mit Campbells Hilfe die Winde und deren Zubehör überprüfte, setzte Ian eine weitere Gruppe darauf an, die *Esmerelda* abzutakeln. Sie nahmen das gesamte Rigg ab, sowohl das stehende als auch das laufende Gut, und sahen sich alles genau an. Sie konnten keinen Schaden feststellen, und als sie fertig waren, wußten wir, daß unser Schiff seetüchtig war. Aber es dauerte seine Zeit.

Es kamen keine weiteren Sabotageakte zum Vorschein. Offenbar hatte Kane sich wohlüberlegt für die beiden Dinge entschieden, mit denen er uns am meisten Schaden zufügen konnte: er hatte das Schmieröl verdorben und Zucker in den Treibstoff getan. Wenn er nicht unter Beobachtung gestanden hätte, wäre ihm womöglich noch mehr dergleichen gelungen; aber was ihm gelungen war, reichte uns schon.

Campbell zeigte sich unerbittlich, was die Essensvorräte anging. »Werft alles weg«, verlangte er.

»Die Dosenkonserven brauchen wir nicht wegzuwerfen«, wandte Ian, die geizige Schottenseele, entsetzt ein.

Aber Campbell blieb hartnäckig. »Versenkt alles. Dieser Hurensohn war mir zu gerissen. Ich habe keinen Appetit auf Eintopf mit Zyanid.«

Als wir ein letztes Mal aufs Meer hinausfuhren, um alles durchzutesten, warfen wir unsere Nahrungsmittelvorräte ins Wasser. Und anhand der in den Karten eingetragenen bekannten Wassertiefen prüften wir, ob unser Echolot noch richtig geeicht war. Es war alles in Ordnung, aber es war besser, sich davon zu überzeugen. Die Kaufleute im Ort freuten sich natürlich, als wir so großzügig neuen Proviant kauften, und das brachte die *Esmerelda* zweifellos noch mehr ins Gerede. Sieben Tage, nachdem wir Kanes Sabotageakt entdeckt hatten, verkündete Geordie: »Das hätten wir geschafft. Wir können auslaufen.«

»Bleibt nur zu hoffen, daß Kane uns keine Überraschungen hinterlassen hat, die wir nicht gefunden haben«, sagte ich. »Ich wäre keineswegs erfreut, wenn wir zu dredschen anfingen und das Schiff dann auseinanderfiele. Was ist mit der Maschine, Geordie?«

Er verzog das Gesicht. »Alles in Ordnung. Aber wir mußten sie ganz auseinandernehmen, um sicherzugehen.«

»Das ist das gemeine an Sabotage. Daß man unsicher wird.«

Als wir uns am Abend dieses Tages in der Hotelhalle versammelten, fragte mich Campbell, wie es nun weiterginge. »Wie wollen wir vorgehen?«

»Ich gehe von der Vermutung aus, daß es zwischen Falcon Island und Minerva etwas zu finden gibt. Das ist eine Entfernung von dreihundert Meilen. Wir fahren nach Falcon Island, nehmen dann direkten Kurs auf Minerva und nehmen alle zehn Meilen Bodenproben. Wenn wir nichts finden, nehmen wir auf Parallelkursen östlich und westlich davon Proben.«

»Als erstes suchen wir also Falcon Island.«

Ich wurde nachdenklich, schüttelte den Kopf und erklärte: »Nein, ich habe es mir anders überlegt. Ich glaube, wir fangen bei Minerva an – rollen das Ganze von der anderen Seite auf.«

Sie horchten interessiert auf. »Warum das – was könnte das für eine Rolle spielen?« fragte Campbell.

»Mark war Ozeanograph, und er ging wahrscheinlich von den gleichen Überlegungen aus wie wir – Theorien über Zusammenhänge mit vulkanischer Tätigkeit, ganz ähnlich wie ich sie aufgestellt habe. Wenn die kobaltreichen Knollen sich in der Nähe von Falcon Island befinden, warum hätte er dann überhaupt Minerva erwähnt? Ich könnte mir denken, daß die Knollen ein ganzes Stück weit von Falcon Island entfernt liegen, vielleicht sogar nahe bei Minerva. Und als Mark in seinem Tagebuch auf sie hinwies, dachte er an den Ausgangspunkt – Falcon Island – und die nähere Umgebung des Fundortes, Minerva.«

»Das klingt einleuchtend«, sagte Campbell. »Aber es könnte bedeuten, daß die Knollen sich nicht auf dem direkten Kurs zwischen Falcon Island und Minerva befinden. Teufel auch, sie könnten auch auf der anderen Seite dieser Riffe sein.«

»Oder über die ganze Strecke verteilt«, meinte Clare. Auch das war denkbar.

Ich sagte: »Wir machen es folgendermaßen. Wir segeln auf Westkurs, bis wir auf die Verbindungslinie zwischen Falcon Island und Minerva stoßen. Dann nehmen wir Kurs auf Minerva und nehmen alle zehn Meilen Bodenproben. Wenn wir nichts finden, laufen wir auf einem Parallelkurs nach Falcon

Island zurück, nehmen auf der ganzen Strecke Proben, fahren um Falcon Island herum und gehen ein Stück weiter draußen wieder auf Gegenkurs. Einverstanden?«

Wir diskutierten noch eine Weile darüber und gingen dann essen. Ich freute mich, daß es wieder auf See hinausging; so oft wenn wir einen Hafen anliefen, schien nur Unerfreuliches dabei herauszukommen, Brandstiftung, unberechtigte Verhaftung, Sabotage oder einfach nur schlechte Nachrichten.

Während des Essens stieß Clare mich heimlich an und murmelte: »Schauen Sie mal da drüben.«

Ich sah mich um, konnte aber nichts Beunruhigendes entdecken. »Was ist los?«

Sie sagte leise: »Die Kellner haben da drüben gerade zwei Tische zusammengestellt und sie fürs Abendessen gedeckt. Für acht Personen.«

Ich schaute noch einmal hin, und sie hatte recht. »Ramirez!« stieß ich aus, und sie nickte. »Könnte gut sein.«

Wir blickten zum Eingang hinüber, aber dort war niemand.

»Sagen Sie es nicht Pa«, flüsterte sie mir zu. »Er wird wütend, wenn er Ramirez sieht. Ich will hier keine Szene haben – ich bringe ihn unauffällig fort.«

»Dann sollten Sie ihn lieber zu Bett bringen – wenn Sie können. Geordie und ich werden gleich bezahlen, das Hotel verlassen und zur *Esmerelda* zurückkehren, um die Dinge zu beschleunigen – wir werden versuchen, morgen in aller Frühe auszulaufen. Seien Sie rechtzeitig da!«

»Ich schaffe es schon«, sagte sie.

Sie kamen nicht ins Restaurant, solange wir da waren, und Clare und Paula brachten es fertig, den alten Herrn nach oben zu bringen, ohne daß ihm auffiel, daß er wie eine Schachfigur bewegt wurde – sie schienen es sehr geschickt anzufangen, und ich war voller Hoffnung, daß sie am nächsten Tag genauso gut mit ihm fertig wurden. Sobald sie fort waren, sagte ich zu Geordie: »Ich glaube, daß Ramirez angekommen ist. Wir sollten lieber unsere Sachen packen.«

»Woher wollt ihr das wissen?«

»Clare hat ein bißchen Sherlock Holmes gespielt und kombiniert. Ich glaube, sie hat recht.« Ich zeigte auf die gedeckte Tafel.

Wir gingen gleich zum Empfang, nutzten die Gelegenheit, daß gerade niemand in der Halle war, bezahlten und gingen dann in unser Zimmer hinauf, um zu packen. Ich nahm einen der 38er Revolver, die Campbell mir anvertraut hatte, und warf ihn Geordie zu. »Der Boss sagt, der ist für dich. Kannst du damit umgehen?«

Er wog ihn in der Hand. »Warte nur ab, daß mir Kane oder Hadley vor den Lauf kommt, und ich werde es dir zeigen. Hast du auch Munition?«

Wir teilten uns die Munition, luden die Waffen und gingen mit unseren Seesäcken die Treppe hinunter. Ich spürte das Gewicht des Revolvers in meiner Jackentasche und kam mir ein bißchen albern vor – ich benahm mich wie ein fünftklassiger Filmgangster. In Wirklichkeit war nichts Komisches daran – vielleicht würde ich die Waffe tatsächlich brauchen.

Auf halber Treppe hielt ich inne und streckte die Hand aus, um Geordie festzuhalten. Das Foyer schien voller Menschen zu sein, und ich schnappte einen Fetzen ihrer Unterhaltung auf. Es war Spanisch.

Wir warteten, bis die Gesellschaft ins Eßzimmer gezogen war, angeführt von einem großen, dünnen Mann mit Hakennase – wahrscheinlich Ramirez. Er entsprach Campbells Beschreibung, nur die Narbe konnte ich nicht sehen. Ich spürte, wie bei seinem Anblick Wut und Ekel in mir hochstiegen. Als das Foyer leer war, setzten wir unseren Weg fort.

Bei unserer Ankunft war Ian an Deck der *Esmerelda*. Geordie fragte ihn kurz angebunden: »Irgendwelche neuen Schiffe in der letzten Stunde angekommen?«

»*Aye*«, sagte Ian. »Das da.« Er zeigte übers Wasser, und ich sah die dunkle Silhouette eines Schiffes, das ein Stück weiter draußen ankerte. Es war schwer, seine Größe zu schätzen, aber nach dem Ankerlicht zu urteilen mußte es ungefähr so groß sein wie die *Esmerelda*. Vielleicht ein bißchen größer, aber nicht viel.

»Das sind sie – Suarez-Navarro«, sagte Geordie, und Ian starrte ihn erschrocken an.

»Ich will, daß die Crew zusammengetrommelt wird. Ich

will Wachen – zwei Mann auf jeder Seite und einen im Ausguck auf dem Vormast. Aber dabei keine zusätzliche Beleuchtung – ich möchte nicht, daß erkennbar ist, daß sich hier etwas Besonderes tut. Ich möchte, daß wir so bald wie möglich zum Auslaufen klar sind. Wie viele sind an Bord?«

»Die meisten sind da, und die übrigen kann ich leicht zusammenholen.«

»Tu das, sofort.«

»*Aye aye*, Sir«, sagte Ian und stürzte davon. Geordie blickte zu der anderen Yacht hinüber. »Ich möchte wissen, ob Hadley da drüben ist – oder Kane«, sagte er leise.

»Sie waren nicht in Ramirez' Begleitung im Hotel. Vielleicht haben sie zuviel Angst, um an Land zu gehen – sie müßten inzwischen in allen Pazifikhäfen steckbrieflich gesucht werden. Andererseits gibt es für sie auch gar keinen Grund, an Bord dieses Schiffes zu sein. Hadley hat immer noch die *Pearl*, wie du weißt, und wir haben keinerlei Hinweis, daß sie hierhergekommen sind oder sich, nachdem sie von Papeete fort sind, Ramirez angeschlossen haben.«

»Stimmt«, sagte Geordie verdrießlich.

»Ich habe noch im Labor zu tun«, sagte ich. »Ich muß Vorbereitungen treffen für die Reise. Wir sehen uns später.«

Nachdem ich etwa eine Stunde gearbeitet hatte, kamen Geordie und Ian zu mir. »Wir haben eine Idee«, verkündete Geordie. Sie wirkten beide so unternehmungslustig, als hätten sie einen Streich ausgeheckt.

»Was für eine?«

»Die Jungs glauben, daß Kane und Hadley vielleicht doch da drüben sind, auf Ramirez' Schiff. Sie wollen hinüber und sie sich schnappen.«

»Himmel, das können sie doch nicht machen!«

»Warum nicht?«

»Du weißt verdammt gut, daß sie aller Wahrscheinlichkeit nach nicht da sind. Das ist nur eine Ausrede für irgendwelchen Unfug, den sie vorhaben.«

»Aber angenommen, sie sind da? Damit würden sich für uns eine Menge Probleme erledigen. Wir übergeben sie der Polizei, und damit sitzt Ramirez fest. Er wäre so damit beschäftigt, zu erklären, wieso er zwei steckbrieflich gesuchte

Mörder bei sich versteckt hat, daß er uns nicht folgen könnte.«

Ich dachte darüber nach und schüttelte den Kopf. »Nein, das ist zu riskant, das wäre fast ein Akt von Piraterie. Campbell würde das ganz und gar nicht gefallen.«

»Hör mal«, sagte Geordie. »Die Jungs sind alle mächtig in Rage. Ihnen hat nicht gefallen, was du ihnen erzählt hast. Ihnen hat nicht gefallen, was die beiden auf Tanakabu angerichtet haben. Und sie sind stinksauer wegen der Woche Arbeit hier, die sie Kane zu verdanken hatten. Sie sind es leid, sich herumstoßen zu lassen – auf einige von ihnen ist in der Lagune von Tanakabu geschossen worden, und das hat ihnen auch nicht gepaßt. Ich weiß nicht, ob ich sie aufhalten kann.«

Ich sah das Glitzern in Geordies Augen. »Allzusehr hast du dich dabei nicht angestrengt, oder, Geordie?«

»Warum zum Teufel sollte ich auch?« regte er sich auf. »Ich habe mit Hadley auch noch ein Hühnchen zu rupfen, wie du weißt. Er hat mich mit einem Revolver zusammengeschlagen, vergiß das nicht. Und es ist *mein* Schiff, das Kane sabotiert hat, nicht Campbells!«

»Nimm einmal an, sie sind gar nicht da?«

»Wir werden mit Sicherheit etwas in Erfahrung bringen, das uns nützt.« Mir fiel auf, daß er sich nun selbst in das Vorhaben mit einbezog, und nicht mehr so tat, als wäre er dagegen.

»Ach, Mike, es ist alles vorbereitet«, sagte Ian. »Es wird nicht schwieriger sein, als wenn man eine Forelle aus dem Fluß holt, während der Aufseher in der Kneipe sitzt.«

»Aha, alles vorbereitet, ja? Würde es dir etwas ausmachen, mir zu erzählen, was ihr beide im Schilde führt?«

Ian blickte Geordie an, und der sagte: »Nun, es ist so, Mike. Ich dachte, Wachen aufzustellen ist ja ganz schön, aber ein bißchen defätistisch, wenn du verstehst, was ich meine. Deswegen habe ich einige Jungs an Land geschickt, damit sie da ein bißchen rumschnüffeln. Sie haben einen Großteil der Crew dieses alten Kahns in einer Kneipe gefunden, wo sie sich alle dumm und dämlich saufen. Eine wilde Horde, das stimmt, aber nun fast schon hinüber. Lauter Spanier.«

»Und weder Kane noch Hadley?«

»Die hat niemand gesehen. Aber solange die andere Truppe im Hotel ist, ist kaum noch jemand auf Ramirez' Schiff.«

Ich sagte: »Sie werden auch Wachen aufgestellt haben. Ramirez ist kein Narr, und er weiß, daß wir hier sind.«

»Das stimmt schon«, gab Geordie mir recht. »Aber das haben wir auch schon geprüft. Ich habe Taffy und Bill Hunter in einem Boot rübergeschickt, damit sie mal nachsehen. Bill ist der beste Schwimmer, den wir haben, und er hat sich auf dem Schiff gut umgesehen.« Er lachte plötzlich stillvergnügt in sich hinein. »Weißt du, was er gemacht hat? Erst ist er einmal drumherum geschwommen, dann hat er sich an Backbord an Deck gezogen, hat sich auf dem Deck umgesehen, dann hat er sich an Steuerbord wieder ins Wasser gleiten lassen und ist zurückgeschwommen, um Bericht zu erstatten. So sieht die Bewachung da drüben aus.«

»Es müßte alles sehr leise vonstatten gehen«, dachte ich laut.

»Ach, das ist kein Problem«, sagte Ian. »Wir sind ein leiser Verein.«

»Fast so leise wie ein Rudel Haie. Die machen auch nicht viel Krach.«

»Nun, was ist?« fragte Geordie beschwörend.

»Keine Schußwaffen. Keine Toten. Nur mit bloßen Fäusten.«

»Oder vielleicht unter Zuhilfenahme eines Belegnagels«, meinte Ian leise.

»Ihr seid ein blutrünstiger Haufen. Das ist eine verdammt blöde Idee. Aber ich bin – bedingt – damit einverstanden.«

Geordie grinste fröhlich. »Ich wußte, daß etwas von deinem Vater in dir steckt, Mike!«

»Mein Vater hätte dich vors Kriegsgericht gestellt wegen Ungehorsams, und das weißt du recht gut. Also – hier sind meine Bedingungen. Erstens – wenn ihr Kane oder Hadley findet, übergeben wir sie der Polizei, ohne daß ihnen auch nur ein Haar vorher gekrümmt wird. Wir wollen uns nicht selbst schaden. Zweitens – wenn wir sie nicht finden, kommt ihr sofort hierher zurück. Wir müssen dann sowieso zusehen, daß wir verdammt schnell aus Nuku'alofa verschwinden – Ramirez wird hinter uns her sein und vielleicht auch die Polizei. Und das bedeutet drittens – daß Campbell und die beiden Mädchen an Bord geholt werden müssen.«

Geordie machte ein langes Gesicht. »Das heißt, daß das Ganze nicht steigen kann. Er wird sich nie damit einverstanden erklären, wenn die Mädchen da sind.«

»Er muß nicht allzufrüh davon erfahren – nicht, wenn wir es zeitlich richtig planen. Du schickst jemanden genau im richtigen Moment ins Hotel und läßt ihn an Bord holen.«

»Der richtige Moment ist dann, wenn er uns nicht mehr aufhalten kann«, sagte Geordie. »Mike, mein Kleiner, du wirst deine liebe Mühe haben, dem alten Herrn zu erklären, was wir machen.«

»Ich werde die Erklärungen für später aufsparen«, sagte ich. »Ich habe nämlich noch eine Bedingung. Viertens – ich komme mit euch. Ich habe selbst auch eine Rechnung zu begleichen.«

4

Der Zeitplan war kompliziert. Wir wußten nicht, wie lange Ramirez und seine Begleiter im Hotel bleiben würden oder ob sie vorhatten, in dieser Nacht noch zum Schiff zurückzukehren. Wir wollten keinesfalls mit ihnen zusammenstoßen, denn dann gäbe es mit Sicherheit Lärm.

Ferner mußten Campbell und die beiden Mädchen direkt vor Ramirez' Nase aus dem Hotel geschleust werden, auch das war eine heikle Sache. Deswegen arbeiteten wir einen Plan aus.

Geordie hatte bestimmt, daß Nick Dugan Campbell aus dem Hotel holte. »Er ist wahrscheinlich der beste Kämpfer von uns allen«, sagte er. »Aber er ist kein leiser Kämpfer. Deswegen halten wir ihn besser aus der Sache heraus, und das wird ihm gar nicht recht sein.«

Ich sprach mit Nick und schickte ihn sofort los. »Du hast zwei Aufgaben«, sagte ich zu ihm. »Die erste ist, Ramirez im

Auge zu behalten. Wenn einer von ihnen Anstalten macht, zum Schiff zurückzukehren, schleichst du dich zum Ufer herunter und gibst uns ein Lichtsignal. Damit fällt die ganze Operation gänzlich ins Wasser. Verstanden?«

»Alles klar.« Er zeigte sich erstaunlich einsichtig.

»Wir brechen um Punkt halb zwölf auf. Genau um diese Zeit gehst du zu Mr. Campbell ins Zimmer und übergibst ihm eine Nachricht, die ich noch schreiben werde. Nicht früher und nicht später als um halb zwölf – das ist wichtig.«

»Verstanden«, sagte Nick.

»Hast du eine Uhr?«

Er zeigte mir seine Armbanduhr, und während wir die Uhrzeit miteinander verglichen, fragte ich mich, wie oft mein Vater das vor einem Einsatz getan haben mochte.

»Ich habe ihre Rechnungen zusammen mit meiner bezahlt – sie brauchen sich nicht beim Empfang aufzuhalten. Und keine Gepäckträger! Bring sie her, so schnell und so leise, wie du kannst – und paß auf, daß Ramirez euch nicht sieht oder sonstwer aus seiner Clique.«

Ich sprach auch mit Bill Hunter. »Wie sieht das da drüben aus mit ihrer Bewachung, Bill?«

Er lächelte. »Ich nehme an, sie halten sich für gut bewacht – an ihren Maßstäben gemessen. Aber das ist kein Grund zur Sorge. Wir erledigen sie mit Leichtigkeit.«

»Geordie hat mir erzählt, daß du unser bester Schwimmer bist. Deshalb gehst du als erster an Bord. Aber du mußt leise vorgehen, sonst fliegt die Sache auf. Deine Aufgabe wird darin bestehen, die ruhigste Stelle an Bord auszumachen, an der du uns hochholen kannst.«

»Keine Sorge«, sagte er ruhig. »Es wird wie in den alten Zeiten sein.«

Während ich mich schon von ihm abwandte, sagte er: »Eh – Mike...«

»Ja, Bill?«

»Es ist gut, wieder mit einem Trevelyan zusammenzuarbeiten.«

Ich war gerührt. »Danke, Bill. Du ahnst nicht, wie sehr mich das freut.«

Endlich waren wir einsatzbereit. Wir waren zu sechst –

Geordie, Ian, Taffy, Jim, Bill Hunter und ich selbst. Danny Williams bekam Befehlsgewalt über das Schiff und blieb mit dem Rest der Crew an Bord. »Danny, wenn irgend etwas schiefgeht«, sagte ich zu ihm, »läufst du so schnell du kannst aus, sobald Mr. Campbell, die Mädchen und Nick wieder an Bord sind, auch wenn das bedeutet, daß du uns hier zurückläßt. Mr. Campbell darf nicht in diese Angelegenheit hineingezogen werden, verstanden?«

»Alles klar«, sagte er. »Aber ihr werdet es schon schaffen.«

»Jim, hast du all deine Sachen zusammen?« regte sich Geordie auf.

»Alles okay«, antwortete Jim. »Immer mit der Ruhe, Skipper.«

Ich ging zu Geordie. »Was sind das für Sachen?«

»Nichts Besonderes«, sagte er munter. »Ein paar Werkzeuge. Belegnägel und dergleichen. Wieviel Uhr ist es?«

Ich blickte auf die Leuchtanzeiger meiner Uhr. »Elf Uhr achtundzwanzig.« Es war eine Hetze gewesen, bis wir bereit waren, aber in den letzten Minuten kroch die Zeit.

»Also los«, sagte er. »Das Ganze wird ein Kinderspiel.«

Wir stiegen in das größere Beiboot, Ian und Taffy nahmen die Riemen und ruderten leise. Das Boot legte ab. Wir fuhren um das Heck der *Esmerelda* herum, und Ian steuerte uns quer durch den Hafen.

Ich dachte daran, was alles schiefgehen könnte und was Campbell sagen würde, wenn wir zurückkämen, und beschimpfte mich selbst als Idioten. Ich beugte mich zu Geordie hinüber und flüsterte ihm zu: »Wenn Taffy sein verdammtes Messer mithat, sag ihm, er soll es im Boot lassen. Wir wollen nicht das Risiko eingehen, daß er es benutzt.«

»Alles in Ordnung«, sagte er leise. »Er hat es an Bord gelassen – ich habe es ihm befohlen.«

Es dauerte nicht lange, bis Ian und Taffy zu rudern aufhörten und das Boot leicht schaukelnd zum Stillstand kam. Bill war ganz und gar schwarz angezogen, und als er sich seitlich ins Wasser gleiten ließ, sah ich nur seine weißen Zähne im Mondschein aufleuchten, mehr nicht.

»Bist du sicher, daß die Taschenlampe wasserdicht ist?« flüsterte Geordie.

»Die ist okay«, antwortete Bill. »Ich gebe euch ein Lichtzeichen, sobald alles klar ist.« Er schwamm ohne jedes Plätschergeräusch davon, und wir saßen schweigend da und warteten auf sein Signal. Es schien endlos lange zu dauern. Während ich so dasaß, dachte ich darüber nach, was ich hier in diesem Pazifikhafen tat. Ich war drauf und dran, den Piraten zu spielen. Mein Büro im Institut lag sehr weit hinter mir.

Ich sagte zu Geordie: »Er braucht lange, findest du nicht?«

»Hör auf, dir Sorgen zu machen. Wir sind Profis.«

Ich atmete tief aus und versuchte, mich auf der harten Ruderbank zu entspannen, den Blick unverwandt auf Ramirez' Schiff gerichtet. Plötzlich sah ich ein Licht aufflackern; es war so schwach und erlosch wieder so schnell, daß ich mich fragte, ob ich es wirklich gesehen hatte oder ob es eine Augentäuschung war. »Die Luft ist rein«, sagte Geordie leise. »Rudert gleichzeitig. Still jetzt.«

Wir bewegten uns mit langsamen Ruderschlägen voran, bis der Schiffsrumpf dunkel über uns aufragte. Etwas traf mich im Gesicht, und ich fuhr heftig zusammen. »Um Gottes willen, sei still«, flüsterte Geordie mir ins Ohr.

Ich spürte, wie er sich im Boot bewegte. »Braver Junge, dieser Bill«, murmelte er leise, was viel situationstauglicher war als Flüstern. »Er hat uns einen Tampen zugeworfen. Macht ihn da fest.«

Jim, der im Bug stand, band das Tauende fest, und Geordie sagte: »Ich geh' als erster.« Er kletterte mit affenartiger Geschwindigkeit hoch und verschwand hinter dem Schanzkleid. Ihm folgte Ian; dann kam ich an die Reihe und bemerkte, daß sie eine Strickleiter benutzt hatten, die direkt über unserem Boot hing. Meine Augen hatten sich mittlerweile an die Dunkelheit gewöhnt, und ich stellte fest, daß ich im Licht des abnehmenden Mondes und des trübe leuchtenden Ankerlichtes ganz gut sehen konnte. Es war niemand an Deck, aber von achtern klang leises Stimmengemurmel herüber. Jemand kam auf uns zu, und Bills Stimme sagte leise und unerwartet nahe: »Ich habe einen von ihnen erledigt.«

»Was hast du mit ihm gemacht?« fragte Geordie.

»Nicht viel.« In Bills Stimme schwang Freude mit. »Er wird längere Zeit schlafen.

Die anderen waren inzwischen auch an Deck, und Geordie befahl: »Verteilt euch paarweise. Ich gehe mit Mike. Wir wenden den alten Von-hinten-und-vorne-Trick an.«

»Was ist das?« fragte ich, wobei ich so tief zu sprechen versuchte wie er.

»Still! Jemand kommt. Jim, Taffy – den übernehmt ihr.«

Ich sah die beiden Gestalten über Deck schleichen und im Schatten untertauchen. Dann hörte ich, was Geordie mit seinem geübteren Ohr längst vernommen hatte – jemand, der gemessenen Schrittes von achtern übers Deck kam. Der Mann kam um das Deckhaus in Sicht; er trug einen Becher in der Hand, vorsichtig bemüht, nichts daraus zu verschütten – wahrscheinlich Kaffee für jemanden am Bug.

Zu meiner Überraschung erhob sich plötzlich vor ihm ein schwarzer Schatten, und Taffy sagte leise: »Nun, das ist aber nett von dir – mir Kaffee zu bringen.«

Der Mann blieb stehen und wich verblüfft zurück. Er wollte gerade etwas sagen, als etwas vor sein Gesicht flatterte und er die Hände hob, um sich an den Nacken zu fassen. Taffy fing sehr gekonnt den fallenden Becher auf.

Der Mann schien sich nicht zu wehren. Er stolperte noch zwei Schritte über Deck und brach dann zusammen. Ich sah, wie Jim sich über ihn beugte, und dann zogen sie ihn zu zweit zu uns herüber, wobei Taffy nur eine Hand benutzte.

»Möchte jemand einen heißen Kaffee?« fragte er. »Ich hab' nicht einen Tropfen verschüttet.«

»Hör auf mit diesen Albernheiten«, knurrte Geordie.

»Was ist geschehen?« fragte ich.

»Der hat genug. Damit hätten wir zwei – wie viele sind es insgesamt, Bill?«

»Sie waren zu fünft, als ich vorhin hier war. Aber ich weiß nicht, wie es unten aussieht.«

Jim und Taffy waren dabei, ihr Opfer zu fesseln und zu knebeln. Geordie sagte: »Das überlaßt uns. Geht nach achtern und macht das Deck klar.«

Sie waren im Nu wie weggeblasen, wie Rauchschwaden, und ich half Geordie, den Mann zu fesseln. Er war schlaff und bewußtlos. »Was zum Teufel hat Jim mit ihm gemacht?« fragte ich flüsternd.

»Ein Stück Tuch mit einem Gewicht drin. Wir haben das von unserem indischen Ausbilder gelernt – ein alter Straßenräubertrick. Zumindest hat Jim ihn nicht gewürgt – er wird sich davon erholen.«

Weiter achtern hörte man einen gedämpften Aufschlag, und er schnalzte mit der Zunge. »Da hinten ist jemand leichtsinnig. Los, komm, ich will sehen, ob Bill gute Arbeit geleistet hat.«

Er richtete sich auf und schritt unbekümmert los, ohne sich die Mühe zu machen, sich zu verbergen. An der Vorderluke machte er halt und prüfte den Verschluß. »Bill hat gute Arbeit geleistet. Hier kann niemand heraufkommen.«

Dann zog er suchend weiter, bis er fand, wonach er Ausschau hielt – den leblos daliegenden bäuchlings flach hingestreckten Körper der Heckwache. Er rollte den kraftlosen Leib herum und begann ihm die Hände zu fesseln. »Nicht daß ich Bill nicht vertraue«, sagte er. »Aber sicher ist sicher. Übernimm du die Füße – nimm seine Schnürsenkel.«

Es war alles ein wenig wie im Kino. Geordie fesselte dem Mann fachmännisch die Hände und unterhielt sich dabei sachlich kühl wie ein Handwerker an seiner Werkbank. »Tut mir leid, daß ich dich aus dem vergnüglichen Teil heraushalte, Mike. Aber du bist völlig unerfahren. Man braucht bei so etwas nur einen Fehler zu machen, und die Katze ist aus dem Sack.«

Beim Anblick von Geordies massiger Gestalt in dem Halbdämmer wurde mir etwas klar, über das ich noch nie bewußt nachgedacht hatte. Töten war sein Geschäft, dazu war er ausgebildet, und an seiner Ausbildung war mein Vater beteiligt gewesen. Man hatte ihm wohl Dutzende von Methoden beigebracht, einen Mann außer Gefecht zu setzen, vorübergehend oder auf Dauer, und Stümpern gegenüber empfand er die amüsierte Verachtung des Profis. Zum ersten Mal kam mir der Gedanke, daß die Anwandlungen von rücksichtsloser Härte bei Mark ein – allerdings merkwürdig entstelltes – Erbe meines Vaters waren.

Ich sagte: »Schon gut, Geordie. Du machst es richtig. Mir genügt es, zuzuschauen und zu lernen.«

Vom Heck klang ein sehr leises, gehauchtes Pfeifen herüber, und Geordie horchte auf. »Sie sind fertig. Komm, wir wollen sehen, wie die Sache läuft.«

Wir gingen nach vorn und taten dabei so, als gehörte das Schiff uns. Unterwegs sagte Geordie leise: »Husch nie gebückt herum, wenn es nicht sein muß. Es gibt nichts, was verdächtiger wirkt. Angenommen, jemand beobachtet gerade jetzt das Deck – wir könnten einfach zwei Männer von der Besatzung sein.«

Er verlangsamte seine Schritte, als wir zum Deckhaus kamen, aus dessen Tür ein Lichtschein herausfiel. Er lugte vorsichtig um die Ecke, dann schnaubte er entrüstet. »Das hätte ich mir denken sollen«, sagte er resignierend. »Es ist Taffy, dieser verfressene Kerl. Was machst du da, Taff?«

Er ging ins Deckhaus, und als ich ihm folgte, stellte ich fest, daß man von dort gleich in die Kombüse kam. Taffy säbelte sich gerade eine Scheibe Brot ab. »Ich mach' mir gerade ein Sandwich, Skipper.«

»Du verdammter Vielfraß. Wie viele hast du erledigt?«

»Drei.«

»Kane? Hadley?«

»Nicht zu sehen. Wenn sie an Bord sind, sind sie unter Deck. Aber da sind sie gut aufgehoben – wir haben die Luken dichtgemacht.«

»Gut, dann werden wir sie jetzt aufmachen und da unten aufräumen«, sagte Geordie. »Es braucht bloß einer von ihnen auf die Idee zu kommen, daß er gern ein bißchen frische Luft schnuppern will, um festzustellen, daß er nicht an Deck kann. Wenn Sie mit dem Essen fertig sind, Mr. Morgan, wären wir alle dankbar, wenn Sie sich wieder an die Arbeit machen könnten. Und bevor du die Kombüse verläßt, räum hier gefälligst auf – und dann such den Mehlbehälter und kipp das Salz hinein.«

»Okay, Sergeant«, sagte Taffy.

Wir gingen zum Ruderhaus und fanden dort die anderen. Ian war gerade dabei, mit einem Engländer das Ruderlager loszuschrauben. Er blickte zu Geordie auf und erklärte feierlich ernst: »Wenn wir schon mal hier sind, können wir ihnen ebensogut ein paar Unannehmlichkeiten bereiten.« Er zog den Bolzen heraus und warf ihn gleichgültig über Bord, dann wirbelte er das Ruder herum. »Sie werden ein wenig Probleme beim Steuern haben, denke ich.«

»Sehr schön, aber ein bißchen voreilig«, sagte Geordie. »Laß uns erst unseren Job erledigen. Mike und ich nehmen die Vorderluke und räumen im Logis auf. Ian und Bill, ihr nehmt diese Luke hier. Jim, du findest Taffy in der Kombüse, wo er sich den Bauch vollschlägt – ihr nehmt die Luke mittschiffs. Hast du deine Sachen?«

»Hab' ich Skipper.«

»Gut. Wir steigen alle gleichzeitig hinunter. Ich gebe das Signal – und versucht, nicht so viel Lärm zu machen. Komm, Mike.«

An der Vorderluke angelangt, blieb Geordie stehen. »Wir geben ihnen eine Minute Zeit, sich fertigzumachen.« Er schüttelte betrübt den Kopf. »Dieser verdammte Waliser.«

Ich blickte nach achtern übers Deck. Es war sehr ruhig und nichts zu sehen, und ich dachte, wie einfach alles gewesen war – bisher. Diese Männer schienen alles als Jux zu betrachten. Aber ich war ihnen nicht böse drum; eben weil sie so tüchtig und erfahren waren, wirkte es so leicht.

Geordie schreckte mich auf, indem er genauso einen dumpfen Pfeifton von sich gab, wie ich ihn vorher gehört hatte. »Los«, sagte er leise. »Ich zuerst.«

Er hob den Lukendeckel vorsichtig an und stieg den Niedergang hinunter. Der Mannschaftsraum war nur notdürftig erleuchtet und schien voll schattenhafter Gestalten. Als ich unten ankam, sah ich, wie Geordie die Tür zu den Mittschiffsunterkünften mit einem Holzkeil, den er aus der Tasche nahm, festklemmte. Dann sah er sich im Logis um. Aneinandergereihte Kojen, immer drei übereinander, zogen sich an den Wänden des dreieckigen Raumes entlang, der vom Bug des Schiffes gebildet wurde. Sie stopfen die Bastarde wie Sardinen hier herein, dachte ich. Man hörte Schnarchgeräusche, und Geordie blickte sich schnell um. Er hielt einen Finger an die Lippen, als Zeichen für mich, schlich sich sehr behutsam an und winkte mich dann nach vorne. Er schaute in eine mittlere Koje, in der ein scheußlich unrasierter Seemann schlief. Die Lippen nahe an meinem Ohr, sagte er: »Sieh in den anderen Kojen nach.«

Ich schlich auf Zehenspitzen im Mannschaftsraum herum und blickte in alle Kojen, fand jedoch niemand mehr. Ich kehrte zu Geordie zurück und schüttelte den Kopf.

»Also gut«, sagte er laut. »Wecken wir unser Dornröschen auf.«

Der Mann schnarchte weiter, zog dabei die Oberlippe hoch.

Geordie rüttelte ihn an der Schulter. »Los, los, Kumpel. Sieh deinem Schicksal ins Auge.« Der Mann öffnete die Augen und blickte verständnislos hoch, in dem Moment traf ihn Geordies Faust wie ein Hammer am Kinn.

Er rieb sich die Knöchel und meinte ein wenig entschuldigend: »Ich schlage nicht gern Leute, die schlafen. Es kommt mir ein wenig unfair vor.«

Ich sah mir den Seemann an. Er war besinnungslos.

Geordie blickte sich erneut im Logis um. »Neun auf jeder Seite. Achtzehn Leute packen sie hier herein. Zu Hause würde das Seefahrtsamt das nie erlauben. Gut, sehen wir mal nach, was es hier sonst noch gibt. Vielleicht haben wir nebenan mehr Glück, Mike.«

Er entfernte den Holzkeil und öffnete vorsichtig die Tür. Wir sahen in allen Kabinen nach, an denen wir vorbeikamen, sogar in den Toiletten. »Es geht nichts darüber, einen Mann mit heruntergelassenen Hosen zu überraschen«, kicherte Geordie.

Wir fanden nichts.

Das Schiff schaukelte ein bißchen heftiger, und wir erstarrten beide, aber es war kein Geschrei und kein Getrappel zu hören. Also setzten wir unsere Suche langsam fort, bis am Ende des Ganges plötzlich ein Schatten auftauchte und Taffy in Sicht kam. Er aß einen Apfel.

Geordie rümpfte die Nase. »Jetzt schau dir das an. Man sollte meinen, daß er immer dicker wird, oder nicht? Genauso war er auch schon in der Army – hielt den Krieg damit auf, daß er sich vollstopfte.« Zwischen uns und Taffy waren noch zwei Kabinen, von denen Taffy und wir jeweils eine untersuchten – ohne Ergebnis.

»Was ist bei euch herausgekommen?« erkundigte sich Geordie.

Taffy biß knirschend in seinen Apfel. »Ian hat einen Burschen k.o. geschlagen – Kane war es nicht, und für Hadley war er nicht groß genug.«

»Verdammt! Dann sind die Halunken nicht hier. Wir haben auch einen erledigt – das macht sieben!«

Geordie begann zu rechnen. »Fünfzehn sind an Land und lassen sich vollaufen – das macht zweiundzwanzig. Und die acht im Hotel – das macht dreißig.«

»Das Schiff ist überbesetzt«, sagte Taffy.

»Wie ein Schlachtschiff«, fauchte Geordie. »Und genau das ist es. So viele Leute brauchen sie nicht als Schiffsbesatzung. Wo ist Jim?«

»Im Maschinenraum.«

»Gut. Du gehst jetzt an Deck und hältst Wache. Ich glaube nicht, daß die Offiziere jetzt zurückkommen, aber die Mannschaft könnte kommen, und vielleicht Ramirez, um nach dem Rechten zu sehen.«

Wir gingen nach achtern und fanden Ian in einer der größeren Kabinen, wo er gerade damit beschäftigt war, einen Schreibtisch aufzubrechen. Ich wollte gerade protestieren, als mir klar wurde, daß es ziemlich gleichgültig war, was wir jetzt noch anstellten, solange wir niemanden umbrachten. »Hier wohnt Ramirez«, sagte er.

Im Schreibtisch fanden wir nichts Interessantes oder Nützliches, deshalb sahen wir geschwind auch noch seine Kleidung durch. Für das Leben an Bord war er sehr elegant und sehr reichlich ausstaffiert. »Habt ihr unsere Vögel gefunden?« fragte Ian, während wir beschäftigt waren.

»Weder den einen noch den anderen«, antwortete ich. »In der Beziehung haben wir uns geirrt. Campbell wird ganz schön wütend sein.«

»Mein Kerlchen war auch nicht Hadley«, bedauerte Ian. »Er hatte einen schwarzen Bart.«

Geordie spitzte die Ohren. »Bist du sicher, daß es nicht einer von den beiden war, maskiert?«

»Nein«, sagte Ian. »Dafür war er zu lang. Kane hätte ihn sich nicht so schnell stehen lassen können, und Hadley war glatt rasiert. Und der Bart war echt – ich habe daran gezogen.«

Ich blickte hinunter und sah, wie Geordie den Teppich zurückrollte. Ein Ringbolzen kam zum Vorschein. »Was ist da unten?« fragte ich.

»Das werden wir bald herausfinden.« Er zog an dem Ringbolzen und öffnete eine Falltür. Er zog eine Taschenlampe heraus und leuchtete hinunter.

»Himmel!« stieß er hervor und zog eine Maschinenpistole heraus.

Wir betrachteten sie schweigend. Dann sagte Geordie: »Ich sage ja, dies ist ein regelrechtes Schlachtschiff.«

»Laß sehen, was sonst noch da ist«, sagte ich.

Fünf Minuten später lagen genug Waffen um uns herum, um damit einen kleinen Krieg anzufangen: vier Maschinenpistolen, fünfzehn Gewehre verschiedener Art, ein halbes Dutzend Pistolen und ein Dutzend Handgranaten.

Ich mußte lachen. »Ich möchte wissen, wie es Chamant bei diesem Anblick ergangen wäre. Er hatte schon fast einen Herzschlag bekommen, als er unsere vier kleinen Schußwaffen sah.« Aber mir war ein wenig übel beim Anblick unserer Beute, und meine Hände, mit denen bis dahin alles in Ordnung gewesen war, wurden allmählich feucht.

»Du konntest mal ziemlich gut mit Waffen umgehen, Ian«, sagte Geordie nachdenklich. »Wie würdest du diese unbrauchbar machen?«

»Ganz einfach. Wir nehmen die Schlösser raus und entfernen die Schlagbolzen.«

»Warum schmeißen wir nicht einfach alles über Bord?« fragte ich.

Geordie blickte mich schief an. »Das tun wir außerdem. Dann wird diese Meute danach tauchen, und ich will, daß ihre Mühe umsonst ist. Nun mach schon, Ian, so schnell du kannst. Wir haben hier genug Zeit vertrödelt.«

Fünfzehn Minuten später hatten wir die Waffen unbrauchbar gemacht und so geräuschlos wie möglich über Bord geworfen; wir wollten uns gerade wieder auf den Weg machen. Ian rollte die letzten Bolzen, die er aus den Gewehren genommen hatte, in Stoffetzen und verstaute sie in seinen Taschen. Wir wollten eben aufbrechen, als Taffy plötzlich eine Hand hochhielt. »Ruhe«, sagte er leise.

Wir waren sehr still, aber obwohl ich angestrengt horchte, konnte ich nichts hören. »Da kommt ein Boot«, sagte Taffy.

Dann vernahm ich das leise Quietschen von Ruderklampen und das Plätschern von Riemen. Ich blickte voller Sorge Geordie an.

»Wir schnappen sie uns«, beschloß er. »So schnell können wir nicht aufgeben.« Er erteilte rasch Befehle, und die Männer verteilten sich in die Schatten an Deck. Es gab einen leichten Aufprall, als das Boot die Jakobsleiter gegenüber unserem eigenen Fluchtweg erreichte, und einige Augenblicke später sah ich die Umrisse eines Mannes vor dem Nachthimmel. Er war allein, und als er an Bord kam, holte ich tief Luft.

Es war Kane.

»Der gehört mir«, murmelte ich Geordie zu, der zum Zeichen des Einverständnisses den Daumen hochhielt. Ich schlich in gebückter Haltung los. Kane kam übers Deck, und gerade als er an mir vorbeiging, richtete ich mich auf und klopfte ihm auf die Schulter. Er drehte sich um, und ich verpaßte ihm einen so kräftigen Kinnhaken, wie ich konnte. Während er in sich zusammensackte, schlug ihm Ian etwas über den Kopf und rollte ihn in ein Stück Segeltuch. Geordie blickte über die Reling, um sich zu überzeugen, daß Kane allein in dem Dinghi gewesen war. »Das wird uns Campbell gegenüber rechtfertigen«, sagte er zufrieden.

»Da bin ich nicht so sicher«, sagte ich und rieb mir die schmerzenden Knöchel. »Wir können Kane jetzt nicht zur Polizei bringen. Man würde dort unsere Methoden kaum gutheißen. Und wenn sie erfahren, was wir hier auf dem Schiff angestellt haben, sind wir dran, ob das Recht nun auf unserer Seite ist oder nicht.«

»Da magst du recht haben, mehr als du denkst, Mike«, gab Geordie zu. »Wir werden sofort aufbrechen – und Kane nehmen wir mit.«

Wir stürmten in unser Boot und ruderten zur *Esmerelda*. Als wir unter dem Heck von Ramirez' Schiff herglitten, blickte ich auf und sah den Namen des Schiffes – *Sirena*. Nachdem wir den Hafen schon zur Hälfte überquert hatten, kam mir ein Gedanke wieder in den Sinn. »Geordie, was hat Jim im Maschinenraum gemacht?«

»Nicht viel«, antwortete er. Ich sah Jim im Halbdunkel kurz grinsen und wollte ihn gerade selber ansprechen, als Geordie mir zuvorkam. »Legt euch in die Riemen, ihr verdammten Piraten – wir haben nicht viel Zeit.« Er schien es höllisch eilig zu haben.

Während wir an der Schiffswand der *Esmerelda* hochkletterten, fiel mir plötzlich ein, daß Jim im Krieg als Sprengstoffexperte tätig gewesen war. Ich hatte jedoch keine Zeit, weiter darüber nachzudenken. Campbell kam wütend auf mich zugestürzt.

»Was zum Teufel ist hier los?«

Ich merkte, daß ich aufgehört hatte zu schwitzen und ganz ruhig war. Die Reaktion würde zweifellos später einsetzen. »Eine kleine Aktion«, antwortete ich gelassen.

Geordie gab bereits mit gedämpfter Stimme Befehle. »Werft die verdammte Maschine an. Alle Leinen los bis auf die am Bug. Holt das Dinghi hoch.« An Deck herrschte hektisches Treiben.

»Ihr blöden Narren! Ihr werdet uns alle ins Gefängnis bringen«, tobte Campbell.

»Besser im Gefängnis als tot«, sagte ich. »Sie ahnen nicht, was wir auf diesem verfluchten Schiff gefunden haben.«

»Leinen klar!« befahl Geordie. Ich nahm ein Beben wahr und hörte die Maschine anspringen.

»Es ist mir gleichgültig, was Sie gefunden haben«, schäumte Campbell. »Sind Sie sich darüber im klaren, daß Sie einen Akt der Piraterie begangen haben?«

Es war ein Glück, daß das Maschinengeräusch seine Stimme übertönte. Im selben Augenblick kam Ian übers Deck angelaufen. »Mr. Campbell, Sir. Da ist ein Mann am Kai, der Sie sprechen möchte.«

Wir blickten beide erschrocken an Land und sahen eine einsame Gestalt direkt neben unserer Laufplanke stehen. Die Planke sollte gerade an Bord gezogen werden, aber er gebot dem mit einer Handbewegung Einhalt. Es war Ernesto Ramirez.

»Bei Gott, dem schmetter ich eine!« stieß ich hervor.

Campbell erkannte ihn auf der Stelle, und ich hörte Nick Dugan den Namen der Mannschaft zuraunen. Ich blickte

Nick scharf an, und er schütttelte leicht den Kopf und spreizte die Hände, um mir anzudeuten, daß es vorher keinen Kontakt zwischen ihnen gegeben hatte.

Campbell nahm mich am Arm. »Ruhig, Mike, handeln Sie nicht überstürzt. Wir wollen nicht noch verschlimmern, was Sie bisher an Dummheiten begangen haben. Stoppen Sie Geordie, ja?« Überraschenderweise hatte sich sein Zorn gelegt, als ich aufgebraust war; er wirkte völlig ruhig und beherrscht.

Während er zur Laufplanke ging, rief ich: »Geordie, halt! Es gibt eine unerwartete Verzögerung – der Boss hat Besuch bekommen.« Dann folgte ich Campbell.

Ramirez war allein, er stützte sich lässig auf einen Belegpoller. Offensichtlich war er noch nicht auf der *Sirena* gewesen – dafür hatte die Zeit nicht gereicht, und er war zu gefaßt. Campbell blickte auf ihn hinunter. »Ja bitte?« fragte er kalt.

Ramirez lächelte zu ihm hinauf. »Ich bin nur gekommen, um Ihnen Lebewohl zu sagen. Ich habe mir gedacht, daß Sie jetzt auslaufen würden.« Ich schloß daraus, daß er uns entweder im Hotel bemerkt oder beobachtet hatte, wie die Campbells und Paula es verließen.

Er kam einfach die Laufplanke herauf und trat in einem eleganten weißen Tropenanzug an Deck.

Campbells Stimme war eisig. »Um mir das zu sagen, brauchen Sie nicht an Bord zu kommen.«

»Vielleicht nicht, aber nun bin ich hier.«

Das mußte man ihm lassen, der Mann hatte Nerven. Nach allem, was er getan hatte, hätte ich mich an seiner Stelle nicht einmal in die Nähe der *Esmerelda* getraut, schon gar nicht ohne Leibwächter. Aber der Mann war gerissen und schlau, und vielleicht wußte er, daß unsere Skrupel uns zurückhalten würden. Dennoch – er hatte Mut.

Er sagte: »Ich dachte, ich sollte Sie lieber warnen. Ich habe etwas vor und möchte nicht, daß Sie mir dabei in die Quere kommen. Warum geben Sie nicht auf und ziehen ab?«

»Ihre Pläne interessieren mich nicht«, sagte Campbell gleichgültig.

»Sie wissen, was ich meine, Mr. Campbell. Wir sind

schon einmal gegeneinander angetreten, und Sie sind als Verlierer auf der Strecke geblieben. Und das werden Sie diesmal wieder tun, wenn Sie mir nicht aus dem Weg gehen.« Er hatte die spanische Eigenart, H-Laute guttural auszusprechen, aber sonst war sein Englisch gut. Ich könnte nicht so fließend Spanisch sprechen, dachte ich.

Mein Mund war trocken. Ich sagte: »Ramirez, Sie sind ein gemeiner Mörder, und ich werde dafür sorgen, daß Sie dafür büßen.«

Seine Augenbrauen zuckten hoch. »Mord?« fragte er höhnisch. »Das ist eine Verleumdung, Mr. Trevelyan. Wen soll ich denn ermordet haben?«

»Meinen Bruder zum Beispiel«, sagte ich hitzköpfig.

Ramirez warf den Kopf zurück und lachte. »Mein Lieber, ich bin bereit, wegen dieser Anklage vor jedes Gericht der Welt zu ziehen.« Seine Zähne blitzten auf. »Sie haben keine Beweise, nicht wahr – keinerlei Beweise.« Und er lachte wieder.

Er hatte leider recht. Der einzige, der ihn auf Tanakabu gesehen hatte, war Dr. Schouten – und der war tot.

Campbell sagte: »Ich sehe keinen Sinn in dieser Unterhaltung, Ramirez.«

Geordie kam und zerrte aufgeregt an meinem Ärmel. »Wir müssen los – sofort. Bevor das Ding losgeht.«

»Welches Ding, um Gottes willen?«

Er zog mich zur Seite und flüsterte mir schnell zu: »Jim hatte eine kleine Ladung Plastiksprengstoff mit – er hat sie am Kurbelgehäuse ihrer Maschine befestigt. Ich hätte ihnen gern ein Loch ins Schiff gesprengt, habe ihm das aber nicht gestattet – ich wünschte jetzt, ich hätte es.«

»Wann wird sie losgehen?«

»Das ist es ja – Jim weiß es nicht. Er hat aus einem gewöhnlichen Wecker einen Zeitzünder gebastelt, und so ein Ding kann man nicht auf fünf Minuten genau einstellen. Ich hatte gedacht, wir wären jetzt längst weg.«

»Das wird den ganzen Hafen aufschrecken.«

»Aber wir wären weg gewesen – wir hätten nichts damit zu tun gehabt.« Das Drängen in seiner Stimme war beschwörend. Ich blickte zu Ramirez hinüber und sagte: »Ich finde, du solltest das Vorrecht haben, dein eigenes Deck zu säubern.«

Geordie begriff und ging sofort zu der Laufplanke, wo Campbell und Ramirez mit leiser Stimme hitzig miteinander debattierten. Mir fiel auf, wie Geordie mit einer Hand über die Windentrommel strich und dann Ian und Taffy verstohlen ein Zeichen gab. Die übrigen Besatzungsmitglieder warteten gebannt ab, nur Jim blickte besorgt übers Wasser. Die Mädchen waren nirgends zu sehen.

Geordie stellte sich direkt vor Ramirez hin und herrschte ihn grob an. »Ich bin der Kapitän dieses Schiffes – und dessen Eigentümer –, und ich bin sehr empfindlich, was Schmutz an Bord angeht. Ich wäre Ihnen dankbar, wenn Sie das Schiff verlassen würden.«

Ramirez wurde blaß und blickte besorgt in Geordies narbiges Gesicht. »Ach, der tapfere und törichte Mr. Wilkins«, sagte er beleidigend.

»Das bin ich«, sagte Geordie. Er streckte die Hand aus, strich damit über das Brustteil von Ramirez' strahlend weißem Jackett und hinterließ darauf schwarze Schmierspuren. »Sie sind schmutzig, Mr. Ramirez.«

Ramirez war so schockiert über das, was geschehen war, und über die Verachtung, die daraus sprach, daß er einfach nur dastand, ohne sich zu rühren – nur die Wut in seinen Augen wuchs.

Geordie redete weiter: »Sie sind widerlich schmutzig, Mr. Ramirez. Ich finde, Sie könnten ein Bad vertragen – findet ihr nicht auch, Leute?«

Sie begriffen schnell – schneller als Ramirez. Sie stürzten sich knurrend auf ihn, zu viert. Ich sah, wie Ramirez' Hand blitzschnell in seine Tasche fuhr, aber Danny war noch schneller, und seine Hand sauste mit einem mächtigen Hieb herunter. Eine Pistole fiel klappernd aufs Deck.

Gleich darauf wurde Ramirez hochgehoben, ohne daß er sich wehren konnte, und zur anderen Seite hinübergetragen. Sie schwenkten ihn zweimal hin und her, dann flog er über Bord und fiel klatschend ins Wasser. Geordie vergeudete keine Zeit mit unnützem Triumph. Er machte kehrt, hob Ramirez' Pistole auf und bellte Befehle. »Laufplanke einholen!

Steht nicht da und glotzt dumm! Ian, ans Ruder, und paß auf, daß du ihn nicht überläufst. Bugleine los! Maschine langsame Fahrt voraus.«

Die *Esmerelda* nahm Fahrt auf. Campbell blickte immer noch über Bord. »Oh, verdammt«, sagte er zu niemandem im besonderen, starrte aber Geordie dabei an. Geordie bemerkte nichts davon. Er blickte aufmerksam in die Dunkelheit und erteilte mit leiser, aber tragender Stimme Befehle. Er steuerte uns hinaus, vorbei an schlafenden Schiffen und Markierungsbojen, und Ramirez' Plätschern blieb achteraus zurück.

Als wir auf die Höhe der im Hafen ankernden *Sirena* kamen, ertönte ein dumpfer Knall, der nicht sehr laut übers Wasser schallte. Gleichzeitig flackerten auf einem Dinghi, das gerade längsseits kam, Lichter auf, ohne Zweifel von der Mannschaft, die gerade zurückkehrte und ein wildes Durcheinander vorfand. Ihrer Maschine war das gewiß nicht gut bekommen. Schweigen umfing uns, bis wir an allen Schiffen vorbei waren und vor einer der Passagen im Saumriff anlangten; da erst löste sich allen die Zunge, und es erhob sich lautes Stimmengewirr. Ian mußte brüllen, um sich Gehör zu verschaffen, als er Befehle zum Segelsetzen erteilte. Die Aufregung an Bord war elektrisierend.

Geordie drehte sich um und grinste, sein böse zugerichtetes Gesicht strahlte triumphierend. Er begann mit heiserer Stimme aus voller Kehle zu singen. *»Oh, we're off to see the Ozzard – the wonderful Ozzard of Whiz!«*

Mit der erbeuteten Pistole, die lässig in seiner Hand baumelte, sah er einem Piraten ausgesprochen ähnlich.

Siebentes Kapitel

1

»Ihr verdammten Narren!« tobte Campbell. »Was ist nur in euch gefahren, daß ihr so etwas Törichtes tun konntet?«

Ian schlurfte mit den Füßen, Geordie empfand sichtlich keine Reue; ich hatte den Verdacht, daß uns ein Donnerwetter bevorstand, und fand das nicht eben erfreulich. Die Lichter von Nuku'alofa versanken achteraus, die *Esmerelda* lief mit voller Kraft. Danny war am Ruder, und Campbell hatte uns drei um sich versammelt, um uns zur Rede zu stellen.

»Nun«, begann Geordie, »wir dachten, es wäre eine gute Idee, sich Kane oder Hadley zu schnappen und...«

»Kane! Hadley! Die werdet ihr nie bei Ramirez finden. Ramirez ist ein skrupelloser Halunke, aber er ist nicht dumm – er ginge niemals das Risiko ein, daß man ihn mit diesen beiden in Verbindung bringt – nicht jetzt.«

Ich grinste Geordie an. »Wo hast du Kane übrigens untergebracht?« fragte ich beiläufig.

»Wir haben keinen Knast an Bord, aber wir bauen ihm gerade eine Zelle. Vorläufig befindet er sich unter Aufsicht in meiner Kabine.«

Campbell fiel das Kinn herunter. »Soll das heißen, ihr *habt* Kane?«

»Natürlich«, antwortete ich. Ich verriet nicht, wie knapp das Ganze gewesen war und daß wir unser Ziel beinahe nicht erreicht hätten. »Wir hatten vorgehabt, ihn der Polizei von Tonga zu übergeben, aber bestimmte Umstände – äh – haben das vereitelt.«

»Was für Umstände?«

»Ramirez' Schiff hat mächtig was abgekriegt«, sagte ich. »Ich konnte sie nicht zurückhalten.« Ich warf Geordie einen verstohlenen Blick zu – ich benutzte sein Argument und verwandte es gegen Campbell.

»Wie etwas abgekriegt?«

»Einem von uns ist ein Mißgeschick passiert – mit Sprengstoff.«

»Dieser Knall, den wir gehört haben? Als wir aus dem Hafen ausliefen? Ihr habt das Schiff in die Luft gesprengt?« Er war fassungslos.

»O nein, nichts davon«, sagte Geordie beruhigend. »Sie haben nur ein kleines Loch im Kurbelgehäuse, das ist alles. Sie werden uns nicht so schnell nachsetzen.«

»Das brauchen sie auch nicht«, sagte Campbell. »Was glaubt ihr, was Ramirez in eben diesem Moment tut? Er wird zu seinem Schiff zurückgekehrt sein, kochend vor Wut dank euch Idioten – fand es zerstört vor, und inzwischen wird er auf der nächsten Polizeistation sein, immer noch in nassen Sachen, und Anklage wegen tätlicher Beleidigung und Piraterie erheben. Ich nehme an, daß binnen einer Stunde ein schnelles Patrouillenboot aus Nuku'alofa ausläuft und uns verfolgt. Und wir werden nicht so davonkommen wie in Tahiti – diesmal haben *wir* uns ins Unrecht gesetzt.«

Wir blickten einander schweigend an.

»Aber vielleicht macht er das auch nicht«, sagte Campbell bedächtig. »Nicht nach dem, was ich ihm da vorhin gesagt habe.« Er warf den Kopf zurück.

»Und was war das?« fragte ich. Mir fiel auf, daß Campbells Augen plötzlich genauso leuchteten wie früher am Abend Geordies.

»Ich habe ihm gesagt, daß die Polizei von Tahiti sehr aufgebracht sei. Daß sie über Hadley und Kane Bescheid wisse und Zeugen habe, die Ramirez auf Tanakabu mit den beiden zusammen gesehen hätten, als sie das erste Mal dort waren.«

»Was für Zeugen?«

Er grinste uns an. »Das wollte Ramirez auch wissen. Ich habe ihm gesagt, drei Patienten und zwei Leute vom Krankenhauspersonal hätten ihn gesehen. Er hat gelacht, aber es hat ins Schwarze getroffen.«

»Mir ist nichts bekannt von irgendwelchen Zeugen«, sagte ich.

»Mike, manchmal sind Sie ein wenig schwer von Begriff. Es gab keine Zeugen, soweit ich weiß. Aber einer mußte sich ja schnell etwas einfallen lassen, um uns aus dieser Klemme zu befreien. Ich habe Ramirez gesagt, die Polizei suche noch nach weiteren Beweisen, habe ihn aber schon eindeutig mit den Ereignissen auf Tanakabu in Verbindung gebracht. Und wenn er zur Polizei von Tonga ginge und den Leuten erzählen würde, daß wir sein Schiff überfallen hätten, und wenn man uns daraufhin festnähme, dann würden wir so viel Stunk machen, daß die tahitische Polizei ganz schnell herbeigeeilt käme.«

Geordie sagte: »Das ist interessant. Wir wissen, daß er auf Tanakabu war – Schouten hat ihn gesehen.«

»Genau«, sagte Campbell. »Und woher soll er wissen, daß ihn sonst niemand gesehen hat? Das Risiko kann er nicht eingehen – er darf nicht auffallen. Solange der Verdacht der tahitischen Polizei nur ein Verdacht bleibt, kann er froh sein. Aber er wird nichts aufrühren, was der Polizei Informationen über ihn liefern würde. Wenigstens hoffe ich das. Und deswegen wird er auch hoffentlich diesen dummen Überfall unter der Decke halten.«

Ich sagte: »Er wird nicht zur Polizei gehen, solange wir Kane haben. Kane ist unsere Trumpfkarte. Ramirez würde nicht wagen, Kane in die Hände der Polizei fallen zu lassen.«

»Mike, er ist schlau. Schlau und gerissen, wenn es drauf ankommt. Ich würde ihm ohne weiteres zutrauen, daß er sich da herauswindet.«

»Und noch etwas«, sagte ich. »Vielleicht war unser Überfall gar nicht so dumm, wie Sie meinen – ein bißchen unbesonnen, das gebe ich zu; aber er hat sich gelohnt. Was wir auf dem Schiff gefunden haben, war so subtil wie ein Schlag mit dem Hammer auf den Kopf.« Ich gab Ian einen Wink. »Führ uns doch mal deine Eisenwarenkollektion vor.«

Ian grub die Hände in mehrere Taschen und holte die Schlagbolzen hervor, die er aus den Gewehren ausgebaut hatte. Campbells Augen wurden immer größer, als er den Haufen auf Deck immer höher wachsen sah.

»Er hatte *zehn* Gewehre?«

»Fünfzehn«, korrigierte ich. »Das andere waren Automatikgewehre. Wir haben sie unbrauchbar gemacht und über

Bord geworfen. Außerdem vier Maschinenpistolen und viele Pistolen.«

Geordie faßte in eine Tasche und zog eine Handgranate hervor, die er lässig hochwarf. »Auch davon waren mehrere da. Ich konnte mich von zweien nicht trennen.«

»Nicht sehr schlau das da, oder?« bemerkte ich.

»Und er hat doppelt so viele Männer, als er braucht«, sagte Geordie. »Und er bezahlt die große Mannschaft nicht dafür, daß sie nur Halb-Wache geht.« Auch Geordie ließ keine Gelegenheit ungenutzt, Campbell den Marsch zu blasen.

Campbells Blick flackerte, als er die Granate in Geordies Hand auf- und niederhüpfen sah. »Um Gottes willen, hören Sie auf damit. Sie werden uns noch alle in die Luft jagen. Kommen Sie, gehen wir in den Salon hinunter und trinken etwas – es ist schon verdammt spät.«

Tatsächlich war der neue Tag schon angebrochen, aber ich fühlte mich hellwach; den anderen schien es nicht anders zu gehen, auch Campbell. Nur Clare und Paula hatten sich, nachdem sie kurz an Deck erschienen waren, wieder zurückgezogen.

»Nein«, sagte ich zu Campbells Angebot. »Ich will mit Kane reden – jetzt. Und ich will dabei total nüchtern sein. Ist er bei Bewußtsein, Geordie?«

»Wenn nicht, wäre dem mit einem Eimer Seewasser abzuhelfen.«

Wir ließen Ian an Deck zurück und gingen zu dritt zur Kabine hinunter, vor der Jim und Nick Dugan mit teilnahmsloser Miene Wache schoben. Kane war bei Bewußtsein – und grün vor Angst. Als wir in die Kabine traten, wich er zurück und kauerte sich in der äußersten Ecke von Geordies Koje zusammen, als könnte er unbemerkt bleiben, wenn er sich kleiner machte. Mit vier Personen war die kleine Kabine überfüllt, und Kane fühlte sich in die Enge getrieben.

Er wirkte ebenso arg mitgenommen wie bei unserer ersten Begegnung in London, sah unrasiert und krank aus und hielt seinen rechten Arm merkwürdig – mir fiel ein, daß Clare ihn getroffen hatte. Seine Augen wichen mir aus, als ich ihn anblickte.

»Sehen Sie mich an, Kane.«

Seine Augen wanderten langsam zurück, bis sie meinem Blick begegneten. In seiner Gurgel arbeitete es, und seine Augen blinzelten und tränten.

»Sie werden reden, Kane, und Sie werden uns die Wahrheit sagen. Vielleicht denken Sie, Sie werden es nicht tun, aber Sie werden es tun. Denn wenn sie es nicht tun, werden wir Sie uns so lange vornehmen, bis Sie es tun. Ich war auf Tanakabu, Kane, und Sie sollten wissen, daß jeder, der dabei war, nicht zimperlich in seinen Methoden sein wird. Ich bin ein wohlerzogener Mensch, und es könnte sein, daß es mir Übelkeit verursacht – aber verlassen Sie sich nicht darauf, Kane, denn es gibt mehr als ein Dutzend Leute auf diesem Schiff, die längst nicht so zimperlich sind wie ich. Haben Sie verstanden, Kane? Habe ich mich klar genug ausgedrückt?«

Aber von ihm war kein Widerstand zu erwarten. Seine Zunge schnellte hervor, und er leckte sich über die Lippen und krächzte unzusammenhängendes Zeug.

»Antworten Sie mir.«

Sein Kopf bewegte sich ruckartig hin und her. »Ich werde reden«, flüsterte er.

»Gib ihm einen Whisky, Geordie«, sagte ich. Er trank etwas davon, und es kam wieder Farbe in sein Gesicht. Er setzte sich ein wenig auf, blickte aber nicht weniger furchtsam.

»Na schön«, sagte ich überlegend. »Beginnen wir am Anfang. Sie sind nach London gekommen, um Helen Trevelyan und mich aufzusuchen. Warum?«

»Jim hat sich blöd angestellt. Er hat sich diesen Koffer durch die Lappen gehen lassen. Da waren Bücher drin und Steine. Die sollten wir zurückholen.«

»Sie und Ramirez und einige seiner Halsabschneider, stimmt's?«

»*Yair*, stimmt.«

»Aber ihr habt nicht alles zurückbekommen, nicht? Wußte Ramirez das?«

»Er hat gesagt – Sie müßten noch etwas haben. Er wußte nicht was.«

»Deswegen hat er Sie mir auf den Hals geschickt, damit Sie herauszubekommen versuchten, was ich noch hatte?«

»*Yair*. Und damit ich ihm, sooft ich konnte, mitteilte, wohin Sie unterwegs waren.«

Jetzt begann er freiwillig auszupacken, das machte die Sache einfacher. Campbell und Geordie hörten schweigend und aufmerksam zu und überließen es mir, wie ich vorging. Ich brannte darauf, zu erfahren, was mit Mark geschehen war, beschloß aber, um Kane zu irritieren, erst auf Umwegen darauf zu sprechen zu kommen.

»Sie haben unser Funkgerät zerstört, nicht wahr?«

»*Yair*, das war ein Befehl.«

»Und Sie haben Hadley mit der *Pearl* auf unserem Kurs nachkommen lassen?« Wir wußten das schon, aber ich wollte, daß er es bestätigte.

»Warum haben Sie der Polizei in Papeete erzählt, wir hätten das Hospital in Brand gesetzt? Sicher haben doch auch Sie sich denken können, daß wir das ziemlich leicht widerlegen konnten.«

Einen Moment lang wirkte er fast verzweifelt. »Das war Jim. Verflucht noch mal, ich habe ihm gleich gesagt, daß das nicht funktioniert. Er läßt sich nichts sagen.«

Ich nickte und wechselte das Thema. »Neulich, als Sie an Deck Miss Campbells Zeichnungen gesehen haben – wußten Sie, was diese Figuren bedeuteten?«

»Eh?« Er war verblüfft und mußte seine Gedanken neu ordnen. »Nein, warum sollte ich?«

»Sie haben in der einen Zeichnung einen ›kümmerlichen Falken‹ erkannt. Warum haben Sie das gesagt?«

Er starrte uns verständnislos an. »Weiß nicht. Hatte es vielleicht was mit Falcon Island zu tun?«

Wir tauschten Blicke aus, und ich fuhr ruhig fort.

»Weiter. Wieso sollte es das?«

»Ich – ich glaube, es ist mir nur so rausgerutscht. Es sah wie ein Falke aus, und vielleicht habe ich daran gedacht, wissen Sie.«

»Was ist mit Falcon Island?«

Kane zögerte, und ich fuhr ihn an: »Los – raus damit!«

»Ich weiß nicht viel darüber. Ramirez hat mal was über Falcon Island gesagt. Es muß irgendwo hier in Tonga liegen. Er hat mal gesagt, dahin wollten wir, nachdem wir Sie alle aus dem Weg geräumt hätten.«

»Aus dem Weg geräumt? Wie wollte er das machen? Und warum?«

»Weiß ich auch nicht, Mr. Trevelyan. Hing irgendwie mit diesen Steinen zusammen, die Sie aus dem Meer holen – diesen Knollen, wie Sie sie nennen. Er sagte, er müßte Sie loswerden, bevor er nach Falcon Island könne, denn dort wären die Knollen. Mein Wort drauf, Mr. Trevelyan, ich weiß nicht, was es mit all dem auf sich hat.«

Ich hörte, wie Campbell hinter mir schnaubte. »Wissen Sie, wo sie genau sind?«

»Nein, sie haben mich nie in irgend so etwas eingeweiht, keinen von uns, nur – nur die Oberen.«

Das konnte ich mir denken. Kane war viel zu weit unten in der Rangordnung, um Zugang zu solchen Informationen zu haben. Aber es war ein Jammer. Ich wechselte wieder das Thema und fragte unvermittelt: »Wer hat meinen Bruder umgebracht?«

Um Kanes Mund zuckte es. »O Gott. Es war Jim – und Ramirez. Sie haben ihn umgebracht.« Er sah sterbenskrank aus.

»Und Sie haben ihnen geholfen.«

Er schüttelte den Kopf. »Nein – ich hatte damit nichts zu tun!«

»Aber Sie waren dabei.«

»Ich weiß nichts davon.«

»Hören Sie, Kane, lügen Sie uns nicht weiter an. Sie waren doch mit Hadley zusammen, als er von Schouten den Totenschein verlangte, nicht wahr?«

Er nickte widerstrebend.

»Dann waren Sie auch an Marks Tod beteiligt, verdammt!«

»Ich habe ihn nicht getötet. Es war Jim – Ramirez hat alles geplant.«

»Wer hat Schouten umgebracht?«

Die Antwort kam prompt. »Jim – Jim Hadley.«

»Und Sie waren auch diesmal dabei?«

»Ja.«

»Aber Sie haben Schouten nicht getötet, was?«

»Nein!«

»Und natürlich haben Sie auch nicht das Hospital in Brand gesetzt und den Tod von vierzehn Menschen verursacht?«

»Ich war es nicht«, sagte Kane. »Es war Jim – er ist ein Teufel, ein tollwütiger Hund.«

»Aber Sie waren dabei.«

»Das habe ich doch schon gesagt.«

»Und man wird Sie wegen Beihilfe verurteilen.«

Kane schwitzte, und es zuckte in seinem Gesicht. Ich fragte: »Wer hat Sven Norgaard umgebracht?«

Kane zögerte erst, dann antwortete er, da er unsere drohenden Blicke spürte: »Es war Jim.«

»Sie sind sich dessen nicht ganz sicher, oder? Jetzt antworten Sie mir noch einmal.«

»Ich weiß es nicht genau – ich war nicht dabei. Es war Jim oder – oder Ihr Bruder.«

»Mein *Bruder*?«

Ich konnte Geordie hinter mir spüren, seine Mäßigung verlangende Gegenwart.

»Die Bullen haben ihn doch gesucht, nicht?« schrie Kane zu seiner Verteidigung. »Wie soll man wissen, daß er es nicht getan hat? Er hätte es tun können nach allem, was ich weiß – ich war nicht dabei, das sagte ich schon.«

Ich sagte: »Erzählen Sie mir mehr über meinen Bruder. Warum wurde er getötet?«

»Ramirez hat – hat es mir nicht gesagt«, murmelte er.

»Werden Sie nicht frech. Beantworten Sie meine Frage.«

»Nun, sie haben mir nie alles erzählt. Ich glaube, er – er hat ihnen etwas vorenthalten. Etwas, das Ramirez wissen wollte. Ich glaube, es hatte was mit diesen Steinen zu tun. Ich habe ihn nicht getötet – auch sonst niemanden!«

Ich richtete mich auf und sagte müde: »Soso, Sie Unschuldslämmchen, Sie haben niemanden getötet, Sie waren nirgends dabei und sind so rein wie frischgefallener Schnee. Ich glaube, Sie sind ein verdammter Lügner, aber das ist egal. Sie sind immerhin Helfershelfer. Ich glaube, sie benutzen hier draußen noch die Guillotine.«

Kane zuckte zusammen.

»Hat jemand noch weitere Fragen?« wandte ich mich an die anderen.

Campbell sagte brüsk. »Ich denke, Sie haben alles erfaßt. Im Augenblick fällt mir nichts weiter ein. Vielleicht später.«

»Geordie?«

Er schüttelte den Kopf.

»Wir kommen wieder, Kane. Sobald wir neue Fragen an Sie haben. Ich glaube, Sie haben uns angelogen, und ich habe Sie gewarnt, was mit Ihnen passiert, wenn Sie lügen. Sie sollten es sich lieber anders überlegen.«

Kane blickte niedergeschlagen gegen die Wand. »Ich habe nicht gelogen.«

Campbell sagte: »Ich würde an Ihrer Stelle nicht versuchen auszubrechen, Kane, sonst sind Sie am Ende kalt wie ein toter Fisch. In dieser Kabine sind Sie sicherer aufgehoben als draußen – unsere Leute mögen Sie nicht und könnten versuchen, Sie abzuknallen, wenn Sie sich draußen sehen lassen. Also bleiben Sie, wo Sie sind. Es ist besser für Ihre Gesundheit.«

Draußen vor der Kabine blickten wir einander verdrossen an. »Jetzt könnte ich einen Drink vertragen«, sagte ich betrübt. »Mir ist übel.«

Wir saßen noch eine Weile im Salon, überließen uns der Müdigkeit und spürten, wie die Überreiztheit der letzten Stunden allmählich von uns abfiel. Es gab zuviel, worüber wir nachdenken mußten, und wir brauchten alle dringend Schlaf. Geordie hatte Kane in eine kleine Kabine umquartieren lassen, die auf seine Veranlassung hin bis auf eine Koje leergeräumt und mit einem Vorhängeschloß vor der Tür gesichert war. Wir konnten uns unbesorgt in unsere Kojen verziehen.

Campbell sagte: »Ich möchte von Ihnen noch eingehend über Ihre freibeuterische Unternehmung unterrichtet werden, aber das kann bis morgen warten. Und ich möchte von Ihnen Vorschläge, was Kane angeht.«

Und nach diesen Worten begaben wir uns zu Bett, während die Morgendämmerung bereits heraufzog.

2

Bis auf die Männer, die Wache hatten, begann der nächste Tag für alle spät, und die Weiterreise ließ sich ruhig und beschaulich an. An Bord herrschte eine verhaltene Hochstimmung, die Campbell und ich jedoch nicht ganz zu teilen vermochten. Bei einem späten Frühstück sprach ich mit Clare und Paula über die Ereignisse der vorausgegangenen Nacht.

»Sie haben das prima hingekriegt mit der Rückkehr aufs Schiff«, sagte ich. »Gut gemacht.«

»Nick war großartig. Aber vielleicht haben wir es doch nicht so gut hingekriegt – Ramirez muß mitbekommen haben, daß wir fortgingen«, sagte Clare.

»Nicht unbedingt. Er hat die *Esmerelda* bestimmt sofort entdeckt und wußte also, daß wir hier waren. Ich weiß immer noch nicht genau, warum er eigentlich zu uns gekommen ist. Er kann doch nicht damit gerechnet haben, daß wir aufgeben und verschwinden oder ihm verraten, was wir wissen, nur weil er es so wollte.«

Clare meinte: »Nach allem, was ich über ihn weiß, zieht er es vor, nach einer Weile eine Konfrontation herbeizuführen. Einfach um zu sehen, wie man reagiert. Ich glaube nicht, daß er so schwer zu durchschauen ist.«

»Wo waren Sie während des großen Tumultes?«

»Pa war wütend wie ein Stier, als wir an Bord kamen und er herausfand, was geschah. Er war sicher, daß wir deswegen Ärger bekommen würden, ja daß es vielleicht am Ende zum Kampf käme; deswegen befahl er uns, nach unten zu gehen, und wir mußten ihm versprechen, hierzubleiben.«

Sie kicherte. »Aber wir haben gesehen, wie Ramirez über Bord flog – es war phantastisch.«

Paula sagte ruhig: »Wir wußten, daß Mr. Campbell Sie herunterputzen würde, sobald wir aus dem Hafen raus sind. Und wir dachten, Sie hätten dabei nicht gerne Publikum, deshalb sind wir unten geblieben.«

»Ich glaube, er hat mir verziehen«, sagte ich.

»Wir wissen, Sie haben Kane an Bord«, sagte Clare und wurde ernster. »Es muß scheußlich für Sie gewesen sein, ihn zu verhören. Haben Sie viel herausbekommen?«

»Es war scheußlich, und wir haben praktisch nichts herausbekommen. Er ist durch und durch nichtswürdig.«

Clare faßte über den Tisch hinweg nach meiner Hand.

»Schrecklich für Sie, armer Mike«, sagte sie, und ich hatte wieder den verzweifelten Wunsch, mit ihr allein zu sein. Im selben Moment erschien wie auf ein Stichwort hin Campbell, und unsere Hände fuhren auseinander. Clare stand auf, um ihm etwas zu essen zu machen.

Nachdem Geordie sich auch noch zu uns gesellt hatte, berichtete ich Campbell, während wir frühstückten, über die Ereignisse der Nacht, soweit er sie noch nicht kannte. Als ich mit meiner Erzählung fertig war, lachte er stillvergnügt vor sich hin. »Mein Gott, ich wollte, ich wäre dabeigewesen.«

»Pa, du warst doch damit nicht einverstanden«, sagte Clare.

Er seufzte. »Ich weiß, ich weiß. Aber es gibt Zeiten, wo man Schläge austeilen muß, ohne Rücksicht auf die Folgen. Vielleicht werde ich zu alt und auf Sicherheit bedacht.« Er wandte sich an Geordie. »Wie lange wird Ramirez Ihrer Ansicht nach brauchen, um den Schaden zu beheben?«

»Verdammt lange, wenn er auf die Einrichtungen in Nuku'alofa angewiesen ist. Seine Maschine dürfte nie mehr laufen, wenn Jim die Sprengladung an der richtigen Stelle angebracht hat.«

»Er wird Geld fließen lassen wie Wasser«, sagte Campbell voraus. »Er wird eine neue Maschine einfliegen lassen, zusammen mit einer Mannschaft, die sie installiert. So würde ich es machen. Ich schätze, er braucht drei Wochen – nicht mehr als vier –, bis er wieder auf See ist und uns auf den Fersen.«

Ich sagte: »Das Meer ist groß. Er wird uns vielleicht nie finden.«

»Er weiß etwas über Falcon Island und kann sich denken, daß wir auch etwas wissen. Aber wir wollen hoffen, daß Sie recht haben«, sagte Campbell und erhob sein Glas Orangensaft. »Auf Ihr Wohl, Captain Flint. Ich hätte nie gedacht, ich würde an Bord einer Piratencrew bleiben, und ich bin immer noch nicht sicher, ob ich es wirklich gut finde. Aber Sie haben gute Arbeit geleistet.«

Er trank, dann fügte er hinzu: »Ich hoffe nur, daß Ramirez nicht zur Polizei gegangen ist.«

»Das werden wir bald herausfinden. Ich habe einen Mann im Ausguck am Masttopp postiert und ihm aufgetragen, achteraus Ausschau zu halten.«

Campbell faltete die Hände auf dem Tisch. »Jetzt laßt uns über Kane reden.«

Ihm war aus verschiedenen einleuchtenden Gründen unbehaglich bei dem Gedanken, den Mann an Bord zu behalten. Er mußte ständig überwacht werden, brauchte Nahrung und Bewegung, und man mußte sich um seine offenbar angeschlagene Gesundheit kümmern. Er war wie ein Stein im Schuh – ein ständig störendes Ärgernis, das allen auf die Nerven gehen würde. »Solange er bei uns ist, sind wir für ihn verantwortlich«, sagte er. »Er hat uns nichts erzählt, was für uns von Nutzen wäre – ich glaube, er weiß nicht viel –, und er ist für uns jeden Moment, den er an Bord ist, eine Gefahr. Also, was zum Teufel sollen wir mit ihm machen?«

»Glauben Sie nicht, er könnte uns als Geisel nützlich sein?« fragte ich.

Sie blickten mich beide traurig an. »Mike, er ist für Ramirez noch wertloser als für uns«, sagte Campbell. »Sie würden ihn sofort erledigen, ohne auch nur einen Moment zu zögern. Er könnte vielleicht nur als Zeuge bei polizeilichen Vernehmungen etwas nützen, und das könnte so oder so ausgehen.«

Geordie sagte: »Es sieht so aus, als ob Ramirez geschwiegen hätte. Ein Patrouillenboot hätte uns inzwischen eingeholt.«

»Vielleicht«, sagte Campbell. »Aber ich möchte uns den Rücken freihalten. Ich möchte, daß Kane seine Aussage zu Papier bringt und daß jemand an Bord, der nicht direkt persönlich etwas gegen ihn hat, diese als Zeuge unterschreibt. Das könnte jemand von Ihrer alten Schiffsbesatzung machen, Geordie. Und dann möchte ich ihn gerne irgendwo aussetzen.«

»Ihn aussetzen?« fragte ich. »Noch mehr Piratentricks?«

»Ich bin ganz Ihrer Ansicht, Mr. Campbell«, sagte Geordie. »Sehen wir doch einmal auf die Karte.«

Er fand fast sofort, wonach er suchte. Unter den nördlichen Inseln der Tonga-Gruppe und nicht sehr weit weg von unserer Route lag das Inselchen Mo'unga'one. Laut Bericht im *Pilot* gab es da ein Dorf und ein Ufer, an dem man bei gutem Wetter landen konnte. Wir wälzten den Gedanken hin und her und fanden nichts daran auszusetzen. So machte Geordie sich schließlich auf den Weg, um eine Kursänderung vorzunehmen, während Campbell zu Kane hinunterging. Ich wollte ihn an diesem Morgen nicht sehen.

Er kam kurz darauf zurück und setzte sich wieder.

»Das ist geklärt. Er sagt, er bringt alles zu Papier, was wir verlangen, aber ich habe ihm gesagt, er soll sich einfach an die Tatsachen halten, soweit sie ihm bekannt sind – beziehungsweise wie er sie zu kennen vorgibt. Er will seine eigene Haut retten, hat jedoch keinerlei Bedenken, seinen Freund Jim Hadley zu belasten. Netter Kerl! Es geht ihm nicht gut. Ich glaube, er hat ein wenig Fieber von dieser Schußwunde her, nichts, was ein paar Tage Nacherholung auf einer Tropeninsel nicht kurieren könnte. Die Einheimischen werden ihn gegen ein Entgelt irgendwelcher Art versorgen, bis wir ihn wieder abholen können oder ihn von der Polizei holen lassen. Das ist die einzige Möglichkeit, Mike.«

Und um die Wahrheit zu sagen – ich fand die Vorstellung, ihn nicht mehr an Bord zu sehen, ebenso erfreulich wie alle anderen an Bord. Ihn so nahe zu wissen, ohne ihm etwas antun zu dürfen, war schwer zu ertragen.

Wir lagen einen Vormittag lang vor der Küste von Mo'unga'one, während Geordie mit drei Leuten seiner Besatzung Kane an Land brachte. Er ging bereitwillig, ja sogar gern, und wie lange er dort bleiben mußte, schien ihn kaum zu interessieren. Geordie berichtete bei seiner Rückkehr, daß die Einheimischen ihn freundlich und mit stoischer Gelassenheit und Gleichgültigkeit aufgenommen hätten. Sie hatten im Laufe der Zeit offenbar schon viele Europäer landen sehen. Geordie hatte sie heftig gestikulierend und unter großen sprachlichen Anstrengungen gefragt, ob sie etwas über Falcon Island wüßten, und hatte sich am besten verständlich machen können, indem er mit wildem Armwedeln den Ausbruch eines Vulkans vorspielte. Dies wurde mit Gegrinse und Gekicher aufgenommen und brachte ihm die Bestätigung ein, daß es tatsächlich irgendwo weiter nördlich eine solche Erscheinung gäbe; Näheres hatte Geordie jedoch nicht erfahren können.

So waren wir an Bord zum zweiten Mal von Kane befreit, und wieder war allen deutlich Erleichterung anzumerken. Dieser Mann mochte ein Mörder sein oder nicht, dachte ich, aber er war auf jeden Fall ein Ärgernis.

Wir segelten wieder los, und irgendwann sagte Geordie: »Wir sind nun bald auf der Strecke zwischen Fonua Fo'ou und Minerva. Wenn alles gut geht, können wir morgen mit der Dredsche anfangen – wenn wir dafür die Fahrt unterbrechen wollen.«

»Wir werden jede Gelegenheit dazu benutzen, die Jim Taylor uns gibt«, sagte Campbell. »Wir könnten genausogut auch gleich anfangen. Deswegen sind wir hier. Kommen Sie und trinken Sie einen Kaffee mit mir, Mike; ich möchte mit Ihnen reden.«

Während ich Kaffee eingoß, sagte er: »Sie haben mich in jener Nacht in Nuku'alofa zweimal in Angst und Schrecken versetzt. Das erste Mal, als ich herausfand, was Sie vorhatten, und das zweite Mal, als Sie mir mitteilten, was Sie gefunden hatten. Glauben Sie, daß Ramirez uns nach richtiger Piratenmanier überfallen wollte?«

»Nach dem, was Sie mir über die Streiks in Ihren Minen erzählt haben, ist er, glaube ich, zu direkten Kampfhandlungen fähig, wenn ihm das nötig erscheint. Seeräuberei ist in diesen Gewässern keineswegs ausgestorben. Die *Joyita* soll vor gar nicht langer Zeit ein Opfer von Seeräuberei geworden sein, aber das ist nie ganz geklärt worden.«

»Ja, davon habe ich gelesen.«

»Es gibt noch immer Piratenüberfälle, nicht weit von hier – in indonesischen Gewässern, bei den Bahamas – überall. Ich glaube, Ramirez würde uns überfallen, wenn es ihm darauf ankäme. Offenbar will er, daß wir ihn zu den Knollenlagern führen, um uns dann auszulöschen und unser Schiff zu versenken.«

»Ich glaube, das würde er auch gerne tun, wenn er schon wüßte, wo die Knollen sind«, sagte Campbell.

»Einfach um Sie loszuwerden? Ja, da könnten Sie recht haben. Aber bevor er das tun kann, muß er erst ein Problem lösen.«

»Und das wäre?«

»Uns finden.«

Campbell dachte darüber nach. »Das verstehe ich. Das Meer ist weit, wie Sie schon neulich nachts sagten. Solange wir auf See bleiben, sollten wir in Sicherheit sein. Sobald wir einen Hafen anlaufen, wird er uns wiederfinden.« Er trommelte mit den Fingern. »Aber vielleicht hat er Glück und macht uns auch hier ausfindig – und darüber möchte ich mit Ihnen reden.«

Ich zog die Augenbrauen hoch.

»Ihre Mannschaft ist ein zäher Haufen, und ich weiß, daß die Männer kämpfen können, wenn es darauf ankommt – aber werden sie es tun? Sie haben gesagt, Ramirez hat dreißig Leute.«

»Das hängt von der Art des Kampfes ab. Vielleicht haben wir alle Waffen gefunden, über die er verfügte – vielleicht aber auch nicht. Wenn er bewaffnet gegen uns vorrückt, ist es aus mit uns. Wenn es sich um einen Kampf Mann gegen Mann handelt, haben wir, auch wenn er noch so unfair ist, gute Chancen.«

»Bei einer Übermacht von zwei gegen einen?«

»Ich habe sie in Aktion gesehen. Zugegeben, es war ein Überraschungsangriff, aber er war vom ganzen Ablauf her so aufregend wie eine Teeparty in einem Pfarrhaus. Unsere Leute sind ausgebildete Kämpfer, die meisten jedenfalls. Ramirez hat Hafengesocks.«

»Ich hoffe, Sie haben recht. Aber ich möchte auf jeden Fall mit unseren Leuten reden. Ein Mann sollte wissen, wofür er kämpft.«

»Sie wissen, wofür sie kämpfen«, sagte ich ruhig. »Sie haben das Hospital auf Tanakabu gesehen.«

»Das ist wahr. Aber jemand, der hart arbeitet, soll auch dafür belohnt werden. Sie sind nicht vollständig darüber informiert, wonach wir suchen, und ich werde es ihnen erzählen. Es kann nicht schaden, zu erwähnen, daß am Ende ein fetter Bonus winkt – ob wir beim Dredschen Glück haben oder nicht.«

»Sie werden ohnehin alle oben herumstehen, wenn wir die Dredsche über Bord lassen. Sie könnten dann mit ihnen reden.«

Wir hatten die Winde am nächsten Morgen schon früh klarmachen lassen, und um zehn Uhr versammelte sich die ganze Mannschaft um Campbell an Deck. Er stieg auf die Winde hinauf, machte es sich auf dem Bedienungssitz bequem und blickte von dort auf die Männer herunter.

»Ihr wißt zum Teil darüber Bescheid, um was es bei unserer Reise geht«, sagte er. »Aber ihr wißt nicht alles. Deswegen will ich es euch erzählen – offiziell bekanntgeben. Ihr wißt, daß wir an einigen Stellen hier und da gedredscht haben, und ich will euch erklären, wonach wir suchen.«

Er hielt eine Knolle hoch.

»Dies ist eine Manganknolle. Der Meeresboden ist übersät davon. Diese Knolle hier ist wertlos, aber die, nach denen wir suchen, sind sehr wertvoll.« Er warf die Knolle gleichgültig über Bord.

»Jetzt will uns ein Herr namens Ramirez daran hindern. Ich nehme an, ihr habt das alle bemerkt – daher die merkwürdigen Vorkommnisse in den letzten Wochen. Nun möchte ich, daß ihr euch über eines ganz klar seid. Ramirez ist wegen des Geldes hinter diesen Knollen her – und das bin ich auch; das steht außer Frage. Mit einem Unterschied: ich glaube, daß für alle genug da ist, und ich bin nicht habgierig. Ich werde Ramirez nicht in die Quere kommen, wenn er mir nicht in die Quere kommt, aber er hat eine große Mannschaft, lauter harte Burschen, und er scheint es auf Kampf angelegt zu haben.«

Ich machte mir zu dieser Rede meine eigenen Gedanken. Ich war sicher, daß Campbell Suarez-Navarro nicht an den Funden beteiligen wollte – nicht wegen des Geldes, aber vielleicht aus moralischen Gründen.

»Ich möchte nun, daß ihr wißt, worauf ihr euch einlaßt. Bevor ihr eine Entscheidung trefft, sollt ihr wissen, daß euch, ob wir Erfolg haben oder nicht, am Ende dieser Reise eine beträchtliche Prämie erwartet – man könnte es Gefahrenzulage nennen. Wenn wir eine reiche Geldquelle entdecken, werde ich eine Gesellschaft gründen, um den Schatz zu fördern. Und ich werde fünf Prozent der Aktien beiseite legen, die unter der Mannschaft aufgeteilt werden. Das mag euch nicht viel erscheinen, aber laßt euch sagen, daß es nicht wenig ist. Ihr könntet damit alle Millionäre werden.«

Sie redeten wild durcheinander und klatschten in die Hände. Geordie sagte: »Ich glaube, ich kann für uns alle sprechen, Mr. Campbell – das ist eine großzügige Geste, die wirklich nicht nötig war. Wir gehen mit Ihnen durch dick und dünn.«

Dem stimmten die Männer im Chor zu, und Geordie hielt die Hand hoch. »Noch etwas«, sagte er. »Ich glaube, Taffy Morgan wird auf seine Prämie verzichten, wenn er für den Rest der Reise auf doppelte Ration gesetzt werden kann.«

Alle lachten.

Taffy rief: »Ich will nicht mal das, Skipper. Gib mir nur diesen Bastard, der das Krankenhaus in Brand gesteckt hat!«

Das Gelächter versiegte, und mir tat Hadley leid, wenn er einem dieser Männer in die Hände fiel.

Campbell hob erneut die Hand. »Das ist also geregelt. Wenn einer von euch noch mehr über diese Knollen wissen will, soll er sich an Mike wenden; er ist Fachmann auf diesem Gebiet. Und jetzt sollten wir lieber weitermachen mit unserer Arbeit, bevor die *Sirena* aufkreuzt.«

Er stieg von der Winde herunter, und wir begannen mit der Arbeit.

Beim ersten Herunterlassen berührte die Dredsche den Meeresboden in etwa viertausend Metern Tiefe, und als wir sie wieder heraufholten, war sie voller Knollen. Unsere Männer hatten dergleichen schon bei früheren Gelegenheiten gesehen, aber diesmal waren sie neugierig. Danny nahm eine in die Hand und fragte: »Die könnten wertvoll sein?«

»Könnten, und ich hoffe, sie sind es. Ich werde es dir als erstem sagen«, antwortete ich.

Ich nahm einige Proben mit ins Labor und machte mich an die Arbeit. Ich hörte, wie die Mannschaft an Deck die Dredsche sicherte und wie Geordie Befehle erteilte, während die *Esmerelda* schon wieder Fahrt zu machen begann. Ich hatte noch nicht lange gearbeitet, da kamen Paula und Clare herein.

»Wir wollten mal sehen, ob wir Ihnen helfen können«, sagte Clare. »Sie werden eine Menge zu tun haben.«

Ich rieb mir das Kinn. Unausgebildet, wie sie waren, würden beide nicht mit dem Spektroskop umgehen können, aber bei allem anderen konnten sie sich sehr nützlich machen. »Ich hoffe, Sie sind gute Tellerwäscherinnen«, sagte ich und deutete auf die Laborgläser. »Das Zeug muß nach jedem Durchgang abgebaut und gesäubert werden.«

»Das mache ich«, sagte Paula. Sie sah sich meine Versuchsanordnung an. »Sieht aus wie in einem Horrorfilm.«

»Noch bin ich kein wahnsinniger Wissenschaftler, aber ich könnte vielleicht einer werden, wenn sich die ganze Unternehmung als Fehlschlag erweist. Clare, es gibt verdammt viel schriftlich festzuhalten. Sie helfen doch Ihrem Vater bei solchen Sachen. Trauen Sie sich das zu?«

»Natürlich, Sie müssen mir nur sagen, was Sie wollen.«

Ich begann mit der Untersuchung. Auf einem Segelschiff zu arbeiten, das unter vollen Segeln krängte, darauf war ich in meiner Ausbildung nicht vorbereitet worden, aber es war überraschend, wie schnell ich es lernte; außerdem hatte ich mir einige interessante Vorkehrungen einfallen lassen, um mit der Bewegung fertigzuwerden. Wir konnten es uns nicht leisten, jedesmal beizudrehen, wenn ich eine Probe untersuchte; tatsächlich hatten wir es versucht, aber da waren die Schiffsbewegungen noch schlimmer gewesen. Ich überprüfte gerade ein paar vorläufige Ergebnisse, als ich merkte, wie die *Esmerelda* an Fahrt verlor, und gleich darauf sprang der Windenmotor wieder an. Da wußte ich, daß Geordie Anstalten machte, erneut zu dredschen.

Ich fragte: »Paula, könnten Sie wohl bitte diese Versuchsanordnung abbauen und säubern? Wir werden bald eine neue Ladung Knollen bekommen.«

Sie machte sich an die Arbeit, und ich wandte mich Clare zu, um ihr bei den Eintragungen zu helfen.

»Das ist der Windenbericht mit Angaben über unsere Position und die Tauchtiefe. Das sind die Ergebnisse der spektroskopischen Untersuchung und das die der fotografischen. Das ist die quantitative Analyse, und das ist eine numerierte Halbknolle. All das muß zusammen eingetragen werden. Diesmal habe ich das selber gemacht, aber nächstes Mal rufe ich Ihnen nur die Zahlen zu.«

Ich war froh. Diese Hilfe bei den Routinearbeiten machte

viel aus, und ich schätzte, daß die Laboruntersuchungen dadurch erheblich beschleunigt würden. Uns stand ein langes Hindernisrennen bevor – ich hatte nicht damit gerechnet, daß wir gleich beim ersten Tauchgang Glück haben würden, und so war es auch. Die Ergebnisse der ersten Proben waren ziemlich normal, in etwa so, wie ein orthodoxer Meeresforscher es bei einer gewöhnlichen Pazifik-Knolle erwartet hätte.

Clare und ich gingen an Deck, um etwas frische Luft zu schnappen. Wir kamen gerade rechtzeitig, um zu sehen, wie die Dredsche über Bord gelassen wurde. Ich beobachtete, wie Luftblasen aufstiegen; dann gingen wir aufs Vorderdeck, setzten uns hin, und ich bot Clare eine Zigarette an. Beim Vorbeigehen hatten sich mehrere Köpfe nach uns umgedreht, und Ian rief von der Winde herüber: »Glück gehabt?«

Ich schüttelte lächelnd den Kopf. »Noch nicht, Ian, aber wir stehen erst am Anfang.«

Clare sagte: »Pa hat mir von Kanes Verhör erzählt. Glauben Sie, er hat die Wahrheit gesagt?«

»Keineswegs. Er hat das Blaue vom Himmel heruntergelogen.«

»Sie haben doch wohl nicht damit gerechnet, daß er zugibt, jemanden umgebracht zu haben, oder? Natürlich hat er gelogen.«

»Das habe ich nicht gemeint, Clare. Das ist das merkwürdige, ich glaube gar nicht, daß er jemanden umgebracht hat – nicht direkt. Ich glaube tatsächlich, daß es in allen Fällen Hadley war, wie er sagte. Ich glaube, Kane ist nicht gefühlsroh genug, um jemanden umzubringen. Hadley hingegen traue ich alles zu. Er ist vermutlich ein Psychopath; Kane hat angedeutet, daß auch Ramirez ihn nicht bändigen kann. Natürlich macht das keinen Unterschied – wenn wir sie alle dingfest machen, ist Kane ebenso schuldig wie die übrigen und wird entsprechend bestraft werden.«

»Dann glauben Sie, er hat in anderer Hinsicht gelogen?«

»Richtig – aber wenn ich nur wüßte in welcher. Er hat sich so eigenartig verhalten, als ich ihn wegen Mark befragte. Er hatte so etwas in den Augen, das ich nicht zu deuten vermochte. Ich befürchte, daß noch etwas viel Schlimmeres geschehen ist. Aber im großen und ganzen ist die Sache ziemlich klar.«

Es schauderte Clare. »Ich empfinde keine Sympathie mehr für Mark – nicht nach dem, was er mir angetan hat –, aber ich habe Mitleid mit ihm. Was für ein trauriges Ende für einen Mann.«

Ich nickte. »Sie sollten nicht allzuviel darüber nachdenken, Clare. Er ist tot und jenseits aller Gefühle. Die Welt ist für die Lebenden.«

Und du lebst, dachte ich, während ich sie anschaute. Es lag kein romantischer Mondschein auf dem Wasser; statt dessen standen wir in dem harten, gleißend hellen Licht der Tropensonne. Es tönte kein Liebeslied vom Salon herauf, nur das rhythmische Rasseln der Winde und das Tuckern des Dieselmotors schallten zu uns herüber. Ich sagte: »Clare, wenn wir mit all dem hier Erfolg haben, würde ich Sie gerne näher kennenlernen – viel näher.«

Sie sah mich schief von der Seite an. »Und wenn wir keinen Erfolg haben – wollen Sie dann einfach weggehen und mich nie wiedersehen?«

»Das ist nicht nett, es so auszulegen.«

»So muß ich es wohl auslegen.«

Ich suchte schweigend nach den rechten Worten.

»Das ist für mich eine ganz neue Erfahrung«, sagte Clare voll warmem Humor in der Stimme. »Ich mußte noch nie selber Anstrengungen unternehmen. Meist mußte ich Avancen abwehren...«

»Ich mache keine...«

»Weil ich nicht sicher war, daß mir einer gefiel, oder weil ich dachte, daß sie nur hinter mir her wären, weil ich Pas Tochter bin – bei denen, die in seinem Geld kein Hindernis sahen. Aber das ist, glaube ich, gar nicht Ihr Problem. Oder finden Sie, daß Reiche nur Reiche heiraten sollten?«

Ich war gerade drauf und dran, wütend zu reagieren – doch dann erkannte ich plötzlich, daß sie mich nur neckte. Ihre Augen funkelten vor Übermut – und, dachte ich erstaunt, vor Verliebtheit. Ich sagte lahm: »Clare, es gibt alle möglichen...«

Sie wartete, aber ich suchte immer noch nach Worten.

»Schwierigkeiten? Aber die könnten wir alle überwinden. Oh, Mike, du bist schrecklich dumm – aber ich liebe dich dafür um so mehr.«

Nach kurzem Schweigen sagte ich: »Verdammt, Clare, so hatte ich es nicht gewollt.«

»Dränge ich dich in die Ecke, Mike? Warum sagst du nicht einfach, was dir auf der Seele liegt?«

Also tat ich es. »Willst du mich heiraten, Clare?«

Sie blickte einen Moment zu Boden, dann sah sie mich an. »Natürlich will ich. Wir werden uns vom ersten besten Priester trauen lassen, der uns über den Weg läuft. Ich dachte schon, du kämest *nie* zur Sache. Mädchen dürfen eigentlich nur in Schaltjahren einen Heiratsantrag machen, aber ich hätte diese Regel beinahe brechen müssen.«

Ich fühlte mich überglücklich und gleichzeitig schwach. »Oh, verdammt«, sagte ich, und wir lachten beide. Ich hätte so gerne das Naheliegendste getan und sie in die Arme genommen, aber hier oben waren wir nicht ungestört genug; wir hielten uns nur an den Händen.

Clare sagte: »Mike, wir wollen es vorläufig niemandem sagen. Pa hat im Moment genug anderes im Kopf. Ich glaube, er wird es gut aufnehmen, aber ich will mir dessen sicher sein, wenn wir es ihm sagen, und vor ihm sollte es niemand erfahren.«

Ich stimmte ihr zu. Ich hätte ihr in allem zugestimmt, was sie gesagt hätte.

Wir redeten viel dummes Zeug, bis die Dredsche heraufkam. Ich kann mich nicht entsinnen, wie wir ins Labor hinuntergekommen sind – ich glaube, wir schwebten.

3

Wir dredschten und dredschten. Alle zehn Meilen legten wir auf dem Weg zu den Minerva-Riffen dafür eine Pause ein. Wir nutzten das Tageslicht bis zur Neige aus, ich arbeitete sechzehn Stunden am Tag und nahm meine Mahlzeiten im

Labor ein. Die Mädchen waren eine große Hilfe, aber es gab für mich immer noch eine Menge zu tun, und ich begann mir Sorgen zu machen, daß mir die Chemikalien ausgingen.

Etwas verdroß mich. Wir wurden ständig von Mitgliedern der Schiffsbesatzung gestört, die ins Labor kamen, um uns bei unserer Arbeit zuzuschauen. Sie kamen nicht nur aus Interesse daran, ob die Ergebnisse gut waren, sondern auch, weil Taffy Morgan Wetten über die Kobaltergebnisse jedes Versuchs veranstaltete. Ich suchte Geordie auf.

»Hör mal, das kostet mich viel Zeit«, erklärte ich ihm. »Sag ihnen, sie sollen damit aufhören.«

Er lächelte versonnen. »Du willst doch nicht ihre Begeisterung dämmen, oder? Ich mache dir einen Vorschlag; gib mir die Ergebnisse eines jeden Tages, ich werde sie bekanntgeben.«

»Das läßt sich machen. Laß dir die Zahlen von Clare geben.«

Er stopfte Tabak in seinen Pfeifenkopf. »Da hat Campbell etwas Schönes angerichtet mit seinem hochtrabenden Gerede, daß er uns alle zu Millionären machen will. Glaubst du, daß etwas daran ist?«

»Ich möchte meinen, daß er ein Mann ist, der zu seinem Wort steht.«

»Ich zweifle nicht daran, daß er zu seinem Wort steht«, sagte Geordie. »Ich zweifle nur daran, daß er seine Versprechungen wahrmachen kann. Wenn zehn bis fünfzehn Millionen Pfund nur fünf Prozent dessen ausmachen, was er einzunehmen gedenkt, dann rechnet er, finde ich, mit verflucht hohen Einnahmen.«

»Das tut er, Geordie«, sagte ich nüchtern. »Und ich auch. Wenn wir Erfolg haben, dann hoffentlich richtig. Sobald ich Zeit habe, werden wir Campbell dazu bewegen, Zahlen zu nennen. Das wird dir die Augen öffnen.«

»Das hat er ja schon.«

»Er hat kaum angefangen.«

»Wir werden sehen«, sagte Geordie unbeeindruckt.

Wir dredschten – und dredschten – und dredschten. Dann stießen wir in etwa 4000 Fuß Tiefe auf Klippen. Geordie sagte lakonisch: »Minerva.«

»Gut«, sagte ich. »Gut navigiert. Wir machen es so, wie wir es vorhatten – wir dredschen einmal drumherum. Aber zuerst hätte ich gerne eine Bodenprobe aus der Mitte der Untiefe, so weit man sich risikolos darauf vorwagen darf.«

Campbell fragte: »Ist das nicht Zeitverschwendung?«

»Das weiß man nicht – nicht, bis man es getestet hat. Und ich wüßte es gerne für meine Unterlagen – und wegen meiner Theorien.«

Wir verschwendeten tatsächlich unsere Zeit. Wir dredschten in 2000 Fuß Tiefe und holten einen Förderkübel voll Vulkanschlacke, toter Korallen und Muschelschalen hoch. Überhaupt keine Knollen. Die Mannschaft wirkte plötzlich besorgt ob dieser Ausbeute, aber ich beruhigte sie. »Ich hatte hier kaum mit Knollen gerechnet. Also macht euch keine Sorgen. Da draußen sind noch reichlich. Jetzt können wir dieses Gebiet von der Liste streichen, aber ich mußte sichergehen.«

Wir kehrten auf dem gleichen Weg an den Rand der Minerva-Felsbank zurück und begannen sie in einer Entfernung von etwa zehn Meilen zu umkreisen. Geordie arbeitete den Kurs auf der Karte aus. »Etwa sechzehnmal werden wir die Dredsche noch runterlassen – macht also vier Tage.«

Wir brauchten noch etwas länger, aber nach fünf Tagen hatten wir Minerva völlig umrundet und immer noch nichts gefunden. Campbell, der immer als erster Mut faßte und als erster den Mut verlor, war wieder bedrückt und regte mit seinem Gemurre die Mannschaft auf, die beherzt zupackte. »Sind Sie *sicher*, daß wir an der richtigen Stelle sind?« fragte er mich – nicht zum ersten Mal.

»Nein, das bin ich nicht«, erwiderte ich scharf. Ich war auch etwas gereizt; ich war müde und nicht in Stimmung, mir dumme Fragen stellen zu lassen. »Ich bin mir nicht einer verdammten Sache sicher. Ich habe nur Theorien zu bieten, keine Sicherheiten.«

Geordie war gelassener. »Vergessen Sie nicht, daß nach unserer Ankunft in Tonga auch Ramirez angerauscht kam. Ich glaube, wir sind an der richtigen Stelle.«

Ich hätte weiß Gott gern gewußt, wo Ramirez und seine Leute steckten. Sie hatten, so nahm ich an, genug Zeit gehabt, um ihre Maschine zu reparieren, und ich hätte liebend gern gewußt, ob sie schon wieder auf See waren und nach uns suchten. Wenn wir nur eine Ahnung gehabt hätten, wieviel Ramirez wirklich wußte, hätten wir es besser mit ihm aufnehmen können.

Campbell sprach aus, was ich dachte. »Wo zum Teufel steckt Suarez-Navarro? Und wo sind diese gottverdammten Knollen? Was machen wir nun, Mike?«

»Wir machen weiter, wie geplant. Wir kehren auf einem Parallelkurs nach Falcon Island zurück.«

»Östlich oder westlich?« wollte Geordie wissen.

Ich zuckte die Schultern und griff in meine Hosentasche. »Hat jemand eine Münze? Das mag das Los entscheiden.«

Campbell schnaubte empört.

Geordie, der praktischer dachte, sagte: »Warum machen wir nicht beides? Wir nehmen den Kurs, den wir gekommen sind, als Mittellinie und laufen im Zick-Zack-Kurs zurück. Erst nehmen wir auf einer Seite eine Probe, dann auf der anderen.«

»Das ist ein vernünftiger Vorschlag«, sagte ich. »Genauso machen wir es.«

Wir kehrten also um, und die langweilige Routine ging weiter. Der Windenmotor heulte auf, der Kufenbehälter ging platschend und Blasen werfend über Bord und kam Stunden später mit seiner Ladung wieder herauf, die ich untersuchte und die sich als wertlos erwies. Knollen waren reichlich vorhanden, aber nicht die wertvollen. Die Mannschaft wurde damit beschäftigt, die Decks einigermaßen sauberzuhalten, und mit Wartungsarbeiten, und wir ließen uns alle möglichen Spiele und Übungen einfallen, um uns die freie Zeit zu vertreiben.

Aber Geordie machte sich Sorgen wegen der Wartung der Winde. »Wir überstrapazieren sie«, sagte er zu mir. »Wir haben keine Zeit für eine Standardüberholung. Das Kabel müßte mal gründlich gereinigt und geölt werden. Ich fürchte, daß es uns beim Schleppen brechen wird, wenn wir es nicht überprüfen.«

Campbell hörte sich das mit zusammengekniffenen Lippen an und sagte: »Nein. Wir machen weiter, solange wir Vorsprung haben. Sie müssen Ihr Bestes tun, Geordie.«

Ich wußte, woran er dachte. Wir waren jetzt über zwei Wochen auf See, und Ramirez' Schiff müßte bald wieder seetüchtig sein.

Solange wir auf See waren, hatten wir ganz gute Chancen, von ihm nicht gefunden zu werden – aber einen Hafen anzulaufen, wäre riskant gewesen.

So fuhren wir also weiter, liefen im Zick-Zack-Kurs Richtung Falcon Island und dredschten vergeblich im scheinbar unergiebigen Pazifik.

Und dann hatten wir Glück!

Mit zittriger Stimme rief ich Clare die entscheidenden Zahlen zu: K-Kobalt – 4,32 Prozent.«

Sie blickte verdutzt auf. »Das habe ich nicht richtig verstanden, Mike – jedenfalls glaube ich, daß ich es nicht richtig verstanden habe.«

Ich sagte zitterig: »Es ist so – 4,32 Prozent Kobalt!«

Wir blickten einander wortlos an. Schließlich sagte ich: »Wir werden von dieser letzten Ladung weitere Analysen vornehmen. Mehr als eine. Paula! Ich möchte, daß alles ausgespült wird – sauberer als je zuvor.« Und wir drei stürzten uns wieder in unsere Routinearbeiten, die plötzlich alles andere als langweilig waren.

Die Ergebnisse umringten das erste, wie Campbells Kugel-Löcher meinen Treffer auf der Schießscheibe umringt hatten. 4,38 – 4,29 – viermal machte ich die Probe aufs Exempel, und jedesmal war das Ergebnis positiv.

»Zum Teufel!« krächzte ich. »Ich muß Geordie Bescheid sagen. Er muß den Kurs ändern.«

Ich stürmte an Bord, während die Mädchen einander auf die Schultern klopften. Ian war am Ruder. »Brrr! Halt!« schrie ich. »Wir kehren um zur letzten Stelle.«

Er riß die Augen auf. »Du hast doch nicht etwa etwas gefunden?«

»Doch, habe ich! Wo ist Geordie?»

»Er ist wachfrei – in seiner Kabine, glaube ich.«

Ich überließ es ihm, die Kursänderung zu überwachen, und stürzte nach unten. Aber Geordie war nicht beeindruckt. »Vier Prozent ist weit weg von zehn«, sagte er.

»Du blöder Kerl, Geordie. Der Gehalt ist doppelt so hoch

wie in allen anderen Knollen bisher, mit Ausnahme von der in London. Wir müssen den Rand der Konzentration berührt haben.«

»Na – und nun?«

»Wir kehren um, kreuzen in der Gegend und achten dabei auf das Echolot. Das wird uns vermutlich weiterbringen.«

Er schwang sich aus seiner Koje heraus und zog seine Hose an. »Dich wird es vielleicht weiterbringen, mich nicht. Gott sei Dank habe ich unsere Positionen immer sorgfältig festgehalten.«

»Komm schon – wir wollen es dem Boss sagen.«

Campbell hatte schon davon gehört. Wir fanden ihn im Labor bei den Mädchen, wo er sich die Zahlen ansah. Bei unserem Eintreten drehte er sich um. Seine Augen leuchteten erwartungsvoll. »Haben wir es gefunden, Mike?«

Ich wurde plötzlich vorsichtig. »Wir haben etwas gefunden«, sagte ich mit Bedacht. »Ob es das ist, was wir erhoffen, ist etwas anderes.«

»Ihr verdammten Wissenschaftler«, brummte er. »Warum könnt ihr einem nie eine klare Auskunft geben?«

Ich zog die Karte hervor, die ich anhand der Echographaufzeichnungen angelegt hatte. »Hier verläuft, ungefähr in nord-südlicher Richtung, ein Höhenrücken. Der Grat liegt knapp neuntausend Fuß unter der Wasseroberfläche. Unsere Superknolle haben wir hier eingesammelt, auf der Ostseite des Höhenrückens in etwa elftausend Fuß Tiefe. Ich würde gern in rechtem Winkel zu dem Höhenrücken segeln, in östlicher Richtung – hier herüber. Ich möchte wissen, wie es da mit der Wassertiefe weitergeht.«

»Sie meinen, es könnte etwas mit der Tiefe zu tun haben?«

»Könnte es. Das wäre die Gegend, wo sich natürlicherweise die meisten Knollen ansammeln würden, eher als an den seichteren Stellen – auch wenn es überall nur eine Schicht Knollen gibt.«

»Ich dachte, sie lägen da in großen Haufen herum, übereinandergestapelt.

»Leider nein«, sagte ich. »Das hat man noch nie gefunden. Auf einigen Tiefseeaufnahmen war bestenfalls zu sehen, daß der Meeresboden an manchen Stellen unter der Sedimentschicht klumpig ist, was darauf schließen läßt, daß darunter noch weit mehr Knollen vergraben liegen könnten. Aber wenn dem so ist, haben sie auf jeden Fall aufgehört zu wachsen, weil sie von ihrem Lebenselixier abgeschnitten sind – dem Meerwasser.«

Aber sie waren zum ersten Mal nicht an meiner Vorlesung interessiert. Richtigstellend ergänzte ich schnell: »Keine Sorge, die Milliarden Tonnen, die ich versprochen habe, werden da sein, auch wenn die Knollen nur in einer Schicht liegen. Doch vorher gilt es noch eine Menge festzustellen.«

Als wir in der Nähe der letzten Dredschstelle ankamen, spähten einige von der Mannschaft auf die Wasseroberfläche, als gäbe es da etwas zu entdecken. »Gut«, sagte Geordie, »wohin jetzt?«

Ich zeichnete ihm mit einem Bleistift eine Linie auf seine Karte. »Folge bitte diesem Kurs.«

Während der Fahrt verfolgte ich gebannt die Aufzeichnungen des Echographen. Die Linie zeigte ein allmähliches Tieferwerden des Wassers – nicht einen jähen Abfall, sondern ein Gefälle wie von einem Berg zu einer Ebene hinab. Nachdem wir etwa zehn Meilen gefahren waren, begann der Boden aus 13000 Fuß Tiefe allmählich wieder anzusteigen. Ich überzeugte mich davon, daß dies nicht nur auf eine Stelle begrenzt war, dann sagte ich: »Ich möchte ungefähr zwei Meilen zurück.«

»Okay«, sagte Geordie und erteilte rasch Befehle. Wir liefen fast die ganze Zeit unter Maschinenkraft, da es schwierig war zu segeln, und ich war dankbar für das anhaltend schöne Wetter, so daß wir nur mit einem Minimum an Wind und Abdrift zu kämpfen hatten. Einen Augenblick lang dachte ich voller Neid, wie einfach so etwas alles an Land wäre.

Campbell sah sich meine Aufzeichnungen an. »Was glauben Sie?«

»Da unten ist eine Art Tal. Wir sind von einem Höhenrükken heruntergekommen, haben ein Tal durchquert und auf der anderen Seite wieder eine Höhe zu erklimmen begonnen. Ich möchte zurück und da dredschen, wo es am tiefsten ist – ungefähr 13000 Fuß.«

Campbell rieb sich die Wangen. »Ein bißchen tief für ein

wirtschaftliches Dredschen mit Zugleine. Man vergeudet zuviel Zeit mit dem Herunterlassen und Wiederheraufholen.«

»Wenn das Zeug gehaltreich genug ist, lohnt es sich.«

Er knurrte: »Darum sind wir ja hier, um das herauszufinden.«

Inzwischen wußten alle, was in der Luft lag, und waren sehr gespannt, als die Dredsche hinuntergelassen wurde. Ian stand an der Winde und Geordie selbst am Ruder, um die *Esmerelda* in Position zu halten. Es schien außergewöhnlich lange zu dauern, bis Ian, der den Kabelspannungsmesser beobachtete, die Winde stoppte und verkündete: »Sie hat den Boden erreicht.«

Geordie streckte die Hand nach dem Bedienungshebel des Motors aus. Da fuhr Campbell zu ihm herum, aufgeregt wie eine alte Henne. »Vorsicht, Geordie, es darf jetzt nichts schiefgehen.«

Die *Esmerelda* kroch vorwärts, und das Kabel strammte sich. Ich stellte mir im Geiste vor, wie die Dredsche sich auf dem Boden des Abgrunds mühsam in völliger Dunkelheit vorwärtsschob und dabei wie ein riesenmäuliges prähistorisches Tier Knollen und Schutt in ihrem Schlund sammelte.

Als diese Arbeit getan war, ließ Ian die Winde wieder anlaufen. Die Trommel begann sich zu drehen, und die Mannschaft begann das nasse und schleimige Kabel, sowie es von der Trommel herunterlief, im Laderaum zu verstauen. Wieder schien es Ewigkeiten zu dauern, und die Spannung wuchs, bis unsere Nerven ganz schön flatterten. Taffy sagte heiser: »Um Himmels willen, Ian, laß mal gehen!«

Geordie sagte ruhig: »Nein, nichts dergleichen jetzt. Immer mit der Ruhe, Ian – du machst es genau richtig.«

Dreizehntausend Fuß – das sind fast vier Kilometer. Es dauert lange, eine volle Dredsche aus der Tiefe hochzuziehen, vor allem wenn man Angst um das Kabel hat und langsam zieht. Normalerweise achtete niemand darauf, bis der Förderkübel an Bord kam, aber diesmal war die Aufmerksamkeit aller gefesselt, und als die Dredsche schließlich an die Oberfläche kam, legten viele bereitwillig Hand an, um den Ladebaum hinauszuschwingen und die Ladung an Bord zu nehmen.

Geordie hatte Danny das Ruder übergeben und kam herbeigestürzt, um die Ladung auszuschütten. Ein Sturzbach von Knollen ergoß sich aufs Deck zusammen mit dem üblichen schleimigen Schlamm. »Für mich sieht es nicht anders aus als sonst«, sagte er und spielte den Enttäuschten.

Ian sagte: »Halt den Mund – überlaß das Mike, ja? Er weiß, was er tut.«

Ich hoffte, er hatte recht.

»Wie lange, Mike?« fragte Campbell.

»Die üblichen drei Stunden. Schneller geht's nicht.«

Und schneller schaffte ich es auch nicht – tatsächlich brauchte ich sogar länger. Das Labor war nicht sehr groß, und es war schon schwer genug, wenn wir zu dritt darin arbeiteten. Nun bestand Campbell darauf, mit hereinzukommen und zuzusehen, und wo er auch stand oder saß, war er im Wege. Schließlich setzte ich ihn vor die Tür, so sehr er auch protestierte, konnte ihn dann aber auf dem Gang auf- und abgehen hören.

Nach dreidreiviertel Stunden öffnete ich die Tür und sagte: »Herzlichen Glückwunsch, Mr. Campbell. Sie sind gerade Vater einer 9,7prozentigen Kobaltknolle geworden.«

Seine Augen leuchteten auf. »Wir haben's geschafft! Bei Gott, wir haben's geschafft!«

»Volltreffer!« gab ich ihm recht.

Er lehnte sich gegen das Schott und seufzte tief. »Ich hatte schon gedacht, wir schafften es nie.« Nach einigen Momenten begann sein Gehirn wieder zu arbeiten, und er fragte: »Wie ist die Dichte?«

»Zehn Pfund pro Quadratfuß. Damit werden Sie für die nächsten paar Jahre beschäftigt sein.«

Er lächelte entzückt.

»Kommt in den Salon, alle. Darauf wollen wir trinken. Holt Geordie runter.«

Im Salon öffnete er den Schnapsschrank, nahm Whisky- und Ginflaschen heraus und begann voller Elan einzuschenken. Clare und ich konnten gerade lange genug für eine schnelle Umarmung und einen Kuß im Gang herumtrödeln, bevor wir uns mit Paula zu ihm gesellten, und einen Moment später kam auch Geordie strahlend an.

»Auf Sie, Mike. Sie haben großartige Arbeit geleistet«, sagte Campbell überschwenglich.

Ich bezog alle in den Trinkspruch mit ein und wir leerten wohlgelaunt die Gläser. »Wir sind aber noch nicht fertig«, warnte ich sie. »Wir müssen noch die Ausmaße der Ablagerungen feststellen. Es gibt noch viel nachzuprüfen.«

»Ich weiß, ich weiß«, sagte Campbell. »Aber das ist Detailarbeit. Ist Ihnen klar, daß wir's geschafft haben, Geordie?«

»Das freut mich sehr für Sie«, sagte Geordie förmlich.

»Zum Teufel damit. Ich freue mich für uns alle. Wie wäre es damit, eine kleine Extraration an die Crew auszuteilen, Geordie – mit meinen Empfehlungen?« Er deutete auf den wohlgefüllten Schrank.

»Nun, ich weiß nicht«, sagte Geordie abwägend. »Ich habe schließlich noch ein Schiff zu steuern. Die Burschen, die wachfrei sind, können ein Schlückchen haben, aber die, die im Dienst sind, müssen damit noch etwas warten. Da oben herrscht ohnehin schon genug Aufregung.« Er lächelte und setzte hinzu: »Ich selber bin wachfrei.«

Campbell lachte. »Okay, leisten Sie uns Gesellschaft.«

Geordie blickte mich vielsagend von der Seite an. »Wir liegen immer noch beigedreht, weißt du. Wohin fahren wir nun?«

Ich sagte: »In einem Winkel von neunzig Grad zum alten Kurs – Richtung Süden. Sag der Wache, sie soll auf den Echographen achten und über so tiefem Wasser bleiben wie möglich. Wir laufen ungefähr fünfundzwanzig Meilen. Wenn das Wasser seichter wird oder wir zu sehr vom Kurs abkommen, möchte ich das sofort wissen. Und ich glaube, Clare sollte dir auch die neuesten Ergebnisse eröffnen, meinst du nicht?«

Clare zog ein Blatt Papier mit den märchenhaften Zahlen hervor, und Geordie nahm es mit hinauf. Campbell wandte sich an mich. »Sie haben das alles ziemlich genau angegeben. Ich nehme an, Sie haben einen Plan.«

»Eine Art Plan. Wir sind von einem Höhenrücken heruntergekommen und haben an der tiefsten Stelle des Tales gedredscht. Jetzt möchte ich das Tal entlangfahren, um zu sehen, wie weit es sich in beiden Richtungen erstreckt. Der Echograph wird uns eine Menge nützlicher Informationen liefern, und wir werden im Laufe der Fahrt in bestimmten Abständen dredschen.«

An Deck war Jubel zu hören. Campbell, der sich gerade noch einen Drink eingießen wollte, hielt dabei inne. »Alle sind glücklich.«

»Alle außer Ramirez«, sagte ich.

»Ich wünschte, er würde absaufen«, sagte Paula unerwartet gehässig.

Campbell runzelte die Stirn, dann schob er die unangenehmen Gedanken beiseite; dies war nicht die Zeit, um über eine unsichere Zukunft nachzudenken. Geordie kam zurück in den Salon, und Campbell deutete auf den Schrank. »Gießen Sie sich selber einen ein. Ich bin niemandes Diener.« Geordie grinste und nahm die Flasche hoch.

Ich rollte eine Knolle auf den Tisch. »Geordie ist ein wenig skeptisch, was den Wert dieser Dinger angeht. Ich habe ihm versprochen, daß Sie Zahlen nennen würden.«

Campbell stieß die Knolle mit einem Finger an. »Sieht wahrhaftig nicht sehr vielversprechend aus, was, Geordie?«

»Genauso wie all die anderen Gesteinsklumpen, die wir in den letzten paar Wochen hochgeholt haben«, sagte Geordie spontan.

»Sie enthält fast zehn Prozent Kobalt. Was sonst noch wissen wir nicht so genau, weil Mike nur den Kobaltgehalt untersucht hat, aber wir wissen, daß sie ziemlich viel Kupfer und Vanadium enthält und eine Menge Eisen – und natürlich auch Mangan. Jetzt will ich Ihnen sagen, und ich spreche aus Erfahrung, daß der Bruttoerlös pro Tonne etwa vierhundert Dollar betragen wird.«

Das überzeugte Geordie noch nicht. »Das kommt mir nicht allzu wertvoll vor. Ich dachte, es wäre etwas wirklich Wertvolles – wie Gold oder Platin.«

Campbell grinste entzückt und zog einen kleinen Rechenschieber aus der Tasche. »Sie würden doch sagen, daß die Dichte über ein großes Gebiet hinweg ziemlich gleichbleibend ist, Mike?«

»Ja. Im Zentrum der Konzentration kann man sich darauf einigermaßen verlassen.«

»Und was würden Sie als großes Gebiet bezeichnen?«

Ich zuckte mit den Schultern. »Oh, mehrere Quadratmeilen.«

Campbell blickte Geordie vielsagend an, dann beugte er sich über den Rechenschieber. »Nun, wollen mal sehen. Bei zehn Pfund pro Quadratfuß – macht das – etwa, sagen wir, sechsundfünfzig Millionen Dollar pro Quadratmeile.«

Geordie, der gerade einen Schluck Whisky nehmen wollte, hustete plötzlich.

Wir schrien alle vor Lachen. Ich sagte: »In einer Quadratmeile sind viele Quadratfüße, Geordie!«

Er bekam wieder Luft. »Mann, das ist wirklich Geld! Wie viele Quadratmeilen von dem Zeug sind denn wohl da?«

»Das werden wir als nächstes herausfinden«, sagte ich. Ich sah, wie die beiden Mädchen Campbell erstaunt anblickten, und da kam mir ein Gedanke. Ich sagte zu Paula: »Sie sind auch daran beteiligt, wissen Sie.«

Sie starrte mich mit offenem Mund an. »Aber ich – ich bin doch ...«

Campbell sagte: »Doch, natürlich, Paula. Sie gehören mit zur Mannschaft. Jeder auf diesem Schiff bekommt seinen Anteil.«

Die Überraschung war wohl zu groß für sie, als daß sie damit hätte fertigwerden können, denn sie brach plötzlich in Tränen aus und rannte tränenblind aus dem Salon. Clare warf uns ein fröhliches Lächeln zu und ging dann hinter ihr her.

Ich konnte Geordie ansehen, daß er ein Fünfzehntel von fünf Prozent von 56 Millionen Dollar zu errechnen versuchte – und es nicht schaffte. Ich sagte: »Diese vierhundert Dollar pro Tonne sind ein Bruttoerlös. Davon gehen die Kosten für Dredschen, für die Verarbeitung, für den Absatz und für alle möglichen anderen Dinge ab. Haben Sie darüber schon Vorstellungen?«

»Habe ich«, sagte Campbell. »Als Mark damals mit dieser Idee zu mir kam, habe ich mich ziemlich ausgiebig damit befaßt. Das Hauptproblem ist das Dredschen – eine Schleppschaufel, wie wir sie jetzt verwenden, nur größer, ist bei der Tiefe nicht sehr sinnvoll. Man vergeudet zuviel Zeit mit dem Heraufholen. Deswegen habe ich ein paar klevere Burschen auf das Problem angesetzt, und sie sind zu dem Schluß gekommen, daß es am besten wäre, eine hydraulische Dredsche zu benutzen. Sie haben Voruntersuchungen angestellt und errechnet, daß sie die Knollen aus etwa vierzehntausend Fuß Tiefe für zehn Dollar pro Tonne an die Oberfläche saugen können. Dazu kommen noch alle möglichen anderen Faktoren – Bearbeitung, Marketing, Transport und andere technische Kosten, die Kosten für Charterschiffe, Mannschaft und Unterhalt. Wir würden eigene Förderdredschen entwickeln und bauen, wir brauchten Inspektionsschiffe, und wir müßten eine Fabrik für die Verarbeitung bauen. Das würden wir auf einer der Inseln hier machen, und wir würden dabei viel Unterstützung bekommen, da es auch den Einheimischen enorm viel Geld einbringen würde. Alles in allem würde ich eine Gesellschaft gründen müssen, die in der Lage wäre, etwa vierzig Millionen Dollar aufzubringen.«

Er sagte das ernst und sachlich. Clare war so hochfliegendes Unternehmergerede offenbar gewohnt, aber Geordie und ich starrten ihn sprachlos an. Es war Geordies erster Ausflug in die Hochfinanz, auch meiner, aber ich war ein wenig besser darauf vorbereitet. »Großer Gott! Haben Sie so viel – ich meine, können Sie so viel auftreiben?«

»Bisher hätte ich es nicht gekonnt. Aber mit dem, was wir hier vorzuzeigen haben, kann ich es. Wir würden in den ersten zwei Arbeitsjahren einen Nettogewinn von vierzig Millionen erzielen – und später, versteht sich, entsprechend mehr. Es wird in Wall Street eine Menge Leute geben, die in so etwas liebend gern einsteigen – oder es sogar übernehmen würden.«

Er dachte kurz nach, dann fuhr er fort: »Aber dazu wird es nicht kommen. Als Suarez-Navarro sich meine Minen aneignete, habe ich geschworen, mich nie wieder auf ein Geschäft einzulassen, das einem so leicht gestohlen werden kann. Deswegen wurde ich wieder Spekulant, verdiente mit kurzfristigen Beteiligungen schnelles Geld. Aber dies hier ist irgendwie anders. Daran werde ich festhalten. Ich kenne zu Hause zwei Männer, denen ich vertrauen kann. Zwischen ihnen und mir und vielleicht zwei Regierungen, die wir zu einer Beteiligung überreden werden, will ich das Ganze so fest absichern, daß weder Suarez-Navarro noch sonst jemand von der Sorte sich da hineindrängeln kann.« Er stand auf und trat an ein Bullauge, um aufs Meer hinauszublicken. »Da hinten liegt Tonga. Da wird man die Sache wahrscheinlich positiv aufnehmen. Sie werden davon profitieren, daß die Anlagen zur Verhüttung höchstwahrscheinlich auf ihrem Territorium errichtet werden – sie werden in hohem Maße automatisiert sein, so daß wir nicht viele Arbeitskräfte brauchen, wenn sie erst mal stehen, aber sie werden Steuereinnahmen haben, und ich nehme an, daß sie uns gern entgegenkommen werden. Mich beschäftigt noch etwas anderes; da draußen entstehen immer noch Knollen, und nach dem, was Mike sagt, wird es immer so sein – und zwar entstehen sie, wie er immer behauptet, in einem rasanten Tempo. Vielleicht sind wir damit zum ersten Mal in der Lage, Bergbau zu betreiben, ohne diesen gottverdammten Planeten zu plündern.« Er kam wieder an den Tisch und nahm sein Glas. »Und das ist eine Leistung, auf die jeder stolz sein kann. Darauf wollen wir trinken.«

Also tranken wir sehr feierlich darauf. Ich für meinen Teil war voller Ehrfurcht vor dem, was wir taten, und ich glaube, den anderen erging es ebenso. Campbell hatte ein paar brisante Dinge zur Sprache gebracht.

4

Wir blieben noch eine Woche in der Gegend, erforschten das unterseeische Tal und dredschten an sorgsam ausgesuchten Stellen. Es kam reichlich Material an Bord, und ich hatte viel zu tun. Eine ausführlichere Untersuchung würde später folgen – jetzt verfolgte ich nur das Ziel, die Grenzen des Gebiets festzustellen und den Gehaltreichtum und die Dichte annähernd zu ermitteln.

Die *Esmerelda* war ein glückliches Schiff. Nicht, daß sie es vorher nicht gewesen wäre, aber die von ergebnisloser Suche verursachte Mutlosigkeit war verflogen, und alle waren munter und guter Dinge. Die Mannschaft trieb eine Menge Späße – aber nur, solange nichts Wichtigeres zu tun war.

Einmal, als ich an Deck Luft schnappte, gesellte sich Paula zu mir.

»Ich weiß nicht, was mich da neulich überkommen hat, Mike – Sie wissen schon, als Mr. Campbell sagte, ich würde auch an all dem beteiligt.«

»Es haut einen ein bißchen um, wenn einem plötzlich Reichtum winkt. Mir ist es ebenso ergangen.«

»Ich habe nie gedacht, daß ich mal reich sein könnte«, sagte sie. »Vermutlich, weil ich nie Zeit dazu hatte. Ich war immerzu auf Achse – in den Staaten, Mexiko, Australien, Tahiti, Hawaii, Panama. Ich glaube, ich bin ein bißchen so etwas wie ein Vagabund.« Sie blickte auf. »Das, was die Engländer als Tramp bezeichnen, stimmt's?«

»Stimmt.«

»Ich glaube, ich war das auch – im amerikanischen Sinne, meine ich, in bezug auf Männer«, sagte sie düster.

»Sie sind in Ordnung, Paula«, sagte ich herzlich. »Machen Sie sich darüber keine Gedanken. Freuen Sie sich lieber über die phantastischen Aussichten. Was werden Sie mit all dem Reichtum anfangen?«

»O je, ich weiß nicht, Mike. Ich bin nicht so wie Clare – sie ist Geld gewohnt, ich nicht. Und so wie ihr Pa redet – es macht mich manchmal ganz schwindelig, wenn er so mit Millionen um sich wirft.«

»Vielleicht könnten Sie eine Kreuzfahrt zum sonnigen Tahiti machen«, scherzte ich.

Aber sie schüttelte heftig den Kopf. »Nein, dahin will ich nie wieder – ich will Papeete nie mehr wiedersehen.« Sie schwieg eine Weile, dann sagte sie: »Ich glaube, ich werde als erstes nach Hause fahren. Ja, ich glaube, ich werde nach Hause fahren.«

»Wo sind Sie denn zu Hause?«

»In Oregon. In einer Kleinstadt – viele große Städte gibt es auch nicht in Oregon. Sie heißt Medford. Ich bin schon seit Jahren nicht mehr dagewesen – dabei hätte ich nie von dort fortgehen sollen.«

»Warum sind Sie denn fortgegangen, Paula?«

Sie lachte. »Ach, die alte Leier – eine abgedroschene Geschichte würden Sie wahrscheinlich sagen. Mein ganzes Leben ist eine abgedroschene Geschichte. Ich wurde als Kind kino-närrisch, und als ich sechzehn war, gewann ich einen Schönheitswettbewerb am Ort. Das stieg mir zu Kopf, und ich gab mächtig an – Sie hätten mal hören sollen, was ich alles in Hollywood machen wollte. Ich wollte sie alle überflügeln. So ging ich nach Hollywood. Aber es gibt viel zu viele Mädchen in Hollywood. Ich habe Ihnen ja gleich gesagt, es ist eine abgedroschene Geschichte.«

»Was geschah nach Hollywood?«

»Es ging genauso abgedroschen weiter. Ich trieb mich herum, sang in billigen Nachtlokalen – den Rest kennen Sie, oder Sie können ihn sich denken.« Die bittere Resignation in ihrer Stimme machte mich traurig. »Diese Bar, in der Sie mich in Panama gefunden haben – das war der bestbezahlte Job in meinem ganzen Leben.«

»Und Sie haben ihn aufgegeben – einfach so? Nur weil ich Sie darum gebeten habe?«

»Warum nicht? Es – es war wegen Mark, wissen Sie. Oh, ich weiß, was Sie in bezug auf Mark empfinden, ich habe Sie reden hören. Nun gut, nehmen wir mal an, er war ein gemeiner Mensch. Ich glaube, ich habe das immer gewußt, aber ich habe ihn geliebt, Mike. Und ich hoffte herauszufinden, ob er mich auch geliebt hat. Ich wollte schon immer alles für ihn tun, was in meiner Macht lag.«

Ich schwieg. Es gab nichts, was ich dazu hätte sagen können.

»Ja«, fuhr sie fort. »Ich glaube, ich fahre nach Hause. Ich habe immer damit angegeben, daß ich erst zurückkäme, wenn ich ein Erfolg wäre. Jetzt könnte man mich doch als erfolgreich bezeichnen, Mike?« Sie hatte Tränen in den Augen.

»Sie waren immer ein Erfolg«, sagte ich beruhigend und faßte sie an den Schultern.

Sie schniefte ein wenig, dann schüttelte sie energisch den Kopf. »Auf diese Weise werden Ihre Gläser nicht sauber. Ich sollte mich lieber wieder an die Arbeit machen. Aber danke.«

Ich sah zu, wie sie über Deck schritt, und zum tausendsten

Mal wünschte ich Mark zur Hölle. Da berührte mich jemand am Ellbogen, und als ich mich umdrehte, stand Geordie vor mir. »Ich wollte euer Tête-à-tête nicht stören«, sagte er, »und habe deshalb gewartet.« Er deutete mit einer Kopfbewegung über Deck. »Bist du in sie verliebt, Mike?«

»Keineswegs«, sagte ich, amüsiert beim Gedanken daran, wie sehr Geordie daneben getippt hatte. »Aber manchmal wünschte ich, Mark wäre nie geboren.«

»Er hat sie schlecht behandelt, was?«

»Merkwürdigerweise hat er sie sehr glücklich gemacht. Aber sein Tod hat ihr das Herz gebrochen. Spielt keine Rolle – früher oder später hätte er es so oder so irgendwie getan. Was ist denn, Geordie?«

»Ich will mit dir über unsere nächsten Schritte sprechen. Wir können nicht mehr lange hier draußen bleiben, Mike. Die Winde und das Hebegeschirr müssen wirklich dringend gewartet werden. Unsere Wasservorräte gehen zur Neige – wir hatten in Nuku'alofa keine Zeit mehr, den Tank richtig vollzumachen – und für den Treibstoff gilt das gleiche. Wir haben ungeheuer viel beim Positionhalten verbraucht. Wir müssen ziemlich bald einen Hafen anlaufen.«

»Ja, meine Laborvorräte gehen auch zur Neige. Hör mal, Geordie, eigentlich sind wir hier fertig – ich habe schon eine Unmenge Daten zum Arbeiten. Laß uns mit dem Boss reden.«

Campbell fragte: »Wann werden Sie denn hier fertig?«

»Im Grunde bin ich fertig. Mit der letzten Dredschladung heute könnten wir Schluß machen – sonst könnte ich ewig so weiterstümpern.«

»Also gut. Aber wir kehren nicht nach Nuku'alofa zurück – für den Fall, daß Ramirez noch dort ist oder in dieser Gegend nach uns sucht. Wir fahren nach Fidschi. Nach Suva.«

Ich zögerte. »In Ordnung, aber ich würde gern noch Falcon Island sehen.«

»Warum?«

»Nun, Falcon Island haben wir all das zu verdanken.«

»Wissenschaftler bis zum letzten Blutstropfen, wie? Sie geben sich nicht damit zufrieden, daß Sie etwas finden – Sie wollen auch noch das Wann, Wie und Warum wissen.«

Ich war ganz wild darauf, die Insel zu sehen – oder die Stelle, an der sie lag. Um meinem Argument Nachdruck zu verleihen, fügte ich hinzu: »Es ist durchaus möglich, daß wir da einen Hinweis auf andere kobaltreiche Gegenden in der Nähe erhalten. Vielleicht finden wir andere Metallkonzentrationen, wenn wir erst mal wissen, wie das Ganze funktioniert.«

Er lachte. »Okay, Mike, Sie haben es, glaube ich, verdient. Wenn Geordie freie Bahn gibt, fahren wir über Falcon Island nach Suva.«

Geordie wußte nicht so recht. Er holte seine Karten hervor und maß die Entfernungen. »Wie lange willst du dich denn da aufhalten?« murrte er.

»Nur einen Tag oder so, wenn überhaupt.«

»Willst du dredschen?«

»Das wird nicht nötig sein. Es ist sehr seicht da. Ein guter Schwimmer wie Bill Hunter könnte hinuntertauchen und mir das an Proben einsammeln, was ich gern hätte – es wird nicht mehr als ein paar Faden tief sein. Und er ist ganz erpicht darauf, sein Können unter Beweis zu stellen. Wir könnten nach ein paar Stunden weiterfahren.«

»Es wird ein bißchen knapp werden«, jammerte er. »Unsere Wasservorräte werden fast erschöpft sein, wenn wir in Suva eintreffen. Es ist nur gut, daß du nicht dredschen willst; ich finde, dies sollte das letzte Mal sein. Wir müssen genug Treibstoff zum Manövrieren und für Notfälle aufheben – für den Windenmotor kann ich nichts mehr erübrigen.«

»Nun hör schon auf, Geordie. Du haßt es doch, unter Maschinenkraft zu laufen.«

Am Ende erklärte er sich einverstanden. Wir beendeten das Dredschen und verstauten zum letzten Mal das Kabel. Die Dredsche wurde an Deck festgezurrt, und Geordie ging auf nördlichen Kurs in Richtung Fonua Fo'ou.

An diesem Abend sagte ich im Salon: »Ich würde gern kurz zusammenfassen, was ich gefunden habe. Könnt ihr wieder einen kleinen Vortrag vertragen?«

Der Wind war gut, wir kamen gut voran, der Schatz war gefunden, und alle Gefahren schienen weit weg. Meine kleine Klasse nahm Platz, um mich in Ruhe anzuhören.

Campbell sagte: »Ich fange an, mich an diese wissenschaftlichen Vorträge zu gewöhnen; es ist manchmal langweilig, aber meist gewinnbringend.«

Ich lachte. »Diesmal ist es sehr gewinnbringend.« Ich holte meine Karten und mein Notizbuch hervor. »Die kobaltreichen Knollen scheinen konzentriert in einem Tal oder einer Senke vorzukommen, die zwanzig Meilen breit und hundert Meilen lang ist. Gehalt und Dichte der Knollen sind unterschiedlich.«

Clare, die eine mathematische Naturbegabung war, wie ich mit Vergnügen festgestellt hatte, sagte erstaunt: »Aber das sind ja zweitausend Quadratmeilen.«

»Ein ganz schön großes Gebiet«, stimmte ich zu. »Der Gehaltreichtum verändert sich mit zunehmender Wassertiefe, von ungefähr zwei Prozent auf dem Grat der Höhenrücken bis hin zu maximal zehn Prozent am Talboden – eine reziproke Kurve, wenn man so will. Die Dichte wiederum verändert sich auf andere Weise. Im äußersten Norden des Tales beträgt die Dichte nur ein halbes Pfund pro Quadratfuß. Am entgegengesetzten Ende erreicht sie einen Spitzenwert von ungefähr fünfzig Pfund pro Quadratfuß.«

Campbell sagte: »Auch noch mit zehn Prozent Kobalt?«

»Am Talboden ja.«

»Unglaublich!« rief er aus. Eine Viertelmillion Dollar pro Quadratmeile!« Er und Clare lächelten selig. Geordie wirkte benommen – die Zahlen waren so phantastisch, daß er es nicht fassen konnte. Paula wirkte wie versteinert.

Ich blickte wieder in mein Notizbuch. »Ich habe ein paar grobe Richtwerte errechnet. Ich schätze, daß die durchschnittliche Dichte auf dem ganzen zweitausend Quadratmeilen großen Gebiet bei acht Pfund pro Quadratfuß liegt. In Anbetracht der höheren Werte werden Sie jedoch gute Beute machen, gleichgültig wo Sie beginnen, so daß sich eine systematische Förderung lohnt.«

Campbell sagte: »Diese Durchschnittszahlen besagen überhaupt nichts, Mike. Was kümmert es mich, wenn die durchschnittliche Dichte bei acht Pfund liegt, wenn ich eine Stelle kenne, wo sie erwiesenermaßen bei fünfzig liegt? *Dort* werden wir anfangen – wir werden erst den kobaltreichen

Segen fördern.« Er schüttelte erstaunt den Kopf. »Das ist phantastisch – das ist wahnsinnig. Wir können jedes Pfund Rohstoffvorkommen nachweisen, bevor wir überhaupt angefangen haben. Wir brauchen allerdings einen genauen Überblick – von Ihnen als Obergutachter erstellt.«

»Ich würde mich glücklich schätzen, das zu machen«, sagte ich, dachte an die fortschrittlichen Gerätschaften, mit denen ich dann arbeiten würde, und freute mich schon im stillen.

»Ich werde Ihnen das beste Forschungsschiff zur Verfügung stellen, das je gebaut wurde – damit will ich nicht die *Esmerelda* schlechtmachen, Geordie. Aber – vielleicht haben Sie dann gar keine Lust mehr dazu. Sie werden ein reicher Mann sein.« Während er noch sprach, war er aufgestanden, um uns allen einen Drink einzugießen.

»Das werde ich nicht sein, solange das Gutachten nicht erstellt ist und der Förderbetrieb nicht begonnen hat«, machte ich ihn aufmerksam. »Aber auch sonst könnten Sie mich nicht davon abhalten.«

Campbell sagte: »Ich habe mir alles genau überlegt. Ich werde eine Gesellschaft gründen und fünf Prozent der Aktien für die Crew reservieren. Drei Prozent bekommen Sie, Mike, und Geordie zwei. Zwanzig Prozent werde ich für zwanzig Millionen an diese beiden Burschen verkaufen, von denen ich sprach, und der Regierung – gleichgültig welcher oder mehreren zusammen – werde ich fünfzig Prozent für weitere zwanzig Millionen überlassen. Damit wäre für das Betriebskapital gesorgt.«

Clare rief aus: »Pa, du enttäuschst mich. Glaubst du, ich kann keine Prozentzahlen zusammenrechnen? Dir bleiben nach allem noch zwanzig Prozent, und du hast nichts entdeckt. Du hast lediglich eine lumpige Million Dollar für diese Expedition zur Verfügung gestellt.«

»Nicht ganz, Clare«, erwiderte er nachsichtig. »Da ist noch deine Beteiligung – noch mal fünf Prozent, denke ich. Und was die restlichen fünfzehn Prozent anbelangt, habe ich bestimmte Vorstellungen. Jahrhundertelang haben Leute wie ich auf diesem Planeten Erze abgebaut, ohne es ihm zu vergelten. Wir waren habgierig – die ganze Menschheit war habgierig. Wie ich schon neulich sagte, wir haben unseren Planeten geplündert.« Er ereiferte sich immer mehr. »Jetzt haben wir es mit etwas Neuem zu tun, und wir dürfen es nicht wieder ausbeuten, wie wir alles andere ausgebeutet haben. Ich behalte fünf Prozent für mich, das ist klar – aber die restlichen zehn Prozent gehen an eine unabhängige Stiftung, die meine Ideen weiterverfolgen wird. Wir müssen einen Weg finden, wie wir das Zeug aus dem Meer holen, ohne die Umwelt mehr zu zerstören als nötig, und wie wir das wiedergutmachen – irgendwo –, indem wir Ersatz leisten.«

»Da fällt mir auf Anhieb etwas ein«, sagte ich. »Es gibt auch Phosphorknollen. Aus denen kann man guten Dünger machen, aber bisher ist noch niemandem eine Möglichkeit eingefallen, sie auf wirtschaftliche Weise zu fördern. Wir könnten sie zusammen mit den anderen heraufholen, und Sie könnten der Landwirtschaft einen Dienst erweisen.«

»Genauso habe ich es gemeint«, rief Campbell aus. »Sie haben den Nagel auf den Kopf getroffen – Forschung ist das, was wir brauchen.« Er kniff die Augen zusammen. »Hätten Sie nicht Lust, Leiter einer neuen Stiftung zu werden?«

»Du lieber Himmel! Ich wüßte nicht, wo ich da anfangen sollte. Ich bin Forschungsreisender, kein Verwalter. Sie brauchten jemanden wie den alten Jarvis.«

»Sie sollten nicht Verwalter sein – damit sollten Sie Ihre Zeit nicht vergeuden. Ich könnte Manager einstellen, aber Sie sollten für die Forschung verantwortlich sein.«

»Dann könnte mich nichts daran hindern, anzunehmen«, sagte ich verwirrt.

»So ist's richtig.« Er hob die Flasche an und beäugte sie kritisch. »Fast zu Ende, der Scotch. Macht nichts, in Suva können wir uns neuen besorgen.«

5

Ich war unter Deck, als ich die Maschine anspringen hörte; deshalb stieg ich gemächlich hinauf und fand Geordie am Ruder. Es war ein ruhiger Abend ohne den leisesten Windhauch, und es war nichts zu hören bis auf das Tuckern der Maschine, die die *Esmerelda* über die ruhige See gleiten ließ. »Gut, daß du etwas Treibstoff aufgehoben hast«, bemerkte ich beim Anblick eines schlaff herunterhängenden Segels.

»Ich hab' immer ein paar Gallonen in der Hinterhand und behalte immer ein bißchen mehr in Reserve, als ich sage. Mike, wie ist die Wassertiefe bei Fonua Fo'ou?«

»Ich weiß nicht, Geordie. Das ändert sich von Jahr zu Jahr. Im *Pilot* ist zuletzt die 1949 gemessene Tiefe von etwa sechzehn Metern genannt; von der Insel war nichts zu sehen. 1941 war sie noch da, schien jedoch kleiner als nach Berichten von 1939. In den zwei Jahren war im Norden eine Klippe verschwunden.«

Er hörte das nicht gern. »Dann müssen wir sehr vorsichtig sein.«

»Wir waren schon an anderen Untiefen, Geordie. Und wir wissen genau, wo sich diese befinden soll – was ist also das Problem?«

»Es gefällt mir nicht.«

»Was gefällt dir nicht?«

»Das Wetter.«

Ich blickte zur untergehenden Sonne hinüber und dann Richtung Osten. Der Himmel war wolkenlos, und alles war friedlich. »Was ist damit nicht in Ordnung?«

»Weiß nicht«, sagte er. »Es ist nur so ein Gefühl. Mir mißfällt diese gelbliche Tönung am nördlichen Horizont. Vielleicht kommt ein Sturm auf.«

»Wie ist der Barometerstand?« fragte ich.

»Noch normal – alles in Ordnung. Vielleicht bin ich ein bißchen zu besorgt.«

Er rief Taffy zu sich und übergab ihm das Ruder. »Paß verdammt gut auf das Echolot auf, Taff«, mahnte er. »Nach meinen Schätzungen müßten wir bald da sein – wir sind lange genug unterwegs. Ian, laß jemanden Ausschau halten. Wenn bis zum Einbruch der Dunkelheit nichts zu sehen ist, drehen wir ab und kommen morgen früh wieder.«

Er war nervöser, als ich ihn je zuvor erlebt hatte, und ich konnte mir nicht recht erklären warum. Gewiß hatte es nichts damit zu tun, daß uns die *Sirena* vielleicht verfolgte – wir hatten sie nirgends gesichtet und keinen Grund zu der Annahme, daß sie uns aufspüren würde. Sie würde uns auch kaum bei Falcon Island erwarten wie an der nächsten Straßenecke, dachte ich. Und mein Wettergespür war zwar nicht so fein wie Geordies, aber ich hatte selber genug Stürme miterlebt und konnte am Himmel und auf der Wasseroberfläche nichts Beunruhigendes entdecken. Ich setzte ihm nicht zu und begab mich schließlich zur Ruhe, während er in der Dunkelheit unruhig auf und ab schritt und die *Esmerelda* für die Nachtstunden abdrehen und im Kreis auf den alten Kurs zurückführen ließ.

Der Morgen brachte keine Änderung des Wetters. Es war windstill, ruhig und friedlich, als wir uns an Deck versammelten, um nach verräterischen Wellen Ausschau zu halten, während Geordie das Schiff zu unserer alten Position vom Vorabend zurücksteuerte und dann auf »langsame Fahrt voraus« ging. Auf einmal drosselte er die Maschine auf eine Geschwindigkeit von weniger als drei Knoten. Das Echolot zeigte hundert Faden an. Campbell und die Mädchen gesellten sich zu uns an Deck, ihre Stimmen klangen in der morgendlichen Stille unnatürlich laut.

Geordie sagte ruhig: »Der Meeresboden steigt an. Nur noch fünfzig Faden.« Er drosselte die Maschine noch mehr.

Clare fragte: »Ist das Falcon Island?«

»Direkt vor uns. Aber es ist nichts zu sehen«, sagte ich. »Nichts weiter als Wasser.«

»Zwanzig Faden«, rief Jim vom Echolot herüber. Geordie hatte wieder das Ruder übernommen und wiederholte den Ruf, dann fluchte er plötzlich. »Was zum Teufel soll das?«

»Was ist denn los?«

»Ich kann das alte Mädchen nicht auf Kurs halten.«

Ich blickte übers Meer zur aufgehenden Sonne. Die See sah schwarz und ölig aus und schien so friedlich wie überhaupt möglich. Doch dann sah ich hier und da kleine Wirbel und Wellen – auf einer sonst unbewegten See war das ein merkwürdiger und beunruhigender Anblick. Sie waren nicht groß, aber ich sah mehrere davon. Ich spürte, wie die *Esmerelda* sich unter mir bewegte, sie schien seitwärts zu laufen statt vorwärts. Und noch etwas anderes irritierte meine Sinne, aber ich kam nicht recht dahinter, was es war.

Geordie hatte das Schiff offenbar wieder unter Kontrolle bekommen. Als Jim »Zehn Faden!« rief, schaltete er in den Leerlauf, und während wir weiter voranglitten zu einem schaukelnden Halt, lag seine Hand bereit, den Rückwärtsgang einzulegen. Jim rief ruhig: »Neun Faden... acht... sieben...« Bei sechseinhalb schaltete Geordie den Rückwärtsgang ein, bis das Echolot wieder sieben Faden anzeigte. »So«, sagte Geordie. »Näher fahre ich nicht heran.« Er wirkte besorgt, und seine Stimme klang auch so.

»Ist Bill startbereit?«

Sechs Faden – elf Meter – tief zu tauchen würde für Bill kein Problem sein, der schon seinen Taucheranzug und sein Preßluftgerät trug und gerade seine Taucherbrille in einen Eimer Seewasser tauchte, den jemand hochgeholt hatte. Er hatte seine Anweisungen erhalten, die sehr simpel waren. Er sollte einige Probenbeutel mit hinunternehmen und mir von allem, was er sah, ein wenig mitbringen – ich rechnete nicht mit Knollen, aber die Vulkanschlacke und das muschelkalkdurchsetzte Bodenmaterial waren für mich hochinteressant. Ich hatte damit gerechnet, daß er nach dem altbewährten Zweiersystem jemanden mit hinunternehmen würde, aber er sagte, er tauche lieber allein.

»Wenn man jemanden dringend braucht, dann an der Oberfläche«, sagte er und warf damit meine Vorstellungen mit einem Schlag über den Haufen. »Man verliert da unten ziemlich schnell die Orientierung, selbst in so klarem Wasser wie hier, und die Hälfte der Zeit sieht man einander nicht.«

Wir hatten das kleinere Dinghi zu Wasser gelassen, und von dem aus wollte Bill sich ins Meer fallen lassen. »Es wird nicht lange dauern«, versprach er Geordie, und ich war sicher, daß wir ungefähr in einer Stunde weiterfahren konnten.

Als er sich anschickte, ins Dinghi hinunterzusteigen, blieb er schnuppernd stehen und meinte: »Irgend jemand hat schon länger seine Socken nicht gewaschen.«

Das war es, was mich irritierte! Mit dieser Erkenntnis vergrößerte sich noch mein Unbehagen. Es hing ein starker

Schwefelgeruch in der Luft. Geordie und ich blickten einander an, und er fragte: »Schwefel, Mike?«

»Nun, diese Gegend ist bekannt für vulkanische Tätigkeit«, sagte ich. »Ich vermute, daß es hier immer ein wenig stinkt.«

Ian deutete auf den Horizont: »Man kann es fast in der Luft sehen, Skipper.« Der Himmel begann schon hell zu werden, hatte aber eine merkwürdig gelbliche Färbung.

Bill war nun im Dinghi und ließ sich von Jim und Rex Larkin ein paar Meter von der *Esmerelda* fortrudern. Er saß auf der Ruderbank, gab das übliche Alles-klar-Zeichen mit dem Daumen, während er sich ein letztes Mal die Maske zurechtrückte, und ließ sich rückwärts ins Meer fallen. Einige wenige Augenblicke lang konnten wir sehen, wie sein Körper unter dem Dinghi hinabtauchte. Gerade als er aus unserer Sicht verschwunden war, sagte Geordie heiser: »Bill – halt ihn zurück! Laß ihn nicht tauchen!«

Es war zu spät. Mehrere Köpfe drehten sich um und starrten Geordie an, der plötzlich aschfahl geworden war und mit dem Ruder kämpfte, und im selben Moment gab es bei den Männern am Bug und an der Reling ein aufgeregtes Stimmengewirr.

»Um Gottes willen, wir drehen uns!« sagte Geordie, und ich sah, was er meinte.

Die *Esmerelda* bewegte sich im Kreis! Ihr Bug schwenkte langsam über den Horizont, während sie sich einmal vollständig im Kreis drehte, nicht sehr schnell, aber man konnte die Kraft des Riesenstrudels ahnen, der sie im Griff hatte. Gleichzeitig sah ich, wie etwa eine halbe Meile von uns entfernt wie durch Zauberkraft eine Dunstsäule aufstieg, die während des Aufsteigens immer dunkler wurde. Die Leute stießen Schreckensrufe aus, und ich klammerte mich Halt suchend an einer Stütze fest, während wir uns drehten.

Genauso plötzlich, wie es angefangen hatte, hörte es wieder auf. Die *Esmerelda* schaukelte noch ein wenig, beruhigte sich aber schon wieder, während die Dunstwolke an Steuerbord voraus noch weiter stieg. Ich sah an der aufgerührten Oberfläche noch andere, kleinere Wirbel auftauchen und wieder verschwinden, und plötzlich wurde der Schwefelgestank beißend scharf. Ich hörte Geordie etwas rufen, aber es klang leise und fern, weil ich gerade ein Klingen in den Ohren hatte, und ich schüttelte den Kopf, um es loszuwerden.

»Ian! Es ist verflucht riskant, aber wir müssen einen Anker herunterlassen! Wir verlieren das Dinghi und Bill, wenn wir abtreiben.«

Ich hörte, wie fast im selben Moment, in dem er das sagte, die Ankerkette rasselnd aus der Ankerklüse lief, um die *Esmerelda* an der Untiefe festzumachen. Ich konnte mir vorstellen, wie ungern Geordie auf die Beweglichkeit verzichtete, aber es war natürlich wichtig, Position zu halten. Das Dinghi schaukelte heftig, und ich sah, wie eine Leine hinübergeworfen wurde, vermutlich damit es in unserer Nähe blieb.

Campbell taumelte gegen mich, als wir um die Ankerkette schwojten, und Geordie rief: »Nicht genug damit – sie wird gegen das Dinghi schwojen! Wir müssen Bill schnell raufholen!« Aber Bill war ohne Leine getaucht, und es gab offenbar keine Möglichkeit, das zu bewerkstelligen. Ich sah, wie einige Männer der Crew die Motorbarkasse hinausschwenkten, und nahm an, daß Geordie die Dinghibesatzung in das seetüchtigere Fahrzeug übernehmen und das kleinere Boot in Schlepp nehmen wollte.

»Wie lange wird er unten bleiben?« fragte ich und spähte über die Reling. Die Wasseroberfläche kräuselte sich nun überall und begann in Wallung zu geraten.

»Nicht lange«, sagte Geordie angespannt. »Sowie er an die Oberfläche kommt, holen wir ihn rauf. Mit ein bißchen Glück ist es da unten so aufgewühlt, daß er schnell hochkommt. Gott sei Dank ist es nicht tief – wenigstens hat er keine Druckausgleichprobleme.«

»Was ist los?« Campbells Stimme hörte sich so an, als hätte er schon mehrere Male die gleiche Frage gestellt.

Ich sagte: »Warten Sie einen Augenblick – ich werde es Ihnen später erklären.« Ich starrte wie gebannt auf die Dunstsäule, die sich über dem Meer erhob. Es war kaum etwas zu hören, aber die Säule wurde ständig schwärzer und bildete einen weißen Nimbus, fast wie der Rauch, wenn Öl brennt, und ich war sicher, daß es noch ein anderes Phänomen gab, das Bill an die Oberfläche zurücktreiben könnte, wenn es da unten kein aufgewühltes Wasser gab, das dies bewirkte: die Wassertemperatur würde ansteigen, nicht bis zum Siedepunkt, wenigstens nicht hier, aber doch einige Grade über die normale Temperatur. Ich wußte, daß wir den Ausbruch eines unterseeischen Vulkans miterlebten, und mein Herz schlug, als wollte mir die Brust zerspringen.

Geordie vermutete dasselbe, und die Erkenntnis verbreitete sich wie ein Lauffeuer bei der Mannschaft. Campbell stand mit offenem Mund da, seine Hand glitt von meinem Arm. Augen suchten forschend das Wasser in unserer Nähe ab, hielten besorgt Ausschau, ob der Taucher wieder zum Vorschein kam, und flüchtige Blicke über die Schulter hielten uns auf dem laufenden über die zunehmende Tätigkeit am Horizont.

Die *Esmerelda* schaukelte immer noch ein wenig, vermittelte aber nicht mehr das Gefühl der Instabilität. Nicht weit vom Dinghi kam etwas an die Oberfläche.

»Da ist er!« rief Danny und zeigte auf die Stelle.

Wir sahen, wie die beiden Männer, die noch im Dinghi waren, Bill über die Ruderbank hereinzerrten, während die Motorbarkasse abwartete, um es dann in Schlepp zum Schiff zu bringen. Da geschah etwas völlig Unerwartetes.

Taffy Morgan schrie: »Schiff an Steuerbord dwars!«

Ich wirbelte ungläubig herum und stürzte auf die andere Seite des Decks, wobei ich unterwegs mit jemandem zusammenstieß. Aus dem Rauch und Dampf, der über die See vor uns herüberwehte und das Schiff fast bis zum letzten Moment mehr oder weniger vor uns verbarg, kam der massige Rumpf der *Sirena* auf uns zu.

Ihre Rahen waren kahl, und sie stampfte mit Volldampf auf uns zu. Ich konnte Gestalten an Deck erkennen, viele, und sah die Bugwelle hochschlagen, als sie näher kam.

»Verdammt! Und wir liegen hier schlachtreif vertäut«, fluchte Campbell.

Geordie rannte übers Deck. »Schlippt diese vermaledeite Kette!« schrie er.

Aber dazu reichte die Zeit nicht mehr. Die *Sirena* hatte uns fast schon erreicht, sie drehte und verlangsamte im letzten Moment die Fahrt, um im völligen Vertrauen auf das Überraschungsmoment mit einem Minimum an Seemannskunst längsseits zu gehen. Sie schaffte die Drehung nicht ganz, und ihr Bugspriet rammte uns wie ein riesiges Rapier. Es gab einen mächtigen Zusammenprall, die *Esmerelda* erbebte heftig und krängte seitlich ins Wasser.

Ich wurde gegen Geordie geschleudert, und wir stürzten, die Arme und Beine ineinander verknäult, zu Boden. Ich rappelte mich atemlos wieder auf und nahm benommen wahr, daß die Rahnock der *Esmerelda* sich in den Wanten der *Sirena* verfangen hatte.

Ramirez hatte uns gerammt. Das Chaos war unbeschreiblich.

Ein wütendes Stimmengebrüll ertönte, ein Strom von Männern ergoß sich von der *Sirena* auf unser Deck, und im Schein des seltsamen gelben Lichts sah ich Messer aufblitzen.

Achtes Kapitel

1

Es war ein kurzer, erbitterter Kampf.

In dem Sekundenbruchteil, bevor sie sich auf uns stürzten, sah ich, wie Campbell, den Mund vor Überraschung aufgerissen, ganz fassungslos dastand. Dann brüllte Geordie: »Zusammenbleiben, Jungs!«, und ich mußte mich gegen einen gewaltigen Rohling zur Wehr setzen, der ein langes und gefährlich blitzendes Messer schwang.

Hätte er von unten zugestochen, hätte er mir vielleicht den Bauch aufgeschlitzt, aber er stieß von oben zu, was eigentlich dumm ist. Ich sah das Messer niederfahren, packte ihn am Handgelenk und zog. Diese unerwartete Mithilfe brachte ihn aus dem Gleichgewicht. Ich machte einen kleinen Schritt zur Seite, der eher auf den Tanzboden gehört hätte als aufs Schlachtfeld, drehte ihm den Arm um und versetzte ihm einen Stoß. Er wirbelte gegen das Speigatt, und sein Messer fiel klirrend aufs Deck.

Ich blickte mich um, alles war ein heilloses Durcheinander. Ich hatte kaum Zeit, Freund von Feind zu unterscheiden, bevor ich erneut angegriffen wurde. Ich fühlte einen brennenden Schmerz an meinen Rippen, als das Messer traf, und voller Verzweiflung schlug ich mit der Handkante schräg nach der verschwommenen Gestalt vor mir. Es war ein ersticktes Gurgeln zu vernehmen, und die verschwommene Gestalt verschwand – ich hoffte, daß ich ihm den Kehlkopf zerschmettert hatte.

Ich taumelte hoch, klammerte mich Halt suchend an einem Stag fest. Als ich über Deck wankte, sah ich, wie Campbell unter einem fürchterlichen Schlag mit einem Belegnagel zu Boden ging – und dann erblickte ich die unverkennbare massige Gestalt von Jim Hadley.

Er hatte Clare in seiner Gewalt und drehte ihr den Arm auf

den Rücken; sie schrie vor Schmerzen. Ich konnte sie wegen des Tumultes um mich herum nicht hören, aber ich sah ihren weit aufgerissenen Mund und das Entsetzen in ihren Augen.

Ich wollte gerade über Deck stürzen, als das Stakkatorattern von Schüssen erklang und alles momentan innezuhalten schien. Ich benutzte die Gelegenheit und schrie gellend: »Hört auf zu kämpfen! Um Gottes willen, hört auf!«

Das Kampfgetümmel setzte erneut ein, wurde jedoch gleich wieder von einer erneuten Gewehrsalve unterbrochen. Eine Stimme rief: »Sehr klug von Ihnen, Mr. Trevelyan.« Dem folgte ein Wortschwall in Spanisch, den ich in meiner Benommenheit nicht verstand.

Ich rief: »Hört auf, Leute! Sie haben Clare!«

Wir waren in noch nicht einmal drei Minuten geschlagen worden.

Alles endete so schnell, wie es begonnen hatte. Der brennende Schmerz an meinen Rippen war noch das, was mich am wenigsten quälte, als ich mich flüchtig an Deck umsah. Überall waren Spanier, weit mehr als wir, und drei Männer lagen bewegungslos an Deck.

Gefolgt von zwei bewaffneten Männern kam Ramirez elegant übers Deck geschritten. Ich hatte gerade noch Zeit, mich zu fragen, woher er eine neue Waffenladung bekommen haben mochte. Dann stand er mir gegenüber. »Wir begegnen uns unter ungewöhnlichen Umständen, Mr. Trevelyan«, bemerkte er mit einem spöttischen Lächeln.

Ich ignorierte ihn. »Alle in Ordnung?«

Ein leises Gemurmel ertönte, dann blickte Taffy trotz seiner Bräune blaß von einer der hingestreckten Gestalten auf. »Sie haben Danny umgebracht«, sagte er mit tonloser Stimme.

Ich überschrie das daraufhin anhebende wütende Knurren. »Hört auf – seht Hadley an!«

Es trat ein tiefes Schweigen ein. Hadley hatte Clare auf die Knie gezwungen; er hatte ihr den rechten Arm auf den Rükken gedreht, und in der anderen Hand hielt er eine schwere Pistole, die er auf ihren Nacken gerichtet hielt. Ramirez stand vor mir und nickte beifällig.

»Sehr vernünftig, Mr. Trevelyan. Sie haben verloren, und Sie wissen es.«

»Sagen Sie ihm, er soll sie loslassen.«

»Gleich.« Er schritt übers Deck zu Geordie, der ihn ungerührt anblickte. »Ah, der tapfere Mr. Wilkins. Ich habe Ihnen ja gesagt, daß es Ihnen eines Tages noch leid tun wird, was Sie getan haben.« Er hob die Hand und versetzte Geordie mit dem Handrücken einen Schlag ins Gesicht. Ein Ring verletzte ihn, und aus Geordies Mund sickerte Blut. Er spuckte schweigend aufs Deck.

Campbell stöhnte und versuchte sich zu erheben. Ramirez schlenderte mit einem merkwürdigen Gesichtsausdruck zu ihm herüber. Es war fast so, als ob er ohne rechte Befriedigung einen alten Feind besiegt sähe. »Nun los, Alter. Stehen Sie schon auf«, sagte er barsch.

Campbell richtete sich halbwegs auf, dann sackte er wieder in sich zusammen.

Ramirez stieß einen Laut der Ungeduld aus. Er zeigte auf Taffy, der immer noch über Dannys Leichnam gebeugt war. »Sie da – tragen Sie den alten Mann in den Salon.«

Taffy und Ian nahmen Campbell in die Mitte und richteten ihn auf. Mit seiner einen Seite schien etwas nicht zu stimmen, als wäre sein Bein gelähmt. Als er den Kopf hob, sah ich ein häßliches Blutmal an seiner linken Schläfe, und bittere Wut stieg in mir auf.

Ramirez winkte mit seiner Pistole zu Geordie hinüber. »Sie auch – in den Salon. Und Mr. Trevelyan, Sie auch bitte. Sie dürfen wir nicht vergessen.«

Ich bekam eine Gewehrmündung in den Rücken gestoßen und ging entmutigt auf den Niedergang zu. Als ich mich noch einmal umguckte, sah ich, wie Hadley Clare auf die Füße zerrte und vor sich herstieß. Ich fragte mich, wo Paula steckte.

Bevor man uns in den Salon stieß, wurden wir kurz durchsucht. Der Mann ging dabei nicht besonders sanft vor, und ich keuchte vor Schmerz, als er mit der Handkante auf die Wunde an meiner Seite schlug. Er grinste nur, aber es war eher ein gedankenloses als sadistisches Grinsen, und ich dachte in dem Moment, daß wir es bei unseren Bewachern nicht eben mit übermäßiger Intelligenz zu tun hatten. Diese Männer waren willfährige Marionetten, mehr nicht. Das konnte für uns noch von Nutzen sein, dachte ich und wunderte mich über mich selbst.

Im Salon half ich Taffy, Campbell auf ein Sofa zu legen, und fragte leise: »Bist du sicher, daß Danny tot ist?«

»Ganz sicher«, sagte Taffy gepreßt. »Er ist erstochen worden. Es hat ihn an der Brust erwischt.«

Ich sah mir Campbell an. Er hatte die Augen offen, aber sie waren blicklos. Ich zwang meine Stimme zu normaler Sprechhöhe und sagte: »Der alte Herr hat einen gräßlichen Schlag abbekommen. Ian, im Schnapsschrank findest du etwas Wasser.«

Ich blickte mich suchend nach Clare um und stellte fest, daß sie neben mir stand. Hadley hatte sie freigelassen, sie war blaß, aber völlig gefaßt. Unsere Hände fanden sich für einen kurzen Augenblick. Gleich darauf entdeckte sie Blut an ihren Fingerspitzen. »Mike, du bist ja verletzt!«

»Das kann warten. Ein Kratzer. Du solltest dich lieber um deinen Vater kümmern.«

Sie trat zu ihm und begann ihm mit einem Tuch, das sie in den Krug mit Wasser tauchte, den Ian ihr hinhielt, den Kopf abzutupfen. Dabei blickte sie sehr besorgt drein.

Paula wurde in den Salon gestoßen. Sie stolperte und wäre beinahe hingefallen, weil unser Bewacher sie brutal vorwärtsstieß, bevor er, das Gewehr in Anschlag, an der Tür Position bezog. Ich faßte ihren Arm und fing sie auf. »Paula – sind Sie in Ordnung?«

»Ich glaube«, keuchte sie. »Meine Haut ist noch heil.« Sie blickte sich um und sagte dann etwas leiser zu mir: »Ich habe gesehen, wie sie zwei von unseren Leuten in die Kabelluke gesperrt haben, Mike – und sie haben auch die Motorbarkasse heraufgeholt.«

»Jesus!« sagte Geordie. Er wischte sich mit dem Handrücken über den Mund und war nicht erstaunt, als er Blut sah. Er rechnete kurz nach und sagte dann: »Die beiden an Bord müssen Shorty und Davie Blake gewesen sein – die übrigen von uns sind hier, oder...«

Paula fuhr fort: »In der Barkasse waren Nick Dugan und der junge Martin. Ich habe sie beide gesehen. Was mit den anderen ist, weiß ich nicht.«

Die beiden waren die einzigen gewesen, die in der Barkasse waren, und es war kein Wunder, daß Ramirez sie entdeckt und zurückgeholt hatte. Doch außerdem waren da noch Jim und Rex Larkin im Dinghi, und Bill Hunter. Eine leise Hoffnung keimte in mir auf. Waren sie Ramirez entgangen? Und wenn es so war, konnten sie im Dunst und in der aufgewühlten See verborgen bleiben? Geordie und ich wechselten schnell einen Blick und sahen gleich wieder fort.

Ich ging zu Taffy hinüber, der Clare zur Hand ging. »Sieht so aus, als wäre dies eine Offiziersversammlung, Taffy. Du solltest dich lieber ruhig verhalten, wenn du nicht zu den übrigen Jungs willst – sie sind in der Kabelluke.«

Er nickte. »Ich werde mich vorsehen«, sagte er und rieb sich mit einer eigenartigen Bewegung den Nacken, als wäre er da verletzt worden.

Einer der bewaffneten Bewacher sagte auf spanisch: »Hier wird nicht gesprochen! Halten Sie den Mund, alle.« Ich tat so, als hätte ich ihn nicht verstanden, und wollte gerade etwas sagen, aber diesmal machte er eine unmißverständliche Geste, während er den Befehl wiederholte, und ich verstummte. Ich hatte nun Zeit, unsere Situation zu überdenken.

Weder Ramirez noch Hadley war mit uns in den Salon gekommen – da waren nur zwei bewaffnete Wachen. Wir waren zu siebt, und in der Kabelluke waren wahrscheinlich vier Männer. Danny lag tot auf Deck – ich mochte gar nicht daran denken –, und drei Männer waren, mit ein wenig Glück, noch in Freiheit.

Ich beschloß, ein Spielchen zu wagen.

»Sie können uns ruhig miteinander reden lassen«, sagte ich in meinem besten Spanisch. »Mr. Ramirez wird nichts dagegen haben.«

Sie blickten einander an, und der eine zuckte die Schultern. Ich hatte richtig vermutet – sie waren so daran gewöhnt, herumkommandiert zu werden, daß sie auch diese Weisung von mir befolgen würden, um so mehr, als ich mit einigem Nachdruck gesprochen hatte. Ich wandte mich zu Geordie um und erklärte ihm, was ich auf spanisch gesagt hatte, behielt dabei aber die Gewehre im Auge. Zu meiner Erleichterung machten sie keine Anstalten, uns wieder zum Schweigen zu bringen.

Geordie fragte: »Was geschieht nun?«

»Das liegt nicht bei uns. Nun ist Ramirez am Zug, und ich mag gar nicht daran denken, was sein nächster Schritt sein wird. Solange die da sind, können wir nicht viel machen.« Ich nickte leicht zu den Wachen hinüber.

»Sieben hier, vier unten«, murmelte Geordie. Er hatte die gleichen Berechnungen angestellt wie ich. »Und drei – irgendwo.«

Ich blickte zu Campbell hinüber, der sich allmählich zu erholen schien. »Das ist ein Haufen blutrünstiger Lumpen, was?«

»Ich wünschte, ich hätte Jim seinen Willen gelassen, als er ein Loch in die *Sirena* pusten wollte«, sagte Geordie grimmig.

»Wunschdenken nützt uns jetzt nichts. Was mir die meisten Sorgen bereitet, ist der Gedanke, daß sie vielleicht genau das bei uns machen werden.«

Er schüttelte ärgerlich den Kopf, und wir schwiegen alle. Clare kam zu mir, knöpfte mein Hemd auf und begann mir einen Verband anzulegen. Glücklicherweise zeigte sich, daß es nur eine Fleischwunde war, aber sie schmerzte mehr, als eine so leichte Verletzung gerechtfertigt hätte. Ich dankte Gott, daß wir überall an Bord kleine Verbandskästen hatten. Ich merkte, wie ihre Hände ein wenig zitterten, während sie mich verarztete, und ich griff nach ihnen in dem Bemühen, sie zu beruhigen, aber es war ein kläglicher Versuch.

An Deck gab es viel Getrappel und Gebrüll. Ian blickte nachdenklich zur Decke. »Ich glaube, sie haben Probleme, Skipper. Der Masttopp hat sich gräßlich verfangen.«

Um so besser. Je länger sie brauchten, die beiden Schiffe voneinander zu trennen, desto mehr Zeit hatten wir, uns einen Ausweg aus unserer Misere einfallen zu lassen. Ich sah zu den Wachen hinüber, und der Anblick bedrückte mich zutiefst. Sie sahen so aus, als würden sie ihre eigenen Großmütter für zwei Peseten ermorden; sie hätten bestimmt keine Bedenken, auf uns zu schießen, wenn wir etwas unternahmen.

Es dauerte fast eine Stunde, bis etwas geschah. Wir nutzten die Zeit nach Kräften; wir erlangten alle mehr oder weniger unsere Beherrschung zurück, und Clare brachte es zuwege, daß ihr Vater wieder etwas klarer sprechen konnte. Er hatte eine ziemlich schlimme Gehirnerschütterung und daher Sprachprobleme, aber in seinem Denken schien er nicht beeinträchtigt zu sein.

»Verdammte Bande«, sagte er undeutlich. »Warum haben Sie kapituliert, Mike?«

»Hadley hatte Clare«, sagte ich kurz.

»Haaaah«, stöhnte er und sank auf dem Sofa zurück. »Ich hätte sie nicht mitnehmen sollen«, murmelte er. »Hören Sie nie auf eine Frau, Mike.« Er schloß die Augen und wandte den Kopf ab; Clare und ich tauschten sorgenvolle Blicke.

»Es ist alles meine Schuld«, platzte Geordie heraus. »Ich hätte dafür sorgen müssen, daß die Jungs besser aufpassen. Wir hätten Wachen aufstellen müssen. Wir hätten uns nicht so überraschen lassen dürfen.«

»Hör auf, Geordie«, sagte ich. »Das bringt uns nicht weiter. Es gibt keine Schuld – wir haben uns nichts vorzuwerfen. *Wir* waren nicht auf Ärger aus.«

»*Aye*«, sagte Ian leise. »Diesen Ramirez trifft eine Menge Schuld.«

Auf einmal klopfte es an der Tür, und eine der Wachen öffnete sie. Aus den Augenwinkeln beobachtete ich, wie Taffy sich in eine Ecke verdrückte, in der das Sofa ihn halb verbarg. Und dann kam Ramirez herein, elegant wie eh und je. »Ich hoffe, Sie haben es bequem«, sagte er

»Hören Sie auf mit dem Geschwätz«, sagte ich schroff. »Was haben Sie nun vor, Ramirez?«

Er lächelte, als amüsierte er sich über einen köstlichen Witz.

»Nun, ich muß Sie mit jemandem bekannt machen«, sagte er.

Er beugte sich durch die Tür und winkte jemandem im Gang. Wieder mir zugewandt, sagte er: »Ich habe Ihnen ja schon einmal gesagt, Sie sollten keine verleumderischen Behauptungen aufstellen, die Sie nicht beweisen können.«

Der Mann, der in den Salon kam, war ungefähr so groß wie ich, dunkelhaarig und hatte ein sehr bärtiges Gesicht. Er hielt mein Labornotizbuch in der Hand.

Ramirez sagte: »Ein alter Freund von Ihnen. Ich glaube, Sie kennen ihn alle – Mr. Mark Trevelyan.«

2

Als ich Mark in die Augen blickte, setzte mein Herz, glaube ich, drei ganze Schläge lang aus, und ich fühlte, wie sich mir die Nackenhaare sträubten. Es geschieht nicht oft, daß man sich einem Toten gegenübersieht – erst recht nicht seinem toten Bruder.

Ein langgezogener Seufzer klang durch den Raum, dann herrschte absolute Stille. Ian war der erste, der wieder zu Leben erwachte. »Das ist der Kerl, den ich...«

Seine Stimme verstummte, als Marks Augen sich auf ihn richteten. »Ah, Ian Lewis. Du hast mich also überwältigt, ja?« sagte er freundlich. Dann wurde seine Stimme härter. »Du hättest lieber in deiner Hochlandhütte bleiben sollen, du schottischer Bauer.«

Die Ereignisse der letzten Monate ordneten sich plötzlich neu wie die Glasstückchen in einem Kaleidoskop, so daß sich ein ganz anderes Bild ergab. Es war kein Wunder, daß Ian den Bärtigen bei unserem Überfall auf die *Sirena* nicht erkannt hatte; er hatte Mark zuletzt gesehen, als der noch ein Junge war. Ich hätte ihn vielleicht erkannt, aber ich hatte mir nicht die Mühe gemacht, ihn anzusehen. In dieser Nacht in Nuku'alofa hatten wir nicht nach einem Toten gesucht.

Ich blickte mich nach den anderen um. In ihren Gesichtern zeigte sich eine Mischung aus Verwirrung und langsam dämmernder Erkenntnis. Clare sah Mark lange prüfend an, dann gab sie einen Laut der Verachtung von sich und drehte sich wieder zu ihrem Vater um. Campbell legte beschützend seine Hand auf ihren Arm, ohne auch nur einen Moment seinen Blick von Mark abzuwenden. Er sagte nichts.

Ian war wütend und gab dies zu erkennen, während Geordie Mark nur unter gesenkten Augenbrauen hervor abschätzend musterte. Paula hatte eine impulsive Bewegung gemacht, als ob sie auf ihn zueilen wollte, schrak dann aber zurück und versteckte sich hinter Geordies Rücken. Taffy ließ sich überhaupt nicht blicken.

Doch unter all den Anwesenden war ich der einzige, den Mark beachtete. »Hallo, Mike«, sagte er lässig.

»Mark, um Gottes willen, ich...«

Er war weltmännisch gelassen, ich sprachlos, wie vom Donner gerührt. Er hob das Notizbuch und ein paar weitere Papiere, die er in der Hand hielt, in die Höhe. »Ich habe ein wenig in deinem Labor herumgeschnüffelt. Nett von dir, daß du diese Voruntersuchungen für mich gemacht hast. Ich hätte es selbst nicht besser machen können.«

Er ließ die Papiere auf den Tisch fallen.

Ian blickte ihn haßerfüllt an. »Ich wünschte, ich hätte ein bißchen fester zugeschlagen«, zischte er.

Mark lächelte ihn wortlos an. Er nahm mein Notizbuch wieder zur Hand und blätterte darin herum. »Es scheint, wir sind auf ein Vermögen gestoßen, Mike. Da sind Milliarden drin, meinst du nicht auch? Ein Jammer, daß du deine Zeit darauf verschwendet hast, aber mach dir nichts draus, du hast mir damit etwas Arbeit erspart.«

Ich sagte mit trockener Kehle: »Du bist ein Bastard, Mark.«

»Na, na, nun mal sachte, Mike. Ist das nicht Mutterlästerung?«

Er blickte sich um. »Wen haben wir denn noch da? Ah ja, Wilkins, nicht wahr? Wie ist es heutzutage an der Tyne, Geordie?«

Geordie reagierte voller Abscheu. »Etwas sauberer als in diesem Salon.«

»Ach, wir machen unsere kleinen Scherze«, sagte Mark leichthin. »Und mein guter alter Boss, Mr. Campbell, der gefallene Krieger – und Clare. Tut mir leid, daß du mit hier sein mußt, Clare.«

Clare würdigte ihn keines Blickes und keines Wortes. Das ärgerte Mark, er zuckte verdrossen die Achseln, wandte sich von ihr ab und lugte hinter Geordie. »Und wer ist die junge Dame da im Schatten?« sagte er. »Ich wußte gar nicht, daß du so ein Frauenheld bist, Mike.«

Er ging um den Tisch herum und hielt plötzlich inne.

Sein Gesicht wurde aschfahl. »Paula!« flüsterte er. Er wandte sich schnell zu Ramirez um. »Sie haben mir nicht gesagt, daß sie auch an Bord ist.«

Ramirez zuckte die Achseln. »Eben eine Frau mehr«, sagte er gleichgültig. Sie starrten einander einen Augenblick an, und das gab mir einen Einblick in ihre Beziehung.

Paula richtete sich auf. »Mark – oh, Mark! Ich dachte, du wärst tot. Warum bist du nicht zu mir gekommen, Mark? Warum hattest du kein Vertrauen zu mir?«

Ramirez lachte leise.

Mark wirkte ehrlich bekümmert. »Es tut mir wirklich leid«, sagte er. »Tut mir leid, daß du mit auf diesem Schiff bist.« Er machte eine Handbewegung, als wollte er sie beiseitewischen, und ein Kribbeln lief mir über den Rücken. Mit dieser einen Handbewegung waren wir alle für ihn erledigt – hatte er uns alle ausgelöscht.

Paula trat einen Schritt vor. »Aber Mark, ich...«

Ramirez gab auf spanisch einen kurzen Befehl, und einer der Wachposten legte sein Gewehr an. Was das zu bedeuten hatte, war umißverständlich.

Paula hielt inne und blickte Mark voller Entsetzen an. Es flackerte in seinen Augen, und er mußte ihrem Blick ausweichen. Sie ließ sich langsam in einen Sessel sinken und vergrub das Gesicht in den Händen. Ein verzweifeltes Schluchzen schüttelte sie, und ich sah, wie Clare zu ihr ging und ihr die Arme um die Schultern legte.

Ich mußte mich zwingen, ruhig zu bleiben. »Wir haben alle gedacht, du wärest tot. Warum hast du das getan?«

»Ich mußte sterben«, sagte er. Er bekam schon wieder Oberwasser – der Wechsel des Themas lenkte ihn von Paula ab. »Die Polizei war mir ein bißchen zu hart auf den Fersen. Deshalb bin ich praktischerweise gestorben.«

Plötzlich erkannte ich eine andere schreckliche Wahrheit. »Du hast Sven Norgaard getötet, stimmt's?«

Er fuhr mich an. »Was blieb mir anderes übrig?« verteidigte er sich. »Dieser dämliche Kerl wollte *publizieren*. Er und seine verdammte wissenschaftliche Integrität – er wollte alles verschleudern, Milliarden Dollar, die mir gehörten, *mir*, hörst du? Ich habe schließlich die Entdeckung gemacht, oder nicht?« Er schwieg einen Moment, dann fügte er hinzu: »Ich *mußte* ihn töten.«

Es herrschte eisiges Schweigen, und wir alle starrten dieses egomanische Monster an, das mein Bruder war. Er richtete sich auf und sagte: »Und dann habe ich mich selber umgebracht. Nach einem toten Mörder würde die Polizei nie suchen. War das nicht ganz schön klug von mir, Mike?«

»Es war dumm«, sagte ich rundheraus. »Aber du warst schon immer dumm.«

Seine Hand knallte krachend auf den Tisch, und wir fuhren alle zusammen bei diesem plötzlichen Ausbruch von Gewalttätigkeit. Nur Ramirez beobachtete ihn ungerührt und leidenschaftslos. »Es war nicht dumm!« gellte er. »Es war eine verdammt gute Idee! Aber ich bin von lauter Idioten umgeben, Stümpern, die alles verpfuschen.«

»Wie Kane und Hadley«, sagte ich.

»Richtig, die beiden«, gab er zu und war plötzlich wieder ruhig. »Diese Hornochsen haben mir eine Blinddarmentzündung verpaßt, ausgerechnet. Ich hätte dieses Rindvieh umbringen können, diesen Hadley! Es gab gar keinen Grund, nähere Einzelheiten zu erfinden.«

»Sicher hättest du es tun können«, sagte ich. »Aber wenn einer etwas verpfuscht hat, dann du. Du hättest ihnen genau vorschreiben müssen, was sie sagen sollen.«

Er gab zum ersten Mal zu erkennen, daß nicht er der Drahtzieher hinter allem war. »Damit hatte ich nichts zu tun«, sagte er mürrisch. »Darum hat Ernesto sich gekümmert.«

Ich warf Ramirez einen schnellen Blick zu. »Dann ist er auch ein Stümper?«

Ramirez lächelte sardonisch, und Mark schwieg. Ich fuhr fort: »Dein Fehler war auch, daß Hadley sich deine Papiere und die Knollen durch die Lappen gehen ließ. Du hättest sie mitnehmen müssen. Das war schlechte Planung.«

»Aber sie haben das Zeug zurückgeholt.«

»Nicht alles, Mark. Ich hatte noch eine Knolle – und dein Tagebuch.«

Er wurde vor Wut ganz weiß im Gesicht, doch dann beruhigte er sich wieder und sagte nachdenklich: »Da hast du Glück gehabt. Hast du es gelesen?«

»Oh, ja«, sagte ich gleichgültig. »Ein simpler Code, wahrhaftig.« Und ich sah, wie er wieder einmal an seinem Zorn zu würgen hatte, während ich Stück um Stück sein Selbstvertrauen zu untergraben versuchte. Dann lachte er plötzlich.

»Dieser Wahnsinnige, dieser Hadley. Aber ihr alle habt mich jedenfalls für tot gehalten. Und der arme alte Ernesto hat die ganze Schelte abbekommen. Das war wirklich komisch.«

Ramirez, der die ganze Zeit uninteressiert an der Trennwand gelehnt hatte, richtete sich plötzlich mit eisigem Gesicht auf. »Diese Unterhaltung führt zu nichts«, sagte er kurz angebunden.

Mark sagte: »Lassen Sie mir doch meinen Spaß, alter Junge. Es geschieht nicht oft, daß ein Toter seine eigene Leichenschau vornehmen kann. Es macht mir Freude.«

Ramirez blickte ihn verächtlich an. »Meinetwegen. Ist jetzt auch egal«, sagte er herablassend. Ich wußte, er wartete nur auf eine Nachricht von seiner Mannschaft, daß sie die Schiffe auseinanderbekommen hätten, um dann zu tun, was er tun mußte – und was das war, davon hatte ich eine ziemlich klare Vorstellung.

Ich rieb mich am Ohr – irgend etwas schien mein Gehör zu beeinträchtigen, und Ramirez' Stimme hatte ein merkwürdiges Vibrato gehabt.

Das Schiff ächzte und schaukelte unbehaglich, und ich hätte gern gewußt, was da draußen eigentlich geschah. Aber es war mir auch wichtig zu hören, was mein Bruder zu sagen hatte, und so schob ich die beunruhigenden Gedanken erst einmal beiseite.

»Meine Untersuchungen«, sagte Mark. »Laß uns doch dieses interessante Thema weiterverfolgen.«

»Ja, tun wir das«, sagte Campbell plötzlich.

Als ich mich umwandte, sah ich, daß er sich auf dem Sofa aufgerichtet hatte; er gab Clare und Ian mit einer Handbewegung zu verstehen, ihn in Ruhe zu lassen. »Tun wir das«, wiederholte er, und ich bemerkte, daß seine Stimme viel kräftiger war und seine Sprache klarer. »Reden wir über das Niederbrennen eines Hospitals, die Ermordung eines Arztes und von vierzehn Patienten.«

Mark zuckte zusammen. »Damit habe ich nichts zu tun. Das war Hadley.«

»Auch Hadley«, sagte ich sarkastisch. »Du bist also genau so unschuldig wie Hadleys Kumpel Kane.«

»Sie haben es geschehen lassen«, sagte Campbell hart.

»Ich hatte *nichts* damit zu tun. Ich habe erst hinterher davon erfahren. Der Kerl ist nicht zu bändigen.«

Ramirez hatte meine unkluge Anspielung auf Kane aufgeschnappt und blickte mich prüfend an. Er war ein scharfsinniger Denker.

»Sie haben noch einmal mit Kane gesprochen, Mr. Trevelyan? Er sollte in Nuku'alofa zu mir stoßen, aber er ist mir nicht zu Gesicht gekommen.«

Ich versuchte das Beste daraus zu machen, daß ich mich verplappert hatte. »Ja, wir haben mit ihm gesprochen. Er hat uns eine ganze Menge erzählt – genug, um Sie alle zu verurteilen. Überlegen Sie sich also gut, was Sie vorhaben, Ramirez.«

»Könnte man erfahren, wo er sich jetzt befindet?«

»An einem Ort, wo Sie ihn nicht finden werden und wo er nur darauf wartet, zu singen.«

Er schwieg einen Moment nachdenklich, und Campbell nutzte das schnell zu seinem Vorteil aus.

»Was hatten Sie mit uns vor? Sie können das jetzt nicht mehr machen, wissen Sie.«

»Sie reden dummes Zeug«, sagte Ramirez. Mark beobachtete uns wie hypnotisiert, sein großmäuliges Geschwätz war gänzlich verstummt. Er hatte uns schockiert, aber nicht beeindruckt, und jetzt nahmen die Dinge eine Wende, die ihm nicht gefiel. Mir war allmählich klargeworden, daß Ramirez mehr zu sagen hatte als Mark, einerlei wie aufgeblasen er sich in Pose warf, und daß Ramirez wahrscheinlich auch der gefährlichere von beiden war.

Campbell sagte: »Sie sind zu dem Schluß gekommen, daß Sie uns nicht am Leben lassen können, nicht wahr? Das wäre wohl auch zuviel verlangt von Ihnen. Sie haben ja schon siebzehn Leute auf dem Gewissen – ein Dutzend mehr oder weniger spielt da keine Rolle. Aber Sie werden nicht ungestraft davonkommen. Wir haben über unseren Kurs Meldung erstattet, Ramirez. Und noch eines – früher oder später wird Ihre eigene Mannschaft reden.«

Es war ein gewagter Versuch, für den ich Campbell mehr bewunderte als je zuvor.

Ramirez warf den Kopf zurück und lachte. »Meine Mannschaft – diese Schwachköpfe?« Er machte eine Handbewegung zu den teilnahmslosen Wachen. »Diese Einfaltspinsel? Die tun, was ich ihnen sage und sonst nichts. Die haben keine eigene Meinung – ich bin alles, was sie an Hirn haben. Und würde ihnen jemand glauben, wenn sie den Mund aufmachten? Sie haben nie kapiert, um was es überhaupt geht, nicht einer von ihnen. Außerdem – auch das läßt sich lösen.«

»Eine Reihe unglücklicher Unglücksfälle?« fragte Campbell sarkastisch.

»Bedauerlich, nicht wahr?«

Ich lauschte dieser gespenstischen Unterhaltung, und es kam mir alles ganz unwirklich vor. Ramirez würde uns ohne Bedenken töten. Noch schlimmer, er war auch bereit, seine eigene Mannschaft zu töten. Ich konnte mir schon vorstellen, wie das ablaufen würde. Die Männer würden gut bezahlt werden, sie würden auseinandergehen, und dann würde es, wie Campbell vorausgesehen hatte, eine Reihe von Unfällen geben. Einen Mann würde man tot in einem Hafen finden, woanders gäbe es einen tödlichen Autounfall, bis die ganze Mannschaft ausgelöscht wäre.

»Also gut«, sagte Campbell. »Aber Sie werden nicht ungestraft davonkommen. Ganz abgesehen von Kanes Aussage – glauben Sie, ich hätte keine eigenen Sicherheitsvorkehrungen getroffen? Meine Agenten haben versiegelte Briefe, die sie der Polizei übergeben werden, wenn ich nicht bald an einem bestimmten Ort auftauche. Es wird ausführliche Nachforschungen geben, wenn ich als vermißt gemeldet werde.«

»Sie sind ein alter Narr«, sagte Ramirez grob, jetzt alle Höflichkeit beiseite lassend. »Das Barometer ist in der letzten Stunde um drei Millibar gesunken, ein Sturm zieht herauf, und das Ding da draußen ist im Begriff, verrückt zu spielen. Man wird Sie für auf See verschollen halten – Sie alle. Wir werden nicht in Ihrer Nähe sein – es wird keinerlei Beweise geben – für nichts.«

Campbell zog es vor, zu schweigen, und Clare rückte ein bißchen näher an ihn heran. Während ich Ramirez ansah, bemerkte ich voller Interesse, daß sich draußen vor dem Bullauge hinter seinem Kopf etwas bewegte. Die anderen schienen nichts davon bemerkt zu haben, so entsetzt und von Grauen gepackt waren sie. Ich sah, wie Taffy, der am Ende des Sofas hockte, sich wieder mit dieser merkwürdigen Bewegung an den Nacken faßte, aber er ließ Ramirez dabei nicht einen Moment aus den Augen.

Campbell sagte bedächtig: »Sie sind ein verdammter Mörder, Ramirez.«

Ramirez spreizte die Hände auseinander. »Ich verabscheue das Töten um des Tötens willen. Ich bin nicht Jim Hadley – es war dumm von ihm, was er da auf Tanakabu gemacht hat, und ich hasse es, wenn einem das Vergnügen vor dem Geschäft geht. Ich töte nur, wenn es nötig ist. Aber wenn ich es tue, spielt es für mich keine Rolle, ob es um siebzehn Menschenleben geht oder siebzig. Ein Leben ist nicht viel wert, wenn große Summen auf dem Spiel stehen. Ich halte das für nötig, was ich vorhabe.«

Ich ließ meinen Blick zum Bullauge zurückwandern und hielt den Atem an. Da draußen war ein Gesicht. Ein Auge blinzelte mir zu.

Bill Hunter war wieder an Bord.

Er war eine geheime Trumpfkarte, von der Ramirez nichts wissen durfte. Ich führte vorsichtig eine Hand an meinen Mund, hustete und ließ die Hand langsam wieder sinken, sorgsam darum bemüht, keine ruckhafte Bewegung zu machen. Ich wollte niemandes Aufmerksamkeit erregen. Das Auge blinzelte mir erneut zu, und das Gesicht verschwand.

Campbell sprach noch immer, suchte verzweifelt nach Argumenten, die Ramirez bewegen könnten, von dem abzulassen, was er mit uns vorhatte. Ich hatte wieder dieses Klingeln in den Ohren, spürte ein eigenartiges Vibrato in Campbells Stimme, als würde etwas mein Gehör beeinträchtigen, ein Ton, so leise, daß er kaum zu hören war. Dann, nicht weit entfernt, ein Geräusch, wie wenn eine Maschine Dampf abläßt. Ein Zittern lief durch die *Esmerelda*, und plötzlich nahm das Stimmengewirr an Deck zu.

Ramirez unterbrach Campbell, drehte sich um und ging zu meinem Entsetzen zu dem Bullauge, um hinauszusehen. Ich straffte mich, aber da wandte er sich schon wieder um, ergriff erneut das Wort, und mir wurde klar, daß er nichts Unerwartetes bemerkt hatte.

»Was immer da draußen geschieht, es wird sich als nützlich erweisen«, sagte er kühl. »Sobald dieses Idiotenpack von meiner Mannschaft die beiden Schiffe wieder voneinander losbekommen hat, trennen sich unsere Wege. Sie werden es allerdings nicht mehr weit haben – eine Meile vielleicht. Wir werden Sie in tiefes Wasser schleppen – oder auf Kurs zu diesem Ding da draußen bringen.« Er wandte sich an Geordie. »Wir haben Ihnen eine Idee geklaut, Captain. Wir werden an Ihrem Rumpf eine Sprengladung anbringen, den Rest wird der Sturm da draußen besorgen.«

Geordie knirschte mit den Zähnen, sagte aber nichts.

Über unseren Köpfen rannte jemand über Deck, und eine Stimme rief etwas. Ramirez legte den Kopf schief und blickte nach oben. »Hört sich an, als wären sie gleich soweit.«

Ich hörte, wie jemand mit schweren Stiefeln den Niedergang heruntergepoltert kam, und dann klopfte es. Auf eine Handbewegung von Ramirez hin öffnete eine der Wachen die Tür. Hadley kam herein. Er blickte uns mit einem dümmlichen Grinsen an, das nicht bis zu seinen hellen, kalten Augen reichte, und beugte sich zu Ramirez herab, um ihm etwas zuzuflüstern, der sich daraufhin wieder umdrehte, um noch einmal aus dem Bullauge hinauszusehen. Ich dankte Gott, daß Bill sich versteckt gehalten hatte. Oder hatte er das nicht?

Ramirez wandte sich wieder um. »Was würden Sie vorziehen? Tiefes Wasser oder Falcon Island? Die vulkanische Tätigkeit scheint zuzunehmen.« Er lächelte und sagte, Mark zugewandt: »Das ist ein Glücksfall, wissen Sie. Wo sonst sollte ein Forschungsschiff zerschellen als dabei, daß es zum falschen Zeitpunkt Falcon Island bei seinen Untersuchungen etwas zu nahe kommt? Unterhalten Sie unsere Freunde ein wenig.«

Er machte auf dem Absatz kehrt und verließ, gefolgt von Hadley, den Salon.

Geordie sah ihnen nach, dann wandte er Mark seine Aufmerksamkeit zu. »Du bist ein jämmerliches Etwas von Mann«, sagte er verächtlich. »Was veranlaßt dich zu der Annahme, daß ich mich zurücklehne und in Ruhe mitansehe, wie ihr mein Schiff zerstört und meine Leute umbringt? Wenn ich schon sterben muß, kann ich dich genausogut mitnehmen.« Er machte Anstalten, aufzustehen. Mit Ramirez' Abgang hatte sich die Atmosphäre seltsam verändert. Es war, als wäre allen bewußt geworden, daß bei Mark – im Gegensatz zu Ramirez, der echte Autorität besaß und gänzlich amoralisch war – unter der Schale von Egoismus und selbstsüchtiger Härte eine sehr schwache Persönlichkeit steckte.

Als Geordie sich anschickte, aufzustehen, erteilte Mark rasch auf Spanisch einen Befehl, und die Wachen brachten ihre Gewehre in Anschlag. »Sieh dich vor«, sagte Mark. »Das sind erfahrene Killer.«

»Das bin ich auch«, sagte Geordie drohend. Er richtete sich langsam weiter auf, und Ian begann es ihm nachzumachen.

Mark sagte etwas auf Spanisch, und einer der Wachen feuerte gleichgültig, offenbar ohne zu zielen, sein Gewehr ab. Der Knall war entsetzlich, und wir fuhren zurück; die Kugel hatte direkt vor Geordies Fuß den Kabinenboden getroffen, und Splitter flogen durch die Luft. »Hör auf, Geordie«, sagte ich scharf, da er immer noch zögerte. »Du hast keine Chance. Du kannst nicht schneller sein als eine Kugel.«

Geordie blickte mich mit gerunzelter Stirn an, aber ich machte eine kurze Schlagbewegung mit meiner Hand und nutzte einen günstigen Moment, um ihm zuzuzwinkern. Seine Stirn glättete sich wieder, er setzte sich wieder hin, und Ian folgte seinem Beispiel. Beide wirkten wachsam, und ich wußte, daß es mir gelungen war, ihre Aufmerksamkeit zu wecken.

Über unseren Köpfen war ein länger anhaltender Tumult zu vernehmen. Geordie sagte: »Sie machen da oben nur Mist, was?«

»Hast du etwas dagegen, wenn ich rauche, Clare?«

Ich griff in die Tasche und hielt inne, da sich gleich ein Gewehrlauf auf mich richtete und die Mündung fest auf mich zielte. »Um Gottes willen, Mark, kann ich nicht mal eine Zigarette rauchen?«

Er wirkte amüsiert. »Rauchen ist nicht gesund für dich, Mike. Na meinetwegen – aber achte bitte darauf, daß du wirklich nur Zigaretten in der Hand hast, wenn du sie herausziehst.«

Ich zog langsam die Hand heraus, während er wieder mit den Wachen sprach. Der Gewehrlauf senkte sich ein wenig, und ich öffnete die Schachtel und steckte mir eine Zigarette zwischen die Lippen. Und in dem Moment erblickte ich wieder Bills Gesicht am Bullauge. Der Schuß hatte ihn veranlaßt, zurückzukommen, wie ich es gehofft hatte.

Die Salontür ging auf, es gab eine kurze Unterhaltung zwischen einem unserer Bewacher und einem Mann draußen, dann wurde die Tür wieder geschlossen. Natürlich hatte auch Ramirez jemanden geschickt, um etwas über die Schießerei zu erfahren. Ich steckte noch einmal die Hand in die Tasche und sagte zu dem Mann mit dem Gewehr: *»Fósforos?«* Er zeigte keine Reaktion, und ich konnte ohne weitere Bedrohung die Streichhölzer hervorholen.

Ich zündete die Zigarette an und sagte dann: »Hör mal, Mark. Du kennst alle, die hier eingesperrt sind. Mit einigen davon bist du befreundet gewesen – andere waren noch mehr als Freunde, viel mehr. In Gottes Namen, was für ein Mensch bist du?« Es fiel mir schwer, mit ihm zu sprechen, ohne daß meine Stimme mich verriet.

»Was kann ich denn tun?« fragte er verdrossen. »Glaubst du, ich *möchte*, daß man euch alle umbringt? Ich habe es nicht in der Hand – hier bestimmt Ramirez.«

»Er wäscht seine Hände in Unschuld«, sagte Clare scharf. »Der neue Pontius Pilatus.«

»Verdammt, Clare, glaubst du, ich möchte euch alle absaufen sehen? Ich kann nichts dagegen tun, sage ich dir.«

Campbell sagte: »Es hat keinen Sinn, Mike. Selbst wenn er könnte, würde er nichts tun, um uns zu retten. Es geht auch um seinen eigenen Kragen, weißt du.«

Das war meine Chance. Ich kehrte Mark und den Wachen halbwegs den Rücken zu, um mit Campbell zu sprechen. »Ihn ereilt sowieso das gleiche Schicksal wie uns. Ramirez hat jetzt, was er will. Er braucht Mark nicht mehr – er braucht nur meine Aufzeichnungen mitzunehmen –, und ich bin verflucht sicher, daß er *alle* Zeugen auslöschen will – auch Mark.«

Mit einem Stift, den ich zusammen mit den Streichhölzern aus der Tasche gezogen hatte, schrieb ich auf die Rückseite der Zigarettenschachtel in Druckbuchstaben und so groß wie möglich: KABELLUKE. Ich zwinkerte Campbell zu, und er begriff schnell. Er drohte Mark mit der Faust, um ihn abzulenken, und spielte ein bißchen wild. »Gemeiner Mörder!« schrie er.

»Halten Sie den Mund!« sagte Mark giftig. »Halten Sie bloß den Mund, verdammt.«

Ich hielt die Zigarettenpackung Campbell entgegen und sagte: »Beruhigen Sie sich. Möchten Sie eine?«

»Nein, nein«, lehnte er mein Angebot ab, aber ich hatte erreicht, was ich erreichen wollte: Bill hatte über Campbells Schulter hinweg meine Botschaft sehen können. Ich hoffte nur bei Gott, daß er gute Augen hatte. Clare hatte die Botschaft auch erblickt und die Augen aufgerissen. Sie beugte sich über Paula, die immer noch gebückt dasaß, um ihr Gesicht zu verbergen. Ich sah, wie sie Paula etwas ins Ohr flüsterte, scheinbar um sie zu beruhigen.

Um weiter Zeit zu gewinnen, sagte ich zu Mark: »Warum zum Teufel sollte er den Mund halten? Wir haben ja nichts zu verlieren dadurch, daß wir dir sagen, was wir von dir halten. Es macht mich krank, wenn ich daran denke, daß du mit mir verwandt bist.«

Mark kniff den Mund zusammen, sagte aber nichts. Ich mußte ihn zum Reden verleiten. Ich riskierte einen schnellen Blick zum Bullauge und sah, daß Bills Gesicht verschwunden war. Statt dessen sah ich seine Hand. Mittelfinger und Daumen bildeten einen Kreis. Bill hatte verstanden.

Was immer nun passierte, man mußte ihm Zeit lassen zu handeln. Jetzt wußte er, wo die übrigen von uns waren; vielleicht konnte er etwas unternehmen. Ich fragte mich, ob er allein war oder ob Jim und Rex noch bei ihm waren. Die Chance war gering, aber es war die einzige, die wir hatten. Ich schätzte, daß wir ihm nur auf eine Weise helfen konnten, nämlich indem wir zu Mark durchdrangen – und bei seiner Nervosität konnte das lebensgefährlich sein.

»Was hat dich auf unsere Spur gebracht? Das Meer ist groß, Mark«, sagte ich. »Aber du hast schon immer gewußt, wo die kobaltreichen Knollen entstehen, stimmt's?«

»Ich habe es nur ungefähr gewußt. Ich war nicht der einzige, der auf diesem verdammten IGY-Schiff Analysen vornahm, und ich kam nicht an alle Informationen heran, die ich haben wollte.« Sein mürrischer Ton ließ erkennen, daß er ein Anrecht auf diese Informationen zu haben glaubte, was typisch für ihn war. Immerhin war ich auf der richtigen Fährte, wenn ich ihn dazu veranlaßte, zu erzählen, wie klug er war. Nur wenige Egomanen können einer solchen Versuchung widerstehen.

»Wer kam denn dann auf die blendende Idee, uns hier zu suchen? Wir hätten überall sein können. Wir hätten hundert Meilen weit weg von hier sein können. Du konntest doch nicht wissen, wo wir stecken.«

Er lachte. »Konnte ich nicht? Ich kenne dich in- und auswendig, Mike, wie ein Buch. Ich wußte, daß du die Stelle finden würdest, wenn man dir genug Zeit für gründliche Nachforschungen ließ – also gab ich dir die Zeit. Und wenn du sie gefunden hattest, würdest du es nicht lassen können, die Ursachen der Entstehung dieser Knollen zu erforschen. Ich wußte, daß du nach Fonua Fo'ou, Falcon Island, kommen *mußtest*. Ramirez verstand das natürlich nicht. Er kann mitunter recht dumm sein. Aber ich habe ihn davon überzeugt, daß ich meinen eigenen Bruder kenne. Wir haben hier zwei verdammte Wochen lang auf dein Erscheinen gewartet.«

Ich fragte: »Wie kam es zu deiner Beziehung mit Ramirez?« Die Antwort darauf kannten wir bereits, aber ich wollte, daß er weiterredete.

»Campbell konnte mich nicht finanzieren, Suarez-Navarro dagegen schon. So einfach war das. An wen sollte ich mich sonst wenden? Das, was sie gerade mit seinen Minen gemacht hatten, bewies ja schließlich, daß sie nicht allzu viele Skrupel kannten; sie waren genau das, was ich brauchte.«

»Und dann haben sie dich zum Mörder gemacht. Du mußtest Norgaard töten.«

»Das war ein Unfall«, sagte Mark gereizt. »Sven war nur

an den letzten Vorbereitungen beteiligt. Wir warteten nur noch darauf, daß sich die allgemeine Aufregung legte, danach wollte Suarez-Navarro uns ein richtiges Forschungsschiff zur Verfügung stellen, um das Zeug zu suchen.« Er schlug auf die Papiere und das Notizbuch. »Inzwischen hatte sich der verdammte Narr entschlossen, zu publizieren. Weißt du, er wußte nicht viel über Suarez-Navarro, ich wollte es so. Wir hatten einen Streit – er war sehr leicht erregbar –, zuerst nur mit Worten, dann kam es zur Schlägerei. Das nächste, was ich danach bewußt wahrnahm, war, daß er sich den Kopf an den Korallen aufgeschlagen hatte. Aber ich hatte nicht die Absicht, ihn zu töten, Mike, ich schwöre. Ich wollte ihn nur zum Schweigen bringen.«

»Du willst immer nur andere zum Schweigen bringen«, sagte ich rundheraus. »Wie bringt man denn einen guten Wissenschaftler zum Schweigen, Mark? Die einzige Möglichkeit scheint mir darin zu bestehen, daß man ihn umbringt.«

Mir war innerlich kalt, seine amoralische Ichsucht ließ mich frösteln. Alles, was er getan hatte, war in seinen Augen richtig, und an allem, was nicht richtig gelaufen war, waren andere schuld.

Mark tat meine Bemerkung mit einer Handbewegung ab. »Hadley wußte natürlich davon. Er war mein Verbindungsmann zu Ramirez. Sie halfen mir, die Sache zu vertuschen, aber irgendwie ist die Polizei doch dahintergekommen.«

»Mein Gott, für wie blöd hältst du mich eigentlich?« sagte ich. »Weißt du, Mark, es würde mich nicht überraschen, wenn Ramirez der Polizei einen Tip gegeben hätte. Für ihn spielte es keine Rolle – er konnte nur davon profitieren. Er sorgte dafür, daß du ›starbst‹, und damit hatte es sich. Aber von da an hatte er dich fest in der Hand, du konntest nichts mehr tun ohne seine Erlaubnis.«

»So war es nicht«, murmelte Mark.

»Nein? Selbst als der erste Plan schiefging und Hadley in den angeblichen Mord an dir verwickelt wurde, machte Ramirez sich keine Sorgen. Deshalb hat er sich auch fast totgelacht, als ich ihn beschuldigte. Um sich und Hadley reinzuwaschen, brauchte er nur dich aus der Versenkung zu holen, und da kannst du sicher sein, daß er es auf eine Art und Weise getan hätte, die von seiten des Gesetzes freudig begrüßt worden wäre.«

»Wie meinst du das?«

»Er hätte dich ihnen tot serviert – oder jedenfalls so, daß du nicht mehr hättest reden können. Und die Polizei hätte ihm auf die Schulter geklopft, daß er Mark Trevelyan gefaßt hätte, den Mörder von Sven Norgaard, der vielleicht auch hinter der Ermordung von Schouten steckte. Bei Gott, ich hatte recht damit, als ich dich dumm nannte. Du hast dir wirklich zuviel zugetraut, stimmt's?«

Er war zornig und verwirrt, und ich spürte, daß ich ihn tief getroffen hatte; alles an ihm ließ Zweifel erkennen.

Campbell sagte: »Jetzt macht es auch keinen Unterschied mehr, Mark. Dich erwartet ebenso wie uns ein nasses Grab. Dafür wird Ramirez schon sorgen.«

Geordie lachte ohne Fröhlichkeit. »Glaubst du, du kannst Ramirez trauen?«

Mark dachte nach und schüttelte dann den Kopf. »Vielleicht habt ihr recht«, gab er zu, und es klang, als hätte er diese Worte noch nicht oft in seinem Leben gebraucht. »Aber es gibt immer noch einen Unterschied. Ihr wollt, daß ich euch helfe, aber das kann ich nicht. Ihr werdet ihn nie besiegen – und wenn ihr es tätet, würde man mich immer noch wegen Mordes suchen. Da halte ich mich lieber weiter an Ramirez und lasse es darauf ankommen. Er braucht mich noch.«

Ich wollte ihm klarzumachen versuchen, wie sehr er sich täuschte, aber etwas anderes hatte endlich mein Bewußtsein erreicht. In der Ferne war ein Zischen zu hören – von Dampf, der unter Hochdruck irgendwo entwich. Mark blickte aus dem Bullauge, und was er über dem Wasser sah, erschreckte ihn. »Verdammt, was machen sie da nur an Deck?« sagte er. »Das ist nicht der richtige Zeitpunkt, um hier herumzutrödeln.«

Seine Nervosität nahm zu, und er beriet sich leise mit einem unserer Bewacher. Es schien sich ein Streit zu entwikkeln, denn der Bewacher widersprach ihm, aber Mark setzte sich durch. Mit finsterem Blick und einem unwilligen Achselzucken öffnete der Bewacher die Salontür und ging hinaus.

Ich blickte Geordie hoffnungsvoll an, und er nickte grimmig. Unsere Chancen verbesserten sich. Aber wenn wir etwas unternehmen wollten, mußte es geschehen, bevor der zweite Bewacher zurückkehrte. Geordies Hand bewegte sich langsam über den Tisch auf den schweren gläsernen Aschenbecher zu und kam in dessen Nähe entspannt zur Ruhe. Er konnte den Aschenbecher nicht schneller werfen, als der Bewacher schießen konnte – aber wenn sich eine Gelegenheit ergab, war er bereit. Wir warteten alle angespannt ab.

Als Mark erneut ans Bullauge ging, um hinauszuschauen, legte sich ein rötlicher Lichtschein auf sein Gesicht. Offensichtlich gerieten die Dinge auf Falcon in Bewegung. Ich fragte: »Was tut sich da draußen, Mark?«

Seine Stimme klang angestrengt. »Es sieht so aus, als würde der Vulkan ausbrechen.«

Mir wurde plötzlich kalt. Mark und ich waren wahrscheinlich die einzigen auf beiden Schiffen, die sich darüber im klaren waren, was das hieß. Ich fragte: »Wie nahe sind wir?«

»Eine Viertelmeile vielleicht.« Er straffte seinen Rücken und fügte hinzu: »Es ist diese Woche schon mehrfach passiert. Es ist nie viel dabei herausgekommen. Ein großartiger Anblick, mehr nicht.« Aber es klang nicht überzeugend.

Wir waren viel zu nahe an Fonua Fo'ou. Ramirez und Hadley mochten das als sichere Entfernung ansehen, vor allem nachdem sie schon eine Woche lang kleinere Schauspiele vulkanischer Tätigkeit miterlebt hatten. Aber Mark und ich wußten es besser. Wir wußten, was ein Vulkanausbruch bedeuten würde.

Kein Wunder, daß Mark Angst hatte. Ich hatte auch Angst.

Er blickte den Bewacher an, der noch da war, und sprach ihn nach kurzem Zögern an. Der Mann schüttelte heftig den Kopf, und als Mark Anstalten machte, den Raum zu verlassen, stellte er sich vor die Tür und riß das Gewehr hoch.

Campbell fragte voll Ironie: »Was ist los, Mark? Traut er Ihnen nicht?«

Das Zischen und eruptive Donnern schwoll plötzlich an. Die *Esmerelda* schlingerte und knarrte empört in allen Fugen. Wir schwenkten herum, immer noch in die *Sirena* verkeilt. Ein starker Schwefelgestank hing plötzlich in der Luft. Marks Augen wanderten von dem Wachmann zu mir herüber, und unsere Blicke verfingen sich ineinander, so fest wie die Schiffe.

Mark sagte scharf: »Er will nicht mit euch hier alleingelassen werden. Ich muß auf den zweiten Wächter warten.« Er ging wieder zum Bullauge hinüber und blickte hinaus. Ich spürte, wie Wut in mir aufstieg.

Geordie fragte: »Was zum Teufel ist bloß mit...?«

Er konnte seinen Satz nicht mehr beenden. Die *Esmerelda* schaukelte erneut heftig und legte sich nahezu auf die Seite. Ich schlitterte hilflos auf die Seite des Salons und schlug, während ich stürzte, mit dem Kopf gegen den Tisch. Oben an Deck hörte es sich an wie in einem Tollhaus.

Das Schiff richtete sich wieder auf, und wir flogen in einem wilden Durcheinander von Leibern zurück. Ich hörte Campbell aufstöhnen; in seinem Zustand muß es eine Qual für ihn gewesen sein. Geordie rappelte sich als erster auf. Er griff nach dem Aschenbecher, schleuderte ihn auf unseren Bewacher und stürzte quer durch die Kajüte. Der Mann versuchte in wilder Hast sein Gewehr aufzuheben, das ihm aus der Hand gefallen war. Er hatte gerade die Finger am Kolben, da versetzte ihm Geordie einen gezielten Fußtritt gegen das Kinn, und das Gesicht verschwand unter blutiger Verwüstung.

Ian war auf Mark losgegangen, und jede Spur seiner üblichen schottischen Hochländer-Liebenswürdigkeit war verflogen. Sein Gesicht war eine wutverzerrte Maske. Geordie hatte das Gewehr ergriffen und auf Mark gerichtet. Sie näherten sich ihm von zwei Seiten, aber Mark schaffte es, beiden zu entwischen; er stürzte zur Tür.

Da fuhr ein seltsames Glitzern durch die Luft, und er stürzte, die Hand auf die rechte Hüfte gepreßt, zu Boden. Zwischen seinen Fingern sah ich Blut hervorquellen.

Ich hatte mich aufgerappelt und wollte gerade, schon einen empörten Aufschrei auf den Lippen, hinter Geordie herstürzen. Aber als Mark stürzte, hielten Ian und Geordie abrupt inne, und alle momentane Mordlust wich aus ihren Gesichtern. Alle Augen starrten auf die funkelnde, blutige Klinge auf dem Boden neben Mark.

»Wer hat das Messer geworfen?« fragte ich.

Taffy kam von der anderen Seite des Salons herüber. »Ich.« Er bemerkte den Blick, den ich ihm zuwarf, und setzte schnell hinzu: »Ich hätte ihn nie getötet, Mike – obwohl er es verdient hat. Ich weiß, wohin man mit einem Messer zielt.«

»Du solltest es dir lieber wiederholen«, sagte ich.

Er trat vor, hob es auf und wischte es sorgfältig an einem Hosenbein ab. Clare sah ihm schreckensbleich zu, Paula hingegen hatte sich schon zu Mark durchgedrängelt.

Ich sagte: »Ich habe gesehen, daß du genauso durchsucht worden bist wie die anderen auch, Taffy. Wo hattest du das Messer versteckt?«

»Ich hatte es an einer Schnur am Rücken hängen. Das ist ein alter Trick, aber sie sind darauf reingefallen.«

Fürs erste war die Gefahr überstanden. Ich blickte besorgt aufs Meer hinaus. Nicht weit entfernt waberte Dunst, und dahinter quollen immer noch unheilvoll schwarze Wolken zum Himmel. Die See war kabbelig, hier und da kleine Strudel, und in der Nähe des Dunstsaumes schäumte weiße Gischt. Der Gestank kam stoßweise und war ekelerregend. Näher bei uns sah ich achteraus unsere Motorbarkasse schlingern, es war niemand an Bord. Von Bill war nichts zu sehen, auch sonst war niemand an Deck.

Im Salon half Ian, unterstützt von Clare, Campbell wieder aufs Sofa. Paula verband Mark, und Geordie durchsuchte den am Boden liegenden Bewacher. Taffy war fort.

»Geordie, wo ist Taffy?«

»Danny Williams war sein bester Freund, weißt du.«

»Verdammt, wir brauchen Teamwork, nicht Heldentum.«

»Nur ruhig«, sagte Geordie. »Taffy war nie ein guter Teamkämpfer, aber auf sich allein gestellt ist er tödlich. Er wird ihnen eine Menge Schaden zufügen.«

»Meinetwegen, aber wir brauchen dringend einen Schlachtplan. Taffy ist auf sich gestellt, irgendwo an Deck ist Bill, und wenn wir Glück haben, sind Rex und Jim bei ihm. Vielleicht haben sie schon etwas erreicht. Und dann sind wir noch da – drei Mann und ein Gewehr.«

»Vier Mann«, warf Campbell barsch ein, während er sich erhob. »Und wenn diese Hurensöhne unsere Kabinen nicht durchsucht haben, sind da noch Waffen.«

Er begegnete meinem Blick mit eiskalten blauen Augen. Er hatte recht: in einem Kampfgetümmel würde er uns nichts nützen, aber mit einer Pistole war er als Gegner lebensgefährlich. Clare blickte von ihrem Vater zu mir, und in ihrem Gesicht war etwas von der gleichen wilden Entschlossenheit.

»Ich komme mit«, sagte sie.

»Clare, das geht nicht...«

Sie fiel mir ins Wort. »Ich kann auch ziemlich gut schießen, weißt du noch? Besser als du, Mike. Du wirst jede Hilfe brauchen, die du bekommen kannst.« Sie war entschlossen, bei mir und ihrem Vater zu bleiben, und sie hatte recht. Wir würden sie brauchen. Und wenn es zum Schlimmsten kommt, für sie wie für uns alle, wäre der Tod durch eine Kugel einem Tod durch Ertrinken, durch qualvolles Ersticken in einem sinkenden Schiff vorzuziehen. Die Angst um sie schnürte mir die Kehle zu, aber ich konnte mich ihrer Entscheidung nicht widersetzen.

Sie trat an das Schnapsschränkchen. Bei dem heftigen Schlingern waren mehrere Flaschen zu Bruch gegangen; sie nahm eine zur Hand und besah sich die gezackten Kanten. »Das habe ich im Kino gesehen, wie sie das machen«, sagte sie bedächtig.

Ich dachte, daß sie diese Waffe wahrscheinlich nie benutzen würde, aber sie gab ihr etwas Selbstvertrauen. Geordie stand sogar kichernd an der Tür. »So ist's recht«, sagte er. »Nun aber los. Uns bleibt nicht viel Zeit. Ich gehe voraus, dann kommst du, Ian. Mike, du bildest die Nachhut.«

Paula beugte sich über Mark. Sie begegnete meinem Blick und schüttelte leicht den Kopf. Mark lag mit geschlossenen Augen da, wie bewußtlos, aber es war unmöglich zu erraten, ob er es tatsächlich war oder es nur vortäuschte. »Okay, Paula, Sie bleiben hier bei ihm«, sagte ich.

Geordie öffnete die Tür und schlich hinaus.

Wir folgten ihm vorsichtig auf den Gang. Er war erst einige Schritte gegangen, da hielt er an, stieg über etwas hinweg und ging dann weiter. Es war der Leichnam unseres zweiten Bewachers. Er mochte auf dem Rückweg zum Salon Taffy in die Arme gelaufen sein. Seine Gurgel zeigte eine klaffende Wunde, und sein Hemd war vorne mit Blut durchtränkt. Clare taumelte ein wenig, als sie hinunterblickte, und ich nahm sie an der Hand und schob sie weiter.

Wir gingen weiter nach vorne zu Campbells Kabine und stellten fest, daß sie nicht durchsucht worden war. Campbell nahm den kleinen Koffer unten aus dem Schrank und öffnete ihn; er wirkte mit jeder Bewegung zufriedener und kräftiger. Es waren drei Waffen darin, seine eigene, Clares und eine, die Geordie in Nuku'alofa Ramirez abgenommen hatte. Vater und Tochter luden schnell ihre Pistolen, und Clare legte mit offensichtlicher Erleichterung die zersplitterte Flasche beiseite.

Geordie und ich fanden in unserer Kabine unsere Waffen ebenfalls unberührt vor, und als wir sie luden, nickte Campbell zufrieden. »Jetzt können wir uns mit Aussicht auf Erfolg zur Wehr setzen«, meinte er.

Wir schlichen, ohne zu zögern, zum achteren Niedergang. Geordie stieg vorsichtig hinauf, ging jedoch gleich wieder in Deckung. Oben an Deck stand ein Mann, der sich als dunkle Silhouette gegen den gelblich glühenden Himmel abhob. Er hielt ein Gewehr in der Hand. Geordie legte seine eigene Waffe beiseite und stieg leise die Stufen hinauf. Dann winkte er mir, ihm zu folgen. Ian war ein erfahrener Kämpfer, aber ich war viel schlanker und hatte deshalb größere Chancen, das Deck gleichzeitig mit Geordie zu erreichen.

Geordie schnellte hoch, packte den Mann von hinten, warf ihm einen Arm um den Hals und griff mit der anderen Hand nach dem Gewehr. Ich kletterte hinterher und schlug dem Mann den Griff meiner Waffe über den Schädel. Er sackte in sich zusammen.

Wir ließen ihn wie einen Sack Kartoffeln den Niedergang hinunterfallen. Geordie meinte mit einem grimmigen Lächeln: »Du lernst dazu, mein Kleiner.« Wir folgten dem Mann zurück nach unten.

Wir hatten jetzt drei Gewehre und eine kleine Sammlung von Faustfeuerwaffen. Die Chancen wurden immer besser. Geordie plante seinen Truppeneinsatz: »Mike, ich möchte, daß wir uns gemeinsam Falcon ansehen. Du kommst mit mir. Ian, du deckst uns den Rücken. Mr. Campbell, Sie und Clare halten hier Wache und schießen jeden nieder, der hier herunterkommt – außer es wäre einer von unseren Leuten.«

Wir schlichen lautlos an Deck, und ich sah Falcon Island zum ersten Mal richtig vor mir. Das gelbliche Glühen schien nachzulassen, aber die Dampfentwicklung hatte sich verstärkt, und auf der einen Seite des Unruhegebiets gingen Ströme einer regenartigen Substanz nieder. In der Mitte des Ganzen stieg dichter schwarzer Rauch auf, durchzuckt von flackernden roten Streifen. Die See hob sich, und die Brandung schlug hoch, aber unsere Schiffe lagen noch in verhältnismäßig ruhigem Wasser, wenn man von flüchtigen Turbulenzen an der Oberfläche absah. Das Zischen des unter Hochdruck entweichenden Dampfes war ohrenbetäubend, ein schlechtes Zeichen, und bei dem Gestank konnte sich einem der Magen umdrehen. Ich starrte in fassungslosem Staunen hinüber.

Doch einmal an Deck, machte Geordie sich mehr Sorgen um sein Schiff. Er blickte am Vormast hinauf. »Herrgott, so ein Murks! Sie haben sie noch nicht freibekommen.«

Als ich in dem blendenden Sonnenlicht hinaufblickte, sah ich, daß die beiden Masten fast voneinander freigekommen waren; nur noch ganz oben schien die Takelage ineinander verhakt zu sein. Die größere *Sirena* hing schräg über der *Esmerelda*, und überall lagen wirre Knäuel von Leinen, gebrochenen Spieren und anderen Bruchstücken. Die Motorbarkasse hing noch am Achterschiff; unser Dinghi jedoch war von unserem Standort aus nirgends zu sehen.

»Sie sind noch beschäftigt«, murmelte Geordie. »Wir spurten zur Winde rüber. Da können wir uns verstecken und sehen, ob wir die Kabelluke aufkriegen.«

Es war niemand am Ruder, aber zu Füßen der Masten konnte ich eine Gruppe von Männern stehen sehen. Einige waren oben auf den Masten und versuchten die Schiffe wieder flott zu bekommen, und ich hoffte inbrünstig, daß sie zu sehr in ihre Arbeit vertieft waren, um uns zu entdecken.

»Wir müssen es riskieren«, sagte Geordie und gab Ian einen Wink, uns zu folgen. Wir rannten gebückt los und hielten uns dabei im Schatten des Deckhauses. An dessen Ende angelangt, blieb Geordie stehen, nahm mich am Arm und deutete nach vorne. Im Schatten der Windentrommel war eine leichte Bewegung zu erkennen, doch bis dahin gab es keine weitere Deckung.

»Bill – oder Taffy«, flüsterte er.

Eine Hand hob sich ins Licht und machte sich an den Verschlüssen des Lukendeckels zu schaffen. Die Männer vorne an Bord der *Sirena* schienen die Bemühungen, den Mast freizubekommen, zu verfolgen oder zu Falcon hinüberzublikken, und die Chancen, daß sie einen nicht entdeckten, wenn man gebückt übers Deck schlich, waren gut. Ein schneller Spurt wäre Selbstmord gewesen.

Die körperlose Hand fingerte immer noch an dem Lukendeckel herum. »Ich gehe die andere Seite öffnen«, sagte ich leise zu Geordie. »Gib mir Deckung.«

Von Falcon tönte ein Donnergrollen über das Wasser, das alle anderen Geräusche übertönte, und die roten Flammen in der schwarzen Wolke loderten plötzlich höher hinauf. Schreckensrufe wurden laut, die Leute rannten in panischer Angst über die Decksplanken. Das war ein willkommenes Ablenkungsmanöver, genau zur rechten Zeit. Ich schlich über Deck, klammerte mich an der Lukenkante fest und schmiegte mich eng dagegen. Als ich nach den Verschlüssen griff, sah ich, daß Bill Hunter mein Gefährte war. Ich hatte einen Verschluß schon auf und wollte gerade den zweiten in Angriff nehmen, als lautes Gewehrknattern einsetzte und Füße über Deck donnerten. Ian und Geordie feuerten auf Männer von der *Sirena*, die nach achtern auf uns zugestürzt kamen.

Ein verzerrtes Gesicht tauchte über mir auf, ein Gewehrkolben schwebte über meinem Kopf. Ich warf mich mit einem Ruck zur Seite, und er sauste aufs Deck hinunter. Dann vernahm ich den typischen Knall von Campbells Pistole; meinem Angreifer wuchs mitten auf der Stirn ein drittes Auge, und er brach über mir zusammen.

Ich schob ihn beiseite und griff nach der Luke. Der zweite Verschluß ging auf, und Bill und ich hoben den Deckel an und klappten ihn auf. Vier Männer sprangen rachedurstig hervor.

Geordie schrie: »Achtern! Nach achtern!«

Wir stürzten alle hinter das Deckhaus. Weitere Schüsse ertönten, und Ian erzielte einen Treffer. Die übrigen Männer der *Sirena* zogen sich zum Mast zurück, als sie von Bord ihres Schiffes Feuerschutz bekamen. Das Gewehrfeuer schien aus dem Deckhaus zu kommen, aber bei all dem Durcheinander war das schwer festzustellen. Geordie blickte sich musternd um, zählte unsere Köpfe; zu meiner großen Freude war Jim Taylor unter uns. Wenigstens einer von der Dinghibesatzung war in Sicherheit, was mir Hoffnung für Rex Larkin gab. Bill gab mir mit aufgestelltem Daumen schnell ein »Gut gemacht«-Zeichen.

Von der *Sirena* kam noch sporadisch Gewehrfeuer herüber. Oben auf dem Großmast mußte sich zumindest ein Scharfschütze befinden – Geordie duckte sich, als eine Kugel direkt über seinem Kopf Splitter auffliegen ließ.

»Das ist nicht gut hier«, sagte er. »Wir haben nicht genug Deckung, und uns geht die Munition aus.«

Da ertönte in methodisch gleichen Abständen das flache Bellen von Campbells Pistole. Ein Schrei kam von der Rahnock herüber, und eine dunkle Gestalt stürzte mit wirbelnden Armen und Beinen aufs Deck der *Sirena*.

Geordie führte unseren Rückzug nach achtern an, gedeckt von Nick und Ian, die noch zurückblieben. Als wir den Niedergang hinunterkletterten, lud Campbell gerade seine Pistole nach. Seine Lippen waren zu einem wilden Grinsen verzerrt. Er winkte uns schroff beiseite und zielte auf die Rahnock, wobei er in die Hocke ging, um mehr Halt zu haben. Ein weiterer Körper stürzte herab, diesmal ins Meer.

»Das wären sie«, sagte Campbell. Er sah angestrengt und blaß aus und schien am Ende seiner Kräfte. Clare stand, die Pistole fest in der Hand, im Durchgang. Bei unserem Anblick wich die Angst aus ihrem Gesicht. Ich nahm sie und drückte sie kurz an mich.

Die Männer versammelten sich unten, und die Waffen wurden eilig verteilt. Nick hob seine wuchtige Faust hoch. »Ich brauche kein Schießeisen«, sagte er und schwang einen riesigen Gelenk-Schraubenschlüssel in der Hand.

Oben fielen noch einige Schüsse, aber es wurden immer weniger, und kurze Zeit später berichteten Nick und Taffy, daß die *Esmerelda* zumindest unter Deck frei von Feinden sei. Bis auf meinen Bruder.

Jim und Geordie gingen nach einer kurzen Unterredung mit Campbell den vorderen Niedergang erkunden. Irgendwie hatte Geordie den Kanadier dazu überreden können, mit Mark, Paula und Clare im Salon zu bleiben, und ich verkniff mir die Frage, ob er es mit Zartgefühl oder Drohung erreicht hatte. So oder so, es erleichterte mich zutiefst.

»Sie haben sich zurückgezogen – sie sind alle an Bord der *Sirena*«, erstattete Geordie Bericht, als er zurückkam. »Von Ramirez war nichts zu sehen, aber Hadley ist überall gleichzeitig und brüllt einen Befehl nach dem anderen heraus. Er macht alles nur noch schlimmer. Wir sind immer noch ineinander verkeilt.«

»Was ist mit Falcon?« fragte ich.

»Das gleiche wie eben – es ist ziemlich stürmisch da draußen. Aber wir haben die Maschine überprüft und keine Sabotage festgestellt, Gott sei Dank. Wir müssen von der *Sirena* freikommen und verdammt bald abhauen, so schnell wie möglich. Aber wie?«

Wir blickten einander ratlos an, suchten verzweifelt nach einer Lösung.

Geordie drehte sich zu Hunter um. »Bill, wie bist du wieder an Bord gekommen? Und wo ist Rex? Ist er okay?« Bill wußte noch nicht über Danny Bescheid, aber ich hatte gesehen, wie seine Augen in unserem Kreis umhergewandert waren, und er machte ein finsteres Gesicht. Es dauerte einen Moment, bis er antwortete.

»Tut mir leid, Skipper – wir haben ihn verloren. Wir haben beobachtet, wie einige Leute von der *Sirena* die Barkasse übernahmen. Sie hatten Gewehre auf unsere Männer gerichtet und warfen ihnen eine Leine zu, um sie einzuholen. Uns hatten sie nicht entdeckt, deswegen veranlaßte ich Rex und Jim, sich vom Dinghi seitlich ins Wasser zu lassen, und wir ließen das Boot vollaufen. Jim und ich schafften es, wieder an Bord zu kommen, über unsere Leiter. Aber wir hatten Rex zwischen uns, und als die *Esmerelda* überkrängte, hat er – hat er losgelassen. Himmel, Geordie, ich...«

»Du hast getan, was du konntest. Noch einer, der auf Ramirez' Schuldkonto geht«, sagte Geordie knapp. Ich ging nach oben, um noch einmal einen Blick auf Falcon zu werfen. Mir war übel und elend zumute. Die Barkasse schwankte noch am Ende ihrer Leine auf und ab, aber irgendwo da unten in der brodelnden See lagen unser Dinghi und einer unserer Leute.

Die Entfernung zu dem rauchspeienden Vulkanschlot schien sich verringert zu haben. Entweder trieben wir vor Anker, was bei dem zusätzlichen Gewicht der *Sirena* längsseits sehr wahrscheinlich war, oder das Eruptionsgebiet vergrößerte sich – eine Vorstellung, die mich noch mehr beunruhigte. Die Dampfentwicklung war stärker als vorher, und ich hätte gern gewußt, was da hinter diesem rotleuchtenden Nebelvorhang geschah. Ich hätte gern Mark nach seiner Meinung gefragt.

Ich kehrte zu Geordie zurück. »Wir müssen hier verschwinden, bevor Falcon richtig loslegt.«

Er blickte übers Meer. »Es ist gespenstisch, das gebe ich zu, aber ist es so ernst? Unzählige Beobachter haben schon vor uns Vulkanausbrüche auf See miterlebt. Und Mark hat gesagt, daß dies nun schon seit Tagen so geht.«

»Das ist nur ein Vorspiel«, sagte ich. Jetzt war nicht der richtige Zeitpunkt für einen Vortrag über unterseeische Vulkantätigkeit. »Ich glaube, wir sollten lieber nicht in der Nähe sein, wenn das Finale kommt.«

»Oh, ich will hier auch fort, versteh mich nicht falsch. Aber im Augenblick haben wir noch ein dringenderes Problem als Falcon – unsere Freunde da drüben. Ich wünschte bei Gott, ich wüßte, wo Ramirez steckt und was er vorhat. Bill, hast du irgendein Anzeichen davon entdeckt, daß sie sich an unserem Rumpf zu schaffen gemacht haben? Sie haben uns mit Sprengstoff gedroht.«

Bill schüttelte den Kopf. »Nein, Skipper. Zumindest ist mir nichts aufgefallen.«

Meine Warnung, was Falcon anging, schien wirkungslos an Geordie vorübergegangen zu sein; dergleichen lag jenseits seines Erfahrungshorizonts. Er war noch immer einzig darum besorgt, wie er die *Esmerelda* freibekam, und im Moment hatte er wahrscheinlich recht damit.

Ich fragte: »Was zum Teufel kann man denn tun?«

»Nun ja, wer immer da drüben das Kommando hat – Ramirez oder Hadley – wird ebenso scharf darauf sein freizukommen wie wir. Sie sind in der gleichen Gefahr wie wir. Und ich glaube, sie würden uns jetzt nicht so leicht wieder überwältigen können oder uns in die Luft sprengen, wie sie angedroht haben. Wie ich Ramirez einschätze, ist er vielleicht bereit, weitere Verluste zu vermeiden.«

»Um es ein andermal aufs neue zu versuchen?«

»Das braucht jetzt nicht unsere Sorge zu sein. Erst müssen wir dieses Problem lösen.«

Er hatte recht, und wir warteten schweigend ab. Alle spürten, daß er gerade in seinem Kopf einen Plan ausklügelte. Schließlich sagte er: »Ich glaube, wir sollten einen Waffenstillstand vereinbaren. Wenn wir einen Mann den Mast hinaufschicken, werden sie nicht auf ihn schießen, wenn sie wissen, warum er da hinaufklettert.«

»Was für einen Sinn hat es, einen Mann hinaufzuschicken? Sie haben mehr als ein Dutzend Männer da oben gehabt, ohne damit viel erreicht zu haben.«

»Da habe ich eine Idee«, sagte Geordie und ließ Jim zu uns holen. »Hast du noch eine Plastikbombe, Jim?« fragte er.

Jim schüttelte den Kopf. »Nein, ich hatte nur das bißchen Zeug, das ich für ihre Maschine gebraucht habe.«

Geordie zeigte zum Mast hoch. »Siehst du die Rahnock da – wo sie sich im Rigg verheddert hat? Könnte man sie wegsprengen, wenn man auf beiden Seiten der Spiere eine Handgranate befestigen würde?«

Ich starrte ihn an, aber Jim war schon in technische Überlegungen vertieft. »Das wäre ein bißchen riskant, Skipper. Granaten sind nicht gerade das richtige für so was.« Er blickte zweifelnd zu den Spieren hinauf. »Es sind Stahlröhren.«

»Natürlich«, sagte Geordie. »Wenn sie aus Holz wären, hätten sie sie längst gekappt. Auch die Fallen sind aus Stahl.«

»Ich weiß nicht«, sagte Jim ehrlich.

»Es würde die Spiere aber schwächen, nicht wahr?« beharrte Geordie.

»Es würde ihr nicht eben gut bekommen. Wenn es das ist, was du meinst.«

»Ach zum Teufel, komm schon zum Kern der Sache. Angenommen, ich lasse die Maschine laufen und übe, nachdem die Granaten explodiert sind, auf die Rahnock Zug aus. Glaubst du, daß wir es so schaffen könnten?«

»Ich glaube, das könnte gehen«, sagte Jim bedächtig. »Aber es wäre nicht gerade einfach, die Granaten an den richtigen Stellen anzubringen.«

Geordie hatte ihn geschickt in die Falle gelockt.

»Du machst es also? Du bist unser Experte.«

Jim grinste. »Ich versuche es – wenn sie nicht auf mich schießen.«

»Gut«, sagte Geordie. »Darum kümmern wir uns. Du trägst inzwischen zusammen, was du brauchst, und ich hole die Granaten. Ich habe doch gewußt, daß wir sie noch gebrauchen können. Mike, du hast das meiste Verhandlungsgeschick. Versuch mit diesem Haufen Piraten eine Waffenruhe zu vereinbaren.«

Ich fragte mich, ob Ramirez sich wohl darüber klar wäre, daß er uns nie wieder in die Finger bekäme, wenn er uns jetzt entkommen ließ. Wir wären eine ständige Bedrohung für ihn, und auf solche Bedingungen würde er sich vielleicht nie einlassen. Es schien zu viele Imponderabilien zu geben. Und da war Falcon... Wir waren verwundbar – unterbewaffnet, unterbesetzt und nicht in der Lage, Bedingungen zu diktieren. Und dann dachte ich an Clare und wie sehr sie mir ans Herz gewachsen war. Was auch immer geschah, ich war entschlossen, daß sie überleben sollte, und zur Hölle mit allem anderen.

Ich schlich mich ins Deckhaus, hielt mich unterhalb der Fensterhöhe und nahm das Megaphon hoch.

»Ahoi, *Sirena*!« brüllte ich. »Ahoi, Ramirez – können Sie mich hören?«

Ein Schuß wurde auf das Deckhaus abgegeben. Ich hörte das Klirren zerbrechenden Glases, ein kleiner Splitterschauer ging in meiner Nähe nieder. Rufe ertönten, dann trat Stille ein. Die einzigen vernehmbaren Geräusche waren das gemeinsame Quietschen, Knarren und Ächzen der Schiffe und das Zischen und Brodeln des Vulkans hinter uns.

»*Sirena*! Ramirez! Ich will mit Ihnen reden.«

Die Handknöchel um das Sprachrohr waren ganz weiß. Die Stille wurde schließlich von einer scharfen Stimme unterbrochen. »Ja, und?«

»Sind Sie es, Ramirez?«

»Ja. Was wollen Sie?«

»Der Vulkan kann jeden Moment ausbrechen. Ach verflucht, er hat schon *angefangen.*«

»Ich weiß.« Er hörte sich entmutigt an, und ich hätte beinahe gelächelt vor Erleichterung. Er würde zustimmen.

»Wir haben eine Idee.«

»Was können Sie tun?«

»Wir wollen einen Mann den Vormast hinaufschicken. Wir können das Rigg freibekommen.«

Seine Stimme klang sehr mißtrauisch. »Wie wollen Sie das zustandebringen?«

Ich hatte nicht vor, ihm unseren Plan zu verraten. Ich rief: »Wir haben einen Experten hier. Wir wollen von Ihnen eine Zusage, daß nicht auf ihn geschossen wird.«

Diesmal trat ein noch längeres Schweigen ein. Jemand klopfte mir auf die Schulter und drückte mir einen Zettel in die Hand. Er war von Geordie, und die Nachricht lautete: »Muß den Anker lichten. So leise wie möglich. Viel Glück«.

Die Stille wurde von Ramirez unterbrochen. »Einverstanden, *Esmerelda*. Wir schießen nicht.«

Ich rief: »Ramirez, wenn auf unseren Mann geschossen wird, sind Sie in einer Stunde ein toter Mann. Jeder hier wird Sie persönlich aufs Korn nehmen.«

»Sie jagen mir Angst ein.« Machte er sich lustig? »Sie können Ihren Mann in fünf Minuten den Mast hinaufschicken. Ich werde hier alles regeln.«

Ich schlich aus dem Deckhaus und ging zu Geordie und Campbell. »Wir haben das gehört. Was hältst du davon?«

»Ich glaube, er wird sich zurückhalten. Er steckt in der gleichen Klemme wie wir und weiß das recht gut. Und er muß zugestehen, daß wir mehr sachverständige Leute an Bord haben als er.«

»Es ist nicht Ihr Leben, das hier auf dem Spiel steht«, sagte Campbell scharf. Er war wieder richtig in Form. »Jim wird die reinste Zielscheibe sein, wenn er da hinaufgeht.«

»Es ist seine Entscheidung«, sagte Geordie. »Ich habe ein paar Männer vorne am Bug zum Ankerlichten. Sie werden es zeitlich auf das da drüben abstimmen, damit die Geräusche nicht auffallen.« Er nickte zu Falcon hinüber.

Ich sagte: »*Das* macht das Ganze wirklich eilig – von da kommt nämlich die eigentliche Gefahr.«

Jim hatte sich zu uns gesellt und mit ernster Miene Geordies Erklärungen gelauscht. Dann sagte er: »Also gut, ich weiß, was auf dem Spiel steht. Ich will es versuchen.«

Ich sagte: »Wir haben noch drei Minuten. Eine Minute vorher werde ich Ramirez noch einmal anrufen.«

Wir standen an der Ecke des Deckhauses zusammengedrängt und warteten. Die Minuten schlichen tickend vorbei. Wir lauschten dem geheimnisvollen Grollen und Zischen der See. Ich wandte mich zu Geordie um. »Wir sind nur rund vierzig Meilen von Nuku'alofa entfernt – ein schnelles Boot könnte in zwei Stunden bei uns sein. Das wäre für uns doch bestimmt eine gewisse Sicherheit. Ist es möglich, einen Funkspruch aufzugeben?«

Geordies Stimme klang bitter. »Das Funkgerät haben sie gleich als erstes zerstört. Das ist hin. Shorty versucht aus den Überresten einen Sender zusammenzubasteln, aber er sagt, das dauert einige Zeit.«

Es gab noch eine schwache Hoffnung – nämlich, daß man die schwarze Rauchwolke sehen und der Sache nachgehen würde. Aber wir wußten nur zu genau, wie wenige Schiffe sich in dieser Gegend aufhielten. Und sie alle würden nicht sehr schnell sein – und jeder vernünftige Kapitän würde, sobald er nahe genug herangekommen war, um zu sehen , was geschah, mit ziemlicher Gewißheit in sicherer Entfernung bleiben. Jede Erwägung dieser Art schien in einer Sackgasse zu enden. Ich schlich mich wieder ins Deckhaus und nahm das Sprachrohr zur Hand.

»Ramirez!«

»Ich höre Sie.«

»Unser Mann geht jetzt los. Er tritt ins Freie. Er hat eine Werkzeugtasche bei sich. Schießen Sie nicht!«

»Wir schießen nicht«, erklärte er sein Einverständnis. »Ich habe meine Männer entsprechend angewiesen.«

Ich beobachtete durch das Fenster, wie Jim, eine Tasche über die Schulter gehängt, zum Vormast ging. Er kletterte ruhig den Mast hinauf. Fast unsere gesamte Mannschaft sah ihm aus der Deckung zu, einige hatten Gewehre oder Pistolen griffbereit. Jim erreichte die Rahnock, verharrte da, schwang dann die Tasche vor sich und griff mit einer Hand hinein. Er würde sich erst einen Weg durch das Gewirr schneiden müssen. An Bord der *Sirena* war niemand zu sehen, wie wir blieben sie alle in Deckung.

Auf einmal schlingerten beide Schiffe, als wir von einem Strudel erfaßt wurden. Ich hatte mich abgestützt und schaukelte in der Bewegung mit. Dabei hoffte ich inständig, daß Jim einen festen Griff hatte und nicht eine Granate fallen ließe. Plötzlich tönte vom Deckhaus der *Sirena* Stimmengewirr herüber, und eine Sekunde später kam Hadley für alle sichtbar aufs Deck gerannt. Er lachte, eine Maschinenpistole in den Händen. Er riß sie schnell hoch und gab einen Feuerstoß auf den Vormast ab.

Jim kippte von der Rahnock, stürzte mit verrenkten Gliedern herab und schlug mit einem dumpfen Laut an Steuerbord auf. Wenn ihn die Kugeln nicht getötet hatten, dann hatte es mit Sicherheit dieser Sturz getan.

An Bord der *Esmerelda* erhob sich wütendes Geschrei, und es wurden Schüsse abgefeuert. Hadley trat immer noch lachend in den Schatten zurück und leerte das Magazin seiner Waffe quer über unser Deck. Splitter flogen zu Füßen des Rasenden auf, aber er schien den Kugeln wie ein Tänzer auszuweichen und war dann in Deckung verschwunden.

Hadleys Dauerfeuer hatte die restlichen Fenster unseres Ruderhauses zerschmettert. Ich sprintete hinaus zu Geordie und Campbell. Geordie war sprachlos wor Wut und Trauer. Campbell knurrte: »Dieser gottverdammte Wahnsinnige!«

»Das wird er mir büßen«, sagte Geordie entschlossen.

Das Schießen unserer Crew verstummte, und ich sah in Gesichter, die wie gelähmt waren durch das grausige Geschehen, das sie mit angesehen hatten. Zwei Männer brachen aus der Deckung hervor, um Jims Leichnam zu holen. Niemand schoß auf sie. Ich folgte den anderen langsam nach unten zu einer Beratung und stieß im Gang auf Clare. Sie kam zu mir und klammerte sich an mich; ich nahm sie fest in die Arme, und einen Augenblick lang war meine Liebe zu ihr das einzige, was für mich existierte.

»Lieber Himmel, Mike – Pa – was ist da oben geschehen?«

»Sie haben Jim getötet«, sagte Campbell kurz.

»Sie haben einen tobsüchtigen Irren da drüben«, sagte ich. »Hadley ist völlig durchgedreht.«

»Ich werde ihn umbringen«, sagte Geordie.

»Geordie, warten Sie! Dies hier ist kein Krieg, und Sie sind kein General, dem es einerlei ist, wie viele Männer im Kampf draufgehen. Wir haben Danny und Jim verloren – und Rex. Einige andere sind verwundet. Wir haben keine Chance, an Bord der *Sirena* zu kommen – man würde uns abschlachten.«

»Zum Teufel, was für eine Möglichkeit bleibt uns sonst noch?« fragte er immer noch kampflüstern. Fast die gesamte Crew gab Zeichen der Zustimmung. Mir selber war ebenso zumute wie ihnen, aber ich mußte sie bremsen.

»Hört mal her. Hadley ist durchgedreht, und kein Mensch weiß, was er als nächstes tun wird. Aber ich möchte wetten, daß die Spanier da drüben noch mehr Angst vor ihm haben als wir. Ich glaube, Ramirez wird ihn schon um seiner eigenen Sicherheit willen erledigen lassen.«

Geordies Gesicht war immer noch verschlossen und teilnahmslos. Er wollte nicht zuhören. Da sagte Campbell: »Vergessen Sie nicht, daß wir jetzt treiben. Sie haben den Anker gelichtet.«

Das brachte Geordie wieder zur Vernunft. Er runzelte die Stirn, und dieser Ausdruck von Besorgtheit war für unser aller Wohl weit besser als sein wilder, haßerfüllter, verbitterter Blick. »Himmel, ja! Wir könnten direkt in dieses Ding da hineindriften. Wir müssen den Mast ganz aus seiner Halterung holen, die Wanten freimachen, alles. Alles über Bord werfen. Das wird die *Sirena* behindern, wenn sie uns verfolgen will. Taffy – Nick...« Er erhob befehlend die Stimme.

Die Männer versammelten sich um ihn, griffen nach ihren Waffen und warteten darauf, daß er sie in den Kampf schickte. Statt dessen erteilte er ihnen strikte Befehle, wie sie die *Esmerelda* befreien sollten, und sie erkannten die

Dringlichkeit und Vernunft seiner Anweisungen. Die Kampfeswut wich allmählich von ihnen.

Ich wandte mich zu Clare um. »Wie geht es dir?« fragte ich leise.

»Schon wieder besser, Liebster.«

Aber für mehr als diesen kurzen tröstenden Zuspruch war auch jetzt keine Zeit. »Wo sind Paula und Mark?« fragte ich sie.

Sie nickte zum Salon hinüber. »Immer noch da drin. Seine Verletzung ist nicht gar so schlimm. Als ich das letzte Mal einen Blick hineinwarf, saß er in einem Sessel. Aber er wird uns keine Probleme bereiten, Mike. Ich habe ihn noch nie so gezähmt erlebt.«

»Alle Anzeichen sprechen dafür, daß Falcon bald heftiger ausbricht. Ich möchte, daß du sie beide an Deck bringst – da sind sie sicherer aufgehoben als da unten. Und bleib bei deinem Vater, Clare. Sorge dafür, daß sie alle zusammenbleiben.« Ich gab ihr einen Kuß, und danach ging sie wortlos in die Kajüte.

Geordie war mit seinen Männern an Deck gegangen. Ich folgte ihnen nach. An Bord der *Sirena* herrschte hektisches Treiben, die Männer zerrten am Fuße des Vormastes angestrengt an Teilen der Ausrüstung. Auf unserem Schiff bot sich ein ganz ähnliches Schauspiel. Es gab keine Schießerei, und von Hadley war nichts zu sehen. Vielleicht hatten sie ihn selbst getötet. Ich erhaschte einen kurzen Blick auf unsere Motorbarkasse. Sie war immer noch achtern vertäut und tanzte wild; auf Deck waren Trümmer verstreut und Jims Leichnam wurde gerade nach unten getragen. Ich wollte nach vorne gehen und mich nützlich machen.

Da brach Falcon aus.

Tausende Tonnen Wasser verwandelten sich mit mächtigem Getöse in überhitzten Dampf. Ein helles, grell flackerndes Licht schien auf uns hernieder, die Sonne wurde von einer zum Himmel aufsteigenden Dampfsäule verdunkelt.

Die erste Welle erreichte uns in weniger als fünfzehn Sekunden. Stolpernd, nach Halt suchend sah ich sie auf die *Esmerelda* zugerast kommen, eine dunkle Silhouette vor dem tobenden Feuerkessel. Es war eine riesige Welle, masthoch, mit schmutziggrau schäumender Gischt, und sie rollte mit der Geschwindigkeit eines Expreßzuges auf uns zu.

Ich ging auf dem offenen Deck zu Boden, versuchte mich flach gegen die Planken zu drücken.

Die Welle schlug gegen die *Esmerelda*. Das Schiff stieg mit einem Ruck hoch und prallte gegen die *Sirena*. Ein berstendes Krachen ertönte, und ich dachte, beide Schiffe müßten leck geschlagen sein. Eine Flut fast siedend heißen Wassers ergoß sich über das Deck, und ich zuckte zusammen, als ich es an der Stichwunde spürte.

Dann war die Welle über uns hinweg, und die Schiffe tauchten, in allen Fugen knarrend und ächzend, in den nachfolgenden Wellen unter. Insgesamt waren es vier gewaltige Wogen, aber keine war so hoch wie die erste. Ich rappelte mich auf und spürte, wie sich das Schiff merkwürdig im Wasser drehte.

Die Wellen hatten geschafft, was uns nicht gelungen war. Die *Sirena* schwankte ungefähr fünfzig Meter weit weg im Wasser auf und nieder. Die *Esmerelda* war frei, hatte aber keinen Vormast mehr. Er war aus dem Mastfuß herausgerissen.

Aber jedesmal wenn die *Sirena* schlingerte, ertönte ein Krachen, das sie erbeben ließ. Ich stolperte an die Außenseite des Decks und blickte ins Wasser hinunter. Da hing, immer noch mit einem Gewirr von Leinen und Spieren am Mast der *Sirena* befestigt, unser Vormast. Während ich noch hinüberblickte, schleuderte eine Woge ihn wie einen Rammbock gegen ihren Rumpf, und sie erzitterte vom Bug bis zum Heck. Lange würde sie dieser Behandlung nicht standhalten.

Ich fiel über einen Körper, der im Speigatt lag. Es war Nick. Aus einer Wunde an seiner Stirn sickerte Blut, aber als ich ihn umdrehte, stöhnte er, bewegte sich und machte die Augen auf. Er mußte eine Konstitution wie ein Ochse haben, denn trotz der gewaltigen Prellung bemühte er sich gleich, wieder auf die Füße zu kommen.

Ich rief: »Laß uns nach den anderen sehen!« Und er nickte. Wir drehten uns um und hielten beim Anblick von Falcon vor Verblüffung den Atem an.

Da drüben war *Land*. Dunkelrot glühendes und mit feuriggoldenen Streifen durchzogenes Land, das einen wahren

Höllenschlund umgab – einen riesigen Krater, der rotglühende Asche und Ströme von Lava ausspie. Falcon wurde wieder zu einer Insel.

Die See wehrte sich gegen das neue Land, aber das Land siegte. Nichts vermochte den gewaltigen Schlund am Ausspeien zu hindern. Die See tat ihr Äußerstes, bot Wasser gegen Feuer auf, und das Ergebnis war ein infernalischer Lärm. Ein ungeheures, ohrenbetäubendes Zischen ertönte, als ob alle Maschinen der Welt gleichzeitig Dampf abließen, begleitet von einem Baßdröhnen aus den Tiefen des Abgrunds.

Riesige Feuerbälle schossen aus dem Krater in die Höhe, halb verborgen hinter dem rötlichen Dunst, und das Wasser geriet beim Zusammenstoß mit der Höllenhitze des neuen Fonua Fo'ou ins Kochen. Man hörte das Geräusch einer Brandung, die gegen ein Riff donnerte, aber eine solche Brandung hatte noch keiner von uns je zuvor gesehen. Mächtige Lavabrocken, all das lange zurückgehaltene Material, das Falcon nun aus seinem riesigen Rachen in die Luft schleuderte, brachten das Meer in Wallung, unter Krämpfen, die Asche, Lava und Gesteinsklumpen hoch in den Himmel warfen. Eine tiefbraune Wolke aus Bimssteinsplittern hing über allem und verdunkelte die Sonne.

Die *Esmerelda* stampfte genauso hilflos wie die *Sirena*. Auf beiden Decks bewegten sich dunkle Gestalten, konturenhaft abgehoben vor dem roten Glühen auf Falcon, und ich verspürte große Erleichterung. Einen Augenblick lang war es mir so vorgekommen, als wären Nick und ich die einzigen Überlebenden. Ich hoffte inständig, daß Clare gesund und unversehrt war.

Nicks Augen waren glasig, nicht vor Angst, sondern vor ehrfurchtsvoller Scheu. Er war zäher als ich und auf Gefahren viel besser vorbereitet, aber ich hatte ihm gegenüber einen großen Vorteil. Ich wußte, was da hinten auf dem Wasser geschah, und mein Wissen gab mir Kraft. Ich schüttelte ihn heftig, und allmählich kehrte ein Ausdruck von Wachsamkeit in sein Gesicht zurück. Er atmete tief durch, und dann stapfte er mir voran über das verschmutzte Deck.

An der *Sirena* baumelte ein Beiboot an einem Davit. Offenbar hatten einige Mitglieder der Besatzung das Weite suchen wollen, aber die fürchterlichen Wellen hatten es vereitelt. Eine Talje hatte sich gelöst, die Männer mußten in die kochende See geschleudert worden sein.

Während wir über Deck schritten, begann es widersinnigerweise zu schneien. Die Flocken rieselten vom Himmel, federleicht, legten sich auf alles. Ich bürstete eine von meiner Schulter; es war eine Aschenflocke. Die Luft war durchsetzt mit giftigen Schwaden, stärker gewordenem Schwefelgestank und dem noch übleren Pesthauch von Schwefelwasserstoff. Vom Meeresboden stiegen große, dicke Blasen auf, die an der Oberfläche zerplatzten und dem Nebel gefährliche Dünste beimischten. Mir wurde schlecht vor Entsetzen, als ich begriff, daß wir nicht auf den Ausbruchsherd zutrieben – er breitete sich vielmehr unter der Meeresoberfläche aus, er kam auf uns zu.

3

Mit nervenzerreißendem Donnergetöse öffnete sich ein zweiter Vulkanschlot, nur wenige hundert Meter von den beiden Schiffen entfernt. Diesmal waren die Wellen nicht so gewaltig wie vorher; es war nur ein kleinerer Eruptionskanal. Wir hielten uns an den Deckstauen fest, als die erste Woge dampfend heißen Wassers sich über uns ergoß, und kamen keuchend wieder an die übelriechende Luft. Nick hielt sich einen Arm, mein Brustkorb schmerzte wieder, aber wir hatten überlebt. Auf dem Vorderdeck rappelten sich einige Gestalten auf, und ich erkannte Ians massigen Körper und dann Geordie.

Die *Sirena* schaukelte und rollte in der aufgewühlten See. Dann begann sie zu kreisen – wie die *Esmerelda*, als wir bei Falcon anlangten. Nachdem sie sich ein paarmal gedreht hatte, zog der Strudel, der sie erfaßt hatte, weiter, und sie kam, immer noch unseren Mast mit sich schleppend, wieder zur Ruhe.

Kaum drei Meter von unserer Steuerbordreling entfernt

schoß plötzlich ein Wasserstrahl aus dem Meer, und Tropfen warmen, mit Sand vermischten Wassers fielen mir auf den Kopf. Weiter draußen schoß ein weiterer kleiner Wasserstrahl hoch und dann noch einer. Es war, als stünden wir unter Granatfeuer.

Die ganze tobende See war wie mit Pockennarben übersät – wie bei einem heftigen Regenguß. Ein Chaos aufspritzenden Wassers. Felsbrocken, die aus Falcons zweitem Vulkanschlot in die Luft geschleudert worden waren, stürzten senkrecht herab und bombardierten die beiden Schiffe. Um uns kräuselte Rauch, und überall stieg Dampf auf.

Der Basaltregen blieb nicht lange unparteiisch. Mittschiffs ertönte ein Krachen. Holzsplitter flogen in die Luft und vermischten sich mit dem Aschenhagel. Als wir nach vorne stolperten, entdeckten wir auf dem Kombüsendach ein schartiges Loch und einen riesigen Glutbrocken, der sich schon durch die Decksplanken zu fressen begann. Schon flackerten kleine Flammen auf und nagten an dem Holzwerk.

»Feuer, bei Gott!« sagte Nick. »Was zum Teufel machen wir nun?«

Die Lösung war dramatisch. Eine neue riesige Welle begrub uns mit Donnergetöse unter sich. Wunderbarerweise tauchten wir immer noch intakt daraus hervor und stellten fest, daß das gerade aufflackernde Feuer gelöscht war; dafür war die Kombüse überschwemmt.

Endlich schafften wir es, zu den anderen zu gelangen. Dabei klammerten wir uns Halt suchend an allem, was stabil genug war, fest. Es gab viele Schnittwunden und Prellungen, aber alle waren wieder auf den Beinen. Nur Geordie war verschwunden. Ich packte jemanden am Arm.

»Geordie – er war doch hier. Was ist mit ihm geschehen?«

»Er will versuchen, die Maschine zu starten«, schrie mir Taffy ins Ohr.

Einen Augenblick später erklang ein gleichmäßiges rhythmisches Pochen unter unseren Füßen, als die Diesel ansprangen, und bei dem Geräusch erfaßte mich unbändige Hoffnung.

Um uns herum fiel warmer Regen, vermischt mit glitschiger, tückischer Asche. Der beißende Gestank war immer noch sehr stark, und das Ächzen der Schiffsbalken verband sich mit dem schrillen Pfeifen und dem Donnergrollen aus Falcons neuem Schlund, daß einem das Trommelfell zu platzen drohte. Ein neuer Basaltregen ging auf uns nieder. Drei oder vier größere Glutbrocken fielen krachend auf das Deck der *Sirena*, zwei weitere auf unseres. Die *Sirena* lag nun fast auf gleicher Höhe mit uns, und die ganze Reling entlang standen Männer, einige sprangen ins Meer, andere versuchten unser Deck zu erreichen.

»Holt Leinen!« schrie Ian gellend, und ich stürzte hinter ihm her an die Schiffsseite, während er und Nick schon welche über die Reling warfen. Ein Mann, der unten im Wasser strampelte, erwischte ein Tauende, und Ian und Shorty zogen ihn an Bord. Nick warf eine weitere Leine aus. Eine plötzliche Woge erschütterte die *Esmerelda*, und Nick glitt auf dem ascheübersäten Deck aus. Er prallte gegen mich, und wir stürzten beide gegen die Reling.

Der Aufprall nahm mir den Atem, einen Moment lang verlor ich das Bewußtsein. Dann begann ich mich wieder aufzurappeln, gerade noch rechtzeitig, um zu sehen, daß Nick eben in die tobende See zu stürzen drohte. Ich umklammerte seine Beine und versuchte, ihn an Deck festzuhalten, aber der glitschige Boden und sein Körpergewicht waren zuviel für mich. Er schien bewußtlos zu sein.

Da schwappte eine neue Welle über uns beide hinweg, sie ließ die *Esmerelda* zur anderen Seite überkrängen, und erreichte das, was ich nicht geschafft hatte – sie brachte Nick wieder binnenbords. Wir schlitterten gemeinsam von der Reling fort, zur Hälfte untergetaucht in dem kiesigen Wasser, das sich in Sturzbächen über Deck ergoß.

Als ich zur Ruhe kam, erbrach ich ekelhaft warmes Seewasser. Hände streckten sich mir entgegen, um mir beim Aufstehen zu helfen. Eine davon gehörte Clare.

»Mike – ist alles in Ordnung?«

Sie zitterte – genau wie ich.

»Mir geht's gut. Wie geht's Nick?« Ich keuchte und spuckte immer noch. Aber mir kam tröstlich zu Bewußtsein, daß unsere Maschine noch lief und daß Geordie uns im Rückwärtsgang von der *Sirena* fortsteuerte.

Clare umarmte mich stürmisch, und ich zuckte zusammen.

»Mike – bist du verletzt?«

»Keine Sorge, es ist wirklich belanglos. Aber sei fürs erste ein bißchen vorsichtig mit solchen Umarmungen.«

Campbell kam zu uns herübergehumpelt, das Gesicht rußverschmiert, die Kleider versengt und völlig durchnäßt. Wir blickten einander über Clares Kopf an, und er lächelte kurz.

»Wie geht's Paula?« fragte ich ihn. »Und Mark?«

»Beiden ganz gut. Wir haben niemanden mehr verloren«, sagte er finster. »Die Jungs haben zwei Spanier an Bord gezogen, und zwei sind herübergesprungen.«

Taffy half Nick auf die Beine. Abgesehen davon, daß er einen Arm offenbar nicht gebrauchen konnte und eine Schürfwunde im Gesicht hatte, schien mit ihm alles in Ordnung zu sein. Ich wunderte mich wieder einmal über seine käftige Konstitution. Taffy sagte: »Wir haben die Spanier alle unter Deck geschickt, und Ian hat sie in unserer selbstgebastelten Zelle eingesperrt.«

Ich sagte: »Die können uns jetzt doch nicht mehr gefährlich werden?«

»Nun, es könnte Ärger geben«, sagte Taffy. »Wir haben...«

Ein ohrenbetäubendes Krachen übertönte ihn. Der Schlakken- und Magmahagel hatte nach kurzer Pause wieder eingesetzt, und unmittelbar vor uns quoll eine neue Rauch- und Dampfsäule in den Himmel hinauf. Neue Flutwellen erfaßten uns, unser Schiff rollte heftig. Als die *Sirena* nach diesem Ansturm wieder auftauchte, brannte sie an mehreren Stellen. Durch den Lärm hindurch war leises Rufen zu hören.

Ich möchte wetten, daß Geordie Wilkins der beste Steuermann ist, der je die Hände ans Ruder legte. Mit meisterhaftem Geschick und verblüffendem Einsatz der Maschine manövrierte er die *Esmerelda* immer näher an die dem Untergang geweihte *Sirena* heran, um den verzweifelten Männern der Crew zu Hilfe zu kommen. Als wir näher kamen, sahen wir, daß eine Gesteinsbombe ihr Rigg durchschlagen hatte und die Großgaffel herabgestürzt war. Darunter festgeklemmt lagen Männer auf dem Deck und zappelten verzweifelt. Andere bemühten sich in wilder Hast, sie zu befreien, aber die Flammen kamen immer näher, fraßen sich über die Decksplanken vor.

Clare schrie: »Seht da – Ramirez!«

Ein Mann stolperte über das Deck der *Sirena.* Taub und blind für das Schreien und die Rettungsversuche seiner Mannschaft wandte er seinen Blick nicht einen Moment von der *Esmerelda.* Durch den gelegentlich rot durchglühten Dunst sah ich, daß er ein Gewehr in den Händen hielt. Seine Kleidung schien angesengt und blutbefleckt zu sein, und sein Gesicht war eine Maske aus Ruß, Blut und Zorn. Er war wie eine tödliche Spinne aus seinem Versteck hervorgekrochen, um noch ein letztes Mal sein Gift zu verspritzen.

Ich weiß nicht, ob er alle Hoffnung, zu überleben, aufgegeben hatte und nur noch Rache kannte oder ob er nicht mehr ganz bei Sinnen war. Ich konnte mir nicht vorstellen, daß ein so kühler Verstand, der so gar nichts gemein hatte mit der vernunftwidrigen Raserei eines Hadley, so leicht zerbrach. Aber es war eine unerbittliche Zielstrebigkeit an ihm, die erschreckend war.

Er zielte mit dem Gewehr übers Wasser.

Ich warf mich schützend über Clare – da ich keine Ahnung hatte, wen er sich als Zielscheibe aussuchen würde – und hörte durch das allgemeine Getöse um uns herum klar und deutlich Gewehrfeuer. Unmittelbar darauf ertönte ein schreckliches zermürbendes Krachen, lauter als alles, was wir zuvor gehört hatten. Wir rappelten uns auf und wurden Zeugen, wie Falcon seine letzte Karte ausspielte.

Geordie, der mit seinen schwierigen Steuermanövern befaßt war, erkannte die Gefahr als erster. Ich weiß nicht, ob er Ramirez überhaupt bemerkt hatte. Die *Esmerelda* scherte heftig aus, als er das Ruder herumriß, so daß wir uns fast ebenso schnell wie vorher, als wir in den Strudel geraten waren, einmal im Kreis drehten. Dann brachte er die Maschine auf volle Kraft voraus, um uns aus der Gefahrenzone fortzubringen.

Hinter uns sah ich, wie die *Sirena* plötzlich erbebte und Ramirez aufs Deck geschleudert wurde. Das Schiff bäumte sich grotesk auf und neigte sich auf eine Seite – es sah aus, wie wenn ein kleines Segelboot auf einer Sandbank aufläuft.

Aber dies war keine Sandbank. Es war brodelnde, rotglühende Lava. Das Meer prallte ungestüm dampfend zurück.

In diesem letzten Bruchteil einer Sekunde rollte Ramirez mit brennenden Kleidern übers Deck, er wurde über Bord geschleudert in die siedende Lava und war im selben Augenblick verschwunden. Die *Sirena* brannte lichterloh. Rauch- und Dampfschwaden, die herüberwaberten, entzogen sie schließlich unseren Blicken.

4

Der Feuerregen hielt weiter an. Insgesamt wurden wir viermal von diesen Glutbomben getroffen. Die Mannschaft war erschöpft und entnervt. Immer wieder mußte sie neue Brandherde löschen, für die größeren nahm sie Schläuche, für die anderen Eimer; alle beteten, daß uns der Treibstoff nicht ausging, denn die Schläuche waren nur zu verwenden, solange die Maschine lief. Außerdem war uns allen bewußt, daß wir nicht die geringste Möglichkeit mehr hatten, Segel zu setzen.

Selbst bei voller Kraft voraus begann die *Esmerelda* von Zeit zu Zeit in Richtung Falcon zurückzudriften, wenn sie der Sog einer kalten Wasserströmung erfaßte, die sich heranwälzte, um das verdunstete Wasser zu ersetzen. Hin und wieder wurde sie am Bug von einem Strudel herumgerissen, und Geordie mußte sie rückwärts fahrend daraus befreien.

Erst nach drei Stunden waren wir vor Falcon in Sicherheit, hatten den Hexenkessel von Feuer, Dampf, Rauch und herabfallender Lava hinter uns gelassen. Geordie war am Ruder von Ian und Taffy abgelöst worden; wir übrigen hatten es geschafft, die Brände zu löschen; wir hatten die meisten Trümmer über Bord geworfen und einen leichten Anflug von Ordnung auf dem Schiff hergestellt. Immer wieder brach einer von uns vor Erschöpfung zusammen. Clare war die ganze Zeit damit beschäftigt, Verbrennungen und Wunden zu versorgen.

An manchen Stellen war die *Esmerelda* weniger übel zugerichtet als an anderen. Wie durch ein Wunder hatten wir immer noch unsere Barkasse im Schlepp; aber wir hatten keine Zeit, zu stoppen und sie an Bord zu holen. Zu meiner großen Erleichterung stellte ich fest, daß meine Notizen und die meisten Laborakten in Ordnung waren. Meine Apparate dagegen waren zum größten Teil zerstört. Es war angenehmer, sich mit diesen Dingen zu befassen als mit den Ereignissen der letzten schrecklichen Stunden. Es gab jedoch zwei Probleme, um die ich mich gleich kümmern mußte, die ich, so gern ich es wollte, nicht länger vor mir herschieben konnte.

Mark war an Bord. Ich mußte mit ihm reden.

Und das gleiche galt für Hadley.

Taffy hatte gerade dazu angesetzt, es mir zu erzählen, als Falcon verrückt spielte. Hadley war einer der beiden Männer, die auf unser Deck herübergesprungen waren; er war zusammen mit den anderen Männern von der *Sirena* unten in der Zelle eingesperrt. Der Gedanke, ihn an Bord zu haben, war abscheulich, aber das ernsteste Problem für mich war Mark.

Er war die ganze Zeit, während wir Falcons Bekanntschaft machten, zusammen mit Paula im Salon geblieben. Jetzt mußte ich ihm gegenübertreten. Ich stand schwerfällig auf und ging müde nach unten. Bei meinem Eintreten blickte Paula auf; sie wirkte angestrengt und hatte Schatten im Gesicht, wie alle anderen.

»Sind wir jetzt in Sicherheit, Mike?« fragte sie.

»Einigermaßen. Ihr solltet beide an Deck kommen und etwas Luft schnappen. Es ist jetzt erstaunlich friedlich. Paula, ich danke für Ihren Beistand.«

Sie lächelte mich kurz dankbar an und stand zusammen mit Mark auf. Er war sehr blaß unter dem starken Bart und hinkte ein wenig, aber er wirkte ziemlich kräftig. Er hatte noch keinen Ton gesagt. Ich ging ihnen voran an Deck, und sie folgten schweigend, erschüttert über das Bild der Verwüstung, das sich ihnen bot. Niemand sprach mit Mark, aber der eine oder andere von unserer Mannschaft klopfte Paula, während sie vorüberging, auf den Arm oder lächelte ihr zu.

Wir blieben vor dem Deckhaus stehen, das nur noch ein

zertrümmertes, ausgebranntes Gehäuse war. Sie standen nebeneinander und blickten zu der achteraus aufsteigenden Rauchwolke hinüber.

»Ich wünschte, ich hätte es gesehen«, sagte Mark.

»Es war phantastisch, aber viel zu nahe, als daß man sich daran hätte erfreuen können. Ich werde meine Eindrücke, sobald ich kann, festhalten. Man kann viel lernen aus so hautnahen Beobachtungen. Weißt du, was mit der *Sirena* geschehen ist?«

»Clare hat es uns erzählt«, sagte Paula schaudernd. Mark schien ungerührt. So leicht machte ihm sein Gewissen nicht zu schaffen.

»Mark«, sagte ich abrupt, »ich muß mit dir reden.«

»Ich gehe«, erklärte sich Paula bereit.

Mark faßte sie am Arm und hielt sie fest. »Bleib bei mir«, sagte er. Sie war die einzige, bei der er sicher sein konnte, daß sie auf seiner Seite war, und er brauchte einen wohlwollenden Fürsprecher. Mit einer Spur seiner alten Arroganz in der Stimme wandte er sich an mich. »Was soll das hier werden? Eine deiner üblichen kleinen Moralpredigten?«

Es machte mich zornig und müde. So ging es nicht.

»Um Gottes willen, Mark, hör auf. Ich habe nicht vor, dir eine Strafpredigt zu halten – für Appelle an deine Vernunft ist es längst zu spät. Aber wir müssen uns etwas ausdenken, bevor wir an Land gehen oder bevor uns jemand zu Gesicht bekommt.«

Am liebsten hätte ich mich hingelegt, gleich da an Ort und Stelle auf dem Deck, und eine Woche lang geschlafen. Ich war physisch total erschöpft, aber Mark war eine noch größere Belastung für mich. Ich hätte gern Clare zu meiner Unterstützung bei mir gehabt, so wie er Paula hatte; aber ich wollte Clare da nicht mit hineinziehen.

Wir blickten einander an, wußten beide nicht weiter.

Ein gurgelnder Schrei unterbrach meine wirren Gedanken. Er kam von unten. Taffy und zwei weitere Männer waren im Nu den Niedergang hinuntergesprungen, und Ian rannte an uns vorbei. Ich machte schon Anstalten, ihm zu folgen, überlegte es mir dann aber anders und überließ das den kampferprobten Männern.

Ich sagte: »Ich glaube, das war einer der Spanier. Er muß sich verletzt haben, der arme Teufel.«

»Was für ein Spanier?« fragte Mark.

Als Antwort darauf ertönte von unten ein Gepolter. Hadley stürzte durch die ausgebrannte Kombüse direkt auf uns zu. Er hatte ein Küchenmesser in der Hand. Mit blutunterlaufenen Augen und wildem Blick raste er wie ein Stier auf mich zu.

Ich wich aus und versetzte ihm einen Tritt vors Schienbein, aber ebensogut hätte ich versuchen können, einen Lastwagen aufzuhalten. Er warf sich mit ungestümem Klammergriff auf mich; der Schmerz einer Stichwunde durchfuhr mich wie ein glühendes Eisen. Sein Messer zuckte in die Nähe meiner Gurgel. Ich zerkratzte ihm voller Verzweiflung das Gesicht, während wir hinfielen. Hadley war mit seinem ganzen Gewicht auf mir gelandet, aber Gott sei Dank war sein Messerarm unter uns festgeklemmt. Ich schlug ihm mit Wucht gegen die Kehle, und er rang nach Luft. Sein Griff lockerte sich. Ich rammte ihm das Knie zwischen die Beine und befreite mich.

Aber Hadley erholte sich schnell, rollte sich herum und war gleich wieder auf den Füßen. Für seine Massigkeit ungeheuer behende, fiel er mich wieder an, während ich noch nach Luft rang. Er preßte mir die Arme an den Körper, und ich spürte, wie mir die Luft aus den Lungen wich und eine Rippe unter Schmerzen nachgab. Mir wurde schwarz vor Augen.

Plötzlich verlor er das Gleichgewicht, und wir fielen beide krachend aufs Deck. Nick hatte sich von hinten an ihn herangemacht, Hadley am Fußgelenk gepackt und ihm mit einem Ruck den Fuß weggezogen. Ich rollte mich fort, und Hadley bekam aus Ians Revolver eine Kugel in den Bauch.

Zu unserer Überraschung kam er wieder auf die Füße und griff blitzschnell nach dem Messer, das auf dem Deck lag. Einen beinahe tödlichen Augenblick lang standen wir alle wie gelähmt. Mit einem schauerlich gurgelnden Wut- und Schmerzensschrei stürzte er sich auf Mark, das Messer blitzte tückisch im Sonnenlicht.

Mark stieß Paula beiseite und fing den Angriff voll auf. Das

Messer bohrte sich in seine Seite, und er sank lautlos zusammen.

Die Waffe klirrte aufs Deck. Hadley torkelte zwei Schritte zurück, preßte seine Hände an den Leib und fiel dann rückwärts in hohem Bogen über die Reling ins Meer.

Nach seinem Sturz hing Schweigen in der Luft.

Ich faßte mir zitterig an die Rippen und schnappte mühsam nach Luft. Clare und Bill Hunter waren als erste bei mir. Als Campbell Paula zu Hilfe eilen wollte, schob sie ihn beiseite und lief zu Mark, der immer noch auf dem Deck lag. Er war bei Bewußtsein und versuchte sich aufzurichten.

Geordie kam herbeigerannt, und ein Durcheinander von Stimmen berichtete ihm, was vorgefallen war. Taffy sagte mit rauher Stimme: »Es ist meine Schuld, Skipper. Ich habe den Bastard rausgelassen. Wir hörten einen Mann schreien, und ich dachte, in der Zelle hätte einer Schmerzen. Ich ging zusammen mit Bill hinein, aber Hadley raste wie eine Dampfmaschine zwischen uns hindurch.«

»Kein Wunder, daß der arme Teufel so geschrien hat«, sagte Bill. »Hadley hat ihm fast den Arm ausgekugelt – nur damit wir aufmachen.«

»Er war völlig von Sinnen«, sagte Ian nüchtern.

Um die düstere Stimmung zu vertreiben, sagte Geordie energisch: »Nun, er hat es versucht und Pech gehabt. Und er war der letzte. Die anderen werden uns keinen Ärger machen. Und jetzt, Leute, zurück an die Arbeit. Wir sind noch nicht wieder auf dem Trockenen.«

Sie zerstreuten sich langsam. Zu mir gewandt sagte Geordie leise: »Der letzte – bis auf Mark. Was willst du mit deinem Bruder machen, Mike?«

Ich blickte ihn traurig an.

»Ich weiß es nicht. Zuerst muß ich sehen, wie schwer er verletzt ist. Aber ich kann ihn doch nicht einfach der Polizei übergeben.«

»Ich glaube, dir bleibt keine andere Wahl.«

»Ich fürchte nein. Aber es ist verdammt hart, so etwas tun zu müssen.«

Clare, die mir tröstend den Arm um die Schultern gelegt hatte, wartete schweigend ab, daß ich mich zu einem Entschluß durchrang. Ich sagte: »Geordie, ich muß mit ihm allein reden. Clare, nimm Paula mit. Kümmere dich um sie. Sie hat weiß Gott genug durchgemacht. Halte alle eine Weile von uns fern, ja?«

»Mache ich«, sagte Geordie.

Clare schenkte mir ein mitfühlendes Lächeln und kehrte zum Deckhaus zurück. Mark saß gegen die Reling gelehnt, Paula wie immer neben ihm. Ich wartete, bis Clare sie sanft am Arm genommen hatte und die beiden Mädchen zu Campbell hinuntergingen. Ich wollte mit Mark reden, vielleicht zum letzten Mal, und niemand sollte zwischen uns stehen und uns daran hindern.

Als ich mich neben ihn hockte, blickte er mich starr an.

»Wie geht es dir?« fragte ich.

Er zuckte mit den Schultern. »Nicht gut«, sagte er atemlos. Er war leichenblaß, und seine Augen waren trübe.

Ich sagte: »Dank' dir, Mark, daß du Paula gerettet hast.«

»Du brauchst mir nicht zu danken. Das war meine Angelegenheit.« Er wollte von mir kein Lob. »Ich habe dir ja gesagt, daß das ein Verrückter ist.«

»Nun, jetzt ist es aus mit ihm. Und auch mit Ramirez. Nur du bist noch übrig, Mark. Und bringst mich damit in eine teuflische Klemme.«

Ich hatte eine seiner üblichen höhnischen Erwiderungen erwartet, aber er überraschte mich. »Ich weiß, Mike. Ich habe dir eine Menge Ärger bereitet, und das tut mir leid. Ich werde dir vermutlich noch eine ganze Menge mehr bereiten, solange ich noch am Leben bin.«

»Nein, ich...«

»Was nicht lange sein wird. Ich bin kein Arzt, aber soviel weiß ich auch.«

»Mark, wir werden bald wieder in einem Hafen sein, und du wirst in ärztliche Betreuung kommen. Vielleicht liegen wir sogar zusammen auf der gleichen Station«, sagte ich in dem Bemühen, leichthin zu plaudern. Mark war schwermütiger und weniger arrogant, als ich ihn je erlebt hatte, und das erschreckte mich.

»Sei nicht albern, Mike«, sagte er. »Du wirst so oder so schon eine Million Fragen zu beantworten haben. Es wird deine Lage nicht erleichtern, wenn du plötzlich mit deinem längst verschollenen, ermordeten Mörder-Bruder auftauchst, stimmt's?«

Ich wußte, daß er recht hatte. Ich sah nichts als Ärger für uns voraus. Ich schreckte vor dem Gedanken zurück, ihn der Justiz zu übergeben, aber ich sah keine andere Möglichkeit. Mark ließ mich eine Weile nachdenken.

»Mike, mir bleibt nur eine Möglichkeit, eine einzige, die Dinge für dich einfacher zu machen. Ich habe bisher noch nie etwas für dich getan. Du mußt mir diese eine Chance geben.«

Ich sagte langsam: »Du lieber Gott, was kann ich schon tun?«

Er richtete sich auf und schwankte ein wenig. Dann sagte er: »Mike, ich werde sterben.«

»Mark, du weißt nicht...«

»Laß mich zu Ende reden.« Seine Stimme zitterte. »Vergiß nicht, Mike, ich bin schon tot. Ohne mich hast du alle Chancen, unbelastet aus allem hervorzugehen. Niemand wird deiner Aussage widersprechen. Ihr seid losgesegelt, unterwegs auf eurer Forschungsreise Ramirez begegnet und im Hexenkessel von Falcon hängengeblieben. Inzwischen wird allgemein bekannt sein, daß der Vulkan ausgebrochen ist. Wissenschaftler werden darüber hinwegfliegen, Schiffe voller Schaulustiger werden kommen, all das. Das weißt du. Eure Leute können alle Kampf- und Kugelspuren beseitigen. Und ihr könnt diese Spanier, die ihr noch an Bord habt, dazu bringen, den Mund zu halten.«

Er holte keuchend Luft, war schweißnaß.

»Himmel, muß ich noch deutlicher werden? Ich werde nicht wieder gesund. Ich kann nur eins für dich tun, wenn du mir jetzt hilfst.«

Ich kannte die Antwort und fragte doch: »Helfen bei was?«

»Beim Sterben.«

Ich hatte es gewußt. »Mark, ich kann dich nicht töten.«

»Das brauchst du auch nicht.«

Vor meinen Augen funkelte etwas. Es war das Küchenmesser, das Hadley in Mark hineingebohrt hatte; die Spitze war blutig, es blinkte in der Sonne. Ich schluckte, ein schwerer Klumpen steckte mir in der Kehle.

»Was – was soll ich tun?«

»Kipp mich über die Seite, ins Meer. Es wird für mich ebenso schnell vorbei sein wie für Hadley.«

Ich stand schweigend auf und begann auf und ab zu gehen. Er beobachtete mich aufmerksam, sagte nichts, ließ mir Zeit. Dies war das erste Mal in seinem Leben, daß er völlig selbstlos etwas tun wollte. Aber die Wahl, vor die er mich stellte, war schrecklich.

Schließlich ging ich zu ihm zurück.

»Einverstanden, Mark. Gott verzeihe mir, ich werde dir helfen.«

»Gut.« Er wurde ganz munter. »Paß auf, daß uns niemand sieht. Es wird heißen, ich wäre allein hinübergeklettert, nachdem du weggegangen warst. So würde ich es auch machen, aber ich brauche deine Hilfe.«

Niemand war zu sehen. Geordie hatte gute Arbeit geleistet.

Ich wußte nichts mehr zu sagen. Mark hustete kurz, sein Kopf sank herab, und einen Augenblick lang dachte ich, er wäre, während er noch dasaß, gestorben. Doch dann hob er noch einmal den Kopf und blickte mir in die Augen. Zum ersten Mal, seit wir erwachsen waren, begegneten sich unsere Blicke ohne Feindseligkeit.

Es dauerte nur Sekunden. Ich half ihm auf die Reling, und wir blickten beide hinunter ins Meer, wo die Bugwelle der *Esmerelda* am Schiffsrumpf entlanglief.

Er hängte ein Bein über die Reling, und ich stützte ihn, während er das zweite hinüberhob. Einen Augenblick lang hielt ich ihn fest.

»Leb wohl, Mike«, sagte er deutlich.

Ich ließ ihn los. Er ließ sich rücklings fallen und verschwand in der Gischt. Ich drehte mich blindlings um und kauerte mich, den Kopf in die Hände gestützt, an der Seite des Deckhauses zusammen.

Nach einiger Zeit stand ich schwankend auf. Es war geschehen. Und ich mußte gehen und mit einem von unserer Crew reden. Nicht mit Paula, noch nicht. Es war geschehen, und Mark hatte es so gewollt. Ich wandte mich zum Gehen.

Das Messer war vom Deck verschwunden.

Ich blieb einen Moment wie festgenagelt stehen, tausend Gedanken schossen mir durch den Kopf. Dann wandte ich mich um, schaute auf die Stelle, an der Mark gelegen hatte. Auch da war das Messer nicht. Und nun, als ich darüber nachdachte, sah ich, daß da auch nur sehr wenig Blut war.

Mit zwei Schritten war ich wieder an der Reling und blickte achteraus. Die Motorbarkasse, die wir im Schlepp gehabt hatten, war fort, die Leine baumelte lose vom Heck herab. Weiter hinten auf dem Wasser konnte ich einen winzigen Punkt auf und ab tanzen sehen, aber ich war mir dessen nicht ganz sicher – ich war mir überhaupt keiner Sache mehr ganz sicher.

Ich ging langsam nach achtern und holte die Leine ein. Das Tauende war abgeschnitten. Es war frisch durchtrennt und begann gerade erst auszufransen.

In der Barkasse waren Treibstoff und eiserne Rationen, denn sie hatte immer auch als Rettungsboot dienen sollen. Auch Angeln waren darin, Decken, Lichtsignale, ein Verbandskasten. Alles, was man zum Überleben braucht.

Ich stand an der Reling, allein, und sagte meinem Bruder ein ironisches Lebewohl. Und, ja, ich wünschte ihm Glück.

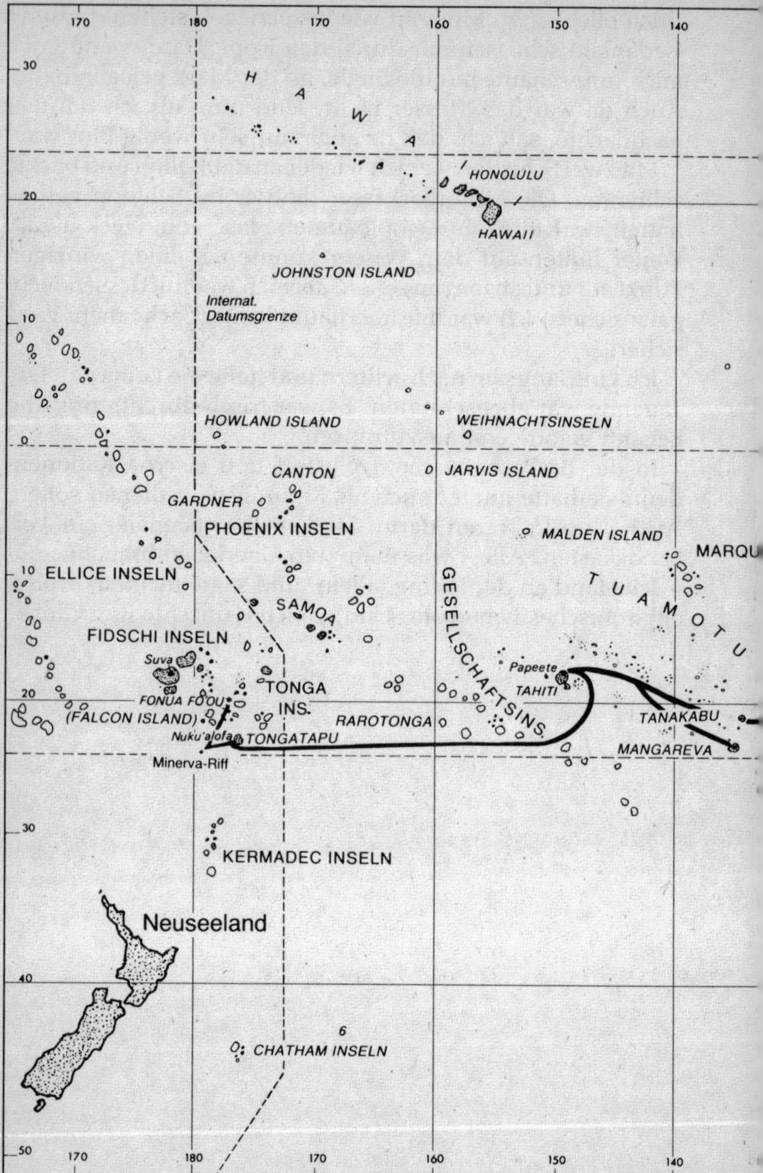

HAWAII
HONOLULU
HAWAII
JOHNSTON ISLAND
Internat. Datumsgrenze
HOWLAND ISLAND
WEIHNACHTSINSELN
CANTON
JARVIS ISLAND
GARDNER
PHOENIX INSELN
MALDEN ISLAND
MARQU
ELLICE INSELN
TUAMOTU
SAMOA
GESELLSCHAFTSINS.
FIDSCHI INSELN
Suva
Papeete
TONGA INS.
TAHITI
FONUA FO'OU
(FALCON ISLAND)
RAROTONGA
TANAKABU
Nuku'alofa
TONGATAPU
MANGAREVA
Minerva-Riff
KERMADEC INSELN
Neuseeland
CHATHAM INSELN

120
70
30
Wendekreis des Krebses
20
Mittel-
amerika
Panama
SÜD-
Äquator
GALAPAGOS INSELN
S INSELN
PAZIFISCHER
S.
Wendekreis des Steinbocks
PITCAIRN
Südamerika
OZEAN
30
120
110
100
90
80